MULHER AKATA

Conheça as obras da autora publicadas pela Galera:

Trilogia Akata

Bruxa akata
Guerreira akata
Mulher akata

Binti

NNEDI ✺ OKORAFOR

MULHER AKATA

Tradução
Gabriela Araújo

1ª edição

―Galera―
RIO DE JANEIRO
2024

REVISÃO
Anna Clara Gonçalves

ILUSTRAÇÃO DE CAPA
Greg Ruth

DESIGN DE CAPA
Jim Hoover

TÍTULO ORIGINAL
Akata Woman

CIP-BRASIL. CATALOGAÇÃO NA PUBLICAÇÃO
SINDICATO NACIONAL DOS EDITORES DE LIVROS, RJ

O36m

Okorafor, Nnedi
  Mulher Akata / Nnedi Okorafor ; tradução Gabriela Araújo. - 1. ed. - Rio de Janeiro : Galera Record, 2024.
    (Bruxa Akata ; 3)

  Tradução de: Akata woman
  Sequência de: Guerreira Akata
  ISBN 978-65-5981-253-0

  1. Ficção americana. I. Araújo, Gabriela. II. Título. III. Série.

23-82057

CDD: 813
CDU: 82-3(73)

Gabriela Faray Ferreira Lopes - Bibliotecária - CRB-7/6643

Copyright © 2022 by Nnedi Okorafor

Todos os direitos reservados.
Proibida a reprodução, no todo ou em parte, através de quaisquer meios.
Os direitos morais da autora foram assegurados.

Texto revisado segundo o novo Acordo Ortográfico da Língua Portuguesa.

Direitos exclusivos de publicação em língua portuguesa somente para o Brasil
adquiridos pela
EDITORA GALERA RECORD LTDA.
Rua Argentina, 120 – Rio de Janeiro, RJ – 20921-380 – Tel.: (21) 2585-2000,
que se reserva a propriedade literária desta tradução.

Impresso no Brasil

ISBN 978-65-5981-253-0

Seja um leitor preferencial Record.
Cadastre-se e receba informações sobre nossos
lançamentos e nossas promoções.

Atendimento e venda direta ao leitor:
sac@record.com.br

Para a minha mãe,
Dra. Helen Okorafor

No início, havia um rio. O rio se tornou uma estrada e a estrada se expandiu para o mundo inteiro. E como a estrada certa vez fora um rio, estava sempre com fome.

— *The Famished Road*
(*A Estrada Faminta*, tradução livre), de Ben Okri

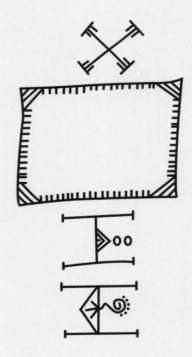

*Símbolo nsibidi que significa "espelho"

A estrada deve, eventualmente, guiar-nos por todo o mundo.

— *Pé na Estrada*, de Jack Kerouac

*Símbolo nsibidi que significa "desenho"

Até em palácios existem aranhas.

— *O livro das sombras de Udide*,
por Udide, a Artista Aranha Suprema

*Símbolo nsibidi que significa "desenho *uli*"

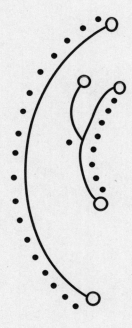

*Símbolo nsibidi que significa "bem-vindo"

GLOSSÁRIO

Abatwa: Uma das etnias de pigmeus que habitam a África.

Afang: Uma sopa espessa e nutritiva feita com folhas de afang (okazi), óleo de palma, carne, peixe, camarões, caracóis e outros ingredientes. É uma especialidade do povo efik e ibibio, que vivem no sudeste da Nigéria.

Capo: "Chefe" ou "líder". É usada para se referir a uma pessoa que tem autoridade, poder ou influência sobre as outras.

Chittim: Significa "madeira" ou "lenha" em hausa. Também pode ser usado como um nome próprio, geralmente masculino, que significa "aquele que é forte como madeira" ou "aquele que é abençoado com riqueza".

Chin chin: Expressão nigeriana que se refere a um petisco frito feito de farinha, açúcar, manteiga, ovos, leite e noz-moscada.

Dey: Uma forma coloquial de dizer "estar" ou "ficar" em inglês.

Egba: Um subgrupo do povo iorubá, que vive principalmente no estado de Ogun, no sudoeste da Nigéria. Os egbas têm uma história de resistência e de autonomia, tendo lutado contra a escravização, o colonialismo e a dominação de outros grupos iorubás.

Fufu: Um alimento básico na culinária nigeriana e de outros países da África, que consiste em uma massa feita de mandioca, inhame, milho ou outros tubérculos cozidos e amassados. É consumido com sopas, molhos ou ensopados.

Gbese: Uma gíria que significa "problema", "dívida" ou "confusão" em iorubá.

Gullah: Grupo de negros norte-americanos que habitavam uma região que ia da Carolina do Norte à costa da Flórida, e que, por terem vivido muito tempo isolados trabalhando em plantations, acabaram por desenvolver uma língua e cultura crioulas próprias, com influências africanas e estadunidenses. Atualmente, habitam apenas parte da Geórgia e da Carolina do Sul.

Igbo: Um dos maiores grupos étnicos da Nigéria, que vivem principalmente no sudeste do país. Os igbos têm uma cultura rica e diversificada, que se manifesta na arte, na música, na dança, na religião, na política e na economia.

Ikenga: Um tipo de escultura de madeira que representa a cabeça e o chifre de um touro, simbolizando a força, a coragem e o sucesso do seu dono. É usado como um objeto de prestígio e de veneração pelos homens do povo igbo.

Iroko: Refere-se a uma árvore sagrada para os iorubás, um povo que vive principalmente no sudoeste da Nigéria e em outros países da África Ocidental. Iroko é considerado um orixá, uma divindade que representa o tempo e a ancestralidade.

Jollof: Um prato típico da culinária nigeriana e de outros países da África Ocidental, que consiste em arroz cozido com tomate, cebola, pimenta, óleo de palma e outros temperos. Pode ser servido com carne, peixe, ovos ou vegetais.

Kabu kabu: "Táxi pirata" em pidgin.

Katydid: Um nome comum dado a vários insetos da ordem dos ortópteros, que se caracterizam por ter asas anteriores semelhantes a folhas e por produzir sons estridentes. O nome vem do som que eles fazem, que parece "Katy did" (Katy fez) em inglês.

Mfebede: Uma dança tradicional do povo igbo, que envolve movimentos rápidos e acrobáticos.

Miri: Uma palavra que significa "água" em igbo, uma língua falada por cerca de 30 milhões de pessoas no sudeste da Nigéria e em outros países da África Ocidental.

Mmanwu: Um termo que significa "espírito" ou "máscara" em igbo, e que se refere aos trajes e às danças usados pelos membros de uma sociedade secreta chamada mmanwu, que representa os ancestrais e as divindades do povo igbo. São usados em cerimônias religiosas, festivais e eventos culturais.

Onye na-agu edemede a muru ako:
AVISO AO LEITOR

Saudações do Coletivo da Biblioteca de Obi do Departamento de Responsabilidade de Leopardo Bate. Somos uma organização atarefada e ainda assim cá estamos outra vez, sob as ordens da bibliotecária-chefe, para alertar, avisar e ajudar você a despertar. Tome cuidado. Preste atenção. Se tem medo de juju. Se fica desconfortável com poderes que sibilam, zumbem, rastejam e ondulam neste planeta e além. Se não quiser saber. Se não quiser ouvir. Se tiver medo de ir. Se não estiver pronto. Se. Se. Se. Você está lendo isto. Ótimo. Este livro está cheio de juju.

Juju é o que nós, africanos ocidentais, chamamos livremente de magia específica, misticismo manipulável ou atrativos atraentes. Ele é selvagem, vivo, enigmático, e está interessado em você. O juju é sempre difícil de definir. Sem dúvida inclui todas as forças traiçoeiras e incompreendidas arrancadas dos mais profundos reservatórios da natureza e do espírito. Existe controle, mas nunca controle absoluto. Leve o juju a sério, a não ser que esteja buscando uma morte repentina.

O juju passeia por entre estas páginas como poeira em uma tempestade de areia, como uma aranha no vento. Não importa que você tenha medo. Não importa que alguém tenha lhe dito para não ler este tipo de livro. Não importa que você ache que este livro lhe trará sorte. Não importa que você seja uma pessoa de fora. Só importa que você leia este comunicado e que então esteja avisado. Assim, você só poderá culpar a si mesmo caso goste desta história.

Você pertence a determinados lugares, os quais pode acessar graças ao seu sangue. Entretanto, não são sempre os melhores locais para se estar. Este livro é sobre Sunny encontrando seu lugar no mundo, mas talvez ela devesse ter pensado duas vezes antes de ir até lá. É sobre dívidas herdadas, responsabilidade e meter a cara... quando talvez não devesse fazer nada disso. O bom senso é resultado da verdadeira educação. A educação é como vinho. Leva tempo. É um processo. Os jovens às vezes precisam passar por isso... e às vezes morrem tentando.

Atenciosamente,
Departamento de Responsabilidade
Coletivo da Biblioteca de Obi de Leopardo Bate

1
Suspenda

Sunny e Sugar Cream estavam caminhando de novo. A mentora gostava de caminhar. Naquele dia, caminhavam pelo mercado sombrio, a parte mais suspeita de Leopardo Bate, onde se sabia que aconteciam as negociações mais suspeitas. Era possível comprar *chittim* com dinheiro de ovelha ali, ainda que a moeda leopardo adquirisse uma mancha reveladora que reduzia o seu valor quando adquirida dessa forma.

Também era possível comprar uma marijuana baratíssima, ainda que a mais potente e especial pudesse ser obtida por preços muito mais altos na área de maior público. Era possível comprar todo tipo de pó de juju ilegal, desde "Gênio Líquido" até "Óleos Letais Elimináveis" para capturar e treinar almas da mata.

Sugar Cream e Sunny passaram por uma mulher vendendo rosas noturnas. Uma daquelas plantas maldosas cheias de espinhos tentou golpear Sunny, derrubando seus óculos quando a garota passou perto demais.

—Ei! — exclamou Sunny, saltando para se distanciar. — Caramba!

Ela se abaixou e pegou os óculos do chão, checando para ver se havia arranhões. Sem encontrá-los, recolocou os óculos, olhando feio para a planta.

— Só você pode se proteger aqui, Sunny — alertou Sugar Cream, balançando a cabeça. — Ora, aluna, não me envergonhe assim, *sha*.

— Você está *me* culpando quando foi a planta que *me* atacou — reclamou Sunny enquanto prosseguiam.

— Não estou falando de culpa aqui. Preste atenção. Quando sangrar, é *você* que sentirá a dor; a planta não vai sentir nada além de satisfação por ter sido descaradamente maldosa. — Ela suspirou. — Enfim, as pessoas vêm ao mercado sombrio para pechinchar e fazer negócios — explicou a mentora enquanto passavam por um homem vendendo urubus pretos enormes com asas musculosas.

Os animais se equilibravam em um galho grosso, e o que estava na ponta observou Sunny como se quisesse a sua morte para poder devorá-la.

— Quando se precisa de alguém para fazer algo que não é aceitável para a maioria das pessoas, é para cá que a pessoa vem — continuou Sugar Cream. — Alguns dos pedidos não são necessariamente ruins, maléficos ou ilegais. Conheço uma acadêmica que vem aqui porque tinha um homem que vendia um óleo que fazia o cabelo dela cheirar a flores por meses, mesmo depois de lavar. Não conseguia encontrar o óleo em nenhum outro lugar. Tenho minhas teorias sobre de onde vinha o tal óleo. Por que era tão difícil de achar. — A mulher gargalhou. — Gosto de perambular por aqui de vez em quando para me relembrar de que todos os nossos rostos são úteis.

— Até aquele homem ali, vendendo "Seis Milhões de Formas de Morrer"? — questionou Sunny.

O homem tinha dreads até os tornozelos e estavam tão arrumados e perfeitos que pareciam cabos. A barraca grande estava apinhada de garrafas coloridas de vários formatos e tamanhos, e dentro de várias delas alguma coisa ondulava. Ninguém parava para olhar as mercadorias dele... naquele momento.

— De maneira geral, sim — respondeu Sugar Cream. — Então, Sunny, você consegue deslizar melhor agora. É útil, né?

— Eu não conseguiria escapulir de casa de outra forma. — Sunny riu. — Ouvi dizer que é um juju bem difícil de funcionar.

Deslizar era uma das habilidades naturais dela, o que significava que, diferentemente da maioria, ela não precisava de pó de juju para fazê-lo. Deslizar era lançar o espírito na vastidão, tornando o corpo físico invisível. Ela havia feito um acordo com a vastidão (o mundo espiritual) e o prosaico (o mundo físico), e passeava por eles como uma brisa veloz.

— Deslizar de maneira natural é morrer um pouco... e retornar. E sim, é um juju extremamente sofisticado para funcionar com quem não consegue fazer espontaneamente. Considerando que ficou tão boa nisso, pode acessar outra coisa. Já fez isso... uma vez.

Sunny parou. Ao redor, as pessoas faziam negociações suspeitas, vendiam coisas suspeitas, se entreolhavam de modo suspeito. A luz do sol nem chegava ali porque uma lona esfarrapada projetava uma sombra no lugar. Entretanto, a garota prestava atenção à mentora com cada partícula de seu ser. Ela estivera esperando por aquela aula havia um ano. Desde que tinha feito essa outra coisa uma vez e sido enviada ao porão da Biblioteca de Obi, por causa daquilo.

— Chamamos de "suspensão" — contou Sugar Cream.

E então todo o movimento ao redor delas parou. O primeiro instinto de Sunny foi se abaixar. Seu cérebro notou a falta de barulho como o exato oposto do que era. O silêncio e a ausência de movimento eram surpreendentemente altos, estarrecedores, aterrorizantes. Ela olhou ao redor. O homem com os urubus, o outro vendendo veneno, a mulher vendendo pilhas e pilhas de algo que parecia com pedaços de queijo, tudo estava… suspenso no tempo.

— Com exceção de você — concluiu Sugar Cream.

— Como está fazendo isso?

— É complicado e simples — respondeu a mentora. — Penso, quero, atraio para mim. É como segurar a correnteza de um rio com as mãos e *suspendê-la*. É como pular em uma estrada cheia de carros em alta velocidade e fazer com que todas as pessoas me vejam ao mesmo tempo *e* parem de imediato. É juju em sua forma mais intencional. Não se pode usar o pó para conseguir fazer isso. É *preciso* um dom.

Sunny não entendia daquilo, mas achava que conseguiria fazer. A explicação a ajudou. Ela já *tinha* feito uma vez.

— É por isso que consegue respirar nesta forma? Por que tem o dom? Eu quase matei aquele *capo* quando fiz.

Sugar Cream concordou com a cabeça.

— Você pode levar pessoas com você para dentro do vácuo contínuo que criou. Contudo, se o acompanhante não tiver a habilidade natural, é como lançar alguém no espaço. A morte pode ocorrer em menos de um minuto. Ela não consegue respirar; você parou todas as moléculas dela, os órgãos, tudo.

— Então eu quase matei o cara *de verdade* — sussurrou Sunny.

— Sim — confirmou Sugar Cream. — Por sorte, não matou. Dominar a suspensão envolve *controle*, intenção e audácia. É preciso muita coragem para parar o tempo. Se ficar acanhada, *nunca* conseguirá fazer.

— Se é preciso focar assim, por quanto tempo se pode… suspender?

— Sou uma mulher velha. Esqueço das coisas, mas minha força de vontade é de ferro. — Ela fechou a mão esquelética em punho. — Consigo suspender por *bastante* tempo. Não é o esforço que faz a habilidade. A suspensão vai durar até a interrompermos. Mas para conseguir suspender por mais do que alguns minutos, precisamos fazer uso de algum objeto que carregamos conosco. Um objeto de valor. Um talismã. — Ela tirou uma pedra branca do bolso. — Tem que ser algo muito, muito especial. Tenho esta pedra desde que eu era um bebê. É uma das poucas coisas que mantive da vila babuína *idiok*.

— E você a leva por aí?

— Sempre. Se eu quisesse suspender, digamos, pelo equivalente a três dias, só precisaria colocar esta pedra no chão em um lugar que ninguém perceberia e me certificar de saber onde encontrá-la quando eu voltar.

— Então é preciso retornar ao local exato?

— Sim, mas suspender por tanto tempo não é saudável.

— Por quê?

— Ah, *sempre* há um preço a ser pago.

Sunny estava prestes a perguntar que preço era esse, mas algo se aproximava. Por instinto, deu um passo para se aproximar da mentora. O barulho era como se um trem se aproximasse. Quando passou, tudo continuou. Uma brisa suave soprou e Sunny sentiu o rastro de perfume floral. Ela se virou para Sugar Cream, sorrindo.

Sugar Cream riu.

— Voltar ao tempo real é uma lufada de ar fresco. E... nunca perde a graça. — A mulher deu uma piscadela. — Está pronta para tentar?

Sunny confirmou.

— Espere... sua cara espiritual está com você?

A expressão de preocupação no rosto de Sugar Cream deixou a garota desconfortável.

Sunny franziu a testa, desviando o olhar. Era sempre muito humilhante. Anyanwu a abandonava com frequência. Tão distinta de uma cara espiritual normal, ela passava mais tempo indo aonde queria do que acompanhando Sunny. Uma cara espiritual normal não poderia... *não a deixaria*; era o... espírito da pessoa. Era isso que significava ser duplicada, uma condição rara e absurda que Sunny tinha por culpa da terrível mascarada Ekwensu. Pelo pouco que havia conseguido ler sobre duplicação, a maioria nem sobrevivia ao trauma de uma separação tão violenta.

— Não se preocupe — orientou a mentora, depressa. — Anyanwu pode vir quando você deslizar. Ainda vai conseguir suspender sem ela. E lembre-se de que tem a vantagem de já ter feito isso antes. De forma intuitiva. Isso é bom. Relembre aquele momento. A sua raiva. O *capo* bem ali. Como ele induziu a confraria a maltratar e quase *matar* o seu irmão. Pense no que você *queria*. — Ela fez uma pausa. — Foi o querer. Foi assim que conseguiu fazer. Não a fúria. O *querer*. O poder desse sentimento.

As pessoas andavam ao redor delas e Sunny se distraiu. Contudo, ela conhecia muito bem aquele olhar de Sugar Cream. Dar desculpas era irrelevante. Ou você fazia ou não fazia. Não havia meio-termo. Ela se concentrou e se permitiu rememorar aquela noite, aquele momento com o *capo*. Quando estivera tão certa do que desejava que não saber como obteria não tinha afetado a convicção de que conseguiria. Naquele momento, ela quisera isolá-lo de tudo e de todos.

— Agora *suspenda* — orientou Sugar Cream, olhando-a com firmeza.

Com a força estimulada pela ira escaldante que sentira pelo *capo* naquela noite, Sunny pensou na mesma palavra que havia pensado quando tudo ocorreu: *pare*. Ao contrário daquela vez, agora o sentimento lhe atingiu. Então sentiu Anyanwu voar para dentro dela. A garota ajeitou a postura, entendendo exatamente o que a mentora quisera dizer quando comparou suspender com segurar a correnteza de um rio. Durou menos de um instante, mas foi empolgante e ela *conseguiu* controlar.

Tudo parou.

— Uhuuuul! — comemorou ela, abrindo um grande sorriso. — Consegui!

Um monte de *chittim* dourado e minúsculo caiu aos pés de Sunny. *Anyanwu!*, pensou ela e sentiu sua cara espiritual sorrir. Foi um sentimento agradável.

Sugar Cream gargalhou.

— *Chittim* pequeno ou grande significa um domínio avançado. Bom trabalho. Conforme for evoluindo, espero que guarde seus *chittim*.

Sunny contou 33. Cada um tinha o tamanho e o peso de uma unha.

— A primeira vez é a mais difícil. Esta é a sua segunda — revelou a mentora. — Agora solte.

Sunny imaginou o rio correndo à frente com poder e vida, e logo veio a lufada floral de tudo um pouco. Teve vontade de tentar de novo e assim fez. Então soltou.

— Não brinque com essa habilidade — censurou Sugar Cream, apontando o dedo para ela. — E não conte a ninguém. Pratique, mas sozinha. É raro aparecer um motivo para usá-la. Mas quando chegar a hora, use-a. É uma ferramenta poderosa na sua coleção de juju.

A garota sorriu e respondeu:

— Já sei o que vou usar como meu objeto.

Ela tocou o pente *zyzzyx* no cabelo, a bela criação feita e concedida a ela por Della, sua vespa artista. Não era apenas algo especial para ela, era o objeto mais lindo que possuía. O pente todo era feito de contas de cristal multicoloridas, minúsculas e brilhantes, inclusive os dentes. Cintilava em um amarelo-alaranjado, mas só quando virava a cabeça em um certo ângulo; do contrário, as muitas contas coloridas juntas pareciam mais escuras.

— Boa escolha. Sua amiga inseto vai ficar lisonjeada.

Sunny riu.

— Vamos — chamou Sugar Cream, entrelaçando o braço no da garota. — Por que não compra um buquê daquelas rosas noturnas para mim com um dos seus *chittim* pequenininhos? As aranhas do meu escritório vão gostar das rosas e elas exalam um aroma delicioso quando dá meia-noite.

2
De um pé ao outro

Depois das aulas do dia, Sunny precisava relaxar. Assim que chegou em casa, trocou de roupa e correu para o campo de futebol. Foi o timing perfeito: uma partida começava naquele momento. Há dois anos jogava com aqueles garotos e eles tinham um acordo implícito de que ninguém perguntaria por que ou como ela conseguia jogar sob o sol. Eram todos ovelhas, então não havia como Sunny explicar.

Por causa do albinismo, o sol fora inimigo dela por toda a vida. Então passara pela iniciação e tudo havia mudado... magicamente. Alguns meses antes, ela tinha perguntado a Sugar Cream sobre o assunto e a mentora respondera seu questionamento com outro:

— Antes de ser iniciada na sociedade leopardo, antes deste mundo místico se abrir para você, qual era seu maior desejo?

Sunny nem precisou pensar.

— Jogar futebol a céu aberto como... como todo mundo. — Então suspirou ao compreender. — Imaginei que eu fosse ser como uma bailarina no palco. Dançando.

— Hã? — questionou Sugar Cream.

Sunny só balançou a cabeça.

— Eu... pensava muito nisso.

— Às vezes, as coisas ficam confusas na iniciação — explicou a mentora. — Principalmente quando a pessoa tem uma conexão forte e profunda com o que está sendo ativado. Há uma desorientação e, dentro dela, o seu desejo se torna um dom.

Jamais estivera tão grata por um dom, acidental ou não. Poder correr livremente pelo campo sob a luz do sol, sem se queimar, alimentava a sua alma. Houve momentos em que ela estivera tão extasiada que seus olhos ficavam marejados. Ninguém jamais saberia ou entenderia. Sunny não deveria conseguir fazer aquilo, mas fazia. Os garotos ao redor dela nunca teriam noção dos detalhes que subestimavam na vida. E, à sua maneira, aquilo também era legal.

Sunny se movimentava depressa, driblando e rolando a bola de um pé para o outro, dançando em volta dos meninos que tentavam roubá-la com seus pés velozes. Era bom jogar... sem pensar em mais nada. Com a ponta do sapato, ela bateu na bola de novo e a deixou cair no calcanhar. Sorriu. Ah, Sunny dava tudo de si. Aquilo se tornou uma dança e os garotos em volta dela pareceram sumir.

Ao longe, a garota ouviu um deles rir e dizer:

— Caramba, cara, olha isso! Sinistra.

Ela respirava com suavidade e rapidez; tudo ao seu redor estava em harmonia, cada parte do seu corpo estava sincronizada, como em um fluxo de ondulações no oceano. Quase podia ver a física do próprio movimento, especialmente quando sentiu Anyanwu avançando. Sim, Anyanwu estava com ela; sempre presente quando Sunny jogava.

Mais à frente estava o gol. E lá estava o seu colega de time, Emeka. Sunny parecia ser um objeto de estudo da física, pois se movia com uma precisão matemática. Ela passou a bola para

Emeka, que dominou com os pés e a lançou para o gol, passando direto pelo goleiro, que nem estava no lado que a bola foi lançada.

— Droga! — gritou o outro jogador, contorcendo o corpo e fazendo uma tentativa às pressas para interceptar a bola que já estava no gol.

— Muito bem! — gritou ela enquanto Emeka corria, cumprimentando todo mundo.

Ele bateu a mão na de Sunny e ela riu, virando-se para o outro lado. Ao fazer isso, um garoto chamado Izuchukwu, que tinha se juntado ao grupo havia pouco tempo, passou correndo por ela e deu um meio tapa, meio apertão na bunda da garota.

— Queria que estivesse no meu time — afirmou ele, com um olhar malicioso. — Sei de alguns jogos mais divertidos para a gente jogar.

— Que por...

Ela nem pensou duas vezes. Durante aqueles jogos, não havia árbitros, apenas um código geral de conduta de comum acordo entre todos. E o combinado permitia vingança quando havia justificativa. Sunny foi até Izuchukwu e, com o ombro, derrubou-o.

Ela ouviu Anyanwu rindo em sua mente. Ficou ali, olhando-o de cima, aguardando. Ele se levantou, lançando um olhar furioso a ela. Os garotos ao redor se calaram. Sunny ficou feliz por ele não revidar. Já tinha começado a se sentir culpada por tê-lo jogado ao chão, e, no fundo, sabia que teria que acabar com Izuchukwu, se o garoto tentasse fazer de novo.

Todos continuaram como se nada tivesse acontecido. Ainda foi um bom jogo, mesmo que o ombro de Sunny estivesse um tanto dolorido.

* * *

Em casa, ela passou a maior parte da noite ajudando a mãe a preparar o jantar. Aquele era um dos dias favoritos de Sunny e do pai, *ofe onugbu*. Lavar a folha amarga era sempre o trabalho da garota e ela o odiava, porque depois ficava com um resíduo amargo nas mãos — o qual tinha um cheiro estranho. Mas sempre valia a pena; o *ofe onugbu* que ela e a mãe faziam sempre ficava saboroso. Robusto, era feito com inhame bem temperado, lagostim, pedaços de carne de boi e de bode, bacalhau seco... com tudo o que tem direito!

Assim que o jantar ficou pronto, seu irmão e seu pai apareceram e se reuniram à mesa. Sunny sempre ficava irritada, mas também satisfeita. Era um sentimento estranho: ela gostava de cozinhar e comer, mas também gostava de saber que apreciavam a comida dela.

— Delicioso — comentou o pai enquanto usava um rolinho achatado de *fufu* para pegar mais sopa. A mãe de Sunny ficou radiante. — Ugo, acabou seu dever de casa? E o de matemática?

— Odeio cálculo — respondeu o menino, mordendo um pedaço de carne de bode.

— Só porque essa matéria está dominando você — retrucou o pai. — *Você* precisa dominar a *matéria*!

Ugonna balançou a cabeça.

— Não, só não vejo sentido naquilo. Vou ser artista.

O pai fez um som de censura com a boca enquanto girava o rolinho de *fufu* entre os dedos e retrucou:

— Bobagem.

— A matemática é uma arte também — disse a mãe, comendo mais sopa.

Ugonna grunhiu e Sunny riu. Ambos tinham um ponto.

* * *

Depois do jantar, Sunny voltou ao quarto e fechou a porta. Aninhou-se na cama com o livro de nsibidi. Fazia duas semanas desde que havia tocado nele, como Sugar Cream tinha sugerido. Ela já era capaz de ler em nsibidi de maneira fluente, mas ainda não conseguia controlar o quanto a ação a desgastava. A biografia da mentora, que virava um livro de culinária, depois um relato de ficção científica, e então uma narrativa sobre a história leopardo, seguido de uma sátira sobre o continente africano, e novamente uma biografia, era sempre uma leitura hipnotizante, não importava qual forma assumisse. Sunny não precisava mais de uma outra leitura para se entreter, desde que comprara o livro.

— Ainda é bom dar um tempo na leitura — orientara Sugar Cream. — Leia alguns livros de ovelhas para que você e Anyanwu possam fazer uma pausa.

E assim, ao longo das duas semanas anteriores, a garota tinha lido dois romances. Foram intrigantes e imersivos o bastante, mas nenhum deles continha juju. E desde que havia descoberto ser uma pessoa-leopardo, mundos que não envolviam juju eram mundos nos quais não tinha muito interesse. Anyanwu, em especial, achava esses tipos de livros chatos.

— Não são o mundo *real* — dizia Anyanwu.

Sunny abriu o fino livro de nsibidi e observou a primeira página. Os símbolos saltaram, se contorceram, se esticaram, giraram e se sacudiram. Então se aquietaram, tremendo de leve, permanecendo onde estavam. Naquele dia, a obra tinha decidido ser a biografia de Sugar Cream. Sunny sorriu e folheou até chegar à terceira e última parte.

Ela sempre se lembrava de onde havia parado, mesmo que a narrativa mudasse de forma. Sugar Cream disse que um dos papéis do nsibidi era exercitar e fortalecer a memória de uma pessoa.

Como aluna, Sunny entrou no ritmo da mentora muito tempo antes. Ficava feliz toda vez que o nsibidi a fisgava. Era algo bom. Mas mesmo enquanto lia, seus pensamentos se voltavam para a amiga Chichi.

Ela e Chichi tinham vivenciado algumas coisas recentemente. E uma cuidara da outra quando passavam por alguma dificuldade. A amiga havia estado com Sunny naquele dia chuvoso em que um carro passara por cima do rabo do gato desgrenhado. Elas correram para a cabana de Chichi debaixo de um dilúvio repentino quando Sunny ouvira algo. Talvez tenha sido porque o gato malhado enorme tinha um miado baixo, quase humano, que ressoou por cima do barulho da chuva ou porque Sunny gostava dos bichanos e não havia muitos deles sendo bem-tratados na Nigéria. O que quer que tenha sido, os lamentos do felino chamaram sua atenção.

— Espere! — gritou ela, parando.

Tanto Sunny quanto Chichi estavam ensopadas, e ela tinha que ficar enxugando o rosto para conseguir enxergar.

Chichi correu mais um pouco, então se virou.

— Quê?

Estavam na beira da estrada e, toda vez que um carro passava por ali, ficavam ainda mais ensopadas. Àquela altura, no entanto, não importava.

— Escute! — instruiu Sunny.

Ambas ouviram. E lá estava o miado de novo. Perto.

— *Miau!*

Sunny se virou para a estrada e viu um carro estacionado com o pisca-alerta ligado. Perto do pneu traseiro estava um gato malhado, encharcado e infeliz. O pneu ficou em cima do rabo do bichinho. Elas correram até o carro, com Sunny indo para a direita, para a janela do motorista. A preocupação dela com o pobre animal era tanta que nem se assustou com os carros em alta velocidade logo atrás dela.

— Cadê o dono do carro? — berrou Chichi.

— Não sei — respondeu Sunny, juntando as mãos e colocando-as sobre a testa para enxergar dentro do automóvel.

A chave não estava lá.

As duas procuraram nos arredores pelo motorista. E o gato seguia miando sem parar. Minutos se passaram e Sunny não conseguiu mais aguentar. Ela correu até onde o gato estava e se agachou para dar uma olhada. O felino sibilou, tentou escapar, então continuou miando.

— Temos que deixar o gato aí! — disse Chichi.

— Não! — gritou Sunny de volta.

Chichi a encarou, sem se mexer.

— Não, não podemos — concordou a amiga e começou a tirar a camiseta. — Talvez eu possa enrolar o gato aqui e nós...

— Não. Deixe-me tentar.

Sunny olhou ao redor de novo, daquela vez para ter certeza de que ninguém as observava.

— Não faz isso! Se alguém vir, o conselho vai...

— Não vou fazer — confirmou Sunny.

Ela largou a mochila encharcada e segurou a lateral do carro. Foi instinto e desespero. Com certeza não era uma expectativa realista. A menina trincou a mandíbula, respirou fundo várias vezes, então puxou. E puxou. E PUXOU. Com os ombros flexionados e rígidos, a lombar retesada, os antebraços contraídos. Ela se esforçou, quase até o limite da própria capacidade. Então sentiu o carro... *se erguer*. Os olhos de Sunny se abriram bem a tempo de ver o gato disparar para longe.

— Você conseguiu! — gritou Chichi.

O gato parou a alguns metros de distância, olhando para ela debaixo da chuva torrencial como se também estivesse chocado com o que Sunny havia feito. *Ainda* estava fazendo. A menina olhou para as próprias mãos segurando o carro. O pneu estava erguido a alguns centímetros do chão.

— Eita... — sussurrou ela.

Soltou o carro, que quicou com suavidade na lama.

— O que estão fazendo com o meu carro? — gritou uma mulher, aproximando-se.

As duas garotas se viraram e correram.

Na cabana de Chichi, Sunny não parava de se preocupar, as mãos pressionando as bochechas.

— O que foi aquilo? Como EU FIZ aquilo? Levantei um *carro*! Ai, meu Deus, ai, meu Deus! Um *carro*, Chichi! E não mostrei para você... comecei a perceber há pouco tempo. OLHA OS MEUS BRAÇOS! Por quê?

Sunny levantou a manga da camisa e fez um muque. Os bíceps dela eram finos, mas maravilhosos e duros feito pedra. Chichi beliscou o bíceps esquerdo.

— *Kai!* Nada de crossfit! — exclamou Chichi, rindo. — Sunny, você é uma guerreira de Nimm. Quantas vezes preciso lhe lembrar? É isso que *acontece*.

— Mas acabei de levantar um *carro* — repetiu Sunny. — Para salvar um *gato*.

— E o gato lhe agradece... bem, não agradeceu, mas isso não importa.

Sunny se sentou no chão e dobrou os joelhos, abraçando-os. Mal conseguia fazer isso porque as pernas esbeltas e musculosas eram muito compridas. Ela tinha chegado a 1,80m. Encostou o rosto nas pernas e suspirou.

— Sempre que pego o jeito de alguma coisa, algo ainda mais forte surge e bagunça todo o equilíbrio de novo. E nem estou falando de juju ou de ser uma pessoa-leopardo.

— Não. Isso é o sangue.

Apenas alguns dias depois, os papéis se inverteram. Sunny jogava futebol com os irmãos Chukwu e Ugonna. Era tarde e o sol tinha quase se posto; Sunny estivera se divertindo... até as garotas chegarem. Nem sabia os nomes delas. A cada uma ou duas semanas, várias meninas iam e vinham com os irmãos, e seguiam Chukwu nos finais de semana que ele saía da faculdade e ia para casa. Como se não pudessem suportar estarem longe dele nem por alguns dias. Sempre levavam uma amiga para Ugonna, o que era patético porque ele nem tinha se formado no ensino médio ainda.

Sunny as observava indo até o jipe de Chukwu quando ouviu um *psiu*! Ela franziu a testa e se virou para a mata no lado mais afastado do campo de futebol. Era Anyanwu pregando peças nela de novo? Ela gostava de fazer aquilo à meia-luz, quando tudo parecia estranho.

— Quem está aí? — questionou Sunny.

— Eu — respondeu uma voz.

Sunny olhou para os irmãos e as duas garotas, e então correu para a mata.

— Ei, aonde você vai? — gritou Chukwu.

— Acho que vi uma bola de futebol velha ali no mato — mentiu Sunny.

Ela desacelerou o passo ao se aproximar, dando uma última espiada para trás. Quando se voltou para a mata e as árvores, de imediato sentiu as têmporas começarem a latejar.

— O que... — Tudo diante dela pulsava, suave e profundo à meia-luz. Sunny balançou a cabeça e piscou. Estreitou os olhos. Havia alguém agachado ali. — Chichi?

Tudo pulsou de novo, desta vez acompanhado de um brilho vermelho sutil que irrompeu, então desapareceu. Sentiu na própria garganta e nas solas dos pés. Chichi estava toda encolhida, abraçando as pernas, a cabeça pressionando os joelhos. Usava um vestido vermelho comprido e, como de costume, estava descalça.

— Você está bem? — perguntou Sunny, aproximando-se. — Chichi?

Sentiu a vibração mais uma vez e, naquele momento, conseguiu ouvir algo ao longe... uma flauta? Sunny ficou tensa e deu um passo para trás.

— Ah-ah! O que é isso?

— Não se preocupe — sussurrou Chichi. — Eles não estão perto. Acho que não.

— Quem está longe? — questionou Sunny, ajoelhando-se diante da amiga.

As folhas das árvores balançavam, mas não havia brisa. Chichi gemeu e encostou o rosto nos joelhos de novo.

— Está com seu celular aí? — perguntou Chichi.

— Sim.

— Coloque alguma música do meu pai para tocar, por favor.

Sunny ficou imóvel, sentindo o pescoço esquentar de vergonha. O pai da amiga era um cantor de afrobeat rico e famoso, mas nunca mandava nada para a mãe de Chichi e tudo o que ela tinha dele era um DVD velho que lhe fora dado. Chichi quase nunca falava sobre o assunto, mas o pai de Sunny amava a música do cantor, o que tinha feito Sunny gostar também.

— Ah, pare com isso. Sei que você tem as músicas dele no celular. Já ouvi você escutando.

Sunny pegou o celular e colocou a música "Rebelde com Cinco Causas" para tocar. A canção tinha uma grande influência de hip-hop e listava as cinco maneiras de causar problemas para o governo nigeriano. Sunny amava não só porque era ótima, mas porque tinha irritado tanto o governo que a música fora banida na Nigéria no ano anterior. Enquanto a música tocava, ofuscava a flauta distante. A pulsação estranha era contínua e sincronizou perfeitamente com a música, tornando-a mais tolerável.

— Sunny? — sussurrou Chichi.
— Hum?
— Eu passei.
— Hã? Passou pelo quê?
— Pelo segundo nível. Passei pelo *Mbawkwa*.
— Aaaaaah! — murmurou Sunny, maravilhada. — Uau!

Havia quatro níveis na sociedade leopardo. O primeiro e mais inferior era *Ekpiri*, mais uma iniciação do que qualquer outra coisa. Todos passavam por ele quando tinham uns 5 ou 6 anos. Agentes livres e pessoas-leopardo que vinham de famílias ovelhas e, assim, aprenderam que eram leopardo muito depois, passaram pelo processo quando eram mais velhos (como Sunny fez). O segundo nível era o *Mbawkwa*, que geralmente era o nível para as pessoas perto dos 16 ou 17 anos. Sunny tinha acabado de fazer 15, mas Chichi... até aquele momento, não sabia a idade exata da amiga.

— Quantos anos você tem? — questionou Sunny.

Chichi soltou um muxoxo.

— Eu estava só...
— Não importa — respondeu Chichi, com rispidez.

As duas se encararam por um momento.

— Como é? — quis saber Sunny.
— Não é o mesmo para todo mundo — revelou Chichi, pressionando as têmporas enquanto as coisas em volta pulsavam com tanta intensidade que era possível ouvir por cima da música. — Eu... eu...

A amiga desviou o olhar de Sunny.

— Você o quê? — insistiu Sunny. — Anda, me conte. Talvez se sinta melhor.

— Será? Você vai achar que eu...

— Sunny! — chamou Chukwu. — Quem está aí?

A garota olhou para Sunny e balançou a cabeça.

— Você consegue... absorver a coisa? — sugeriu Sunny. — Fazer parar? Ao menos até chegarmos a sua casa?

Chichi fechou os olhos com força e ficou calada por um tempo enquanto um pulso martelava. Inspirou fundo e expirou pela boca. E, pouco a pouco, a estranheza cessou.

— Sim — respondeu ela, abrindo os olhos.

Mas estava sem fôlego e parecia mais cansada.

— Consegue andar?

— É o Chukwu? — questionou Chichi.

— É. Consegue andar?

— *Argh*, consigo.

Sunny se levantou.

— É a Chichi! Estamos indo.

— Merda — murmurou Chichi, levantando-se devagar.

Ela cambaleou quando ficou de pé.

— Você precisa que eu...

— Não.

As duas começaram a andar até o grupo. Sunny fez uma pausa.

— O que aconteceu durante a sua passagem de nível?

Chichi também parou, então respondeu:

— Falei com um mascarado. Por que eles sempre vêm até mim?

Mascarados eram espíritos e ancestrais que viviam e dançavam em todo lugar, desde a vastidão até o mundo prosaico. Monstruosos, belos, estoicos, colossais, minúsculos, raivosos, gênios, ferozes, cada um era seu próprio universo, mas eles tinham algo em comum: eram todos poderosos. Sempre. Para as pessoas-leopardo, poderiam oferecer privilégios, maldições, desafios, dotes. Se assim quisessem. Existiam além do tempo e do espaço, da vida e da morte, e podiam dançar em todos esses também. Mesmo no breve período como pessoa-leopardo, Sunny havia encontrado vários mascarados. E ela *nunca* era a mesma depois desses encontros.

— Eles sempre vão até você, Chichi, porque você sempre foi até eles! — soltou Sunny. Colocou a mão na boca. — Desculpa.

Mas a amiga gargalhou.

— É verdade. Não sei o que é. Só quero *incomodá-los*. Cutucá-los. Irritá-los. A minha mãe disse que meu avô também fazia isso.

Depois de caminhar um pouco mais, Sunny questionou:

— O que o mascarado... disse?

Chichi riu e respondeu:

— Não foi o que o mascarado disse que causou isso, mas sim o que fez.

— O quê?

— Não sei. Mas no momento que fez, tudo isso começou a acontecer e durante toda a noite de ontem quando eu tocava em algo, conseguia ouvir... a história dele. Toquei a minha cadeira e vi a árvore brotando, ouvi enquanto crescia, criava raiz, vivi a vida dela. Foi *surreal*! Graças a DEUS está diminuindo.

Tinham quase alcançado o irmão dela e os outros quando o coração de Sunny de repente deu um pulo. Estivera tão focada em Chichi que algo mais imediato quase tinha lhe escapado da cabeça: o comportamento passivo-agressivo que permanecia por mais de um ano e meio entre Chukwu e Chichi, desde que a amiga havia terminado com ele. *Espera aí! Isso vai ser estranho*, pensou ela. Chegaram perto de Chukwu, de Ugonna e das duas garotas da faculdade.

— Como vai, Chichi? — cumprimentou Ugonna.

Ele deu um meio apertão, meio tapa na mão dela. Chichi sorriu, parecendo que não havia absolutamente nada de errado. Sunny ficou maravilhada com a transformação da amiga.

— Ugonna, *o*, está bonitão — respondeu Chichi, devagar.

Ela se virou para Chukwu, ignorando totalmente a presença das garotas.

O rapaz ficou parado ali, paralisado, olhando para Chichi.

— Oi — cumprimentou Chichi, com a voz alta. — Tudo bem? Parece que viu um fantasma. Estou sã e salva, *sha*.

Chukwu parecia tão desconfortável que Sunny riu.

— Hã, é, Chichi, oi, está fazendo o que aqui? — Ele pigarreou e endireitou a postura. — Está me seguindo ou o quê?

A garota revirou os olhos.

— Bom te ver. — Ela puxou Sunny para continuarem andando. — Sua irmã está indo me deixar em casa. Tem problema? — Ela seguiu, sem esperar por uma resposta. — Tenha uma boa-noite. — Acenou por cima do ombro. — Bom ver todo mundo.

— Vai devagar — pediu Sunny, gargalhando.

— Se eu for devagar, vou cair e este lugar todo vai tremer e martelar como o coração de um gigante.

Sunny foi andando com Chichi.

— Ah, ok, não precisa repetir.

— Ainda vai naquele encontro com o Orlu?

Sunny deu um sorrisinho e revirou os olhos.

— Assim espero.

— Seus pais são muito rígidos.

— É mais meu pai — explicou Sunny. — Ele não confia no Orlu.

Chichi riu.

— Uma grande de uma bobagem.

— Total — concordou.

A caminhada levou apenas alguns minutos e quando chegaram à cabana de Chichi, Sunny a ajudou a esticar a esteira onde dormia entre pilhas de livros. O lugar pulsou e Chichi soltou um suspiro de alívio quando não precisou mais conter a energia que corria por seu corpo.

— Cadê a sua mãe? — perguntou Sunny.

— Ela vai voltar logo. Estava na minha iniciação. Ela sabe do meu... estado. Foi à Leopardo Bate buscar algo para amenizar.

— Você deveria estar deitada, não?

— É que ficou tudo muito estranho e eu precisava encontrar você. Sasha... eu não queria incomodá-lo com isso. Ele vai ficar todo grudento.

— Não sou tão legal assim — respondeu Sunny, sorrindo.

— Estou contando com isso.

Depois de tirar o vestido vermelho esquisito e vestir o *wrapper* de dormir, Chichi disse para a amiga ir para casa.

— Já estou bem e a minha mãe vai voltar daqui a pouco.

— Certeza?

— Certeza.

Mas Sunny ficou até a mãe dela voltar. No meio-tempo, as duas garotas se sentaram lado a lado na esteira grande, lendo. Sunny leu um livro chamado *Livro de Edans* e Chichi, o *Rainha da Chuva do Juju Suave*, ambas obras que Anatov havia deixado como tarefa para a semana seguinte.

Durante a leitura, volta e meia Sunny olhava para Chichi. A amiga não tinha comentado nada e Sunny não mencionaria qualquer coisa até que ela o fizesse.

Logo abaixo do pescoço dela e parecia que uma linha havia tropeçado em um laço e se dividido em uma cruz, uma metade se enrolando em uma espiral apertada, que se contraía e soltava, e se remexia enquanto Sunny observava. Era recente, ainda estava sensível e avermelhada, levemente inchada, como se as marcas tivessem sido feitas nas últimas 24 horas. E, por mais que Sunny encarasse com atenção, os contornos não ficavam nítidos. O mascarado tinha marcado a espiral em Chichi? Quando a mãe dela voltou para casa, olhou para a filha e permaneceu em silêncio. Talvez não fosse mesmo algo para se preocupar.

Três dias depois, quando ela viu Chichi e o mundo ao redor da amiga havia estabilizado de novo, Sunny percebeu que os traços tinham se tornado muito escuros, conseguindo vê-los com nitidez. Estavam em nsibidi e diziam: *Como o leopardo não fala, no momento em que o faz, torna-se uma mulher.*

3
Encontro marcado

Sunny havia ansiado a semana toda pelo encontro com Orlu. Merecia se divertir um pouco e sentia que merecia se divertir com Orlu. Ela gostava dele *de verdade*. Nunca contaria a ninguém, mas guardava três fotos dele no celular em um álbum secreto. Uma que tinha tirado enquanto almoçavam na escola. Outra era uma selfie com Sasha, quando estavam na barraca da Mama Put. E a terceira fora fotografada em segredo, ele sorrindo para um sapo enorme que pegara na chuva. Era a sua favorita. Orlu era uma pessoa de bom coração que a entendia direitinho e não julgava as coisas nela que não conseguia compreender... como ser duplicada.

— Por favor, por favor, por favor — pedira Sunny na semana anterior, diante dos pais, que franziam a testa. Eles sabiam sobre ela e Orlu, mas isso não significava que apoiavam a ideia. — É *só* um jantar. Nada mais.

— Não — respondera o pai.

— Vamos conversar sobre o assunto — contrapusera a mãe, olhando-o.

— Não — repetira o pai de Sunny.

Então eles ligaram para os responsáveis de Orlu, que, por sua vez, alertaram o rapaz. Os pais dela, principalmente o pai, a alertaram. E, naquele momento, Orlu e Sunny estavam a caminho da barraca de Mama Put, ignorando o fato de que havia tantas restrições no "encontro" deles que mal restou tempo suficiente para jantarem de verdade. Sunny usava o vestido amarelo predileto e Orlu vestia uma calça jeans que ela nunca tinha visto, uma camisa de flanela verde e tênis brancos, os quais a garota tinha certeza de que ele não queria sujar.

Nem Sunny nem Orlu sabiam qual era a razão da celebração na rua, mas nenhum deles reclamou. Sunny só sabia que era a coisa mais legal que já tinha visto... ainda que estivesse prestes a ficar coberta de poeira.

— Vamos para a festa de rua! Podemos ir à barraca da Mama Put da próxima vez — sugeriu Sunny.

— Combinado — respondeu Orlu. — Mas lembre-se de que não podemos perder a hora. Se fizermos besteira, nunca mais vamos conseguir sair juntos... sem estresse.

A poeirada começou logo depois de eles cruzarem a ponte da Leopardo Bate. Envolveu-os em uma brisa morna enquanto caminhavam.

— Uau — murmurou Sunny.

Seu vestido ia até abaixo dos joelhos, então não precisava se preocupar com o tecido esvoaçando, no entanto se preocupou com a sujeira. Ela tentou afastar a poeira, mas só ficou mais densa.

— Isso não é poeira normal — opinou Orlu. — Consigo respirar normalmente e não está me fazendo tossir.

— Escute. Consegue ouvir?

Os dois ficaram parados ali e ergueram os olhos para o topo da colina, em direção às lojas e restaurantes da Leopardo Bate.

Ouviram o som de música ao vivo. Luzes cintilavam. No entanto, havia tanta poeira até lá em cima que só conseguiam enxergar uma redoma de luzes coloridas e difusas.

Toda a Leopardo Bate parecia estar envolta em uma enorme nuvem de música e poeira que permitia ser respirada. Eles se entreolharam, sorrindo, e correram para dentro dela. Cheirava a madressilva ali. A poeira ondulou ao redor deles, lançando-a no rosto de quem encarava demais, e as roupas dos dois ficaram sujas. Nem Orlu nem Sunny se importavam mais. Tudo aquilo era muito divertido. Era algum tipo de celebração — do quê, nenhum dos dois se importou em perguntar.

Pessoas-leopardo de todas as idades dançavam, cantavam, riam e comiam em meio aos redemoinhos de poeira. Algumas faziam uma rodinha punk cheia de energia perto da banda que tocava uma mistura de afrobeat, hip-hop e heavy metal. Sunny se juntou ao grupo e girou várias vezes lá dentro.

No entanto, em um certo momento, tudo ficou sombrio. A música pulsava e Sunny estava maravilhada com todos os outros que pareciam sentir a mesma emoção. As mãos se erguiam no alto e ela ria enquanto pulava em um círculo com um grupo de adolescentes. Então, algo chamou sua atenção: algumas árvores do lado de fora da festa, logo além das luzes e da poeira. A garota conseguiu ver porque, no vaivém, agora estava à margem da multidão. Parou e se afastou de todos para conseguir enxergar melhor. A música pulsava, sincronizada com as batidas do seu coração, o que aumentou seu pavor.

A poeira ondulou e a música a chamou de volta. Mas... algo espreitava atrás das árvores. Algo enorme, robusto. A poeira ondulou com mais densidade, escondendo-o. Quando tornou a se dissipar, o que quer que estivesse ali tinha desaparecido. *Algo enorme assim não poderia mesmo ter estado ali, se foi embora tão depressa*, pensou. Mas Sunny sabia. A coisa tivera o tamanho de uma pequena casa. E talvez até tivesse um bafo que cheirasse a casas em chamas. Entretanto, não estava mais lá. Ela ergueu as mãos e voltou a dançar. A negação era sempre mais fácil.

Eventualmente, Sunny voltou para perto de Orlu, que estava sentado em uma cadeira dobrável, comendo uma espiga de milho.

— Vem dançar! — convidou ela, sorrindo.

— Não, obrigado, pode ir — respondeu ele, oferecendo-a um guardanapo para enxugar o suor da testa.

Havia uma barraca do lado de fora da livraria que servia uma comida de festa deliciosa e Sunny provou um pouco de tudo, inclusive acará, milho assado, *puff puff*, carne de um tipo de roedor, frango *suya*, trinta tipos de arroz *jollof*, sopa de pimenta em tigelas feitas de inhame e fatias do abacaxi mais doce que ela já comera. Orlu tinha se oferecido para pagar, mas Sunny levou outra espiga de milho para ele em vez disso.

— Você pode pagar da próxima vez — respondeu ela, mordendo um *puff puff* quente, gorduroso e delicioso. — Uau. QUE GOSTOSOOOOO!

Orlu pegou mais uma bolinha de massa frita, redonda e doce de Sunny. Ele mordeu, sorriu e concordou com a cabeça.

— Aprovado.

O rapaz pegou a última massinha.

O que Sunny não conseguia conceber era ver Sugar Cream dançando com algumas mulheres igbo em um círculo, agachando-se tanto que parecia estar debulhando arroz. Sunny tinha ficado no canto com Orlu, sorrindo tanto que as bochechas começaram a doer.

— Eeeeei, aquela é a minha mentora — gritou a garota.

Sugar Cream virou a cabeça na direção dela, sorriu e dançou com mais entusiasmo.

Quando Sunny e Orlu foram embora da celebração que ela não sabia o nome, três horas depois, estavam com as barrigas e os corações cheios. Todos os estresses dos últimos dois anos que ainda tentavam digerir, até mesmo os dos últimos dias, pareciam estar a milhares de quilômetros de distância. Estavam suados e cobertos de poeira, e uma vez que tinham saído das festividades, conseguiam ver a lua bem alta no céu, iluminando a noite.

Ao descerem, fazendo o caminho de volta, perceberam que estavam sozinhos, a festa tinha ficado para trás.

— Falei que o esforço ia valer a pena — comentou Orlu.

Sunny riu.

— Falou mesmo, Orlu, falou mesmo.

— Você se divertiu?

Ele segurou a mão dela.

— Sim!

Pararam de andar e se viraram um para o outro.

— Ainda sinto como se estivesse voando — sussurrou Sunny.

A brisa soprou poeira neles. Orlu olhou para os sapatos bastante empoeirados, Sunny riu e deu de ombros. Ela se inclinou para a frente e Orlu a imitou. Os lábios dele eram macios, e a boca, suave e quente. Orlu cheirava à poeira e a perfume. Sunny acariciou sua nuca quando ele a puxou para mais perto. Havia folhas soprando em meio à brisa empoeirada? O tempo parou? Quando o beijo acabou, Sunny tinha certeza de que estrelas cadentes permeavam no céu, mesmo que houvesse poeira demais para conseguir enxergá-las. Ela podia senti-las. Um *chittim* grande de cobre caiu entre eles fazendo um barulho. O casal o pegou e permaneceu ali, se olhando. Mais uma vez, Sunny se perguntou de onde vinha o *chittim* e quem decidia o momento de lançá-lo.

— Quer ficar com ele?

Orlu deu de ombros.

— É para nós dois.

— Eu sei. — Ela o entregou o objeto. — Vamos para casa.

Atravessar a ponte foi fácil. Nem ela nem Anyanwu sequer pensaram na fera do rio que vivia ali.

Quando chegou à casa, despediu-se de Orlu, o que levou algum tempo e a deixou com os ouvidos zumbindo e a roupa amarrotada. Depois que ele foi embora, Sunny se virou para a porta da frente.

— Certo — murmurou.

Ela estremeceu. Era como acordar de um sonho... ou voltar à Terra depois de pairar pelo universo. Tudo pareceu se encaixar. Precisava se apressar.

— Certo — murmurou de novo, pegando a faca juju. Fez um floreio rápido e disse: — Poeira à poeira.

Balançou o corpo e, logo depois, a sujeira que estava no vestido, na pele e no cabelo caiu com força no chão. Entrou em casa. O irmão Ugonna estava no sofá da sala, assistindo à televisão.

— Sunny, você gosta de brincar com fogo — afirmou ele, gargalhando. — Cinco minutos.

Sunny revirou os olhos e se jogou no sofá, ao seu lado.

— Chegar na hora é chegar na hora — respondeu ela. — Está assistindo ao quê?

— Uma animação chamada O *Quadro* — revelou ele. — As animações e quadrinhos da França são os *melhores*.

Ugonna estava com o caderno de desenhos na mão, com os dedos manchados de tinta segurando a caneta favorita. Sunny não olhou para o que o irmão desenhava. Nos últimos tempos, ela ficava tão apavorada com as imagens naturais do mundo leopardo que era melhor nem ver o que Ugonna criava.

— O *Gato do Rabino* é muito bom — concordou ela, recostando-se no sofá para assistir.

— Você devia avisar à mamãe e ao papai que chegou.

— Como se eles não tivessem ouvido a porta abrir e fechar.

O irmão deu de ombros.

— Verdade, mas é questão de respeito.

Sunny assentiu, levantando-se.

— Está bem.

— Uhum.

Ela encontrou os pais sentados à mesa de jantar, comendo *ugba* na tigela. Apesar de estar com a barriga cheia, sentiu muita vontade de comer. Ela adorava a comida apimentada feita de feijão de óleo ralado. Não era fácil de fazer e a mãe quase nunca preparava. É óbvio que o dia em que Sunny tinha ido em um encontro seria escolhido para preparar essa comida.

— Oi, cheguei.

O pai a olhou de cima a baixo e resmungou.

— Que bom.

— Como foi? — perguntou a mãe.

— Foi bom.

— Onde ele te levou? — perguntou o pai.

— Um... lugar legal — respondeu ela. — Comi mais do que devia... mas ainda tem *ugba*?

Eles riram e Sunny também.

— Bobeou, perdeu — retorquiu a mãe.

O pai riu ainda mais e Sunny franziu a testa. Então se virou para ir embora.

— Não faça cara feia — comentou o pai, sorrindo. — Deixamos uma tigela grande para você. Tem sorte de que chegou a tempo.

— Obrigada, pai — respondeu, sorrindo.

Quando chegou ao próprio quarto, acendeu a luz. Olhou para o ninho de Della do outro lado do quarto, perto do teto.

— Oi, Della, cheguei.

Sunny não esperava uma resposta. Geralmente, àquela hora, a vespa artista já estava dormindo. Ela preferia elaborar as melhores obras pouco antes do amanhecer. Sunny tinha acordado algumas vezes quando Della estava no auge da criação. Durante esses momentos, o animal nem notava sua presença.

Sunny se esparramou na cama e suspirou de alegria, olhando para o teto.

— Que noite — sussurrou.

Então riu consigo mesma. Ela gostava de Orlu de verdade.

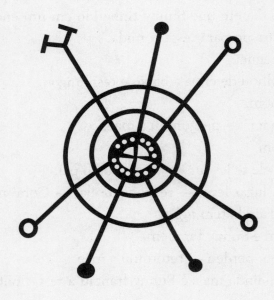

*Símbolo nsibidi que significa "bom coração"

4
Recordação

Sunny olhou ao redor e acelerou o passo.

— Isso é tão bizarro — murmurou.

Não havia planejado sair naquele dia, *mas* a mãe de Chichi só fazia sopa *afang* de vez em quando e queria um pouco da comida enquanto ainda estava fresca. Parou de andar só por um instante para espiar dentro da vasilha de sopa. Deu uma fungada e sorriu. Estava farta com folhas de água perfeitamente picadas e cozidas, camarão e temperos apimentados. A mãe de Chichi ainda usava óleo de palma, ao contrário de sua mãe, que o tinha substituído pelo azeite de oliva, mais saudável e menos saboroso. Ela fechou a vasilha, voltando a se concentrar, lembrando-se de que não era um bom momento para estar na rua. Andou mais depressa.

Era o meio do dia, e ainda assim as ruas estavam vazias. Os mercados, os bancos e as escolas estavam fechados. Havia uma grande manifestação pró-Biafra acontecendo, em prol do dia que o povo igbo declarou que a região era seu próprio país, a República de Biafra, lembrando dos soldados e civis de Biafra que morreram durante a guerra civil e protestando contra a discriminação que o povo igbo ainda sofria décadas depois. Grandes reuniões secessionistas pró-Biafra aconteciam na praça da cidade. As autoridades locais alertaram sobre a violência, e as forças de segurança faziam patrulhas.

Antes de passar pelo portão de casa, Sunny se virou para olhar a rua silenciosa mais uma vez. Não havia pessoas nem veículos na estrada.

— Parece apocalíptico — comentou ela.

Estreitou os olhos para um beco mergulhado em sombras entre duas casas do outro lado da rua. Por um momento, pensou ter visto algo no breu. Estremeceu e entrou depressa. Quando abriu a porta, a mãe espiou da sala de estar, segurando o celular.

— Ah, graças a *Deus* você voltou. Viu seu pai lá fora?

— Não. Por que ele...

— Ouviu algo?

— É como uma cidade fantasma, mãe. Não tem nem carro na rua.

— Não é isso que estou vendo no Twitter — afirmou a mãe, focando no celular e tocando na tela.

Sunny não usava muito o Twitter. Tinha um perfil, mas mal tinha seguidores e só seguia um perfil que gostava de postar coisas sobre mascarados, algumas fontes midiáticas, o pai de Chichi, seus próprios pais e a cantora Rihanna. Ser uma pessoa-leopardo colocava as redes sociais no chinelo; simplesmente não havia como comparar um mundo virtual falso com o juju de verdade, encontrar espíritos reais, explorar um mundo maior que... o *mundo*! Sunny quase não se importava mais com o que via online. Ainda assim, as redes sociais tinham seus benefícios, como mantê-la informada sobre o que acontecia no mundo das ovelhas e em casa.

— A coisa está um horror — comentou a mãe, voltando para a sala, onde a televisão ecoava.

Sunny a seguiu.

— As manifestações pacíficas de hoje parecem ter se agravado e viraram rebeliões — afirmava a apresentadora.

Ela estava a uma distância segura, mas mesmo dali era possível ouvir o caos e o barulho de tiros.

— Ai, meu Deus, onde está o seu pai? — gritou a mãe de Sunny, jogando o celular no sofá.

A garota pegou o celular, tomada por uma ansiedade repentina, e entrou no seu perfil do Instagram. Nunca postara nada lá, mas era bom para stalkear o seu irmão Chukwu, de maneira discreta. Tudo o que havia postado naquele dia era um vídeo de si mesmo fazendo os enormes músculos do peito saltarem enquanto sorria para a câmera e murmurava *"Thug Life"**.

— O Ugonna não foi, né? — perguntou Sunny.

— Não, ele está no quarto jogando videogame com os amigos — respondeu a mãe.

A mulher se sentou no sofá, olhando para a TV. Sunny se juntou a ela, tensa e preocupada também.

Quando a porta da frente se abriu meia hora depois, as duas se sobressaltaram. O pai e o irmão dele, Chibuzo, estavam cobertos de poeira e cheiravam à fumaça.

---

* Sigla que, em tradução literal, significa "vida bandida" e faz referência a uma espécie de movimento social, que se tornou um estilo de vida, criado pelo rapper estadunidense Tupac Shakur. A junção das letras da expressão também forma a frase *"The hate u give little infants fucks everyone"* (O ódio que você dá a crianças pequenas fode com todo mundo). (N. da T.)

— Tranque! — gritou o pai. — Tranque!

Chibuzo teve dificuldade para fechar a porta enquanto o pai de Sunny se sentava bem ali, no chão da entrada, tossindo sem parar. Ugonna saiu correndo do quarto com os amigos e ficaram ali parados, olhando para os homens.

— Filho, traga umas cervejas para nós — pediu o pai. Quando ele levantou a cabeça, Sunny arfou. Ele ainda lacrimejava e os olhos estavam tão vermelhos que pareciam sangrar. — Eles jogaram gás lacrimogêneo!

O tio Chibuzo se sentou ao lado do irmão, tossindo também. Passou as mãos pelo cabelo e caíram poeira e terra para todos os lados, pedrinhas tilintando no piso. Ele olhou para a mãe de Sunny.

— Não sei quem deu a ordem ou quando, só... — O tio soltou uma tosse seca. — Tudo, um caos. *Kai!* — Tossiu. — Bateram, chutaram, homens, mulheres, os pés acertando qualquer um que alcançassem. — Disse, tossindo mais uma vez. — Eles não nos *tratam* como cidadãos, por que lutar tanto para nos *manter* nesta condição?

O tio soltou outra tosse seca, socando o peito.

— Pronto, aqui! — disse a mãe, pegando as cervejas e as toalhas com Ugonna e entregando-as ao pai de Sunny.

Ele abriu a garrafa com os dentes e deu um longo gole. O tio Chibuzo esfregou o rosto com vigor e os olhos se encheram de água.

— Nnaemeka! Atiraram e bateram nele, *o*! E atiraram em três outros homens! Eles nem *ligaram*! Como se fôssemos animais!

— Nnaemeka? — repetiu Sunny. — O tio do Orlu?

Ele olhou para Sunny. Então para a esposa, que nada disse.

— Sim — respondeu, tossindo. — Ele morreu.

A garota ficou tonta. Orlu havia dito que iria com o pai também.

— O... o Orlu estava...

— Sunny, vá molhar dois panos com leite — comandou a mãe, depressa. — Eles precisam tirar o veneno dos olhos *agora*.

Sunny foi empurrada pelo corredor. A menina cambaleou, mas, hesitante, se apressou até o armário para buscar as toalhas. Quando retornou com os panos encharcados de leite, mais quatro amigos do seu pai tinham chegado e não teve chance de perguntar de novo. Sunny sentia como se fosse perder a cabeça de tanta preocupação. Ao anoitecer, a casa estava abarrotada com os amigos do pai, acompanhados das respectivas esposas e namoradas, que estiveram nas manifestações também. Sunny escapou pelos fundos, dando a volta nos carros estacionados na entrada, atravessou o portão e começou a subir a rua. Andou depressa, sem olhar para o beco do outro lado da rua ou para qualquer outro lugar em que alguém pudesse estar à espreita aguardando por ela.

— Ah, graças a Deus! — exclamou a garota, arfando, antes de correr até Orlu.

Ele estava exatamente onde esperava, de todo o coração, que estivesse, nos degraus da porta da casa. E seus olhos estavam vermelhos também.

— Sunny. O que está fazendo aqui?

— Você está bem? — perguntou a garota, sentando-se ao seu lado.

Orlu cheirava à fumaça.

O rapaz balançou a cabeça e ficou encarando o chão, inexpressivo. Sunny colocou o braço em volta dele e os dois ficaram nesta posição por um tempo.

— Hoje é um dia muito, muito, muito *ruim* — respondeu Orlu, por fim. — Mas em 30 de maio de 1967, foi um dia bom.

Ele olhou para Sunny e aguardou.

— Eu sei. Trinta de maio de 1967, o dia que o General Ojukwu declarou a República de Biafra. Os igbo tiveram o próprio país, ficaram livres da Nigéria... por um tempinho. Também conheço a minha história.

Satisfeito, Orlu deu um sorrisinho e deu de ombros.

— Não pode me culpar por me questionar o quanto você sabe.

— Nigerianos americanos têm pais e avós nigerianos que falam sobre a Guerra Civil de Biafra — explicou ela. — Eu mesma li sobre, porque me cansei de não entender o contexto das coisas.

Orlu assentiu. Então o sorriso sumiu do seu rosto e o rapaz suspirou.

— Hoje foi ruim.

— O que... o que aconteceu?

— Eu estava lá.

— Eu sei.

Ele havia contado a ela que participaria. O avô e vários tios-avôs e tias-avós de Orlu da parte ovelha da família tinham morrido na Guerra Civil de Biafra. Os igbo vinham sofrendo discriminação da Nigéria desde então. Foi um fenômeno que influenciou os sistemas políticos, sociais e econômicos do país. Durante o último ano, Orlu tinha se tornado um grande defensor do movimento pró-Biafra.

— Meu pai me fez criar um juju protetor ao meu redor. Na hora, fiquei irritado, porque assim não dá para se sentir parte da multidão de verdade, sabe?

Sunny concordou com a cabeça. Os jujus protetores sempre mantinham as pessoas a um passo de distância. Deve ter sido uma sensação estranha para Orlu, estando ao redor de tanta gente.

— Estávamos cantando "O zoológico tem que cair!" e "Sem Biafra, sem paz!" Estávamos tão *fortes* e confiantes. — Ele fez uma pausa, franzindo a testa e fechando a mão em punho. — A polícia estava lá, mas não podiam fazer nada. Nós os enfrentamos, *gritamos* com eles. Uma mulher que vejo o tempo todo foi lá também; ela vende água potável na rua, sempre muito calada. Até *ela* estava gritando! — Ele sorriu ao se lembrar. — Então... então não sei o que aconteceu ou quem começou. Foi um empurrão primeiro. As pessoas ficaram num empurra-empurra perto de mim, como se tivessem acertado uma parede. Aguentei firme. Então o gás lacrimogêneo e depois os *tiros*! Não dava para ver quem fazia o quê, por isso podiam atirar! Eu... vi meu tio Nnaemeka, bem na minha frente. Segurava um lenço para pegar uma lata quente de gás lacrimogêneo e jogar de volta na... — Orlu arfou, mexendo as mãos.

Ele se levantou e começou a andar de um lado para o outro. Então parou e olhou para Sunny, os olhos avermelhados arregalados.

— Atiraram nele — sussurrou ela.

Orlu assentiu.

— E foram para cima dele, agredindo-o quando caiu. Eles o arrastaram como um saco de lixo...

O homem não tinha apenas levado um tiro e sido arrastado, estava morto. O pai dela havia dito aquilo. Sunny não contaria a Orlu naquele momento. Ele descobriria, em breve, que ao menos teve aqueles últimos minutos sem saber a verdade. Ele deu um soco na própria perna.

— Isso está errado! A forma como nos tratam é *errada*. As formas como eles *vêm* nos tratando. Tem uma facção leopardo do PIDB e meus tios fazem parte dela.

Sunny fez uma careta.

— Ah, não.

O PIDB, Povos Indígenas do Biafra, era o grupo político que liderava os protestos. Era muito ativo e agressivo. Sunny era grata pelo movimento, mas, com frequência, eles estimulavam a violência.

— Ah, sim — retrucou Orlu, com uma expressão sombria. — Os igbos-leopardo podem ajudar e muito a conseguir a Biafra que queremos.

— A secessão da Nigéria colocaria muita coisa de cabeça para baixo — opinou Sunny.

Orlu suspirou, desanimado e cansado.

— Eu sei — concordou ele. — Não sou *totalmente* a favor. Eu só... gosto da ideia. É *fazer* alguma coisa, *dizer* alguma coisa, não só ficar sentado como se tudo estivesse bem.

— Vai causar mais problema.

— O problema já existe.

Sunny o observou, preocupada. Aquele era o modo de pensar e o sentimento que levavam a um caminho sombrio, bem sombrio e sangrento.

Orlu se sentou de novo ao lado dela.

— O gás lacrimogêneo parece ácido e tem cheiro de vinagre. O Taiwo chama de perfume do diabo.

— Ele estava aqui?

— Estava na manifestação. Até que não o vi mais. Veio aqui em casa depois.

Sunny se perguntou o quão piores as manifestações teriam sido se as pessoas-leopardo não estivessem lá. Mas, por outro lado, alguns policiais podem ter sido pessoas-leopardo também.

— Sabe o que não tem cheiro de vinagre? — perguntou Sunny, pegando a faca juju, fazendo um floreio e *puf!*, um aroma herbal mentolado, fresco e ainda assim esfumaçado exalou ao redor deles. — Lavanda.

A fragrância favorita de Orlu.

Os dois ficaram ali sentindo o perfume delicioso das flores e Sunny desejou que, ao menos por um tempinho, Orlu se esquecesse do cheiro de gás lacrimogêneo, da política e da morte.

5
Considerando tudo

A escuridão era quente, aconchegante e agradável. Sunny precisava estudar, mas não naquele momento. Ela e Chichi tinham que fazer o que Udide pedisse, mas não naquele momento. Ela fora arrastada para dentro da água pelo rio e por monstros do lago, mas não precisava pensar nisso naquele momento. Ela ainda tinha flashbacks de Ekwensu, mas não naquele momento. Ela tinha quebrado noz-de-cola com a própria divindade suprema Chukwu e nunca contara a ninguém o que acontecera, mas não precisava carregar o fardo daquele segredo naquele momento. E as coisas entre ela e Anyanwu estavam... esquisitas, mas naquele momento, não se preocupou com aquilo. Suspirou, relaxou mais no presente.

— Sunny! Sunny!

A escuridão era quente, aconchegante e agradável. Boa para recarregar as energias. Ela girou na cama, o cobertor era um peso agradável sobre a cabeça.

— Sunny!

A garota abriu os olhos.

— Chichi? Que foi? — Antes de perceber o que fazia, estava de pé e cambaleando até a janela. Ela tinha certeza. Era a hora. Udide havia chegado para exigir que elas encontrassem o que fora roubado dela. — Merda — murmurou. Olhou para baixo, para Chichi. — É...

— Vem aqui fora! — pediu Chichi.

Um mau pressentimento a deixou tonta enquanto vestia um short jeans, uma camisa de manga comprida e tênis.

— Não estou pronta, não estou pronta, não estou pronta — murmurou para si mesma.

Mas ao mesmo tempo se sentiu um pouco aliviada. Ao menos a espera havia acabado. Evitar a coisa assustadora é com frequência tão perturbador quanto enfrentá-la. Mas, cara, ela NÃO queria ver aquela aranha gigante e sentir seu bafo absurdamente quente... que, aliás, nem era uma aranha de verdade. Espirrou repelente no corpo porque estava estressada demais para se lembrar do juju. Enfiou a faca juju no bolso, voltou para a janela e olhou para baixo. Chichi ergueu a cabeça e Sunny não conseguiu ver o rosto da amiga com nitidez sob a luz fraca da rua. As bochechas dela estavam molhadas?

— Você está bem?

— Venha logo. É importante.

Sunny se virou e abriu com agilidade a fechadura da porta da frente. Assim que colocou o pé para fora de casa já estava correndo para os fundos.

— O que foi? — perguntou Sunny, com o coração acelerado.

Estavam ao lado da árvore grande que crescia próximo ao quarto de Sunny.

— Desculpa — sussurrou Chichi. Secou o rosto com o lenço que pegou do bolso. — Ele está bem agora. Só foi... estranho.

Sunny fez uma expressão confusa.

— Hã? Quem?

Chichi assoou o nariz e quando olhou para Sunny, estava mais calma.

— Sasha.

— Aaaah — respondeu Sunny, finalmente compreendendo. Não tinha nada a ver com Udide. E era algo... bom. — Sasha passou pelo *Mbawkwa*? — Olhou para a casa. Não tinha checado o celular, mas sabia que já era pelo menos duas da manhã. — Cadê ele?

— Na casa do Orlu.

— Vamos.

Era uma noite quente e todas as criaturas noturnas estavam agitadas por causa do calor. Os grilos, gafanhotos *katydids*, mosquitos, sapos e aves da noite faziam barulho demais, algo sacudia um arbusto próximo e uma coruja berrava das copas das árvores. Pularam por cima de uma vala e se apressaram pela rua. Pouco antes de chegarem ao portão de Orlu, Chichi parou a amiga e disse:

— Ele desapareceu. Por cinco minutos, que o Anatov falou. Totalmente. *Puf*, sumiu.

— O que isso significa?

— Durante o teste, tem um momento que você chama e alguém responde. Para mim, não foi o que o Anatov esperava que fosse responder e, bem, para o Sasha também não foi.

— Quer dizer que um mascarado respondeu? — perguntou Sunny.

A ansiedade tomou conta de Sunny de imediato. Ela lembrava do que acontecera com Chichi, da sensação que só foi embora depois de dias. A amiga não pôde atravessar para Leopardo Bate até que a mãe tivesse certeza de que não estava mais passando por aquilo.

— Não. Não um mascarado, como foi comigo. É melhor Anatov te contar. Ele pediu que eu fosse te buscar.

Elas bateram à porta e Orlu abriu de imediato, parecendo preocupado.

— Bom — disse ele ao ver Sunny. — Entrem.

A casa estava escura e silenciosa. Os pais de Orlu se sentavam no sofá na sala escura com a mãe de Chichi.

— Desculpe, Sunny — comentou a mãe de Orlu.

— Tudo bem — respondeu Sunny. — Ele está ali dentro?

Todos assentiram.

— Ligaram para os pais dele? — perguntou a garota a Chichi.

— Eles chegam em algumas horas.

Os pais de Sasha vinham de Chicago e Sunny queria perguntar de que outra forma exatamente as pessoas-leopardo faziam uma viagem internacional, se não usavam o avião. Entretanto, já entrava no quarto em que Sasha estava quando tudo começou a pulsar.

A situação era a mesma que a de Chichi, e Sunny não sabia por quanto tempo aguentaria. Estar em um lugar fechado enquanto acontecia parecia piorar tudo.

— Por que não vamos lá fora? — questionou Sunny.

— Não — murmurou Sasha. Ele estava sentado em uma cadeira de vime, os braços apoiados nas laterais da cadeira, parecendo bastante relaxado... com exceção do rosto. Os olhos estavam apertados, os lábios comprimidos, as narinas infladas, a testa bem franzida. — Estar lá fora faz tudo parecer muito... vasto.

Ele não tinha um sinal em nsibidi debaixo do pescoço como Chichi.

Orlu se sentou na cama e Chichi ocupou o banco ao lado de Sasha. Sunny se sentou no chão diante deles, dobrando e encostando as pernas compridas no peito.

— O Anatov veio aqui — revelou Chichi — e ele concordou que Sasha deve ficar dentro de casa pelas próximas horas. Vai melhorar. Sasha, peça a Sunny o que deseja.

Ele contorceu mais o rosto como se tivesse sido atingido por uma nova onda de dor e tudo no quarto pulsou de novo. Chichi grunhiu, Orlu colocou as mãos no rosto e Sunny pressionou o peito. Conseguia sentir a vibração até os seus ossos.

— Merda... — sibilou Sunny. — Está fora de controle.

— Vai melhorar — repetiu Chichi.

Sunny segurou a mão de Sasha.

— O que precisa me contar?

— Não tente passar pelo *Mbawkw*a até ter ao menos 16 anos — alertou ele.

Todos riram, até Sasha.

— Estou dizendo, essa merda faz com que passar pelo *Ekpiri* pareça fácil como passar pelo jardim de infância. O primeiro não é nada, cara. — Ele fez uma pausa. — Anatov disse que eu desapareci. Eu estava na cabana dele, olhando as chamas, então me senti estranho e lembro de dizer "Putz"... e sumi. O Anatov falou que desapareci por cinco minutos. Quando... quando você deslizou para a vastidão...

— Você não pode ter feito isso — retrucou Chichi. — Estaria morto.

— Eu sei — respondeu ele. Abriu os olhos. O quarto vibrou. — Mas fui a *algum lugar* e... a Udide estava lá.

— Hein? — exclamou Orlu.

Sunny sentiu calafrios.

— Não — sussurrou ela.

Olhou para Chichi, mas a amiga observava Sasha.

— Você já viu a Udide na vastidão? — questionou Sasha.

Devagar, Sunny balançou a cabeça e esfregou o rosto. *Droga*, pensou ela, pressentindo o que estava por vir. *Droga*. Porque Sunny sabia. Isso vivia no seu subconsciente. Permanecia ali como uma aranha grande no canto, observando, esperando, à espreita. O pedido de Udide quando encontrara Sunny e Chichi nos fundos daquele restaurante em que pararam ao voltarem de Lagos, há mais de um ano: *Escrita como gazel em uma tábua no formato de uma fita de Möbius, feita do mesmo material que sua faca juju, garota albina de Nimm, você vai reconhecê-la. Vai chamar sua atenção. Ela não pode ser quebrada. É minha. Uma das minhas maiores obras-primas. Pertence a mim. Vão até lá, peguem-na e tragam-na de volta para mim.*

Sunny havia pesquisado o que era um gazel; era um tipo de poesia. E uma fita de Möbius era uma coisa no formato de infinito. Por que Udide de repente precisava de algo roubado nos anos 1990? E... se elas não conseguissem encontrar o objeto, o que Udide faria com elas? Chichi sabia mais, mas Sunny simplesmente não queria falar daquilo. Falar daquilo tornava real, palpável, *iminente*.

Considerando tudo, a verdade era que exigências como aquela não apenas desapareciam. Não quando vinha de Udide. Mas era possível estar em negação e fingir que desapareciam, sim, por mais que tudo indicasse o contrário. E então, ainda que Sunny não tivesse se esquecido do pedido nem por um momento, ela torcera para que Udide tivesse se esquecido dela... de Chichi... e de qualquer que fosse o objeto roubado a ser recuperado de sabe Deus lá onde. E, ainda assim, ali estava Udide, contando a Sasha coisas durante o teste *Mbawkwa*.

Sunny não queria perguntar, mas sabia que precisava.

— O que ela lhe contou?

O quarto todo pulsou e a garota tremeu, uma sensação forte de mau agouro deixando sua pele gelada. Prendeu a respiração.

Sasha balançou a cabeça.

— Ela... não importa. Não agora. — Ele apoiou a cabeça nas mãos por um momento e fechou os olhos. Respirou fundo enquanto tudo latejava de novo. A sensação foi tão intensa que Sunny a sentiu bem no fundo da barriga. Sasha abriu os olhos e olhou para Sunny com tanta intensidade que ela quase recuou. — Sunny!

— Que foi? — perguntou ela, a voz um tom mais alto do que gostaria.

— O Anatov me disse que você conseguiria fazer algo para mim.

— Certo.

— Traga uma folha daquela grama que você sempre vê na vastidão.

— Por quê? — perguntou Orlu.

— Ah, ela vai absorver a poeira da vastidão — deduziu Chichi. Sasha assentiu.

— A poeira da vastidão é como metal e a folha da grama, um ímã poderoso. Vou ter que... comê-la.

— Não sei — comentou Sunny, parecendo cética. — Aquela grama não é... grama de verdade.

— Eu sei — respondeu Sasha, com um gemido. — Mas Anatov disse que ajudaria. Vou fazer qualquer coisa que possa funcionar.

Tudo pulsou mais uma vez e ele se recostou, fechando os olhos.

— Merda — sussurrou Sasha. — Anda, Sunny. Andaaaaaaaa.

— Agora?

— Siiiiiiiiiim — grunhiu ele.

Ela olhou para Orlu e Chichi, que deram de ombros. Não era perigoso ir lá. Era fácil. Mas ela conseguiria trazer a grama da vastidão? Sunny estava prestes a descobrir. Deu as costas para eles.

— Está bem. Já volto.

Sunny deslizou até o campo para onde sempre ia quando queria apenas deslizar. Era o campo que Ekwensu a tinha levado e feito encarar a Morte. Ela revisitara aquele lugar meses depois do incidente, por insistência de Sugar Cream.

— Qualquer um que tenha passado pelo que você passou vai sofrer algum nível de estresse pós-traumático — afirmou Sugar Cream —, mesmo que se sinta bem. — Sunny havia tido pesadelos com o incidente desde então, portanto, não podia discutir. — Se você se sentir pronta, revisite o lugar onde enfrentou Ekwensu, quando não se virou para olhá-la nos olhos.

Sunny havia ido lá na expectativa de que a experiência a enchesse de lembranças ruins. Em vez disso, encontrara um campo vazio e amplo, com um gramado alto e ondulante sob um céu roxo claro. Então começara a ir para lá quando precisava pensar. Quase nunca havia algo lá, a não ser a energia que emanava de vez em quando do gramado, como gafanhotos. Era exatamente assim que estava naquele momento. Ficou parada no campo por um momento, desfrutando do silêncio, o único som vinha do barulho da grama balançando. Nenhuma vibração ressoava no peito, como o início de uma parada cardíaca.

— Certo — murmurou ela, colocando as mãos na cintura. Olhou ao redor de novo, esperando ver Anyanwu. Nada. Em nenhum lugar à vista. — Sempre onde ela precise estar. O que é, com muita frequência, longe de mim. Como se eu não importasse.

Ela grunhiu, olhando para o gramado, que pareceu balançar mais devagar, como se quisesse que ela parasse de notá-lo. Sunny se ajoelhou.

De perto parecia apenas grama, mas... resistente. E mais macia. Como se fosse se esticar, caso ela tentasse arrancá-la dali. A garota pegou um punhado e puxou. E de fato se esticou. Não muito. Mas o suficiente. Não se partiu nem saiu a raiz. Ela puxou com mais força. Não saía.

— Hum — murmurou.

Pegou a faca juju. Quando encostou a lâmina verde, que parecia feita de vidro, na grama que segurava, sentiu um choque elétrico reverberar pelo pulso e o aroma de folhas trituradas preencheu o ar. Sunny espirrou e abanou o ar para afastar o cheiro. Conseguiu arrancar um par. Elas balançavam em sua mão.

— É bom que não tenha lançado um juju em mim — comentou a garota. Espirrou de novo, sentindo o nariz entupir. — Ah, qual é.

Deslizou de volta.

Todos permaneciam exatamente no mesmo lugar. Com exceção de Sasha, que andava de um lado ao outro, batendo na própria cabeça.

— Faça parar, faça parar, faça parar!

TUM! Daquela vez o quarto pulsou com tanta intensidade que a casa inteira balançou. Um livro caiu da prateleira.

— Cheguei — anunciou Sunny, indo depressa até ele.

— Precisa de algo? — perguntou o pai de Orlu, do lado de fora do quarto.

— Não, papai — respondeu Orlu. — Estamos bem.

— Certo, o — respondeu. — Sasha, seus pais vão chegar logo.

Sunny lhe entregou as folhas. Elas escureceram para um verde-escuro e estavam murchas como alga marinha.

— *Argh* — murmurou Sasha. — Não podia ter pegado uma que estivesse mais... fresca?

— *Estava* fresca quando peguei. Fico é feliz por ter conseguido trazer comigo.

— Só coma — orientou Chichi —, antes que sacuda a casa toda até vir abaixo.

— Imagine que é tipo comer espinafre — aconselhou Orlu. — Já viu *Popeye*, aquele desenho animado antigo?

Aquilo fez Sasha gargalhar tanto que a casa toda balançou outra vez.

— Coma! — gritaram os três.

Ele comeu. Logo depois fez uma careta.

— *Blerg*. É amargo.

— Óbvio que é — retrucou Orlu.

Os três o observaram enquanto mastigava e engolia.

— Nossa — disse Sasha. — Fiquei tonto... mas acho... — A casa vibrou, mas já era melhor do que sacudir. — Acho que está funcionando.

Todos aguardaram. De repente, ouviram um som de porta abrindo no andar de baixo e os adultos começarem a falar todos ao mesmo tempo.

— Seus pais chegaram — comentou Chichi.

Mas Sasha já estava dormindo. Eles o cobriram e saíram do quarto. Nada pulsou nem vibrou outra vez.

— Ele tem razão — disse Chichi para Sunny. — Espere até completar 16 anos.

Sunny assentiu.

— Posso até esperar completar 20.

— O que acha... que Udide contou a ele?

Sunny deu de ombros. As amigas se encararam; ninguém queria tocar no assunto. Então deram as costas uma para a outra em silêncio.

6
Criadora de mmanwu

A lua cheia iluminava tudo. Sunny estava feliz. Sasha não havia contado aos amigos o que Udide dissera, mas o fato de que o escolhera a dedo e falara com ele em um momento tão crucial, a deixava incomodada. Sunny tinha se esforçado muito para tirar a aranha gigante da cabeça desde que tudo havia acontecido dois anos antes, apesar de saber que estava apenas em negação. Mas havia tentado... e, no geral, conseguido, até aquele dia. A garota estremeceu, andando mais depressa. Cada passo que dava parecia aproximá-la de seu destino. Seu celular vibrou e ela se sobressaltou. Tirou o aparelho do bolso e deu uma olhada no horário. Eram 5h12. Respirou fundo e atendeu.

— O-oi, mãe.
— Sunny...?
— Estou quase chegando — interrompeu Sunny, ao celular, colocando no viva-voz enquanto caminhava. Pulou por cima de uma vala e seguiu pela calçada. — Estou bem.

As duas ficaram em silêncio até a mãe dizer apenas:
— Depressa.

— Pode deixar.

Sunny fechou os olhos e respirou fundo mais uma vez. A mãe não contaria ao pai que ela estava fora de casa a uma hora daquelas e não faria mais perguntas. Mas ela sabia. Não que Sunny era uma pessoa-leopardo, não especificamente, mas *sabia* de alguma coisa. Tinha visto o mesmo comportamento na própria mãe… que tinha morrido de uma maneira bastante misteriosa. Na época, como ela era uma ovelha, a avó da menina nunca pôde ser honesta sobre ser uma pessoa-leopardo, e naquele momento Sunny também não podia. Devia ter sido tão solitário lidar com tanto mistério vindo da própria mãe e da filha.

Sunny respirou fundo de novo. A mãe estava dando o melhor e sempre seria assim. Não era algo fácil. A garota enfiou o celular no bolso ao passar pelo edifício abandonado. Deu uma espiada nele. Sempre tão bizarro, principalmente a uma hora daquelas. Era um edifício que ficou totalmente ocupado durante o que sua mãe chamava de "bum ponto-com", mas que, desde que ela nascera, foi desabando aos poucos, vazio outra vez. Alguma coisa atrás das janelas quebradas se mexeu e Sunny entendeu que era um sinal para acelerar o passo.

— Deve ser só um rato ou um lagarto — murmurou. — Que seja, só sei que não é problema meu.

Ela chegou ao terreno e usou a chave para abrir a portinha da entrada. Quando a fechou, soltou um suspiro de alívio. Sunny havia sentido que algo rastejava atrás dela, mas só quando chegou em casa conseguiu admitir aquilo para si mesma. Ela fazia aquele caminho o tempo todo, às vezes até tarde da noite, quando voltava do trem futum. Hoje em dia conseguia fazer uns jujus protetores poderosos, como aquele bem fácil que mantinha todo mundo, o tempo, a quatro passos de distância dela ou o bom e velho deslizar para longe, caso algo a deixasse desconfortável. Entretanto, a sensação era diferente. E, naquele momento, no terreno de casa, tinha certeza de que havia algo de muito errado.

Olhou para a lua. Era uma noite límpida e quente. Isso não era bom para Sasha. O luar sempre intensificava o juju, não importava qual tipo fosse. Inevitavelmente, seria impactado nessa ocasião. O efeito de Sasha chegava até ali? Nada pulsava, mas havia algo... *errado*.

— Anyanwu? — sussurrou ela. Não houve resposta. Sunny franziu a testa. — *Argh*, onde você está quando preciso?

Pelo menos o luar iluminava tudo ao redor dela. A garota se virou e olhou em direção à entrada de casa; mas não conseguiu vê-la.

Uma aranha do tamanho de uma casa estava de frente para a residência.

Sunny se espantou. Como não tinha percebido que todas as criaturas noturnas tinham ficado em silêncio? Mesmo a brisa quente havia cessado. A mãe não a veria se olhasse pela janela. Ela nem ao menos *olharia* pela janela. Não naquele momento. Sunny sabia o que estava sentindo. Udide havia parado o tempo. Soube, sem olhar para a luz amarela que piscava ao seu lado, que Anyanwu enfim estava por perto.

— Sunny Anyanwu Nwazue Nimmmmmmm — proclamou Udide.

A voz dela vibrou na cabeça de Sunny, elétrica e grave.

— O-O-*Oga* Udide *Okwanka*, a Artista Aranha Suprema, ela quem... — Sunny se esforçou para se lembrar de tudo. Ao tentar impedir o inevitável, tinha estudado sobre Udide no último ano. Além disso, sua figura surgia sempre quando pesquisava e desvendava coisas sobre o nsibidi. E ao fazer aquilo, sabia bem *quem* era Udide. — Ela que é a artista suprema que se movimenta livremente sob o solo e pela vastidão. Criadora da ráfia de palha *mmanwu*. Aranha, a Artista.

Os pelos no corpo de Udide se eriçavam de prazer enquanto Sunny recitava seus vários nomes. Com cada vibração, a garota tremia. Ainda se lembrava das palavras de Orlu de quando tinham conhecido Udide: "*Não* desmaie." Desmaiar seria uma demonstração de fraqueza que Udide consideraria ofensiva.

— Eu lhe cumprimento — finalizou a garota.

— Você se lembra? — quis saber Udide.

Sunny fechou os olhos e soltou um grande suspiro. Era isso. O pedido de Udide. Era a hora. Enfim. Sunny assentiu, aceitando que era o momento de encarar a aranha suprema e o que ela esperava.

— Mas por que está vindo até *mim* a respeito disso? É Chichi quem...

— Você é de Nimm, não é? Uma guerreira membro do clã.

Sunny abriu e fechou a boca. Ainda estava se acostumando à ideia. De qualquer forma, fora Chichi que descobrira que as mulheres de Nimm tinham roubado o gazel de Udide, não Sunny.

— Todo mundo está conectado a algo. A conexão traz benefícios, mas também lhe torna responsável. Você, sua Chichi, Asuquo, Omni, Gao, Ndom, todas as mulheres de Nimm. A prole de Asuquo vai assumir essa responsabilidade... e você também. Pegue-o de volta para mim. *É meu*.

Udide rastejou para perto de Sunny. Todas as suas pernas se moviam no ritmo de um fluxo calmo de rio. Eram escuras, com pelos acinzentados. O corpo dela era poesia e pesadelo. Sunny paralisou. Como sempre, o hálito de Udide tinha cheiro de casas pegando fogo e ela soprou no rosto de Sunny, as mandíbulas se mexiam e seus muitos olhos pretos estavam focados na garota.

— Preciso recuperá-lo em sete dias — afirmou Udide. — Há algo que já está aqui; quero todas as minhas ferramentas disponíveis. — Ela se aproximou ainda mais. — Foi roubado pela mãe da sua Chichi; mataram muitas das minhas filhas quando o levaram. Vocês vão pegá-lo de volta para mim ou vão se arrepender. Toda a humanidade vai. E então vou fazer vocês se arrependerem ainda mais, porque tenho motivo para essa vingança. Vou escrever uma história que não querem ler. Vou começar com o seu vilarejo de Nimm, mas vai ser só o início.

Sunny ofegou.

— Dizimar um vilarejo todo? Mas... mas isso é genocídio!

— Às vezes, o maior risco não é a morte — advertiu Udide. — De todas as pessoas, você deveria saber disso. Quantas vezes você morreu? E ainda assim, aqui está.

— Por que todas essas ameaças? — sussurrou Sunny. Sentia-se tonta. — Você acabou de dizer que a humanidade depende disso. Não é o suficiente?

Udide ergueu uma perna e a abaixou. O tremor que veio em seguida foi aterrorizante e Sunny estremeceu. Conseguia vê-las naquele momento. Aranhas minúsculas. Saltitavam e corriam, atrás dos olhos dela, em suas veias. Minúsculas como *nanobots*. Sunny estremeceu mais uma vez, esfregando os antebraços. Nunca gostara de aranhas. Não mesmo.

— Meu veneno corre em você, Sunny Anyanwu Nwazue — declarou Udide.

— Mas não em *mim* — interveio Anyanwu.

Mesmo tomada pelo medo, Sunny não pôde evitar sorrir.

— Arrogante como sempre, Anyanwu — respondeu Udide. — *Me* desafiar? Pois bem.

Sunny olhava nos olhos de Udide quando ouviu um barulho; por um momento achou que a aranha suprema tinha decidido secar e arrancar sua pele. Mas não era o que via, e sim o que *ouvia*. Algo se dobrava, ruindo, rachando. Então percebeu que não vinha da aranha, e sim da parte de trás da casa.

— Você tem sete dias — repetiu Udide, mexendo as mandíbulas. — Para o seu próprio bem e o de todo o mundo... não fracasse.

A aranha levantou a cabeça, girou o traseiro e lançou uma teia no céu. Subiu por ela com uma rapidez surpreendente. Quando estava bem alto no céu, o fio tão longo que não conseguia ver a que estava atrelado, Udide *pulou*! Ela desceu com todas as oito pernas esticadas.

— Mas que...

A aranha caía bem na direção dela. Sunny correu. Quando chegou à porta, virou-se a tempo de vê-la se chocar no concreto na entrada da garagem. O impacto estremeceu tudo, derrubando a garota. Ela se encolheu em posição fetal enquanto pedaços de pedra e poeira a atingiam. Quando tornou a olhar, viu um buraco enorme no local, a borda a quase um metro de seus pés. Rastejou devagar e olhou para dentro dele. Udide desaparecia dentro do túnel.

Então o buraco começou a desabar. Caindo e se preenchendo, os pedaços de concreto de perto da garagem se remodelaram. Em alguns minutos, a noite ficou silenciosa e o solo, intacto, como se um dos seres mais impactantes da Terra não tivesse estado ali falando com ela, lembrando-a, encarregando-a de...

Ameaçando-a.

Sunny olhou para a lua. Sua ansiedade era tão intensa que o astro parecia esmorecer diante dos seus olhos. O tempo se esvaía. Até o quê? O que Udide faria? Anyanwu ficou ali onde a aranha estivera e fez uma dancinha boba.

— Não é engraçado — comentou Sunny.

— Às vezes é bom rir.

A garota entrou depressa. Já tinha visto o suficiente. Espiou dentro do quarto de Ugonna, no caminho do seu. O irmão ocupava boa parte da cama, com o laptop aberto tocando rap. Nunca entendeu como ele conseguia dormir desse jeito.

Entrou e fechou a porta do próprio cômodo, largando a mochila no chão e se jogou de cara na cama. Sentiu Della zumbindo no seu ouvido.

— Só um segundo — disse Sunny.

Então ouviu um barulhinho, como algo sendo amassado. Sentou-se de imediato. O som de folhas secas esmagadas. Com o coração acelerado de repente, a garota se virou para a janela de onde vinha o ruído.

— Não, não, não, não! — murmurou, indo até a janela.

Estava aberta como de costume. Ela tinha feito um juju permanente para impedir a entrada de mosquitos ou qualquer coisa que mordesse ou portasse veneno. Sunny piscou, sentindo-se mal. Aquele som. Ekwensu. Estava subitamente de volta em Osisi, horrorizada com a ideia de que ela e os amigos estavam na casa gigante de uma mascarada muito poderosa. A menina se pendurava nas folhas secas e apinhadas de Ekwensu como se a vida dependesse daquilo. Ouvia o crepitar das folhas. Estava ouvindo *naquele momento*.

Apoiou as mãos na vidraça da janela e olhou para fora, certa de *quem* veria. Encarou. Sentiu-se atordoada com uma mistura de alívio e um mau pressentimento muito, muito intenso. Não era Ekwensu, mas não era melhor. Aquela era a casa dela e aquilo servia como um alerta em alto e bom som. A palmeira grande que crescia bem pertinho de sua janela, logo depois do muro do terreno... não estava apenas morta, parecia que tinha estado morta por uma *década*. Mesmo sob o luar, pôde ver com nitidez. Seu tronco estava petrificado, sua copa, antes frondosa, e o interior que fora de um vermelho intenso, tinham se tornado um marrom seco e sem vida. Quando a brisa soprou, a árvore morta fez aquele barulho crepitante da mascarada. Sunny estremeceu ao observar. Udide tinha feito aquilo com um simples movimento de uma das pernas.

Della voou para perto e zumbiu com intensidade em seu ouvido. Sunny assentiu e deu as costas para a janela. Sorriu ao ver a última criação do animal e, por um momento, não pensou na palmeira ressecada e morta do lado de fora, que parecia com um mascarado esperando e esperando — e que não esperaria por muito tempo. A vespa artista tinha criado uma obra abstrata naquela noite. Posicionado bem no centro do guarda-roupa, parecia um símbolo do infinito do tamanho de uma bola de tênis, feito de centenas de pétalas de flores brancas minúsculas.

Sunny observou de perto. Quando estava a um centímetro da obra, sentiu um aroma bem, bem doce.

— Aaah!

Sorriu. O cheiro era tão maravilhoso que, por vários minutos, foi tudo no que pensou. Ela se virou para a vespa artista, que se sentava na ponta do guarda-roupa, aguardando.

— Della! Que lindo! Ah, meu quarto... vou dormir tão bem hoje.

Satisfeita, Della zumbiu ao redor da cabeça de Sunny e foi em direção ao ninho, onde ficou em silêncio pelo resto da noite.

7
Essa responsabilidade é nossa

— Isso é um erro, Chichi — afirmou Sunny.

— Eu sei — confirmou a amiga.

Enxugou as lágrimas, mas não parou de andar. Sunny também não.

— Você não disse que elas vão nos matar? — perguntou Sunny.

O rosto de Chichi se contorceu quando foi tomada por pânico mais uma vez.

— Sim.

— Então isso é suicídio.

— Sim... talvez... mas nós... nós *temos* que entrar de fininho e ver a minha tia. Só precisamos descobrir *onde* é.

Andaram em silêncio. Sunny estava uma pilha de nervos. As mãos tremiam e as pernas pareciam gelatina. O único motivo de ainda estar caminhando era porque Anyanwu estava com ela, alinhada como antes, mantendo-a de pé. Afinal, também sabia que aquele era o único caminho. Que sentimento horrível!

— Vamos parar — comentou Sunny.

Pararam e se entreolharam. Seguraram uma a mão da outra e deixaram as lágrimas escorrerem livremente. Sunny estava morrendo de medo. Tinha pesquisado um pouco sobre as mulheres de Nimm no último ano e tudo o que encontrara eram referências à violência, crueldade e a um juju extremamente poderoso que só mulheres de Nimm conseguiam compreender.

Até Sugar Cream dissera uma vez:

— Dá para entender por que você é uma guerreira de Nimm. É talentosa e forte... só não lhe desejo esse destino. Fico feliz por ter crescido fora do círculo delas.

Sunny havia passado a maior parte da noite colocando na mochila os itens mais essenciais em que conseguira pensar. Chichi não precisava contar, insistir ou relembrar a amiga. Sunny sabia que era o momento. Desde a noite anterior quando Udide tinha ido à casa dela... o que acabou sendo mais ou menos 24 horas antes de a aranha suprema aparecer na casa de Chichi para dar a ela um aviso parecido.

— Merda — murmurou Sunny, levantando a mochila.

— Eu sei.

— Vamos fugir. Ou nos esconder na Biblioteca de Obi. A Sugar Cream com certeza poderia...

— Isso não vai proteger o vilarejo de Nimm, nossas famílias, nem... nada.

— Se as Nimm vão nos matar por irmos, por que deveríamos nos importar se Udide acabar com elas? — questionou Sunny.

Mas sabia a resposta. Seria culpa das duas. Se outras pessoas se machucassem, seria culpa *delas*.

— Essa responsabilidade é nossa — foi tudo o que Chichi disse.

Sunny suspirou, apertando com mais força as mãos da amiga. Assentiu. Um *chittim* caiu ao lado delas, mas nem se deram ao trabalho de pegá-lo. Só seguiram em frente.

* * *

Cruzaram o campo de futebol onde Sunny havia aperfeiçoado as habilidades no esporte à noite com os irmãos, na época em que seu albinismo a impedia de jogar debaixo do sol. Passar pelo local durante a noite era fácil; correra por ali tantas vezes depois do anoitecer quando os irmãos iam embora. Olhou para a lua ainda cheia e franziu a testa, pensando no que a aguardava em casa àquela altura. Sunny havia deixado um bilhete. Sua mãe ficaria muito estressada, mas o que poderia fazer?

— Ainda está muito longe?

— Não faço ideia.

— Então como sabe para onde estamos indo?

— Até *você* sabe para onde é. Qualquer um com sangue de Nimm sabe — respondeu Chichi.

— Meu Deus, meu... meu pai realmente vai perder a cabeça — comentou Sunny. — Nos últimos meses, acho que ele tem começado a cair em si. Ele tinha...

— Seu pai *nunca* vai "cair em si" até conseguir aceitar *você* como *você* é e parar de tentar lhe enfiar em uma maldita caixinha — bradou Chichi.

— Ei! — gritou Sunny. — Não fale assim do meu pai.

A amiga a ignorou, enxugando o suor da testa.

— Ele também precisa largar essa palhaçada patriarcal de homem igbo. As meninas são tão boas quanto os meninos nas coisas, e, muitas vezes, são até melhores.

— Ahhh, chega, chega, vamos focar em para onde estamos indo.

— Aham — concordou Chichi. — Porque você sabe que estou certa.

Sunny rangeu os dentes, lutando contra a vontade de dar meia-volta e retornar para casa. Por que não? Era com certeza melhor que morrer nas mãos de mulheres cruéis com as quais supostamente tinha uma conexão. Chichi gargalhou, sabendo que conseguira mexer com ela.

— Ei! — exclamou alguém.

— Ah, qual *é*! — gritou Chichi.

Elas se viraram. Sasha *e* Orlu passavam apressados pelo campo. Os dois carregavam mochilas.

Chichi estreitou os olhos para Sunny.

— Você disse algo?

— E quando eu teria feito isso? — respondeu Sunny.

— Vocês não vão sem nós — declarou Sasha.

— Você mal se recuperou da sua iniciação — retrucou Chichi.

— Está ouvindo algum estrondo? — questionou Sasha. — Estou bem. — Os quatro fizeram uma pausa, tentando ouvir. De fato, nada vibrava e não havia estrondo. — É, a grama da vastidão tinha gosto de veneno, mas funcionou.

— Bom, vocês não são de Nimm — disse Chichi. — Vão matar vocês.

— Não importa — afirmou Sasha. — Vão matar vocês duas também. Somos um clã *Oha*. Saímos em missões suicidas juntos, cara.

— *Afff*, não é uma missão suicida — retrucou Sunny, revirando os olhos.

Sasha riu com vontade.

— Sem nós dois, é sim. Acham mesmo que conseguem entrar escondidas em um vilarejo de mulheres desequilibradas sem a nossa ajuda?

Chichi fez uma pausa, comprimiu os lábios e soltou:

— Sim.

Ela cruzou os braços e suspirou. Por sua vez, Sasha soltou um som de escárnio.

— Nós vamos também.

Chichi lançou um olhar a Sunny, que deu de ombros.

— Você explicou tudo para a sua vespa artista? — perguntou Orlu à Sunny.

Ela mordeu o lábio. O que poderia dizer? Além do mais, naquela manhã, muito antes de Chichi chegar à janela do seu quarto, já havia compreendido que era a hora de lidar com o problema, por causa do que Della havia criado. Pelo que *tivera* que criar. Bem ali, no guarda-roupa, estava a vespa artista e, próxima a ela, uma imagem muito peculiar e perturbadora.

Della criara o que se parecia com uma galáxia em movimento feita de lama mastigada e no centro estava o cadáver de uma aranha enorme, encolhida de costas, uma posição comum quando aranhas morriam.

— Ela tentou atacar você? — perguntara Sunny a Della, e o inseto havia zumbido alto.

Voou ao redor da cabeça dela — o ferrão da vespa artista era protuberante como uma espada —, então até o cadáver da aranha, parando a milímetros do corpo. Udide enviara uma de suas capangas para lembrar Sunny de suas... obrigações, ao tentar matar a vespa artista. Aquilo havia irritado e enfurecido Sunny a ponto de ela cair no choro. Então havia pegado o inseto, protegendo-o com as mãos, se sentado na cama e contado tudo a Della. Inclusive o fato de que tinha que ir a um lugar... por um tempo.

Orlu assentiu.

— Viu? Você explicou *tudo* para ela antes de sair, então Della não vai fazer algo imprudente se você demorar a voltar. Você *sabe* que é uma situação perigosa.

Sunny tocou o pente de vidro *zyzzyx* no cabelo crespo, algo que Della fizera para ela dois anos antes. Passara a usar o cabelo bem volumoso, contente com o conforto e ousadia dele. Ninguém que conhecia exibia um cabelo como o seu, e o fato de que crescia tão grosso e da cor amarela-branca — Sunny o adorava e desafiava qualquer pessoa a falar algo contra.

Juntos, os quatro iniciaram a jornada.

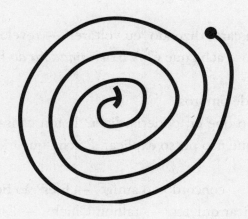

* Símbolo nsibidi que significa "quando eles iniciam a jornada"

8
Chame o futum

— Deixei uma carta dizendo "eu voltarei" — revelou Sunny.

— Quem você acha que é? A *Exterminadora do Futuro*? — retrucou Sasha.

Sunny deu de ombros.

— Qual é, o que eu poderia dizer? Estou cansada de tentar explicar algo que não posso explicar. E acho que meus pais também estão.

— Verdade — concordou o amigo. — Eles vão ficar bem.

— Podem ficar quietos? — ralhou Chichi. — Estou tentando pensar.

— É tão difícil assim chamar um trem futum? — perguntou Sasha. — Desenhe um *vévé* com pó de juju, apunhale com a faca juju, diga as palavras.

Estavam na beira da estrada perto de um monte de árvores. Orlu olhava para a estrada. Ele se ajoelhou e tocou o concreto.

— Sei chamar um trem futum, sr. Eu-sei-mais-do-que-ela — respondeu Chichi, irritada. — Eu só... não sei como explicar o nosso destino. Sempre soube aonde estava indo... de certa forma.

— Só faça o pedido com um *no sabi* — sugeriu Orlu. — Vai demorar mais para chegar, mas ao menos não vai precisar lidar com um motorista nervoso.

— Hum, verdade. Boa ideia — concordou Chichi.

Sunny inclinou a cabeça.

— Você sabe o que está fazendo, hein?

— Aprendi quando era pequeno — respondeu Orlu, rindo.

Uma hora desagradável se passou. Não perceberam como estavam próximos a um riacho e os quatro tiveram que fazer e refazer o "mata mosquito", um juju que criaram outra noite enquanto estavam na cabana de Chichi e uma nuvem de mosquitos invadira o lugar. Tinham nomeado o juju em homenagem a um rap naija irritante que Orlu cantara sem parar uns anos antes.

— Eu *dey* mato mosquito, ora, ora — gritou Sasha, enquanto fazia um floreio ao reaplicar o juju mais uma vez.

No momento que sua faca juju tocou o solo (o último movimento do juju), os mosquitos que atacavam escaparam pela tangente e um cheiro de limão tomou o ar. Tinham feito o juju não só para ser eficaz como também dramático. Óbvio que, no momento, Sunny desejava que tivessem feito o juju para durar mais do que dez minutos e para alertar quando perdesse o efeito, mas uma vez que um juju era elaborado, não podia ser modificado. Alterá-lo não era uma tarefa fácil. Horas se passaram e consumiram a energia do grupo, a ponto de ficarem cansados por dias. Mas valeu a pena.

— Estou vendo — afirmou Orlu, apontando para a estrada.

Em um instante, todos já conseguiram ver que o veículo vinha na direção deles em uma velocidade absurda, parecia flutuar em uma nuvem luminescente azul elétrica. Os faróis de lítio riscaram a escuridão e, por um momento, Sunny pôde ver que ela e os amigos estavam em meio a uma nuvem densa de mosquitos e moscas. O juju "mata mosquito" os protegia mais do que pensara.

Da cor de laranja brilhante, com a parte externa amassada, e as frases "SEM TEMPO PARA VER A HORA!" e "CARA MANEIRO!" na lateral, o trem futum parou e a porta se abriu. Uma mulher esquelética e idosa que parecia ser ainda mais alta que Sunny estava no banco do motorista.

— Três da manhã, no meio de uma nuvem de insetos sanguessugas e sem ideia de para onde estão indo, que vida, *o*! — disse ela, rindo.

Eles entraram depressa no veículo e ela fechou a porta logo depois. O trem futum estava completamente vazio... ao menos de seres humanos. Contudo, quando se tratava de insetos, era outra história. Gafantasmas aos montes! Tinha um em cada assento, vários outros presos às paredes e alguns no teto. Eram enormes, do tamanho de uma bola de futebol americano, de um vermelho-vivo com os olhos grandes, dourados e complexos.

— Melhor do que mosquitos e moscas — afirmou Sunny.

Sasha se sentou do lado oposto ao de Chichi, e Orlu retirou com delicadeza um gafantasma que estava ao seu lado, para que Sunny pudesse se sentar ali. Ele colocou o bicho no topo do assento, de onde o animal rastejou para longe. Quando a garota espirrou alto, o gafantasma voou e pousou no teto. Se uma criatura tipo gafanhoto pudesse olhar com raiva, era como ele a encarava naquele momento. Ela pegou uns lenços quando outro espirro fez cócegas em seu nariz.

— *Argh* — murmurou. — Essa alergia irritante. Eu odeio tanto isso.

Orlu deu tapinhas no ombro dela.

— Motorista, você está com um problema de infestação aqui — brincou Chichi.

— Hã, estão apenas de passagem — comentou a motorista. — É temporada de migração de gafantasmas.

Eles se entreolharam. Orlu estava evidentemente pronto para fazer suas milhares de perguntas. Sunny deu uma cotovelada nele. Não era hora disso.

— Eles vão se dispersar ao amanhecer — continuou a motorista. — Então vocês quatro estão dando uma voltinha ou o quê?

— Precisamos ir a um lugar, mas não sabemos onde é — respondeu Chichi.

— Ah, e qual é o lugar?

— O Vilarejo de Nimm — revelou Chichi.

A motorista respondeu, mas nenhum deles ouviu o que disse, porque um gafantasma ao lado de Chichi de repente começou a cantar sua música ressoante, balançando-se suavemente de um lado para o outro. A garota lançou um olhar para a criatura, que começou a cantar mais alto. Um deles pulou na cabeça de Sasha e se juntou à cantoria, sincronizando a canção com o outro que cantava ao lado de Chichi. Sunny aproveitou o momento para se virar para a janela e espirrar alto, assoando o nariz logo depois.

— Desculpe — gritou Chichi. — Não conseguimos...

A motorista se levantou e foi até eles. Ela *era* alta mesmo, talvez chegando a 1,90m.

— Vocês estão nervosos? Os gafantasmas cantam para pessoas que estão nervosas, mas vocês devem estar bastante tensos para eles cantarem enquanto migram.

Chichi suspirou, irritada.

— Não.

— Estou de boa — garantiu Sasha.

A motorista pegou o gafantasma da cabeça do rapaz e a criatura cantou mais baixinho. O que estava ao lado de Chichi seguiu o exemplo e, logo, os cinco conseguiam ouvir uns aos outros.

— Nimm, hein?

A motorista olhou para Chichi e Sunny.

— Ah, aquelas mulheres.

— Sabe o caminho? — perguntou Chichi.

— Eu não.

— Os motoristas dos trens futum não sabem *todos* os caminhos? — questionou Sasha.

— O Vilarejo de Nimm não se enquadra em "todos os caminhos" — retrucou a motorista. — E as mulheres de Nimm geralmente viajam por conta própria.

— Eu... não aprendemos isso ainda — respondeu Sunny.

— Vocês duas são de Nimm?

Chichi e Sunny assentiram. Sunny ainda se sentia estranha ao reivindicar aquele título, mas o simples ato de flexionar os próprios músculos era tudo de que precisava para espantar o desconforto. E a lembrança da avó.

— Certo — comentou a motorista, voltando ao próprio assento. — Conheço *parte* do caminho.

— Eu sabia — comentou Sasha.

— Mas a partir de um certo ponto, *vocês* que vão ter que nos guiar.

— Vamos ver isso quando chegarmos — disse Chichi.

— Está bem, o. Com sorte, terão tempo de fazer isso.

9
V. Hoytema & C.

Os gafantasmas cantavam de novo. Mais dois pousaram nas costas do banco de Chichi e o coro era tão alto que Sunny conseguia sentir a vibração até nos dentes. Sasha não pareceu se incomodar, tanto que tinha se deitado no assento e caído no sono. Também não afetado pelo barulho, Orlu pegara um livro da mochila e lia, apesar dos solavancos do trem futum. Chichi havia deslizado para mais perto da janela. Ela encostou a testa no vidro e suspirou.

— Você está bem?

A amiga assentiu, mas não disse nada.

Sunny se levantou e se sentou ao lado dela.

— Está com medo?

Chichi deu de ombros.

— Bom, estou morrendo de medo — comentou Sunny. Fez uma pausa. — Mas acho que tenho ainda mais medo da Udide.

Chichi se empertigou ao ouvir aquilo.

— Que tipo de mundo é esse em que algo como ela existe?

Olharam uma para a outra e começaram a rir.

— Tipo, tipo, do tamanho de uma CASA! E isso é só o que ela nos deixa VER! Acho que se eu encontrar com ela na vastidão, vou *perder a cabeça*... porque não posso *morrer* lá!

— Por que... — Chichi gargalhava tanto que mal conseguia respirar. — Por que dizemos "ela"? Ela é tudo! Deus, Deusa, divindade, espírito, fantasma. É demais para a linguagem humana.

Os gafantasmas devem ter sentido a mudança do humor da garota porque pararam de cantar, e de repente, Sunny conseguiu ouvir a si mesma.

Mais séria, ela disse:

— Só que, honestamente, deveríamos ficar honradas. Fomos enviadas em uma missão perigosa, sim, mas, *hum*, a Udide nos visita com frequência.

— Às vezes eu preferiria ser chata e normal — comentou Chichi.

— Acha que a motorista está nos levando para onde?

— Para a entrada do Parque Nacional da Travessia do Rio na Divisão Oban — respondeu a mulher, olhando para elas pelo retrovisor. — O manual do trem futum indica que o Vilarejo de Nimm pode ser acessado de lá. Onde? Não sei.

— Espere — pediu Chichi, levantando-se para conseguir ver melhor a motorista. — O parque nacional é ENORME! Se nos deixar na entrada, como vamos encontrar o lugar?

— Vão ter que descobrir essa parte sozinhos — respondeu ela, dando de ombros.

Chichi se sentou de novo, pensativa.

— Está de noite — comentou Sunny.

— E não sou muito uma pessoa da natureza — continuou a amiga.

— Já ouvi coisas sobre o parque — revelou Orlu, ainda olhando para o livro. — É um dos locais com mais biodiversidade no mundo e tem uma variedade *enorme* de borboletas..., mas há outras coisas lá também.

Elas não pediram detalhes.

Orlu se recostou no assento, ficando mais confortável.

— Provavelmente temos mais meia hora até lá. Foquem em como podemos localizar o vilarejo.

— Então, você não vai lá? — perguntou Sunny.

— Não — respondeu Chichi.

— Nunca?

— Não.

— E a sua mãe?

— Óbvio que não!

— Parentes?

A amiga soltou um muxoxo.

— A minha mãe foi proibida de voltar. — Ela fez uma pausa, franzindo a testa. — É uma longa história. Mas ela diz que toda mulher de Nimm sabe o caminho. Só nunca perguntei a ela qual era, porque, bem, por que perguntaria? Sei como encontrar o meu pai? Não. Para quê? Mas memória de sangue é memória de sangue.

— Sangue — repetiu Sunny, pensando em Udide e no veneno de aranha. Estava no sangue dela e de Chichi, o que significava que a Aranha poderia encontrar qualquer uma delas a qualquer momento. — DNA, substâncias químicas, células sanguíneas, anticorpos... a resposta está lá.

Chichi assentiu.

Ainda quebravam a cabeça pensando, quando o trem futum enfim parou. A estrada terminava em um círculo com uma estátua de elefante cinza-escura em tamanho real, a tromba erguida em uma saudação eterna. Eles pararam na entrada, de frente para um posto de controle. Árvores e um céu azul foram pintados no topo da arcada com as palavras PARQUE NACIONAL DA TRAVESSIA DO RIO em grandes letras verdes. E em letras menores, ao centro, estava escrito: DIVISÃO OBAN, PORTÃO DE ACESSO AO PARQUE EROKUT.

— Uau — murmurou Sunny. — Estamos bem longe de casa.

Embora duvidasse de que o trem futum viajasse apenas seguindo as leis da física, talvez o caminho não tenha sido tão longo quanto à distância.

— Há trilhas e rotas ali dentro — informou a motorista. — Fica ao critério de vocês.

A estrada de terra que levava ao parque mergulhava em sombras logo depois das luzes de entrada. Sunny havia pesquisado o parque no celular. Tinha mais de 500 mil quilômetros quadrados. Se a entrada do Vilarejo de Nimm fosse "em algum lugar do Parque da Travessia do Rio", seria impossível encontrá-la.

— Pode esperar aqui para o caso de não encontrarmos? — pediu Sunny.

A motorista franziu a testa e pensou por um momento.

— Vocês são crianças, então vou esperar por meia hora — cedeu ela. — E aí vou embora.

Eles se entreolharam. Meia hora não era nada se tivessem que procurar lá dentro. Além do mais, era madrugada. Sunny estremeceu, apesar do calor.

— Vamos mesmo lá dentro? — questionou ela.

— Tem uma ideia melhor? — retrucou Chichi, irritada.

— Cara, vão fazer picadinho de nós lá, com certeza — comentou Sasha, incerto.

— De uma coisa eu sei — garantiu Orlu. — Não vão nos pegar facilmente.

— Ah, que bom — zombou Sasha. — Pelo menos sei que vão ter dificuldade para me matar em vez de ser fácil. Ótimo.

— Vamos — orientou Chichi, indo em direção à entrada. — Estamos perdendo tempo.

Começaram a andar. Mal tinham dado dez passos antes de ouvirem um rugido afiado e alto ficando mais forte.

— Motos? — cogitou Sunny.

Um grupo de motoqueiros dirigia pela estrada. Havia cinco deles; os veículos eram robustos e brilhantes, e cada um carregava um pacote. Uma delas tocava afrobeat alto. Passaram pelo círculo, então pelo trem futum, e seguiam em direção a eles.

— Acham que eles conseguem ver o trem futum? — perguntou Orlu, desesperado.

— Não sei! — respondeu Chichi. — Provavelmente? Ovelhas aqui, a essa hora da noite, seria estranho.

— Leopardo ou ovelha, vamos lidar com eles — grunhiu Sasha. — Sei exatamente o que fazer.

— Não façam *nada* — pediu Orlu. — Ainda não.

Eles sacaram as facas jujus, mantendo-as próximas às pernas. Sunny lutou contra a vontade de tapar os ouvidos. Todas as motocicletas eram barulhentas, mas uma delas estava alta demais. O som estrondoso do cano de descarga fez com que uns pássaros em uma árvore voassem para longe, grasnindo. A garota tentou sentir Anyanwu por perto. Se estivessem prestes a serem atacados por saqueadores, precisava dela.

— Merda — murmurou, quando não encontrou sua cara espiritual em lugar nenhum.

A moto que tocava a música desligou o som. Sunny tentou descobrir qual delas era, mas não conseguiu. A mulher na frente removeu o capacete. A luz fraca da entrada mal permitia ver o rosto dela. Era alta, com porte forte e parecia um pouco mais nova que o pai de Sunny. Ela usava jeans e uma jaqueta de couro preta bordada com contas vermelhas nos ombros.

— O que estão aprontando? — perguntou ela.

— Não é da sua conta — devolveu Sasha.

Os motoqueiros riram, removendo o capacete.

— Não fazem a menor ideia do que estão fazendo — comentou outra mulher, atrás da que falou primeiro. Vestida em couro azul-celeste da cabeça aos pés, a moto e suas tranças também azul-claras, tinha a pele tão escura que Sunny mal conseguia ver o rosto dela. — Deem meia-volta e entrem no trem futum. Este lugar não é para crianças sozinhas no meio da noite.

Sunny relaxou... mas não muito. Ao menos eles eram pessoas-leopardo. Mas, por outro lado, eles eram pessoas-leopardo.

— Para onde estão indo? — quis saber Chichi. — Não deve ser muito seguro para adultos também.

Um dos motoqueiros soltou um muxoxo.

— Anda, vamos deixá-los aí, Iroko. Estamos perdendo tempo.

— Você nunca foi de ligar para nada — comentou a mulher de azul chamada Iroko, balançando a cabeça. Olhou para Sunny. — Temos um longo caminho pela frente, mas não vou ficar sossegada enquanto não souber por que quatro crianças estão entrando no parque a essa hora da noite. Desembuchem.

Sunny estava prestes a abrir a boca quando sentiu Anyanwu chegando. Quando falou, a voz saiu estável e neutra.

— Digam seus nomes primeiro. Por que *vocês* estão aqui.

Iroko fez uma pausa e olhou para os outros. Então desceu da moto azul brilhante, usou o suporte para apoiar o veículo no chão, e foi até Sunny. De perto, a garota podia ver melhor o rosto da mulher. Era bem mais velha que sua mãe e tão baixinha que Sunny inclinou a cabeça para olhar para ela. Mas a estatura não escondia a presença forte.

— Certo, *o* — respondeu ela. — Sou Iroko. — Ela apontou para a mulher que tinha falado com eles antes. — Aquela é Tungwa Storm. — Então indicou uma mulher alta e gorda que usava couro amarelo dos pés à cabeça; era a que tinha os alto-falantes na moto. — Aquela é Tune. — Em seguida apontou para um homem de pele marrom com cabelo preto crespo. — Bami Bami. E aquele é Mba. — De todos, Mba era o que mais parecia com o pai de Sunny... com exceção dos dreadlocks longos grisalhos amarrados em um coque apertado no alto da cabeça. — Somos o Moto Clube Lagarto. Somos pesquisadores documentando a Nigéria. Não se pode aprender sobre o seu país sem aprender sobre o povo, a cultura e o terreno. Então andamos de moto. Agora, quem são vocês?

Sunny olhou para os outros. Orlu acenou com a cabeça.

— Sou Sunny, estes são Orlu, Sasha e Chichi. — Fez uma pausa. Anyanwu tinha sumido de novo. — Estamos... estamos a caminho do Vilarejo de Nimm.

Iroko riu e olhou para os outros.

— A pé? — perguntou a mulher chamada Tune. — Hoje?

— Como assim? — questionou Sunny.

— É — reforçou Chichi, aproximando-se de Sunny. — Como assim?

— Não podem entrar no Vilarejo de Nimm só perambulando pelo parque. Precisam entrar, mas então têm que saber o que fazer e só saberão quando estiverem lá.

— Temos que andar quanto tempo dentro do parque? — perguntou Chichi.

— Nunca fui lá, óbvio — respondeu Tune. — Mas já levei uma amiga. Ela não me deixou ficar depois que entrou, mas dirigi por uns cinco minutos nessa rota e então ela entrou na floresta.

— Na sua moto? — questionou Orlu.

— Sim, então uma caminhada bem mais longa. As motos são rápidas.

— Bom, se estão entrando, podem nos levar? — pediu Sasha.

— Sim — confirmou Mba.

Era a primeira vez que ele falava. Os outros assentiram.

Depois de o grupo trocar olhares, Tungwa Storm disse:

— Mas terão que caminhar de volta por conta própria, se não conseguirem encontrar.

Chichi deu de ombros.

— O que mais podemos fazer?

— É perigoso — opinou Orlu.

— Mas estamos correndo contra o tempo — acrescentou Sunny.

Sasha ergueu a voz:

— Justo. Vamos dar um jeito quando chegarmos lá.

Chichi foi com Iroko, Sunny com Tungwa Storm e Orlu com Bami Bami. Sasha foi com Tune, o que não foi surpreendente, e os dois riram e tocaram afrobeat e rap o caminho todo. Mba conduziu o caminho, o mais calado do grupo, mas ele era quem melhor conhecia o parque nacional.

— Mba não falou, mas ele já foi ao Vilarejo de Nimm — revelou Tungwa Storm, no caminho.

— Por que ele não contou?

— Disse que vocês não vão encontrá-lo aqui.

— Como ele sabe disso?

— A habilidade dele é a previsão certeira. Também sabe quando as pessoas precisam fazer algo; vocês precisam mesmo ir lá.

Não usaram juju para iluminar o caminho, apenas as luzes potentes das motos, e foi o bastante. A estrada de terra era ampla, e o solo, plano. As laterais da estrada eram cercadas por uma floresta exuberante e densa. O cano de descarga da moto de Iroko era o mais barulhento, mas mesmo por cima do som trepidante, Sunny conseguia ouvir as criaturas da floresta soltando estalidos, grunhidos, grasnidos, pios e guinchos.

— Segure-se — orientou Tungwa, e Sunny se segurou mais forte nela bem a tempo.

Dispararam em uma velocidade absurda, quase impossível, a moto abraçando a curva como se uma força magnética a impedisse de voar para dentro do mato. Sunny fechou os olhos e ficou nervosa ao perceber que aquilo não ajudava. Em vez de ver a estrada vindo ao seu encontro, a escuridão por trás de seus olhos a fez se sentir em um túnel e ela voava enquanto o percorria. Abriu os olhos.

— Tudo bem? — gritou Tungwa Storm.

— Não.

A mulher riu. E não desacelerou.

— Quase lá.

— Como sabe?

— A Tune está desacelerando.

Quando a moto de Iroko parou, o silêncio nos ouvidos de Sunny foi surreal. A floresta não era nada silenciosa, mas em comparação ao ruído da moto de Iroko, o contraste era gritante.

— Então — comentou Tungwa Storm, quando Sunny não se mexeu. — Pode descer.

— Ah — murmurou a garota. Ela saiu da moto, sentindo as pernas moles feito geleia por ter apertado tanto o assento. — Obrigada.

Tungwa Storm assentiu.

— Têm certeza de que querem ir lá? No Vilarejo de Nimm?

— Sim.

Tungwa Storm riu.

— Vocês, mulheres de Nimm, nunca têm medo da morte. Boa sorte!

Ela disparou antes que Sunny pudesse responder qualquer coisa. A garota se juntou aos outros, observando os motoqueiros irem embora. Então os quatro se encararam, com certeza pensando a mesma coisa: *Ai, merda! Por que estamos aqui?*

Esperaram até que não houvesse mais sinal dos motoqueiros antes de usarem as facas para clamarem aos vaga-lumes que levassem a luz. Todos fizeram o mesmo juju e, em instantes, a luz dos traseiros dos vaga-lumes os iluminou. No meio da floresta tropical, em uma noite muito quente, era como se uma galáxia os rodeasse.

— Obrigado — disse Orlu aos vaga-lumes.

Sunny o imitou. Um vaga-lume grato era um amigo radiante por bastante tempo.

— É, obrigada!

— *Dalu* — disse Chichi.

— Faço das palavras deles as minhas — acrescentou Sasha.

— Sempre quis vir aqui — comentou Orlu. — Esta floresta tropical abriga uma das maiores diversidades de borboletas no *mundo*, os gorilas mais ameaçados da África, sem contar que os babuínos *idiok*, que criaram o nsibidi, vieram daqui. Estamos em um dos lugares mais mágicos da face da Terra.

— Literalmente — acrescentou Chichi. — Há uma razão para as Nimm terem construído o vilarejo aqui. Ouvi dizer que foi nesse lugar que viram os *tungwas* pela primeira vez.

Sasha de repente deixou a mochila cair, franzindo a testa. Abriu-a e começou a vasculhar dentro dela. Pegou uma garrafa quadrada feita de um vidro verde tão grosso que se deixasse cair no concreto, poderia rachar, mas não quebraria. Sunny viu o outro lado da garrafa, em letras grossas estava escrito V HOYTEMA & C. Sasha a colocou aos pés, perto da mochila, e encarou o objeto como se fosse entrar em combustão a qualquer momento.

— Quando eu estava em casa, peguei isso da estante dos meus pais — revelou ele, respirando com dificuldade. Cruzou os braços. — É um dos bens mais preciosos da minha mãe, embora eu não faça ideia de por que diabos seria.

Sasha fez uma pausa, observando o objeto com raiva.

— O que foi, Sasha? — perguntou Chichi, indo até ele e tocando seu ombro.

— E por que está com ela? — questionou Sunny.

— Bom, então... durante a minha iniciação, a Udide me contou para onde levaram os meus ancestrais. Disse que eu tenho o sangue de um monte de gente branca, irlandeses, britânicos, holandeses, mas que a maior parte de mim é *daqui*. Ela sabia que eu tinha pegado isso e disse que eu deveria trazê-la... para cá.

Ele apontou para o chão.

— Tipo, *aqui*, aqui? — estranhou Sunny.

— É, tipo o Parque da Travessia do Rio — confirmou Sasha. — Especificamente. Eu não sabia que estávamos vindo para cá, mas trouxe comigo só por via das dúvidas. No momento que chegamos e vi o letreiro... *pá*, comecei a ficar meio em pânico. Não podia ser uma coincidência. Então aqueles motoqueiros apareceram. Eu ia ficar quieto até eles irem embora.

Chichi e Sunny se aproximaram uma da outra, ambas olhando para a mata ao redor. Sunny estremeceu quando, por um momento, teve certeza de ver Udide parada ali, estoica e silenciosa no meio do mato. Felizmente, eram só árvores entrelaçadas de um jeito estranho, iluminadas pelos vaga-lumes.

Orlu esfregava o rosto, irritado.

— Estamos aqui tentando encontrar o Vilarejo de Nimm, sem nenhuma ideia de por onde começar, e agora você diz isso? Parece...

— É — interrompeu Sunny. — Tungwa Storm, ela disse que o Mba, aquele que dirigiu na frente, falou que não vamos encontrar o vilarejo aqui, mas que deveríamos *estar* aqui. Ele consegue ver o futuro ou coisa assim. É tudo muito estranho.

Sasha fitou os amigos com intensidade.

— Desde que cheguei na Nigéria... cara, eu amo este lugar. Tem sido bom para mim. Me mudei para cá sem saber muito ou *sentir* de onde vim. Sou africano, mas o que isso significa? A África só era a África quando os homens brancos disseram que era. E... é, adoro este lugar, mas eu *carrego* algo. — Ele tocou o próprio peito e olhou para Sunny, que assentiu. — E desde que cheguei, eu não... não me sinto *visto*. Como... como... vocês não me validam. Sou americano porque sou descendente de escravizados. E ninguém aqui fala sobre isso. Ninguém quer falar. Não há museus, dedicatórias, nada.

Olhou mais uma vez para a garrafa e continuou:

— Esta é uma garrafa de gim. Não sei como minha mãe a conseguiu. Fizeram algum juju nela e não sabem o que é, de onde veio, os fantasmas que a rondam. É a garrafa de gim que foi usada para comprar meus ancestrais. *A mesma garrafa*. Um objeto que significa... morte, tortura, ódio e destruição.

— Ah — sussurrou Sunny.

Orlu e Chichi só continuaram olhando para Sasha.

— Minha mãe não bebe álcool por causa disso. Meu... meu pai, ele não se importa com o passado. Nunca perguntou nem procurou saber. *Esta* é a sua vingança. Ele *sabe* quem é e quem leva consigo, o resto pode ir se catar. Mas a minha mãe e esta garrafa... então roubei. Queria trazê-la de volta ao local onde foi usada como moeda de troca. Devolver a compra. Udide me contou os detalhes. Foi trocada *aqui*.

Ele recolocou a mochila nas costas e pegou a garrafa. Sacudiu-a com raiva.

— Onde? — perguntou à garrafa.

De repente, a garrafa começou a brilhar como se houvesse uma chama fraca dentro dela.

Sasha perscrutou ao redor, com a garrafa de gim em mãos. O brilho vermelho alaranjado pingava dela, escorrendo diante de Sasha e formando uma poça ao seu redor.

— Ali — murmurou ele.

Sunny olhou na direção que ele indicava. A vegetação era densa, mas com certeza havia um caminho bem estreito e escuro que a cortava. O solo estava livre de raízes, vinhas, grama, enfim, de todas as coisas vivas. Velho. Morto. Sasha foi até lá, com Chichi o seguindo.

— Depressa, Sunny — chamou Orlu, acompanhando os amigos pelo caminho estreito.

— Não deveríamos falar sobre isso primeiro? — sugeriu a garota.

Fitou o espaço atrás de si ao seguir Orlu. Estremeceu de novo. A escuridão da floresta envolvia tudo conforme os vaga-lumes seguiam adiante. Apenas alguns restaram ao redor dela naquele momento. Eles também pareciam querer ver para onde Sasha ia. Sunny se apressou atrás dos amigos, com a faca juju em punho.

O caminho era estreito — terra vermelha úmida com nenhuma planta crescendo no lugar, mesmo enquanto adentravam cada vez mais na floresta. Sunny ficou tão perto de Orlu quanto possível, esforçando-se muito para não olhar para trás. Ela sabia que se desse uma espiada, veria apenas a escuridão... e uma escuridão desse tipo na floresta não queria dizer que estavam sozinhos. Significava mais que *havia* algo ali. E o que quer que fosse teria a vantagem. Em filmes de terror, o último da fila era o que levava a pior.

— Orlu, que tipos de coisas vivem neste lugar? — perguntou Sunny.

— Búfalos, elefantes, chimpanzés, gorilas, babuínos, antílopes, pássaros *miri*, almas da mata...

— Certo. Por que fui perguntar...

— Sasha? — chamou Chichi. Quando ele não respondeu e só continuou seguindo em frente, ela segurou o braço dele. — Sasha!

Ele parou e se virou para Sunny, um olhar feroz no rosto.

— Quê?

A garrafa nas mãos dele brilhava ainda mais.

Sunny inclinou a cabeça ao olhar para o objeto. A luz no interior balançava de um jeito que parecia líquido. *Não tem gente que chama bebidas destiladas como gim de "água de fogo"?*, pensou ela.

— Aonde estamos indo? — perguntou Chichi. — Já tem quinze minutos que estamos andando. O caminho parece levar a lugar nenhum.

— Quando meus ancestrais foram levados, não faziam ideia de para onde estavam indo, Chichi. O caminho era escuro e misterioso.

Sasha se virou e continuou a andar, e todos o seguiram. Era uma noite tomada pela escuridão, então ver além do dossel das árvores era impossível. Mas dava para sentir. Principalmente no escuro. As árvores e a mata se espreitavam, aproximando-se cada vez mais. O ar ficava mais pesado, mais quente. Sunny começou a se sentir claustrofóbica e perdida. Como sairiam dali?

Sasha parou. O local em que estava não parecia diferente de onde tinham saído quase uma hora antes — um pedaço de caminho, escuridão por todos os lados.

— Aqui — disse ele.

Sasha suava e seu cabelo crespo espesso estava murcho com a umidade. Uma árvore iroko crescia ali e Sasha desviou do caminho, indo até a sua base. Ele inclinou a garrafa e o que brilhava dentro dela se derramou em vermelho-alaranjado, respingando nas partes expostas das raízes como o sangue de algo em chamas. Sibilou e respingou, salpicando um pouco no tênis Jordan sujo de Sasha.

No momento em que a última gota caiu da garrafa, alguma coisa começou a se mexer no mato, logo além da área iluminada pelos vaga-lumes. Não alguma coisa, algumas *coisas*. Tudo ao redor deles — *corte, sssss, chac*! Enormes, gigantescos! Os amigos se aproximaram uns dos outros, olhando ao redor. Vários dos vaga-lumes se afastaram e o campo de visão diminuiu enquanto o barulho de o que quer que estivesse se alvoroçando perto deles se intensificou. Então a movimentação se acalmou e sussurros foram ouvidos. Cada vez mais próximos. Eram humanos.

— Estão falando igbo — comentou Orlu. — Mas não consigo entender direito.

— Um igbo antigo — acrescentou Chichi.

Houve apenas uma frase que Sunny captou: "Nosso filho."

É provável que Sasha tenha ouvido aquilo também. Ele se empertigou. Então pegou a garrafa e a lançou na árvore, fazendo-a explodir em mil pedaços como algo feito de gelo fino que derretia. Um lampejo brilhante de luz das cores de um arco-íris se derramou sobre Sasha. Brilhou como se fosse outra coisa, algo da vastidão.

O garoto arfou, os olhos arregalados. Sunny não conseguia ouvir, mas tinha certeza de que estavam falando com ele. Os olhos de Sasha se encheram de lágrimas e ele caiu com um joelho no chão, com a cabeça apoiada no peito.

Ele assentiu e sussurrou:

— Eu entendo. — Sua respiração ficou presa na garganta. — Eu... eu vou.

Sunny olhou para Orlu e Chichi, e então colocou um joelho no chão também. Sua pele tocou um solo vermelho macio, coberto de vegetação seca, e de repente conseguiu ouvi-los ao redor dela também. Ela tinha se deslocado. Era algo que Sugar Cream a havia ensinado recentemente. Era como dar uma fugidinha que lhe levava à vastidão, que estava sempre por perto. Devagar, a garota olhou ao redor.

— Uaaaaau — sussurrou ela.

Todos rodeavam Sasha. Havia dez deles — altos, humanoides e reluzindo um dourado brilhante. *Os ancestrais de Sasha*. Suas caras espirituais eram tão variadas que Sunny não sabia em qual focar — lembravam-na daqueles tetos supercomplexos e detalhados de mesquitas no Iraque. Fractais caleidoscópicos que se dobravam e desdobravam a todo momento. Sunny ficou paralisada. Então olhou para trás. Formas hexagonais azuis, vermelhas, laranjas e douradas se desdobravam e se multiplicavam formando dois olhos e uma boca sorridente.

— Quem é você? — perguntaram.

— Sunny Nwazue.

— É amiga dele?

A garota assentiu.

— Que bom.

Sunny ouviu uns *chittim* caindo ao seu redor. Olhou para baixo. *Chittim* dourado do tamanho de sua unha. Quando levantou a cabeça, o ser estava voltando para perto de Sasha para se juntar aos outros que o cercavam. À esquerda dela, notou Orlu e Chichi, que também haviam colocado um joelho no chão. Orlu segurava as mãos diante de si e olhava ao redor, frenético. Um dos ancestrais de Sasha curiosamente tocava as mãos dele e Orlu não sabia por quê. Outro ser repousava as mãos na cabeça de Chichi enquanto encarava Sasha com intensidade. Sunny se voltou para Sasha e saiu da vastidão. E mesmo assim, embora não pudesse mais ver os ancestrais do amigo, a sensação ainda era como estar em meio ao vento de uma queima de fogos de artifício.

Então tudo sumiu. As cores voaram para longe. Os sussurros pararam. A floresta se acalmou. Tudo ficou tranquilo. Restaram apenas os quatro amigos e os poucos vaga-lumes que teriam uma história incrível para contar aos outros.

Respirando com dificuldade, ficaram ali olhando um para o outro por alguns instantes. Então Sasha se abaixou, pegou um caco do vidro quebrado, colocou-o no bolso e disse:

— Certo. Vamos embora.

Ele pegou a mão de Chichi e o grupo começou a fazer o caminho de volta.

Orlu e Sunny os seguiram.

10
Nocaute

O caminho de volta para a entrada do parque levou uma hora e meia. Os quatro tinham usado o juju repelente de mosquitos tantas vezes que perderam as contas. Sunny conseguia fazer o juju de olhos fechados... algumas vezes, tinha feito dessa maneira *mesmo*. Para o choque deles, o trem futum ainda estava parado onde o haviam deixado antes de pegarem carona com os motoqueiros. Começaram a correr no momento em que o viram.

— Ai, graças a Deus! — exclamou Sunny, rindo.

— Pois é — concordou Chichi. Então segurou o braço de Sunny antes de entrarem no trem. Orlu e Sasha passaram apressados por elas. — Espere um segundo, Sunny. Quero falar com você.

— É?

Chichi a puxou para o canto.

— Temos um problema.

— Qual?

— Bom, certo, então... — Chichi olhou para o céu e, depois de uns instantes, Sunny a imitou. — Ainda temos algumas horas até o nascer do sol. Supondo que a gente descubra o caminho...

não podemos estar tão longe. Com certeza chegaríamos lá antes de amanhecer.

— E?

— Não permitem que homens nem meninos entrem lá antes do amanhecer.

Sunny a encarou, perplexa.

— Hum, é o quê?

Orlu colocou a cabeça para fora da porta do trem futum.

— Ei, Sunny, Chichi, acho que precisam ver isso.

O garoto entrou no trem de novo. Sunny e Chichi correram até ele e o que viram deixou Sunny perplexa.

— Ai, meu Deus! — ela gritou.

— O que aconteceu? — indagou Chichi.

— Ela está bem — afirmou Sasha depressa, erguendo as mãos. Estava ajoelhado ao lado da motorista, que jazia esparramada no chão vermelho do trem futum. Seus olhos estavam fechados e as narinas infladas, como se tivesse cheirado algo horrível.

— Feitiço nocaute — afirmou ele.

— Os gafantasmas sumiram também! — observou Sunny.

— Então alguém esteve aqui — deduziu Chichi, olhando ao redor.

— Não, foi mais de uma pessoa — corrigiu Orlu. — Tive que desfazer cinco jujus. Ainda deixaram um ao redor do trem. Minhas mãos estão formigando.

Ele esfregou uma mão na outra, como se para limpá-las do que o incomodava.

— Acho que sei quem foi — considerou Chichi, passando por Sunny para entrar no trem. — Devemos estar próximos. Devem ter nos visto entrar na floresta! — Ela parou perto da motorista. Sunny se aproximou e percebeu que a mulher nocauteada não só exalava um cheiro forte de hortelã, mas faíscas azuis minúsculas saíam dela como moscas. — As trigêmeas *eperi*... minhas primas. Essas faíscas azuis são a marca registrada delas.

— Ah, não, inferno. Elas? — respondeu Sasha. — Você lutou contra a mais velha quando era pequena, não foi? Em um encontro de Nimm em Leopardo Bate.

— *Derrotei*. Não lutei. Ela tentou fazer com que eu me curvasse diante dela e eu a fiz se arrepender disso. As trigêmeas Breve, Longe e Agora são filhas da irmã da minha mãe. A mais velha é a Agora.

— Estou confusa — admitiu Sunny. — Se são trigêmeas...

— Não nasceram no mesmo momento — explicou Chichi com irritação. Então continuou, assentindo: — Enfim, acho... é, vamos levantar a motorista primeiro.

Conseguiram acordá-la, mas não importava o que fizessem, a mulher continuava grogue, soltando risadinhas e ficando mole sempre que tentavam colocá-la de pé. Eventualmente, conseguiram deixá-la sentada em um dos assentos.

— Ela precisa da luz do sol — afirmou Chichi. — Quando pegar sol, o nocaute vai perder o efeito.

— Isso só vai acontecer daqui a horas — retrucou Sunny.

— Precisamos dirigir esta coisa até Nimm — disse Sasha.

— Então temos dois problemas — comentou Orlu. — Não sabemos o caminho e nenhum de nós sabe dirigir um trem futum.

— Lá em Chicago, dirigi o Tesla do amigo do meu pai.

— Um Tesla *não* é um carro movido a juju — retrucou Sunny, revirando os olhos.

— Sei lá — disse Sasha. — A eletricidade pode trazer qualquer um de volta à vida. Ora, *deu* vida ao monstro Frankenstein. E mais, o quão difícil deve ser dirigir um trem futum?

O trem futum não tinha dois pedais para dirigir. Tinha cinco, além de uma alavanca no lado esquerdo para sabe-se lá Deus o quê. Além disso, sentar-se no banco do motorista era entrar em um emaranhado do que Sasha chamava de "juju gentil", aquele feito para qualquer pessoa que se sentasse no banco do motorista.

— Consigo sentir — revelou Sasha. — Uma vibração suave na pele. E quando encosto no volante, parece que as minhas mãos foram feitas para estarem ali.

Chichi estava de pé ao lado dele, olhando para os outros comandos com a testa franzida, e logo Sasha fez o mesmo. Embora o rapaz sentisse a presença do juju, nada se mexia — nem os pedais, nem o volante, nem a chave na ignição.

— Parece que está petrificado — disse ele.

— Óbvio — murmurou Chichi, soltando um muxoxo e se sentando em um dos bancos atrás do volante. — Nada hoje está molezinha.

— O que quer que tenham colocado neste trem futum ainda está aqui — opinou Orlu.

Ele arquejou surpreso enquanto erguia as mãos diante de si e os dedos se sacudiam e se flexionavam ao desfazer outro juju. Ao levantar a mão esquerda, fez um *"POW!"* alto que pareceu golpear algo para longe. Todos pularam.

— Isso acabou de tentar nos nocautear! — revelou Orlu.

Sasha, que tinha levantado o pé para se proteger, afirmou:

— Suas primas são cruéis, Chichi.

— Sim — concordou a garota, erguendo-se de onde caiu. — Elas são mesmo.

— O som foi provavelmente o que espantou todos os gafantasmas — opinou Orlu. — Acho que agora vai. Mas vamos precisar dar um empurrãozinho primeiro.

Os três olharam para Sunny, sentada no mesmo lugar. O barulho a deixou assustada, mas algo ali também a alertou para enfrentar o que quer que estivesse atacando. Ela abaixou os punhos.

— Que foi?

— Você é mais forte que a gente, de qualquer forma — afirmou Chichi, dando um sorrisinho. — Guerreira de Nimm.

— Acho que eu venceria você na luta livre — comentou Sasha.

— Hum, não — retrucou Orlu, lançando um olhar ao amigo.

Sunny suspirou e desceu do trem. Ao sair, deu uma espiada na floresta escura ao redor. As criaturas da noite chiavam, grasnavam e cantavam. Vivendo as próprias vidas... por enquanto... ainda bem.

— Ok — murmurou ela, movimentando-se mais depressa. — Ah, quando que as coisas chegaram a esse ponto?

Sunny flexionou os braços e ergueu os joelhos enquanto ia para a traseira do trem futum.

A garota se lembrava de como fizeram da última vez. Todos os homens foram naquela direção e seguraram o para-choque. Ela olhou para as próprias mãos. Os dedos compridos ainda eram finos, embora tivessem mais veias. Tinha ficado tão mais torneada no último ano. Seus pais não perguntavam muito a respeito, mas ela sabia que também notavam. E se questionavam. Seus irmãos simplesmente acreditavam ser uma mistura dos treinos de futebol e genética. Tinham um pouco de razão. Contudo, não sabiam da história toda.

— Tudo bem? — perguntou Orlu.

A garota levantou a cabeça. Ele a observava pela janela de trás. Sunny assentiu, dando uma olhada para o para-choque do trem futum.

— Preparem-se. Vou empurrar agora. Diga a Sasha para se certificar de que esteja em ponto morto, *se* houver um.

Ok, eu vou empurrar algo parecido com um ônibus usando as minhas próprias mãos, pensou ela. Mordeu o lábio. Se não conseguisse, então o que aconteceria? Talvez fazer um juju móvel como o que Sasha e Orlu tinham feito no ano anterior, ao viajarem para Lagos. Ou algo parecido. Vai saber o que seria necessário para mover um trem futum inteiro.

— Vou tentar — murmurou ela. — Tenho que ao menos tentar.

A garota segurou o para-choque. Começou a empurrar. E empurrar. E empurraaaaaaaar. O trem futum era imenso. Impossivelmente pesado. Que raio de mundo era esse em que uma menina conseguiria mover algo tão grande? Era tolice tentar. Sunny ficou grata pela solidão escura da entrada do parque. Apenas sapos, insetos, corujas e macacos testemunhariam aquele absurdo. Seus músculos se tensionaram e os pés fincaram no concreto, sentindo a pressão no corpo inteiro.

Grunhiu e desistiu. Era muito doloroso. Foi quando atingiu o ponto crucial: parou de fazer força, mas seguiu empurrando ainda assim. Foi como se seus músculos tivessem dado uma respirada e, assim, recuperaram as forças — foi uma dose de vigor para Sunny descobrir que tinha mais energia para empurrar ainda mais. Ela confiou na sensação e empurrou com mais força. Era essa a sensação de romper os músculos, exagerar ou ir longe demais? Se sim, era *fantástica*.

O trem futum se mexeu. Estava se mexendo. Ela estava conseguindo.

— Estou conseguindo! — sibilou ela, sem ar.

Um *chittim* enorme de bronze caiu ao seu lado. Sunny empurrou com mais força, ultrapassando-o, e em questão de segundos, o veículo estava se movendo. Rápido o suficiente para fazer aquilo por conta própria. Seus músculos imploravam por descanso enquanto o veículo seguia andando, até que parou de empurrá-lo.

— Consegui!

Ela ouviu Sasha, Chichi e Orlu comemorando surpresos e alegres. Sunny viu Orlu correr para a parte de trás do trem futum, rindo e acenando para ela.

— VOCÊ CONSEGUIU! UAU! SUNNY! VOCÊ É INCRÍVEL!

Bzzz! O trem futum estalava enquanto uma corrente azul elétrica era lançada da parte traseira para a dianteira. Soltou um sopro de... não de fumaça, mas de algo que tinha cheiro de incenso, parecido com uma névoa, e o veículo todo tremeu. Moveu-se até parar e assim ficou, em silêncio.

— Anda, Sunny! Você não consegue ouvir, mas ligou! — berrou Sasha.

A garota voltou correndo, pegou o *chittim*, então se apressou até o trem futum e entrou. Jogou-se no assento, rindo e sem fôlego. Observou o *chittim* na mão enquanto Orlu dava um tapinha em seu ombro e Sasha e Chichi a enchiam de elogios sentadas no banco do motorista.

Os dois amigos fizeram uma curva desajeitada com o trem futum e lá foram eles, para longe do parque nacional, rumo à estrada principal.

Todos ficaram calados por algum tempo. De acordo com o GPS no celular de Sunny, estavam passando bem pelo Parque Nacional da Travessia do Rio. As árvores de ambos os lados da estrada eram frondosas. Não havia caminhos ou trilhas. Aquela estrada era para transportar mercadorias, não para passeios. Mas para onde estavam indo? E como achariam o Vilarejo de Nimm?

— Aaaah — murmurou Sunny, segurando a cabeça e apertando. Ergueu o olhar. — Falando sério, gente, para onde estamos indo?

— Não faço ideia — respondeu Chichi, mantendo o foco na estrada.

— Até agora, ninguém parece nos ver, mas como estamos invisíveis ainda? — desconfiou Sasha, rindo. — Não sei aonde estamos indo, mas ao menos sei de onde vim!

Ele buzinou e o trem futum inteiro vibrou com o barulho anasalado que parecia vir de um homem gritando: "CHHHHMAAAAAAAAAHHH!" Sasha e Chichi gargalharam ainda mais.

— Beleza, parem o trem! — pediu Orlu. — Parem!

Devagar, pararam o veículo na beira da estrada. Orlu observou a motorista deitada no banco, no meio do trem, então se virou para os três.

— Não podemos simplesmente continuar dirigindo sem um destino torcendo para chegarmos aonde estamos indo.

— Por que não? — questionou Chichi, ainda dando risadinhas.

— E quem disse que não sabemos aonde estamos indo? — devolveu Sasha. — Estamos indo ao Vilarejo de Nimm.

Orlu revirou os olhos.

Sunny ficou de pé.

— Vocês dois, parem. Está tarde. Estou cansada. Precisamos de um plano.

— Não estou nem um pouco cansado — comentou Sasha. — Conseguiria correr uns cem quilômetros. *Milhares* de quilômetros.

— E que tal um *vevé*? Como o que usamos para chegar à Floresta do Corredor Noturno? Provavelmente vai ter que ser *bem* mais forte, mas a ideia é a mesma.

Rooooooooooooooooooonc! Os amigos pularam de susto com o barulho estrondoso. Orlu ergueu as mãos. A motorista se virou no assento, fechando a boca e estalando os lábios, fazendo um som alto. Ela se aconchegou, balbuciou algo e ficou calada de novo. Eles a observaram por um momento, esperando que voltasse a roncar.

Quando não o fez, Chichi disse:

— Certo, vamos tentar. — Ela colocou o trem futum em ponto morto e acionou a alavanca para abrir a porta. — Fique aqui, Sasha. Não desligue.

Então pulou por cima dele.

— De jeito nenhum. Se desligarmos esta coisa, vai ser um parto para ligar de novo. Vou ficar bem aqui.

Sunny e Chichi saíram do trem futum. A margem da estrada estava empoeirada e a floresta surgia logo depois. Chichi se abaixou e alisou a terra para deixar a área nivelada.

— Certo. Precisamos fazer um *vévé*.

— Foi o que imaginei — comentou Sunny. — Mas do *quê*?

Vévés já eram símbolos complexos; o que quer que simbolizasse o destino deles seria ainda mais complicado.

— O Vilarejo de Nimm não vai ter um — considerou Chichi, franzindo a testa para a terra. — É sigiloso demais para ter um *vévé* específico. Temos que criar um. — Ela lançou um olhar duro para Sunny e abaixou a voz. — Se isso funcionar, não podemos contar para *ninguém*. Nem mesmo... — A garota acenou com a cabeça para o trem futum, indicando os companheiros de viagem.

— Não vamos olhar — assegurou Sasha.

Chichi revirou os olhos. Sunny riu.

O garoto ainda zombou:

— Como se você conseguisse esconder algo de mim.

— Estou falando sério! — gritou Chichi de volta.

— Eu também!

— Você não conhece as mulheres de Nimm.

— Conheço uma e a conheço muito, muito bem.

Chichi soltou um muxoxo e virou a cara.

— Só descubram o que fazer — apressou Orlu. — Não temos a noite toda. Vamos fechar a porta e ir para a traseira do trem futum.

— E a motorista?

— Vamos usar um juju abafador — respondeu Orlu.

Sasha riu bastante.

— Como se eu não soubesse como fazer você contar...

A voz dele foi cortada como se alguém tivesse a colocado no mudo. Restaram apenas os sons dos veículos passando de vez em quando e os das criaturas noturnas.

Orlu tinha feito o juju abafador depressa.

Chichi sorriu.

— Que bom.

— Use o nsibidi — orientou Sunny.

— Está bem.

— Mas não sei nada sobre o lugar, só que o Vilarejo de Nimm é antigo, apenas mulheres e meninas têm autorização...

Chichi assentiu.

— Os homens e meninos podem entrar apenas depois do amanhecer. Precisam ir embora ao anoitecer.

— Sou de Nimm — continuou Sunny. — Porque a minha avó era de Nimm. Sou uma guerreira de Nimm e você é uma princesa de Nimm, e mulheres de Nimm não se casam. Em resumo, é isso.

— Ah, tem muito mais — retrucou Chichi. — Imagino que a minha mãe e eu deveríamos ter lhe ensinado. Só acabamos distraídas pelas nossas próprias rotinas.

— Não tem problema — amenizou Sunny. — Estamos aqui, agora.

— Verdade. Como tem sido... como tem sido com os músculos e a força? Tem sido estranho?

— Sim.

Sunny sabia que Chichi queria saber mais, mas ela não estava a fim de contar. Não naquele momento.

— Então, Nimm é muitas coisas. Mas resumindo: as mulheres de Nimm são uma linhagem bem, bem, *bem* antiga, completa e totalmente dedicadas à busca do conhecimento, a desbravar além de suas camadas, a sair e explorar para descobrir mais, a ficar em casa e explorar para descobrir mais. Somos *devotas*. Somos uma ponta afiada das pessoas-leopardo, tão afiada que precisamos ficar por perto, e o Coletivo da Biblioteca de Obi pede ajuda a Nimm quando precisa de algo importante. Mas, na maioria das vezes, nos deixa em paz. Quer saber como as pessoas brancas nos viam quando vinham ao "Continente Escuro"?

Sunny deu um muxoxo.

— Nem me importo.

— Ah, é bom demais. Precisa ouvir isso. Eu memorizei. É do livro *In the Shadow of the Bush*. — Ela ficou de pé e fez uma pose exagerada de super-heroína. Ao falar, usou um sotaque britânico bem ruim e vigoroso. — "Nimm, a terrível, que está sempre pronta para o chamado das adoradoras mulheres, para enviar as servas, as feras que descem para beber e se banhar no córrego, para destruir as fazendas daqueles que a ofenderam. Nimm é, acima de tudo, o objeto da devoção de mulheres. Ela se manifesta às vezes como uma cobra enorme, em outras, como um crocodilo. As sacerdotisas dela possuem mais poder do que aqueles em qualquer outro culto e a sociedade que carrega seu nome é forte o suficiente para se manter firme. É durante a temporada chuvosa que é mais temida."

Ela fez uma pausa, mas logo continuou:

— "Uma terra cheia de mistério e terror, de plantas mágicas, de rios de sorte e azar, de árvores e pedras, inclinando-se sempre para engolir peregrinos desavisados; onde o terror da feitiçaria fica no encalço das terras estrangeiras, e onde, contra esse pavor, o amor mais devoto do serviço fiel é o mesmo que nada."

Quando Chichi terminou, Sunny ria tanto que a barriga doía.

— Isso está… isso está… — Respiração profunda. — Em um… livro?!

Ela enxugou as lágrimas.

— Palavra por palavra, *sha* — confirmou Chichi, rindo também.

Sunny se voltou para a floresta enquanto a risada enfim se desvanecia. Não havia nada que pudesse extrair sobre Nimm sob a ótica do explorador branco, mas aquilo não era novidade.

— Mulheres — sussurrou ela. — Interessadas. Inovadoras. Focadas. Obcecadas. Vilarejo. Homens, mas com o próprio espaço também. — Deu um sorrisinho. — E o conhecimento, custe o que custar. Quem roubaria da Udide?

Ao pensar naquilo, quase podia ver o nsibidi se remexendo e tremendo ao girar e se contorcer em uma forma, uma representação.

Ela se virou.

— Entendeu? — perguntou Chichi.

Sunny assentiu.

— Acho que sim. Deixe-me fazer.

Ela se ajoelhou e pegou um saquinho do bolso. Apenas alguns anos atrás não estaria carregando aquele poder, não fazia ideia de como lidar com ele, e certamente não teria sequer *imaginado* o que estava prestes a fazer. Naquele momento, conseguia ler em nsibidi fluentemente e havia lido o equivalente a mais ou menos quinze livros em nsibidi em um único livro de Sugar Cream. Sunny havia considerado tentar escrever ela mesma. Contudo, a ideia era assustadora. Só de ler em nsibidi já sugava toda a sua energia; pessoas que liam as versões mais avançadas da escrita quando ainda não estavam prontas, com frequência definhavam e morriam. Como seria *escrever*?

Mas ela cogitou a ideia, o nsibidi para o Vilarejo de Nimm. Se escrevesse no pó de juju branco e então o conjurasse com a faca juju, o que aconteceria?

— Anyanwu? — chamou ela.

Não houve resposta. Anyanwu estava em outro lugar de novo. Sunny conteve a irritação. Sabia que, em algum momento, teriam que discutir o que estava acontecendo. Por ora, afastou o pensamento incômodo.

Enfiou a mão no saquinho e tocou o pó com a ponta dos dedos. Manteve a imagem em nsibidi firme na mente e depois a virou. Colocou-a de lado. Então a inverteu. Tudo isso requereu muita concentração, mas ela tinha treinado o suficiente enquanto lia em nsibidi. Ler não era só olhar e interpretar cada representação como uma pessoa faz com letras ou símbolos. Ler em nsibidi era ver, sentir, ouvir e vivenciar. Era um juju perspicaz e intrincado que poucas pessoas conseguiam suportar. Sunny virou a imagem na mente para que ficasse na posição que a garota sabia que tinha que estar, de maneira invertida.

Ela ajeitou os óculos no rosto e retirou a mão do saquinho, uma pitada do pó entre os dedos, e a soprou no espaço da terra que era sua tela. Então virou o suficiente para derramar um pouquinho do conteúdo.

— Você sabe como vai...

O pó atingiu a terra e aquilo foi tudo o que Sunny ouviu a amiga dizer. Pó fininho e terra áspera se misturaram por um momento, então o pó branco começou a predominar. Sunny desenhava enquanto era atraída para o desenho. Chichi ao lado dela, Sasha, Orlu e a motorista, o trem futum inteiro, as árvores, as criaturas noturnas, o céu. Todos e tudo se inclinavam. Porque, enquanto estivesse escrevendo em nsibidi, estava no controle. Controlando tudo. Soltou o ar e sentiu que se deslocou. Manteve o foco no que escrevia.

Laços, caracóis, linhas enroladas, estacas, espirais. O pó caiu e se empilhou, formando um amontoado.

— Adoro isso — sussurrou. Falar deu a sensação de que nadava em meio à terra batida.

Parou de desenhar e fechou o saco de pó de juju. *Thunc!* Um *chittim* de bronze bem grande caiu na terra ao lado dela.

— *Kai!* — gritou Chichi. — Olhe isso!

Sunny piscou algumas vezes, voltando a si. Sentia como se estivesse encharcada, a mente lenta, a pele formigando. As orelhas coçavam. Ela tocou o lobo esquerdo e quando olhou para os dedos, estavam cobertos de sangue. Lágrimas enchiam seus olhos. Quando as enxugou, viu que era sangue também. Tocou o nariz e ficou feliz ao ver que não sangrava.

— Certo — murmurou ela. — Orlu, Sasha! Acho que estamos prontas para ir.

Parecia que o mundo estava tomado por uma névoa, era difícil focar. Olhou para o primeiro nsibidi que ela mesma havia escrito. Piscou algumas vezes para conseguir se concentrar, ajeitando os óculos de novo.

— É o maior *chittim* que já vi! — espantou-se Chichi.

— Olhe isso! — exclamou Sasha, abrindo a porta e vendo o *chittim*.

— Vou ajudar você a levá-lo para dentro — disse Orlu. — Algumas pessoas têm um faro para esse tipo de coisa.

— Já ouvi falar nisso — comentou Sasha. — Havia muitos farejadores de *chittim* em Chicago e principalmente na Nação Alcatrão, no sul.

— Eles estão onde quer que os grandes conquistadores de conhecimento estão — afirmou Orlu.

— É ridículo demais porque não são só os grandões que são supervaliosos, mas os bem pequenininhos também — revelou Chichi.

— Havia uma senhora do povo navajo em Santa Fé que tinha um *chittim* microscópico — contou Sasha. — Minha mãe encontrou com ela uma vez.

Os três olharam para Sasha, totalmente distraídos.

— Enfim... é... beleza — respondeu Chichi. — Só não olhem o símbolo.

Orlu saiu depressa, certificando-se de não olhar para o nsibidi.

— Ah, meu Deus, é tão pesado.

Ele grunhiu ao fazer força para pegar o *chittim* grande.

Sunny assentiu. Não se importava. Tudo o que conseguia fazer era olhar para o que havia desenhado. Lembrou-se das caras espirituais do povo de Sasha, o que muito possivelmente pode ter ajudado na inspiração para criar aquilo. Ela pegou a faca juju e a encostou com firmeza no centro do desenho. Respirou fundo e, ignorando a dor na garganta, ordenou:

— Vilarejo de Nimm, venha.

Houve um sibilo suave. O padrão mudou de branco para um amarelo opaco e pareceu endurecer, então a coisa toda começou a rodopiar, arranhando a terra enquanto girava. Quando parou, a extremidade com o laço e o quadrado na ponta se virou para a floresta que margeava a estrada. Quando o vento começou a soprar, e as árvores, a baterem umas nas outras, e então a fazer algo mais, Sunny se virou e cambaleou para dentro do trem futum.

— O que está acontecendo? — perguntou Chichi ao observar os efeitos do nsibidi.

— Olhem aquele *chittim* enorme! — exclamou Sasha enquanto Orlu levava o objeto para dentro. — Só vi isso quando os cabeçudos supostamente faziam acontecer! A Sunny está rica!

— Descubram o resto — pediu Sunny. — Tenho que... me deitar.

— Você está bem? — perguntou Orlu, largando o *chittim* no assento. — Sunny?

Mas a voz dele estava muito distante e ela caía. Até que despencou no assento comprido na parte traseira do trem futum. Suas orelhas e os cantos dos olhos ardiam; apareceu uma figura mergulhada nas sombras, tão presente que tinha certeza de que tinha se deslocado para a vastidão, e havia música também, a flauta assombrada de um mascarado.

— Consegui — murmurou. Sentia como se tivesse conquistado o mundo. E então, antes de não conseguir se lembrar de mais nada por um tempo: — Tomara que eu acorde antes que eles tentem nos matar.

O solavanco do trem futum a acordou e, por um momento, se esforçou para escutar. Parecia que galhos golpeavam as janelas. *Anyanwu*, pensou ela. Onde estava sua cara espiritual? *Para onde foi?* Não houve resposta.

— Então vamos andando mesmo — dizia Sasha. — É melhor ir a pé a partir daqui, de qualquer forma.

— Se a Sunny não acordar, não vamos — afirmou Orlu.

— Essa não é uma opção — acrescentou Chichi. — A Sunny *tem* que acordar. Ela devia ser minha guarda-costas, minha Mulher-Maravilha. Foi o que a Udide disse.

— A Udide só quer a merda do pergaminho de volta — disse Sasha.

— A Sunny *tem* que vir junto — insistiu Chichi.

Quando sentiu que todos a encaravam, a garota abriu os olhos.

— Eu vou. Estou bem. — Ela se sentou e fungou. Seu nariz estava muito entupido. Seu mundo girou e a testa latejava bastante. — Que droga. — A voz dela saiu tão anasalada que parecia a de um desenho animado. Abriu a boca para respirar. — Uau. Escrever em nsibidi é...

— Mas você conseguiu, Sunny. E funcionou!

— Funcionou? — Fez uma pausa quando Orlu a entregou um lenço da mochila dela. Sunny assoou o nariz com força, encharcando o lenço. O garoto ofereceu-lhe mais dois. — Ótimo... eu acho.

Ela espirrou.

— Olhe pela janela — orientou Chichi. — Consegue se levantar?

Sunny se ergueu e se sentiu um pouco melhor. Atrás deles despontava uma estrada de terra plana ladeada por uma floresta tão densa e escura que o céu noturno parecia mais iluminado. Assoou o nariz de novo, a alergia melhorava aos poucos.

— Me passe a minha mochila — pediu.

Sasha lhe entregou e Sunny a abriu, tirando de dentro um pacote de chips de banana-da-terra e uma garrafa de água. A cada vez que mordia, mastigava e engolia, Sunny sentia-se melhor. Ela olhou pela janela da frente.

— Uau, aquilo é... Nimm? — perguntou.

Abriu a janela e colocou a cabeça do lado de fora para conseguir ver melhor.

— É — confirmou Chichi.

— É seguro estarmos assim tão perto?

— O trem está no modo invisível — explicou Sasha. — Descobri como fazer isso tem uma hora.

— Mas eles ainda podem nos detectar?

— Acho que não — comentou Orlu, na frente do trem com as mãos erguidas.

Sunny se levantou, esticou a coluna e foi para a frente do veículo. Mais uma vez, chamou por Anyanwu. Daquela vez recebeu uma resposta, mas não uma voz nem um pensamento. Uma imagem. Conseguiu visualizá-la ao olhar para o Vilarejo de Nimm à sua frente. Assim, ela viu Nimm de duas maneiras ao mesmo tempo: da praça do vilarejo ao longe na estrada, onde Anyanwu estava; e de onde Sunny estava, no trem futum.

A primeira impressão que a garota teve do grande Vilarejo de Nimm podia ser traduzida em uma palavra: "caos." Era mais espalhado, estranho e confuso até do que Leopardo Bate. Havia cabanas, mas não eram nada parecidas com as que Sunny já tenha visto alguma vez ou sequer imaginado. Algumas foram feitas de tijolos, outras de adobe, a maioria de barro vermelho, e grande parte delas era coberta, parcialmente, com painéis solares. Uma estava iluminada por uma lâmpada de rua pendurada, em meio a uma camada fina de fumaça e cercada por *tungwas* pairando ali perto. Havia palmeiras que cresceram demais, um baobá bem no centro da praça do vilarejo que ocupava o espaço equivalente ao de várias cabanas e muitas outras árvores. A estrada de terra plana cruzava o vilarejo, ramificando-se em muitas direções a partir da praça da cidade.

Entretanto, havia uma vivacidade alegre em meio ao caos. Sunny pôde perceber isso porque a viu por meio de Anyanwu. Havia flores em arbustos, frutos nas árvores e borboletas e traças noturnas com asas azuis bioluminescentes ao redor, juntos ao que podem ter sido morcegos ou pássaros cujo voo planava suave e ágil pelas ruas e cabanas. Nada estava amontoado ou jogado. Dava para perceber uma ordem quando o olhar era desfocado e se permitia usar uma parte diferente do cérebro. O lugar tinha um cheiro... fresco. Anyanwu inalou o aroma — era picante, amadeirado, apimentado e doce. *Noz-moscada africana*, identificou Anyanwu. Um tempero que combina com a vastidão. *Estas mulheres querem ocupar este lugar todo, mas poucas delas conseguem se movimentar por ele.*

Sunny tomou um grande gole de água e comeu todos os chips de banana-da-terra. Ao caminhar para a frente do veículo, observou a motorista mais uma vez. Ela estava esparramada de costas, com a boca escancarada enquanto roncava. Sunny viu as horas no relógio da mulher: eram quase cinco da manhã, mais ou menos uma hora até o amanhecer. Deu tapinhas no queixo da motorista para fechar a boca dela e a ajudou a se deitar de lado.

— Então, como isso funciona? — perguntou Sasha. — Só entramos de fininho no vilarejo e aí você procura sua tia para um... reencontro nem um pouco receptivo?

— Tipo isso — considerou Chichi. — Sunny, você é quem tem mais chances de deslizar lá para dentro. Vá até o baobá no centro. Chama-se "Nunca Cai" por um motivo. É o coração do vilarejo.

Sunny concordou com a cabeça, estreitando os olhos para a frente.

— Consigo ver.

— A Anyanwu já está lá? — quis saber Chichi.

Sunny assentiu de novo.

— Que bom — respondeu a amiga. — Está tarde. A Anyanwu é de Nimm, mas não vão estar esperando por ela porque não conhecem você. Poucos vão vê-la, e se virem, não vão entender de imediato.

— Então somos a distração — concluiu Orlu.

— Hum... sim. A Sunny é.

— Contra um vilarejo todo?

Chichi fez uma pausa.

— Sim. Elas vão... querer falar comigo. E enquanto estiverem ocupadas comigo, Sunny, você fala com a minha tia.

— Como? — questionou a garota.

— Só entre na árvore enquanto estiver na vastidão. Confie em mim.

Sunny fez uma pausa e arregalou os olhos para a amiga. Quando poderiam contar a eles?

Chichi lançou um olhar a ela.

— Está bem — sibilou Sunny. — Agora. Quando mais poderia ser?

Ela se virou para Orlu, mas quando tentou falar, não saiu som algum.

O rapaz franziu a testa.

— O que que foi? — Ele esfregou as mãos. — O que não estão nos contando? Qual o problema?

Sunny olhou para a garota de novo. Chichi parecia estar se esforçando, como se algo a estivesse importunando e atiçando. Sasha foi para a porta do veículo e abriu.

— Sasha! — Chichi conseguiu dizer enfim. — Espere!

— Não, cara — respondeu o garoto, indo para a frente do trem futum. — Não sou bobo.

Ele se aproximou das árvores, mantendo-se escondido.

— O que está fazendo? — sussurrou Orlu da porta do veículo. — Agora você está exposto!

— Era o único jeito — justificou Sasha. — Só fique aí e observe.

— O que ele está fazendo? — perguntou Sunny, inclinando-se para fora, ao lado de Orlu.

— Não faço ideia — respondeu.

Sasha prosseguiu, mantendo-se próximo das árvores. Até que parou.

— Ai! — gritou, dando um pulo.

Ele olhou para a própria mão, flexionando os dedos. Tocou o rosto. Então cambaleou e caiu de joelhos.

— O que está acontecendo? — gritou Sunny.

Orlu ergueu as mãos.

Chichi pulou para fora do veículo, dizendo para os outros dois:

— Não me sigam!

— Espere! Não venha aqui — comandou Sasha, levantando a mão. Apontou para eles. — Orlu, abaixe as mãos ou eles vão ver você.

O garoto fez o que o amigo pediu.

— Que porra é essa! — Sasha se levantou devagar, tropeçando. Então pareceu estar lutando com algo. — Ai! Merda!

— Sasha! — começou Chichi.

— Cale a boca! — gritou ele.

— Lutar não vai ajudar.

— Você sabia! E não disse *nada*. Esse tempo todo.

— Eu *não podia* — se defendeu Chichi. — Literalmente! É assim que funciona! É o antigo juju de Nimm que impossibilita que se fale a respeito até a própria pessoa descobrir na presença de uma garota ou mulher de Nimm! Se as pessoas pudessem simplesmente conversar sobre isso com qualquer um, tentariam encontrar uma forma de driblar o juju.

— Mulheres de Nimm. Não é à toa que...

— Sasha, não — alertou Chichi, ajudando-o a ficar de pé e a voltar para o trem futum.

Sasha soltou um muxoxo ao se apoiar nela e eles cambalearem de volta.

— Tanto faz.

— Ah, certo, então é um laço de confiança só para as mulheres de Nimm — deduziu Orlu.

— Sim! — confirmou Chichi. — Estou tão feliz que já podemos falar sobre.

— Eu nunca conseguiria desfazer algo assim — comentou Orlu, mais para si mesmo. — Acabaria morrendo tentando.

— Vocês dois vão precisar esperar até o amanhecer. Não vai demorar muito. Mas se quisermos chegar à minha tia, temos que ir *agora*. Quando o sol tiver nascido, o Vilarejo de Nimm estará acordado e preparado para o dia. Meu... povo é do dia. Minha mãe as chama de "povo solar". O sol as fortalece, à noite descansam. O juju protegendo o vilarejo não pode ser mencionado ou discutido a menos que a pessoa que está ouvindo *saiba* que está lá. Por isso eu não podia contar.

— Então o vilarejo está fechado para o gênero masculino — concluiu Sasha, se jogando sobre um dos assentos em frente à motorista adormecida.

— Seres humanos do gênero masculino — confirmou Chichi, acanhada. — Até o amanhecer. É quando todos os homens e meninos, entre filhos, amantes, amigos, pais e pessoas fazendo negócios, voltam. Dormem em uma vila, a mais ou menos 1,5 quilômetro daqui.

Chichi sorriu para si mesma e Sunny desejou que ela não tivesse feito isso.

— Acha isso engraçado? — perguntou Sasha.

— Um pouco.

Daquela vez, ela soltou até uma risadinha. Sasha a lançou um olhar cheio raiva.

— Você deveria estar aliviado — afirmou ela. — Pelo menos não vai morrer hoje à noite. Já eu não posso dizer o mesmo.

— Chega desse papo — ralhou Sunny, que começava a lacrimejar de novo. Respirou fundo e se recompôs. — Estamos ficando sem tempo. Chichi, só... tente ficar escondida enquanto entro. Só temos uma hora.

A amiga assentiu.

— Aqui — grunhiu Sasha, a boca retorcida de raiva.

Ele sacou a faca juju e fez um floreio complicado com a mão. Quando a abriu, havia um pedaço de madeira. Brilhava fraquinho e parecia oleoso. Tinha cheiro de óleo de palma.

— Um "sete" — percebeu Chichi. Encarou Sasha. — São tão caros.

— Eu sei. Apenas use...

Chichi pegou o pedaço de madeira e colocou no bolso.

— Está bem. — Ela se virou para Sunny. — Beleza... Sunny, vou usar um juju "sete" nas árvores.

— Um juju "sete"? — questionou a amiga.

— Não se preocupe — garantiu Sasha. — Até realmente precisar se preocupar.

— Apenas siga até a praça do vilarejo — orientou Chichi, abrindo a porta. — A Anyanwu já viu, então chegue lá e entre. — Ela fez uma pausa, dando uma olhadela para a estrada, Sunny estava logo atrás. — Fique perto das árvores de noz-moscada, mas *não* toque nelas. — Virou-se para Sasha e Orlu. — E vocês, venham... assim que puderem.

Os rapazes assentiram. Sasha estendeu a mão trêmula e Chichi a segurou.

— Vemos vocês em uma hora — combinou Orlu e sorriu. — Vamos guardar seu *chittim* gigante para você.

As amigas sacaram as facas juju ao se aproximarem da cidade, ficando perto das árvores, mas não tão perto assim.

11
O segredo de Nimm

— O que foi aquilo com Sasha? — perguntou Sunny, enquanto elas se aproximavam do vilarejo.

Desacelerou o passo.

— Ele vai ficar dormente por um tempo — explicou Chichi. — As ovelhas não enxergam o vilarejo. Mas a fronteira é mais cruel com pessoas-leopardo que não são de Nimm, principalmente garotos ou homens que tentam entrar no vilarejo à noite. Não se preocupe.

— Tem certeza?

Estavam quase no mesmo ponto em que Sasha sentira algo tão doloroso que o deixara de joelhos.

Chichi entrelaçou o braço no de Sunny e caminharam mais rápido. A floresta as rodeava e algo na copa das árvores voou para longe. Sunny conseguia sentir o aroma doce de noz-moscada no ar e da brisa suave e quente. Fechou os olhos quando chegaram à parte estreita da estrada de terra em que Sasha estivera, tomada pela tensão, à espera da pontada de dor seguida da dormência.

Ela sentiu algo depois dos dois primeiros passos. Uma resistência. A única garantia de que ela era de Nimm havia sido a carta de sua avó. Até aquele momento. Soube o momento exato em que cruzou a fronteira do Vilarejo de Nimm. Não foi nada doloroso. A sensação de permissão se espalhou intensamente em seu coração. Não conseguia compreender como poderia se sentir tão aceita em um local que tinha tentado matar a mãe de Chichi e, certamente, também tentaria matar a amiga. Sentiu um bafo quente próximo aos seus ouvidos. Pressionou suas bochechas e ombros. Então foi empurrada, mas enquanto Sasha tinha ido para trás, ela foi para frente, desenlaçando seu braço do de Chichi. Algo voou bem acima de sua cabeça e Sunny se abaixou.

— São as boas-vindas — explicou Chichi, de maneira soturna.

O que quer que tenha ido em direção a Sunny, voou outra vez.

— O que é... exatamente?

Então, ela mesma descobriu porque a criatura pousou na terra em sua frente. Uma coruja de celeiro.

— É a Nkolika — respondeu Chichi. — Todas vão saber que estamos aqui agora.

A coruja de cara branca colocou algo no chão e, após um instante, Sunny deu um passo à frente e o pegou. Era uma orquídea de um vermelho vivo que exalava um cheiro picante.

— É uma flor de noz-moscada — elucidou Chichi. — A espécie encontrada aqui é única no mundo.

Sunny cheirou a planta e o aroma floresceu na mente, como uma flor de verdade.

— Aaah! — murmurou ela.

O pássaro saiu voando.

Sunny teve que parar por um momento. Ainda se sentia fraca por ter escrito em nsibidi, o ato despertou sentidos que ela nem sabia que tinha. Tudo ao redor se tornou mais nítido. Era como passar por uma segunda iniciação.

— O que... é aquilo?

Chichi deu de ombros.

— Já ouvi pessoas descreverem como conseguiram ver uma cor que nunca tinham visto. Chama-se "volta ao lar". Só aqueles que "se perderam" lembram.

— Que "se perderam"?

— Você acabou de descobrir que é uma guerreira de Nimm. Tem quase 16 anos. Isso é se perder e agora se encontrar.

— Bom, eu não me descreveria exatamente assim...

— *Shh* — interrompeu Chichi, de repente.

Sunny olhou para o trem futum no mato.

— Não olhe para trás — sussurrou Chichi. — Foque no que está à sua frente.

Sunny concordou com a cabeça.

— Quando eles vão...

— Quando vierem — respondeu Chichi, irritada. Estreitou os olhos. — Ao menos temos o luar a nosso favor. Quando chegarmos à primeira casa, deslize para a Nunca Cai, a árvore.

— E você?

— Não se preocupe comigo. Há mulheres aqui que podem ler mentes, mesmo de muito longe. Sabem que estou aqui. É melhor que você não saiba o que vou fazer.

Tinham quase alcançado a primeira cabana, onde poderiam entrar mata adentro ou percorrer o caminho todo. Mais adiante, a apenas algumas cabanas de distância, estava o baobá.

— Chichi Nimm — soou uma voz. Era tão estrondosa que parecia vir de todos os lugares ao mesmo tempo. Chichi e Sunny paralisaram. — A filha da nossa filha, bem-vinda. *Kai!*

Uma risada ressoou.

— Sunny — murmurou Chichi, com a expressão ansiosa. — Vai!
E então foi depressa para a mata.

Sunny não esperou um segundo. Correu, mergulhou do jeito que Sugar Cream havia ensinado e deslizou para a vastidão. Sentiu como se fosse rodeada por ela, escorregadia e aérea, como sempre. Percebeu algo, mas não desacelerou. A vastidão também era o *mundo físico*. Era como se estivesse sobrevoando a estrada, mas tudo também estava coberto de um verde ondulante e plantas amarelas, e as cabanas do vilarejo eram árvores fantasmas gigantescas que se estendiam de modo absurdo até o céu. Aquele era um lugar pleno, que era tanto vastidão quanto mundo físico? Como nunca havia percebido aquilo? Uma fusão de realidades.

Mulheres e meninas saíam das cabanas. Duas delas olhavam bem na direção de Sunny. Mas não podiam fazer nada. A garota deslizava rápido demais. Estava quase lá quando passou por uma mulher gorda vestindo apenas um *wrapper*. Ela berrou, pulou para a estrada de terra e começou a correr na direção que Sunny tinha vindo. Por um momento, preocupou-se com a amiga, mas então fez o que Chichi instruiu: focou no que estava à sua frente.

Quase alcançando o baobá, teve só um momento para registrar duas coisas: a primeira era que um *tungwa* enorme pairava bem na base da árvore; a segunda era que Nunca Cai ainda parecia com uma árvore na vastidão. Então *PAFF!* Atravessou o *tungwa* e deslizou para dentro da árvore.

Uma lembrança da iniciação de quando tinha sido arrastada pela terra surgiu em sua cabeça; podia sentir a estrutura da árvore a beliscando e puxando, ao passar apenas com o espírito. Sunny prosseguiu. Não sabia quanto tempo passou cavando mais e mais, vez ou outra temeu ficar presa no tronco da árvore. Então ouviu a madeira rachar e partir, e assim, diminuiu o ritmo.

Quando chegou à superfície lisa da base da árvore, ela era Anyanwu e Anyanwu era ela. Moviam-se em harmonia e, por isso, se sentiram confiantes. Os raios solares que emanavam de sua cara espiritual iluminaram o lugar todo. Observou ao redor. Madeira amarelada lisa a cercava, como se tivesse sido moldada e então polida por mãos muito meticulosas. O espaço amplo era redondo como o núcleo de uma noz e vasto como o interior de uma baleia.

— Olá! — cumprimentou Anyanwu, com a voz densa e rouca. Como era ótimo estar em comunhão com Anyanwu de novo! A voz dela ecoou. Sunny deu alguns passos devagar.

— Minha amiga disse que seu nome é Abeng, mas sei que deveria lhe chamar de Tia de Nimm. — Andou mais um pouco e murmurou: — Ela nos observa.

Sunny conseguia sentir também. Uma sensação forte que pinicava o pescoço.

Quando se virou, estava de frente para a Tia de Nimm sentada no chão calada, observando. Com certeza que ela não estivera ali antes. Não com uma cara espiritual como aquela. Sunny franziu a testa. A última vez que alguém tinha mostrado abertamente sua cara espiritual para ela havia sido dois anos antes, quando Chichi lhe dera um vislumbre. Mostrar a cara espiritual era como desfilar por aí pelada, dançando e rodopiando. Era ousado e revelador. Até mesmo Chichi só havia mostrado por alguns instantes.

A mulher estava sentada no meio do espaço amplo sem porta, com as pernas cruzadas. A cara espiritual era tão enorme que basicamente alcançava o teto, que era muito alto. No centro, estava um círculo de escuridão cercado por uma grossa borda dourada. Das suas sombras se ramificavam espirais douradas e vermelhas, cujas pontas se conectavam a uma nuvem laranja grande que soprava uma brisa inexplicável dentro do lugar. No topo da máscara gigante, estava o que parecia ser um cubo espelhado. Ele capturava a luz da cara espiritual de Sunny e a refletia por todo o lugar como um caleidoscópio. Ela usava um vestido comprido verde-água e tinha as palmas das mãos pintadas de vermelho alaranjado e cobertas de desenhos *uli* azuis-escuros.

— Sente-se. — A voz dela era suave e gentil, mas Sunny continuou alerta.

Anyanwu a fez se sentar.

— Quem é você? — perguntou a mulher.

Sunny ficou grata por Anyanwu deixá-la responder.

— Quem é você? — devolveu Sunny.

— Abeng Nimm — respondeu. — Aquela-que-Mora-na-Árvore.

— Por que mora em uma árvore?

— Porque é uma boa árvore. Quem é você?

— Sunny Anyanwu Nwazue.

A Tia de Nimm se inclinou à frente. A escuridão de sua cara espiritual era tão profunda que Sunny tremeu só de olhar — era como um abismo. Ela sentiu um mal-estar.

— Você é uma guerreira de Nimm, mas... — A mulher se inclinou para ainda mais perto. Por um momento, Sunny ficou tão absorta com a escuridão que teve certeza de que caía em suas sombras. — O que aconteceu com você, criança?

— Sou duplicada.

— E está bem?

— Estamos.

Sunny conseguia ouvir tanto a voz dela quanto a de Anyanwu, sobrepostas, mas individuais, suaves e fluidas. Única.

— Como?

— Longa história.

Abeng estremeceu, enojada, algo que Sunny tinha reparado Orlu fazer também. Suspirou, deixando para lá. O fato de ser duplicada era profundamente perturbador para pessoas-leopardo, tanto que era apavorante. Seria como andar por aí com uma ferida ensanguentada na cabeça que deixava parte do crânio à mostra. Abeng colocou as mãos no chão. As unhas compridas e pintadas de prata arranhavam a madeira.

Até Sunny conseguia sentir as vibrações do que quer que estivesse acontecendo do lado de fora. O que quer que fosse o juju "sete", Chichi o tinha acionado. Entretanto, o tempo era resistente em lugares plenos. O sol já havia nascido? Ou a hora não tinha nem sequer passado?

— Ah — murmurou Abeng. — Sei quem você é... ao menos quem é uma de suas amigas. Sabe quem ela é? Quem é a mãe dela?

— Sei que ela...

— Para que veio aqui?

Sunny sentiu outra vibração reverberar com força pelo espaço onde se sentavam, quase como se algo tivesse atingido a árvore diretamente.

— Não viemos... não viemos para ficar.

— Nunca deixaríamos a filha daquela... mulher ficar.

— Só precisamos de algo que vocês... pegaram.

— As mulheres de Nimm não são ladras.

Sunny balançou a cabeça.

— Não falei...

— Sei o que busca.

— Onde está? Me diga, por favor.

— Deixe-me contar sobre a mãe da amiga por quem você arriscaria seu espírito.

— Por favor, acho que não tenho tempo para isso — argumentou Sunny, levantando-se.

— Ah, *sempre* há tempo na vastidão — retrucou Abeng.

Ela colocou a mão no bolso do vestido e sacou uma faca juju que parecia ser feita de vidro. Era quase igual à de Sunny, mas a sua era tingida de verde e a de Abeng não. A mulher fez um floreio rápido, segurando o saquinho de juju na mão com um barulho úmido, e o jogou no chão. Um *PAFF!* ressoou e o lugar foi tomado pelo que parecia ser fumaça branca. As plantas da vastidão surgiram do chão ao redor de Sunny, brotando das curvas das paredes e do teto.

— Vão matar a Chichi por vir aqui — revelou Abeng.

Sunny sentiu um aperto no peito e se afastou de Anyanwu. Encolheu-se, e, por dentro, começou a chorar. E se Chichi já estivesse morta? Orlu e Sasha correriam para dentro do vilarejo assim que o sol nascesse e acabariam mortos também.

— Diga-nos o que deve nos dizer — pediu Anyanwu.

— A mãe da sua amiga foi uma *assassina* — revelou Abeng. — Ela matou duas rainhas de Nimm a sangue frio. Com as próprias mãos. Nós aqui não expulsamos nosso povo do vilarejo porque nos desagradaram. Somos complexos, então é preciso *muito* mais para rejeitarmos um dos nossos. — Ela fez uma pausa. — Elas eram melhores amigas... eram *minhas* amigas também. Se eu fosse você, tomaria cuidado. Uma garota com uma mãe daquelas está fadada a repetir os pecados do sangue.

— Isso é...

— Eu estava lá quando elas foram encontradas — interrompeu Abeng. — Cobertas de sangue.

O mal-estar de Sunny piorou.

— Onde está o pergaminho? — perguntou Anyanwu. — Se não o devolvermos à Udide, ela vai aniquilar este lugar.

— Não está aqui.
— Então onde está?
— Em algum lugar d'A Estrada.
— Quê?
— Ele muda de lugar. A todo momento. Como um rio. Então não é possível encontrá-lo ao procurar.
— Como o nsibidi?
— Consegue ler em nsibidi?
— Sim.

Depressa, Abeng pegou do chão um pedaço de madeira do tamanho de sua mão. Sussurrou algo e a faca juju começou a brilhar em laranja avermelhado, embora não parecesse queimar sua mão. O lugar ficou enevoado por causa da fumaça. Enquanto a mulher gravava o nsibidi na madeira, o cheiro não era tão pungente quanto Sunny esperava. Então Abeng deu a madeira para a garota e a empurrou para a parede.

— O tempo recomeçou. Ande, ande, ande — orientou ela. — Este é o caminho. Leia, siga e encontrará... em algum momento.

— Não pode me dizer mais nada? Só temos alguns dias! — clamou Sunny, forçando a parede com as sandálias.

Ela pensou em colocar o pedaço de madeira no bolso de trás da calça, mas o risco de perder era grande. Enfiou no sutiã, como fazia com o celular quando tinha que usar um banheiro público sujo.

— Então mãos à obra — retrucou Abeng, irritada. — Deslize!

A mulher empurrou Sunny com tanta força na parede que a garota quase se esqueceu de deslizar. Aturdida, ela deslizou naquela direção apenas porque era o mesmo caminho por onde tinha entrado. Cambaleou para fora da árvore e da vastidão ao mesmo tempo, rolando na poeira. Tossindo, se apressou para levantar, notando, de imediato, o calor intenso e o cheiro picante de noz-moscada no ar. Tossiu com força, apoiando as mãos nos joelhos. Quando ergueu a cabeça, quase gritou. A mesma mulher gorda que tinha visto antes levantava o *wrapper* o suficiente para correr e vinha a toda na direção dela, com os olhos esbugalhados.

— Estão vindo! Estão vindo!

Sunny se agachou quando a mulher pulou por cima dela como se não fosse nada mais que um grande obstáculo.

— Fique longe das árvores! — comandou a mulher por cima do ombro enquanto continuava acelerada.

Mas como faria aquilo? Por todo o lugar, as árvores com as flores vermelhas tinham ganhado vida, lançando os galhos para vários lados. Então Sunny viu uma em ação: impulsionou um galho para trás, o *lançou* para frente e *BUM!* Houve uma grande explosão de poeira vermelha. O sol nascente começava a iluminar o céu e, dessa forma, era possível ver que o Vilarejo de Nimm, outrora calmo, tinha se transformado no que parecia ser uma zona de guerra. Mulheres e meninas corriam de um lado para o outro. Até um homem passou correndo — aparentemente, os homens tinham voltado para o vilarejo. A poeira vermelha se espalhava por toda parte.

— Chichi! — gritou Sunny.

Ela viu a amiga bem a tempo de perceber que a garota estava sendo contida por duas garotas e uma terceira a socava na barriga. As três pareciam exatamente iguais: altas, com tranças compridas pretas, cada uma usando uma camisola laranja esvoaçante. Só podiam ser as primas dela, as trigêmeas Breve, Longe e Agora, que tinham nocauteado a motorista do trem futum. Apesar de o nariz de Chichi estar sangrando, a amiga ria.

— O trovão vai lhe encontrar, Agora! — berrou Chichi.

Sunny não pensou duas vezes antes de agir. Foi o mesmo movimento que tinha feito no futebol. Com aquele garoto grosseiro, Izu. Ela correu até a menina de frente para Chichi e usou toda a força que tinha para golpeá-la. Usou o impulso para girar na ponta dos pés e socar a outra garota na lateral. A terceira menina cambaleou para trás. Sunny segurou Chichi e saiu em disparada.

Foi tudo um borrão. E o mais estranho era que sabia em qual direção correr mesmo sem conhecer o lugar. Saiu acelerada por alguns instantes, e só então ouviu o que a amiga gritava:

— Tudo bem, Sunny! Tudo bem! Pode me colocar no chão!

Então Sunny se deu conta de que seus pulmões queimavam, os braços protestavam, o bíceps esquerdo estava rígido como uma pedra e de como a amiga era *pesada*. Quase a deixou cair. Com sorte, Chichi recuperou o equilíbrio pouco logo antes de acontecer.

— Você está bem? — quis saber Sunny.

— Você está? — questionou Chichi, limpando o nariz que ainda sangrava.

Lançou o sangue na terra e apertou o nariz.

As duas olharam para trás. As árvores ainda lançavam as flores explosivas. Mulheres e homens lançavam o juju "paralisar" contra elas. Uma pegou fogo... mas logo começou a lançar flores em chamas. A poeira vermelha envolvia o vilarejo, contudo, a algumas casas de distância, as três primas de Chichi as encaravam.

— Você devia ter nos deixado matá-la! — gritou uma das garotas.

— Pergunte a ela o que a mãe dela fez! — acrescentou outra.

— Pergunta para o seu pai *por que* ele foi estúpido o bastante para transar com a sua mãe! — gritou Chichi de volta.

Mesmo de longe, Sunny viu como as meninas ficaram ofendidas. Quem precisava de juju quando tinha a língua afiada de Chichi?

Sunny sacou a faca juju, pronta para se defender. Então a Rainha Abeng apareceu ao lado das trigêmeas, que engoliram o que quer que estiveram prestes a dizer. Devagar, a mulher levantou a mão. Sunny hesitou e fez o mesmo em resposta. O lugar estava mergulhado no caos, prendendo a atenção das mulheres de Nimm, mas ainda assim, a rainha focava em Sunny e Chichi. Poderia ter matado as duas com facilidade, entretanto, estava deixando-as ir.

— Anda! — chamou Sunny. — Consegui o que precisávamos.

Chichi já cambaleava para longe.

— O que é um "sete"? — questionou Sunny, procurando aprender algumas coisas.

A amiga virou a cabeça e cuspiu saliva misturada com sangue. Enxugou o nariz de novo, olhando para trás enquanto saía do caminho demarcado em direção às árvores.

— É o que se quer fazer multiplicado por sete. — Ela tossiu, esfregando o peito. — É um juju ruim nas mãos erradas, mas joguei com a mão direita, a certa.

Chichi riu da própria piada e tossiu de novo.

Quando chegaram ao lugar onde tinham deixado o trem futum, o veículo havia desaparecido. Sasha e Orlu saíram do mato aos pulos e foram correndo ao encontro das garotas.

— Ah, GRAÇAS A DEEEEEEEEUS! — clamou Sasha. — A motorista do trem futum simplesmente acordou e foi embora! Nem ao menos perguntou que merda estava acontecendo! — O garoto observou Chichi e Sunny com mais atenção. A voz falhava. — Chichi! — ele fez menção de tocar nela, mas se conteve. — Você está bem? O que aconteceu?

— Encontrei as minhas primas… e a gente não se via há algum tempo — murmurou ela.

Devagar, ela se embrenhou nos braços dele e Sasha a abraçou.

Sunny encontrou o olhar de Orlu e assentiu. Também estava bem. Ele repetiu o ato, entregando a mochila dela.

— Que diabos vocês duas fizeram lá?! — indagou Sasha a Sunny. — Conseguíamos ouvir daqui, mas a barreira não nos deixava entrar. Vocês deviam ter visto o que aconteceu com o Orlu quando chegamos perto demais.

Ele balançou os braços para todos os lados como um desequilibrado.

Orlu soltou um muxoxo, abaixando as mãos de Sasha.

— Pare. Não foi desse...

— Foi, sim — insistiu Sasha. — Você ficou parecendo aquele Neo de *Matrix*, quando desviou dos tiros.

— Achei que o sol já tinha nascido, mas deveríamos ter esperado um pouco mais — defendeu-se Orlu.

— Parece que vocês deram um show e tanto — brincou Sasha, abrindo um grande sorriso.

— Foi você quem deu o "sete" a ela — lembrou Sunny. — Anda, ao menos vamos para dentro da mata.

— *A-rrá* — gargalhou Sasha. — Chichi, o que você mandou que ele fizesse?

— As árvores africanas de noz-moscada — explicou Chichi. — A minha mãe sempre falou muito delas. E quando entramos no vilarejo, tinham um cheiro tão forte que eu só conseguia pensar nelas. Então falei sete vezes mais forte e brava. A aura do vilarejo fez o resto. — Ela riu, cansada. — Existe *muita* raiva naquele lugar.

Foram até onde Orlu e Sasha tinham deixado o *chittim* de bronze gigantesco de Sunny.

— Como vou carregar isso? — perguntou Sunny.

— Vamos revezando — sugeriu Sasha.

— Eu? — respondeu Chichi, inclinando a cabeça. — Não consigo carregar isso aí.

Sasha deu uma risada nervosa e admitiu:

— Eu também não.

— Nem eu — confirmou Orlu.

Sunny se abaixou e tocou o *chittim*. Era quente ao toque e, ao olhar de perto, percebeu os símbolos gravados nele. Tocou o pedaço de madeira escondido no sutiã, pensando no nsibidi gravado nele. Os símbolos no *chittim* não estavam em nsibidi, mas eram alguma coisa. Não poderia largá-lo ali. Tirou a mochila das costas e a abriu. Removeu tudo de dentro e substituiu pelo *chittim*. A mochila era resistente. Aguentaria firme enquanto *ela* aguentasse.

— Orlu, pode colocar minhas coisas na sua mochila?

O rapaz concordou com a cabeça e colocou tudo dentro da bolsa.

— Aqui, levo a garrafa de água — ofereceu Sasha.

Sunny passou as alças pelos braços até os ombros, respirou fundo e se levantou com as pernas fortes.

— *Afff!* — murmurou ela, sentindo-se um tanto instável. — Beleza, eu consigo.

— Guerreira de Nimm — anunciou Chichi, batendo palmas.

— Depois de hoje, acho que não quero ser nada de Nimm.

Chichi concordou com a cabeça.

— Ah, quem dera fosse questão de escolha...

Andaram por um tempo, margeando as árvores. Quando conseguiu pegar o ritmo da coisa, carregar o *chittim* gigante não foi nem tão difícil quanto tinha pensado. Sunny suava. Com certeza aquilo se classificava como um exercício físico, mas conseguia aguentar. Sua condição de guerreira de Nimm a surpreendia a todo momento, mas não comentou isso com os outros, apenas com Anyanwu, que estava andando alguns metros à frente. Elas conversaram mentalmente.

Logo vou conseguir voar, disse Sunny.

Já consigo fazer isso.

Deslizar não é voar.

É sim.

Sunny sorriu.

Ao menos não pareço uma crossfiteira. Realmente não é o que eu quero.

Ainda não.

Em algum momento vou ficar assim?

Acho que não.

Que bom. Mas, cara, ainda não acredito que consigo carregar esta coisa.

É seu fardo para carregar. Então, por que não?

Verdade.

A estrada era estreita e permeada de plantas muito altas por causa do caminho deserto. Como era manhã e caminhavam para longe do vilarejo, a possibilidade de esbarrarem com alguém era mínima, principalmente quando fizeram uma curva para uma trilha ainda menos espaçosa. De vez em quando, paravam e desenhavam um *vévé* na terra para chamar um trem futum, mas nenhum apareceu, então seguiram andando.

Enquanto caminhavam, felizes por terem um momento de silêncio, Sunny contou sobre a conversa com Abeng, tirando o pedaço de madeira do sutiã. O nsibidi espiralado era tão forte que Sunny ficou tonta e cansada só de olhar. Tinha desenvolvido uma resistência firme para a escrita mística, mas aquilo parecia ser extremamente poderoso. Os outros enxergavam tudo turvo: as espirais, os arcos, as linhas, a imagem do que poderia ser qualquer pessoa, as cruzes e mais espirais.

— Preciso analisá-lo por um tempo — comentou Sunny. — Mas sei que consigo ler e que não vai demorar muito.

O que ela não contou foi que não sabia quais seriam as consequências. Tudo o que queria fazer naquele momento demandava cada vez mais e mais força. Força física e psicológica — era sempre exaustivo, sempre *extraía* algo dela. No entanto, estavam vivos e tinham as instruções de para onde seguir.

Para A Estrada.

— Vamos pra casa, nos recompor *depressa* e prosseguir de lá — sugeriu Orlu.

Todos concordaram.

— Beleza — respondeu Sasha. — Mas vamos ficar presos aqui por um tempo.

— Por quê? — questionou Chichi. — Em algum momento, vamos chegar a um lugar em que um trem futum vai vir nos ajudar.

— A motorista que nos levou antes com certeza falou sobre nós por aí — explicou Orlu. — Quando ela acordou, estava assustada pra caramba.

— Minhas primas são cruéis — constatou Chichi, sem jeito.

Sasha riu.

— Ela jogou nossas bolsas para fora, quase quebrou a entrada, rolando o *chittim* escada abaixo. Então se mandou com o trem futum em uma velocidade que nunca vi. Quer dizer, ela usou o modo desaparecer. Só vi um trem futum fazer isso uma vez em Chicago, quando eu e uns amigos usamos um para ir a uma área suspeita na zona sul à noite. Ela estava apavorada, mas *brava* também.

— É, ninguém vai vir até amanhã, muito provavelmente — concordou Orlu.

Sunny soltou um grunhido. Outro dia desperdiçado e ainda estavam presos na Floresta da Travessia do Rio. Ao menos, ela tinha levado água e lanchinhos.

O grupo andou por horas. Pararam para descansar uma vez por duas horas, perto de uma árvore, depois voltaram a andar até o sol começar a se pôr. Fizeram mais uma pausa e, bem ali no meio da estrada de terra, Orlu desenhou um *vévé* para Leopardo Bate — uma pata de leopardo batendo em uma aresta. Brilhava com o laranja costumeiro. Entretanto, ainda assim, nenhum trem futum respondeu ao chamado do *vévé*.

— Isso devia ser ilegal! — berrou Chichi. — Eles não podem simplesmente se recusar a nos buscar!

Ela se sentou no meio do caminho, exasperada. Todos a imitaram. Por todo o tempo que percorreram a rota próxima à floresta, não tinham visto nenhuma pessoa nem veículo.

— Alguém vai vir em algum momento — garantiu Orlu.

— Alguém devia ter vindo faz tempo — argumentou Chichi. — Estou cheia de fome.

— E eu cheio de gazes — acrescentou Sasha, esfregando a barriga. — Comer um monte de mangas de uma árvore aleatória realmente não é a melhor das ideias em um momento como este.

— Melhor que nada — amenizou Sunny. Ela tirou a mochila das costas e a deixou cair no chão. Suspirou e esticou a coluna. — Sinto que vou desmaiar. — Grunhiu, virando o corpo para um lado, depois para o outro. — Seus peidos podres são o menor dos meus problemas agora.

— Quero só ver se vai dizer o mesmo daqui a uma hora — retrucou Sasha, rolando de costas com a cabeça apoiada na mochila.

Enquanto Chichi coletava lenha para fazer uma pequena fogueira, Sasha fez o juju repelente de mosquitos e Orlu foi para a floresta, atento a qualquer coisa à espreita. Um acordo silencioso para deixar Sunny descansar perpassou entre todos eles, e isso deixou ela *tão* feliz. A garota se sentou, respirou fundo e checou o celular. Havia apenas uma. Era de sua mãe. "Por favor, mande uma mensagem quando puder", dizia.

Mais nada, nem mesmo de seu irmão Ugonna.

— Ao menos, tem sinal aqui — murmurou Sunny.

Ela respondeu à mãe: "Estou bem. Volto amanhã." Então desligou o celular. Ainda tinha 70% de bateria, mas se recebesse uma ligação de casa, preferia evitar a obrigação de atender.

Com o fogo aceso, os mosquitos afastados e a noção de que nada maligno espreitava a região, Sunny achou calmo o local onde estavam. Pela primeira vez desde que entraram na Floresta da Travessia do Rio, sentiu-se relaxar. Sua mente espaireceu e logo se pegou pensando em tudo o que tinha acontecido no Vilarejo de Nimm. A casa de sua avó. E Chichi.

Pergunte o que a mãe dela fez, incentivou Anyanwu.

Sunny estremeceu e mordeu o lábio, não mais relaxada. Olhou para a amiga e viu que ela a encarava também, como se soubesse o que pensava. Ah, Chichi, a mente tão acelerada que era basicamente uma vidente. Sunny percebeu que devia estar emanando uma energia intensa, porque Sasha e Orlu pararam de jogar cartas e esperavam quase ansiosos que a garota dissesse algo. O vínculo entre os quatro era forte demais.

— Sunny, eu sei o que a minha mãe fez.

— Certo — respondeu Sunny, com cuidado.

Chichi olhou para ela, depois para Orlu e, em seguida, para Sasha. Sunny balançou a cabeça.

— Você não precisa nos contar se...

— Vou contar — soltou a amiga.

Então franziu a testa, tentando conter as lágrimas.

Sasha colocou os braços ao redor dela e mais lágrimas escorreram dos olhos de Chichi.

Sunny segurou uma das mãos dela, e Orlu, a outra.

— A minha mãe é mais do que uma mãe para mim — revelou Chichi. — Ela me contou tudo quando eu tinha 10 anos; e no ano passado, me contou novamente. Disse que sentia que deveria contar. Sempre tem essas intuições e age de acordo com o que sente. — Enxugou as lágrimas. — É, minha mãe me conta tudo. Ela não é como as outras.

— Definitivamente não — comentou Sasha.

— *Shh!* — ralhou Sunny.

— Espero que você não a tenha interrompido, como fazemos com você — brincou Orlu.

Chichi riu, enxugando as lágrimas outra vez.

— Interrompi. Sempre tenho perguntas e questiono a todo momento.

Ela se lembrava de cada palavra da história que a mãe contara, porque ela era Chichi, afinal. Respirou fundo e contou tudo o que sabia das duas vezes que ouvira o que acontecera, mas incluiu mais partes da segunda.

12
O lado dela da história

Você fica me perguntando sobre isso como se não soubesse. O que, criança, acha que vou mudar a minha história só porque já faz algum tempo desde que contei? Se eu esquecer de algumas partes, você vai achar que são erros em uma equação matemática. A memória não é matemática, Chichi. Mas está bem, está bem, posso contar de novo. E vou contar mais uma vez daqui a alguns anos, quando me perguntar novamente. Nunca esquecerei disso. Quem se esquece de ter sido rechaçada pelo próprio povo, pela comunidade que ama? Essas pessoas me criaram; sou quem sou por causa delas. Nimm. Contar isso de novo é reviver.

Então me deixe reviver.

Elas me expulsaram do vilarejo porque eu estava grávida de você. Mas a questão é bem mais antiga. Começou nos anos 1990. Aquele ditador bárbaro, General Sani Abacha, estava destruindo a Nigéria, sim. Um médico militar ainda dava a ele acesso a todo tipo de juju cruel e a maioria era falso. No vilarejo do general, em Abuja, havia patas de carneiros, vasos pretos, velas de todas as cores, pequenas proteções, um caixão em miniatura, todo tipo de bobagem. E o General

Abacha sacrificava mais humanos do que o Chapéu Preto Otokoto. Ele jogava pessoas para os crocodilos comerem, em um rio perto de casa, em Abuja.

Ele quase sempre era visto de óculos escuros. Olha só as fotos dele. Os óculos escuros serviam para esconder os olhos secos e avermelhados por causa do pó de juju que sopravam em seu rosto para dar a ele a habilidade de conseguir as vitórias. Mas esses charlatões, incluindo o médico militar a quem ele pagava milhões de nairas, não eram pessoas-leopardo. Era gente que, de alguma forma, teve acesso a coisas que nunca poderiam compreender. Então ele viu ilusões bem próximas da realidade, mas não conseguiu ver a morte que se aproximava depressa.

Ao mesmo tempo, eu tinha 21 anos e estudava para passar pelo Ndibu. Preparar-se, para ele, não é ler livros ou "estudar", embora fossem estas as coisas que eu estava fazendo, como você. Ndibu é o terceiro nível, o Ph.D. das pessoas-leopardo. Poucos o alcançam. Preparar-se para o Ndibu é buscar e praticar suas paixões. A minha paixão era conversar com mascarados, como sabe. Isso era perigoso para qualquer um, mas a minha mentora tinha me ensinado, ainda me ensinava bem. E com minha orelha fantasma, eu era uma ouvinte poderosa, é evidente.

Conversei sobre o General Abacha várias vezes, com um mascarado ojionu que tinha muitas opiniões e estava muito interessado nas minhas ideias. Eu queria participar dos protestos. Queria fazer algo. Aquelas conversas me mantinham sã.

Um certo dia, enquanto eu falava com o ojionu, minha mentora me cutucou no ombro. Abri os olhos e três guerreiras de Nimm me esperavam para me convocar ao palácio. Lá descobri que Nimm tinha as próprias questões, mais urgentes do que um ditador ovelha brincando com um juju perigoso que nunca entenderia. Lembro de estar na sala principal do palácio, observando ao redor. A única vez que tinha estado lá foi na noite enluarada quando nasci e a minha mãe me ofereceu à Deusa de Nimm, assim como toda garota lá. Ela é a irmã mais nova da rainha, então não foi ali que crescera.

Todas aquelas escadas e o nsibidi... eu estava muito distraída quando entrei. Você conhece a minha habilidade natural. Eu nasci com minha orelha fantasma, provavelmente já a tinha até antes disso. Nunca senti que era surda de um ouvido. Por isso, consigo me lembrar de nascer naquele palácio. Eu conseguia ouvir desde que cheguei ao mundo. O som de sucção, a pressão, a rajada de ar, o meu próprio choro, a coruja uivante na noite do lado de fora, os grilos e a constante canção dos mascarados.

Então me lembrava daquele lugar. Não tinha mudado muito. Uma das minhas primas mais novas me guiou pelo espaço.

— Faz ideia do que está acontecendo? — perguntei a ela.

— Não — respondeu.

Então começou a andar mais rápido. Eu me lembro disso. Ela queria terminar logo a tarefa e se afastar de mim assim que possível. Então não perguntei mais nada. E assim, tive a chance de olhar ao redor e absorver cada detalhe.

O Palácio de Nimm era cheio de livros. Por fora, sempre havia sido a maior cabana que eu já tinha visto, mas por dentro, realmente se entendia o porquê. Era perceptível também como era diferente do jeito que a maior parte das mulheres no Vilarejo de Nimm vivia. Enquanto o baobá era a alma do vilarejo, o palácio era seu coração, as conspirações internas sobre o que éramos. Anárquico, místico, completo. Era uma cabana do tamanho de três casas e tão espaçosa quanto do lado de dentro. Havia espaços para dormir, cozinhar e tomar banho, todos separados por pilhas de livros organizados de maneira estratégica. Era o caos de Nimm ordenado em um espaço amplo. Era possível entrar e imediatamente ver do outro lado da enorme construção. Meu caminho estava bloqueado por uma pilha de livros alta e organizada.

Fui até a parede e olhei para o primeiro livro que me chamou a atenção. Ainda me lembro qual foi: um calhamaço antigo com o título *Os Tesouros de Ogbanje Desmistificados* escrito na lombada com giz branco. Já ouvira falar e sempre quisera ler aquele livro, mas nunca o havia encontrado. Estiquei a mão para pegá-lo e o que parecia ser uma digital vermelha brilhante surgiu onde toquei.

Livros, livros e mais livros no palácio. Parados ou sendo usados. As paredes da cabana podiam ter sido feitas de barro e painéis solares, mas a maior parte do lado de dentro era composta de livros. Amontoados debaixo de camas, usados para criar paredes ou encostados nelas, empilhados sob mesas, organizados ao redor de chuveiros e banheiras. O teto da cabana tinha trinta metros de altura e, nas laterais, escadarias espiraladas de barro iam até plataformas do mesmo material, alcançando o nível mais alto, onde havia mais livros.

Quase todo mundo no palácio me encarou enquanto passávamos. Eu conhecia algumas das meninas. Princesas mais velhas, guerreiras e bibliotecárias de alta patente e possuidoras de muito conhecimento. Era difícil conseguir focar nos rostos, então fiquei perto da minha prima. Eu a segui, subindo por uma das escadarias. Não havia corrimão, era preciso andar com cuidado. Quando chegamos ao topo, havia uma porta.

A garota bateu à porta e anunciou:

— Ela está aqui.

A porta se abriu e entramos. Quando senti o cheiro forte de incenso inundando o local, o entusiasmo se esvaiu e o nervosismo aumentou. Esse tipo de incenso queimava em uma fumaça camuflada, quando uma conversa que precisava ser particular estava prestes a iniciar.

Comecei a pensar nas mulheres reunidas em grupos e conversando baixinho, enquanto andávamos pelo palácio. Perguntei-me se as nuvens de tempestade surgindo e escurecendo o céu não eram só nuvens de tempestade. Eu havia estado em uma conversa com um mascarado por várias horas. Algo tinha acontecido naquele meio-tempo e eu não sabia. Ainda estava anestesiada e distraída por causa desse tempo com o mascarado, então era difícil assimilar tudo.

Três mulheres me esperavam lá e minha prima foi embora depressa, deixando-me com elas. Duas das minhas primas mais velhas e mais... cruéis, Omni e Ndom, e a Rainha de Nimm, Eka-Eka, uma mulher bondosa cuja idade ninguém sabia.

— Demorou bastante — comentou Omni, abrindo o sorriso que sempre deixava as pessoas desconfortáveis.

Ndom só me lançou um olhar selvagem. As duas eram jovens poderosas, as mais poderosas da minha geração. E isso significa muito para o povo de Nimm, para quem a habilidade é sempre intensa. As duas eram metamorfas. Omni tinha ossos frágeis e estava sempre se quebrando quando mais nova. Naquele momento, podia se transformar em muitas coisas, e ela amava um homem que podia fazer o mesmo. Os dois eram conhecidos por correrem livres com panteras, lagartos e falcões e escreverem livros sobre essas aventuras. Ndom podia se "tornar" o que bem entendesse: uma mosca, uma caminhonete ou um meteorito que cai na floresta. Ela sempre havia sido uma pessoa saudável, exceto quando tinha crises de depressão.

— Eu estava... fazendo algo que era difícil de interromper — respondi. — Peço desculpas. Vim o mais rápido que pude. Por favor, pode me falar do que se trata?

Nós três nos viramos para a rainha. Aguardando.

— O clã egbo está vindo — revelou ela. — Temos três noites antes de eles chegarem.

— Gao viu, então — concluí.

Gao era uma mentora conhecida pela habilidade de ver exatamente três dias no futuro.

— Sim.

— Vão nos varrer da face da Terra — alarmou Ndom, com os olhos arregalados. — A menos que acabemos com eles primeiro.

— Não somos um povo de guerra — declarou a rainha.

— Perdoe a minha petulância, mas fale por si mesma, minha rainha — respondeu Omni. Sua expressão endureceu. Os pelos de pantera já brotavam nas têmporas e os olhos castanhos se tornavam dourados. — Nimm tem defesas e guerreiras. O que mais esperamos?

Logo entendi. Eu, Omni e Ndom. Fazia sentido se funcionasse.

— Você quer que roubemos a história da Udide, o gazel.

Ela assentiu.

— Ele contém um juju que podemos usar para nos proteger do clã egbo, sem um banho de sangue.

— Sabia que você conheceria — afirmou a rainha, assentindo novamente. — O conselho sabia disso também. — Ela observou Ndom e Omni. — Vocês podem preferir a batalha, mas suspeito que vão gostar mais deste plano.

Enviaram apenas nós três. Eu porque era especialista em pesquisas de livros de jujus, e minhas primas, Omni e Ndom, porque eram cruéis e adoravam a ideia de entrar escondidas no covil de uma divindade e roubar um de seus itens mais preciosos. Usamos um edan para chegar lá depressa. Parecia uma mulher de bronze carregando um astrolábio. A minha mãe o tinha conjurado dias antes, como parte de uma série de edan e ikengas modernos. Na verdade, era bem bonito. Foi a primeira vez que encostei em um e não estava pronta para a sensação que causou. Omni e Ndom não só já tinham usado um edan *antes como eram metamorfas, então estavam acostumadas à sensação de estarem fora de si mesmas. Eu, entretanto... não havia me preparado.*

Omni, na verdade, teve que pular para dentro do éter e me puxar de volta enquanto nos movíamos. Em segundos, estávamos em Lagos. Enquanto caminhávamos pelo mercado a caminho da caverna de Udide, eu mancava e tropeçava como um bêbado. É difícil se afastar da jornada por edan*. Ficava sentindo como se estivesse me perdendo. Lembro disso perfeitamente, porque quando chegamos à caverna, a sensação ao entrar lá foi potencializada pela lentidão que o* edan *me causou e da qual eu não conseguia me livrar.*

Chichi, filha, você agora sabe o que é entrar sem autorização em uma caverna escavada por milhões de aranhas. Você já encontrou e enfrentou a Grande Udide na casa dela. Isso ainda me surpreende. Quando eu estava lá, tanto Omni quanto Ndom se transformaram em aranhas, então se misturaram com facilidade, mas eu mal consegui passar despercebida. Enquanto andava em meio à escuridão, tive certeza de que elas sabiam sobre nós. Milhões de aranhas corriam de um lado para o outro, descendo do teto pelas teias, tentando me encontrar. Parecia que nunca sairíamos de lá vivas.

Mas a Udide não estava lá. Era um dia muito, muito importante. Só descobri depois que a rainha já sabia daquilo. Por alguns dias, Udide fica distraída com algo, ocupada demais para prestar a atenção à infinidade de histórias acontecendo em sua cidade favorita de Lagos. Havia o Grão-Caranguejo que vive nas profundezas do oceano Atlântico. Udide o ama e vai visitá-lo uma vez a cada milênio. Aquele era o dia, Chichi. Não sei como as coisas teriam sido se ela estivesse lá. Mas não estava. Tinha saído para um encontro!

E foi assim que conseguimos procurar e encontrar os tesouros dela na caverna. Havia um lugar que era repleto de preciosidades.

Não vou lhe contar o que havia além dos vários livros, mas o que buscávamos estava lá. Fui eu que consegui ouvi-lo, então eu o peguei. Parecia que uma faixa de vidro verde-claro da largura de uma bola de futebol tinha sido enrolada em um círculo. Era uma fita de Möbius, então se uma formiga rastejasse ao redor dela, voltaria ao ponto de partida tendo percorrido os dois lados da fita, sem nunca passar por uma borda. O nsibidi gravado nele era minúsculo, mas era legível se estreitasse os olhos ou usasse uma lupa. Depois eu descobriria que a escrita era quadriplicada, sendo possível ler quatro vezes e ainda descobrir algo novo. A física das aranhas é a mais complexa do mundo.

Peguei o gazel, me mantive despercebida e fomos embora. Foi quando as aranhas me viram e atacaram. É uma visão traumatizante e sinto vergonha da quantidade que Ndom e Omni mataram para me proteger. Um número absurdo, na casa dos milhões, foram muitas mesmo, tanto que as cavernas começaram a feder à víscera de aranha. Um cheiro ácido, envelhecido e rançoso que era como solo misturado a ferro. Me lembrarei para sempre daquele odor de morte que tomou conta de tudo para que eu pudesse viver. Ndom e Omni gostaram de matá-los e eram boas naquilo. Acho que quando você se transforma em um animal predatório e vive perto de um com frequência, adquire um gosto por matar. Elas esmagaram, capturaram, desmembraram e lançaram longe as filhas de Udide, como frutas podres. Impediram que me tocassem, que se enfiassem embaixo dos meus pés, que caíssem sobre mim, que me atacassem e que me picassem. Foi só por isso que saí de lá.

Quando fugimos e voltamos ao mercado, elas riam como hienas. Já eu queria chorar. Nós três estávamos fedendo a aranhas mortas; Ndom carregava algumas partes de aranha queimada presas nas tranças compridas, o cabelo crespo curto de Omni ficou coberto de cinzas, eu sentia gosmas por todo o corpo, por causa das entranhas de aranha grudadas em mim. As pessoas nos olhavam de forma estranha, mas nenhuma de nós se importou. Tínhamos o livro. Depois de alguns minutos, eu estava rindo também. Era contagiante, admito. Glorioso. Usaríamos aquilo para salvar o Vilarejo de Nimm.

Lembro do peso dele na minha mão enquanto andávamos. Para um item tão pequeno, era bem pesado. E tão liso, mesmo com a escrita gravada em cada lado da fita. As letras eram brancas no material que parecia vidro verde. Porém, o mais incrível era que eu podia ouvi-lo. Como o farfalhar de folhas, as pernas das aranhas, o arranhar da caneta no papel, os fiapos de fumaça no ar. Mas ali dentro havia algo tão poderoso que teria ficado feliz em jogá-lo no oceano, se eu pudesse. Se eu fosse estúpida.

Mantive comigo porque eu podia ouvi-lo. E acho que Ndom e Omni sentiram que segurar o gazel por tempo demais provocava algum efeito. Na verdade, agora tenho certeza disso. Deixe-me contar por quê.

Paramos em um restaurante na beira da estrada para comer algo. Usei guardanapos para me limpar o máximo possível. Ninguém quis se sentar perto de nós e não nos importamos. O nosso mundo ainda era estranho e o mundo das ovelhas nunca foi um lugar que nos interessou. O sol já se punha a essa hora.

Era meio da noite quando voltamos para casa pelo caminho indicado por edan. Fomos de uma energia frenética e festiva da sexta à noite nas ruas de Lagos para a sinfonia suave das criaturas noturnas da floresta e o caminho da terra vermelha. O ar tinha um cheiro diferente; estava mais quente. Lembro de um grupo de mariposas voando por perto.

— Traga luz — pedi.

E os vaga-lumes logo surgiram. Eles voaram ao meu redor e sorri. Estávamos em casa; em alguns minutos seguindo a estrada, chegaríamos ao vilarejo. Ainda tínhamos dias antes que o clã egbo atacasse. Tempo o suficiente para interpretar o que precisássemos do gazel, criar o juju necessário, aplicá-lo e esperar.

Eu ainda observava os vaga-lumes, quando de repente Ndom se transformou em uma pantera. Sua faca juju caiu na terra com o cabo para cima. As roupas dela se rasgaram pouco a pouco e caíram. Ela se livrou das sandálias. Eu a encarava enquanto Omni deve ter se transformado em leopardo. Sua faca juju caiu na terra da mesma forma. Se eu tentasse pegar qualquer uma das duas, teria sido picada por algo ou impedida de retirá-la da terra ou morreria na hora... algo teria acontecido. Não se deve tocar na faca juju de outra pessoa sem permissão, mas isso é verdade, principalmente, em relação à faca de uma metamorfa depois que ela se transformou.

Tanto Ndom quanto Omni eram maiores que leões. Ndom levantou a cabeça preta e escancarou a boca, quase como um bocejo. Omni soltou um grunhido gutural baixinho ao me rodear.

— O que estão fazendo? — sussurrei.

Eu sentia meu rosto ficando pálido. Meu coração acelerou. Segurei o gazel com força. E saquei a faca juju. Elas só grunhiram de volta. As duas me rodeavam naquele momento.

— Por quê? — perguntei.

E ouvi Ndom falar, mesmo na forma de uma pantera. Era uma voz fina, como se estivesse sob efeito de gás hélio.

— Entregue o gazel para nós — comandou Ndom.

A voz de Omni era dura, baixa e emanava violência.

— Ou vamos acabar com você.

— P-por quê?! Isso é para salvar...

— Chega de conversa, passe para cá — repetiu Ndom.

— Mas por quê?! — gritei. — Roubem depois que o usarmos!

— Ele quer hoje — explicou Ndom.

— Quem?

Elas grunhiram e se aproximaram.

— Você escolheu morrer — declarou Omni.

E eu soube que ela não estava exagerando nem tentando me assustar. Segurei o gazel e a faca com mais firmeza.

— Está bem. Mas deixe-me morrer entendendo o que estão tentando fazer.

— Ou pode se juntar a nós — sugeriu Ndom.

— Não — rebateu Omni, irritada. — Não vou dividir a minha parte do dinheiro.

— Dinheiro? — perguntei. — Não chittim?

— O dinheiro faz o mundo girar — respondeu Ndom. — Não o chittim.

Cuspi para o lado. Ah, eu estava ficando brava, mas muito, muito brava. E se ela dissesse o que eu estava pensando que diria, me sentia pronta para morrer lutando contra elas.

— Quem? — perguntei mais uma vez.

Elas continuaram se aproximando. Fiz um juju de proteção e peguei o saquinho de juju.

— Isso não vai ajudar você — desdenhou Omni.

— Não sabe o que é — retruquei.

— Não vai ajudar você — repetiu Omni.

Eu sabia que tinham passado pelo Ndibu e metamorfos que passavam por aquilo poderiam manter e fazer juju sem sequer falar, cobrir os dentes com ele. Elas fizeram a matança no covil da Udide dessa forma: se disfarçando de aranhas.

— Merda — murmurei.

— Vou oferecer sua cabeça ao General Sani Abacha junto com o gazel — comentou Omni. — Ele vai gostar disso.

Era a resposta que eu esperava e confirmava o que eu tinha desconfiado. Descobri os detalhes muito depois: enquanto o nosso vilarejo corria o risco de extinção graças a uma ameaça externa terrível, aquelas duas viram uma oportunidade. Ndom e Omni tinham incitado o clã egbo a atacar o Vilarejo de Nimm e ocupariam altas posições no clã adversário, uma vez que o Vilarejo de Nimm fosse dizimado. Enganar o próprio povo para dar a elas um edan e, então, para mim, com o objetivo de ajudá-las a conseguir o gazel, e depois vendê-lo ao ditador da Nigéria, se mostrou um plano dentro de outro plano. O próprio Sani Abacha oferecera a elas um bilhão de nairas pelo gazel e planejava usá-lo para garantir a vida eterna e a habilidade de governar a Nigéria. Traidoras ardilosas.

O futuro do meu vilarejo dependia de mim. E reagi como se dependesse. Elas me atacaram, prontas para me dilacerar. Mas não foi isso o que aconteceu, minha filha. Eu aprendi um juju com a minha mentora. Ela havia me ensinado dois dias antes. Naquela época, eu estranhei, porque não era o tipo de coisa que costumava me ensinar. Ela chamou de mfebede. Disse que era bom para fatiar banana-da--terra na hora da pressa. Ela sempre me ensinava jujus de culinária porque acreditava que toda mulher deveria saber cozinhar refeições deliciosas. "É a melhor forma de se manter sã. O ato de cozinhar e o ato de comer bem."

Aquele juju era muito divertido. Você jogava a banana-da-terra no ar e, então, lançava o juju nela, fatiando-a em vinte pedacinhos simétricos. Especificamente, eram sempre vinte, não importava o tamanho da fruta. A minha mentora podia ver três dias no futuro e explorar a paisagem da visão para ver de qualquer ângulo que precisar. Ela era uma mulher bem, bem velhinha e quieta, tendo morado a vida toda no vilarejo, sem nunca viajar para lugar algum. Havia ensinado só duas mulheres antes de mim. Pela maior parte da vida, tinha morado em Nimm — cuidando e cozinhando para todos, o homem dela morava no vilarejo vizinho. Mas a minha mentora sempre, sempre, sempre sabia quando usar a sua habilidade para atacar. E aquela foi a única vez na vida que o fez.

Quando as minhas primas me atacaram, entendi muitas coisas. E aceitei aquelas coisas também. E foi assim que consegui fazer o que fiz. Elas me atacaram ao mesmo tempo, então lancei o juju um depois do outro, como... facas.

Pude ouvir o juju cortando o ar. Em vinte pedaços. Exatos. Quando atingiram Omni, ela berrou, e então o grito virou um murmúrio, quando ela caiu em cima de mim, em vinte exatos pedaços sangrentos. Depois foi Ndom. Ela ficou calada, talvez chocada. As duas estiveram no meio do ataque, mas logo os restos delas me golpearam com força o bastante para me derrubar. Sangue, entranhas, fluidos, cabelo. Foi pior do que a maior explosão tungwa. Era a carne quente e úmida das minhas primas. Estava tonta, com o mundo ao meu redor confuso, esmaecendo, quando ouvi:

— O que você FEZ!

Tentei explicar, colocar as palavras para fora. Mas tudo ficou pesado demais. Os pedaços quentes e ainda trêmulos de carne estavam em cima de mim. Parecia que a minha cabeça pesava vinte quilos. Tambores retumbavam dentro dela e, ainda assim, podia ouvir o gazel que eu segurava, contando coisas, conversando comigo, me questionando. Tossi quando vi algumas pessoas indo até mim. Não havia palavras.

Desmaiei.

Sim, três pessoas vinham pela estrada. Viram o resultado, não o ataque. O que viam era eu, ali, caída na terra, encharcada de sangue e inconsciente, debaixo dos corpos dilacerados de pantera e leopardo, Ndom e Omni. Elas me arrastaram para o palácio e foi assim que recuperei os sentidos — deitada de costas, sufocada pela poeira que me cercava, com a nuca ferida. Parecia que todos na vila me rodeavam. Muitos corpos faziam pressão. Guerreiras me protegiam, evitando que as mulheres chutassem a minha cabeça. Era pouco antes de amanhecer. Tive sorte, porque se os homens já estivessem no vilarejo, com certeza teriam me matado.

Mas, dessa vez, todo mundo sabia sobre o clã egbo que tinha a missão de pegar o gazel. E todos sabiam, naquele momento, que eu tinha matado Ndom e Omni. Mas ninguém sabia o porquê, com exceção da minha mentora, que ficou calada. Fico feliz por ela não ter falado. Teriam a matado por tentar me defender. A minha mãe foi presa, minhas irmãs também. E mesmo elas pensaram que eu era uma assassina que tentou trair o vilarejo roubando o gazel. Ninguém se importava que aquilo não fazia o menor sentido. Quando se está com medo da tragédia e alguém se mete no caminho da salvação, verá coisas que não estão lá.

Colocaram-me de pé e fui levada até o palácio. Meu olho esquerdo estava tão cheio de sangue que mal conseguia enxergar, meu corpo doía e, ah, a minha cabeça latejava. A cada passo, parecia que algo no meu cérebro se soltava. Eu me sentia enjoada, mas, por algum motivo, não vomitei.

Ainda segurava o gazel quando me empurraram para a sala central. A mesma onde eu tinha estado apenas 24 horas antes... era uma pessoa totalmente diferente. Fiquei diante da rainha, me tremendo por conta do choque. As guerreiras continuaram ao meu redor. Ninguém me reconfortou. Ninguém fez perguntas. Ninguém falou comigo. A rainha me olhou com desprezo e pegou o gazel da minha mão. Ela teve que puxar com força, porque mesmo no meu estado, não estava pronta para soltá-lo.

— Não — falei com a voz baixa e gutural.

As guerreiras vieram para cima de mim, me socando, me estapeando e me chamando de "assassina". Não me lembro de tudo. Elas me jogaram na Floresta do Corredor Noturno e eu teria morrido lá se não fosse por um pós-graduando da Biblioteca de Obi, chamado Anatov, que me encontrou e escutou a história de como fui parar lá. Ele me levou até Sugar Cream e ela me apresentou a muitos outros que me ouviram. Eu me recuperei. Eu me curei.

Descobri por alguns meios que o Vilarejo de Nimm tinha conseguido derrotar o clã egbo usando jujus incríveis que ninguém tinha visto antes. O gazel tinha sido útil. Ponderei rapidamente se elas teriam o devolvido, mas no fundo duvidava. Desistir daquele nível de conhecimento nunca tinha sido o costume dos Nimm. Eu não me importava que Udide fosse para cima delas; eu não estaria lá quando acontecesse.

Segui a vida, conheci seu pai genial e irresponsável e tive você, Chichi. Mas a mágoa de tudo o que aconteceu nunca desaparece. Fui isolada do Vilarejo de Nimm. Por cinco anos, não tive família, nenhuma conexão com o lugar onde havia crescido, com o que me identificava, com quem eu era. Todos sabiam que eu era de Nimm; as pessoas me chamavam de Nimm, mas eu não podia pôr os pés lá. Se alguma vez eles tiveram informações ao meu respeito, o contrário nunca aconteceu.

Sim, então tive você. Ah, Chichi, fiquei tão orgulhosa. Seu pai ama você, mesmo que não saiba nada sobre ser pai. Eu estava feliz estudando na Biblioteca de Obi. Aprendendo tanto. Começando a entender o que tinha acontecido e o porquê. Até tive a chance de trabalhar com mulheres que depois derrubaram o ditador Sani Abacha. Sabe o que aconteceu com aquele homem, não sabe? Os jornais internacionais e locais noticiaram que ele teve um infarto, mas foram as mulheres, prostitutas da Índia, que de fato acabaram com ele. Deram a ele uma maçã envenenada, como uma versão distorcida de A Branca de Neve. Ah, ficar sabendo disso me deixou feliz.

Mas sabe o que nunca foi noticiado no mundo das ovelhas? O fato de que aquelas eram mulheres-leopardo e um grupo local de pessoas-leopardo ajudou-as a executarem o assassinato e, depois, a escaparem. Abacha tinha tanto juju falso quanto verdadeiro ao redor de casa e até mesmo no próprio corpo. Eu fiz parte de um grupo que estudou como desfazer tudo isso e instruir as mulheres a fazer o mesmo. Nunca contei a nenhum dos meus colegas sobre as minhas primas e como tinham tentado entregar o juju mais poderoso do mundo a ele.

Não sei o que deu em mim para cometer aquela imprudência. A minha gravidez havia sido fácil. Eu me sentia ótima. Você era um sonho, dormindo quando eu dormia, comendo quando eu comia. Comecei a levar você para a biblioteca comigo, para estudar. Você até estudava quando eu estudava. Eu estava mais madura. Tinha mais chittim do que havia imaginado um dia possuir. Eu estava aprendendo tanto. Eu ganhava chittim e ia correndo até a livraria para comprar os livros mais estranhos possíveis — aqueles que a Biblioteca de Obi se recusava a guardar. Eu estava feliz. Eu era boa. Talvez tenha sido por isso que senti que era o momento de levar você até lá. Como você poderia se tornar você se não soubesse o que era?

Fui tão estúpida. Com tudo o que vivi e estudei, fui tão estúpida. Peguei um trem futum para o vilarejo. Levei você comigo. Você tinha 2 anos e meio, mas podia correr rápido e escalar lugares muito altos. Era um dia de sol e, quando chegamos lá, chovia e trovejava. O caminho estava lamacento quando, enfim, entramos no vilarejo...

13
Borboletas

Chichi parou de falar e encarou os três, com os olhos arregalados.
— Bom? — murmurou Sasha.
Sunny tocou o ombro de Chichi.
— Você se lembra, não é? — comentou Orlu.
Chichi assentiu. Uma lágrima escorreu.
— Você não precisa...
— Nós... nós chegamos lá — prosseguiu Chichi. — Estava chovendo à beça. Não sei se era algo, algum juju para alertar caso a minha mãe voltasse. Alguns trechos de terra haviam deslizado, tentando bloquear a estrada. — Ela fechou os olhos e respirou fundo. — Elas vieram pela estrada. Não sei quem era quem. — Quando se levantou, Chichi começou a andar de um lado para o outro. — Ah, escuta só, escuta só. — A garota torceu as mãos. — Alguém tentou me derrubar com um juju de nocaute. A minha mãe o *bloqueou*. Minha mãe é *sinistra*. — Chichi tremia. — Então ela me pegou e correu *para* um dos deslizamentos. BEM NA DIREÇÃO DELE. E foi assim que escapamos. Deslizou pela parede de lama, desabando como os americanos brancos esquiam

nas montanhas de neve das séries de TV. Lembro do vento e da lama em nossa pele... A sensação foi boa. Como se fosse a vida.

Ela se sentou e olhou para o nada.

Sunny se levantou e subiu um pouco a estrada. Precisava se movimentar, esticar as pernas, se livrar daquilo. Atrás dela, ouviu Sasha conversando baixinho com Chichi. Orlu também. Ela esticou os braços e então abraçou a si mesma com força, enquanto andava pela floresta e olhava para cima.

— Merda — murmurou, sacando a faca juju.

Um mosquito já tentava picá-la. Ao andar, se afastara demais do feitiço que protegia o pequeno acampamento. Fez o juju de novo e o mosquito que zumbia perto da sua orelha sumiu. Olhou de volta para a floresta e suspirou, tentando registrar a história de exílio da mãe da amiga. A imagem das primas mortas diláceradas caindo em cima da mãe da amiga cruzou sua mente e Sunny de repente se sentiu mal. *Mas que outra coisa ela poderia ter feito?*, pensou Sunny. Ainda assim, estremeceu, lutando contra o mal-estar.

De início, achou que o vento tinha ficado mais forte. Depois, achou que estava vendo coisas. Se havia um momento para questionar o que estava bem diante dos seus olhos, era aquele. Então desejou estar mais desorientada do que pensava, porque diante dela, na escuridão — sim, mesmo na escuridão, que os vaga-lumes mal alcançavam —, olhos pretos gigantes a encaravam, cintilando. Oito deles. Como Udide poderia ficar tão silenciosa e serena na floresta densa era a menor das preocupações de Sunny. O fato de Udide estar bem diante dela era a maior.

A garota a encarou de volta. Podia ouvir os amigos, a metros de distância, conversando calmamente. Chichi riu, mas o som pareceu sair em meio a lágrimas intensas. Quanto mais Sunny observava Udide, com mais nitidez via os olhos, a cabeça, as pernas pretas enormes, os cabelos brancos suaves naquelas pernas que captavam um pouco da luz da fogueira. Udide estava parada no meio das árvores. Ela derrubaria tudo ao redor para chegar a Sunny? Bom, conseguiria se tentasse.

— *Uuuuuuugh* — exalou Udide e o hálito dela passou por Sunny como uma brisa quente... em chamas.

Casas em chamas. Então a imagem surgiu na mente de Sunny e, naquele momento, a garota sentiu Anyanwu pular para dentro dela na velocidade da luz. Rápido o bastante para capturar Sunny e a proteger do peso de...

Rasgando... e costura, costura, clique, costura. Os fios de seda eram história. Prata brilhante, fina e forte, e logo estavam... costura, costura, o baobá. A rainha estava lá dentro. Sentada. Rachando, como um relâmpago colidindo e esmagando. As paredes redondas e lisas implodiram, caíram e se fragmentaram. Secas e frágeis. Depois, cinzas. E uma nuvem de poeira e os fragmentos caíram sobre todos. Na rainha. Não dava para deslizar para longe. Era um inseto encurralado em uma árvore chamada Nunca Cai enquanto caía, costura, costura...

Sunny estava sentada na estrada, encarando a floresta. Anyanwu tinha desaparecido de novo. Udide tinha desaparecido. Mas os amigos da garota a cercavam naquele momento.

— Udide — explicou Sunny.

— Sentimos o cheiro dela — comentou Chichi, ajudando a amiga a se levantar.

— Você está bem? — perguntou Orlu, envolvendo a cintura dela com o braço.

— Ela fez algo — revelou Sunny. — Eu *vi*. Ela fez algo com o Vilarejo de Nimm.

Chichi soltou um muxoxo, depois esfregou a barriga dolorida e murmurou:

— Que bom.

— Não é bom — discordou Sunny com irritação. — O que ela fizer com eles, vai fazer com a sua mãe, com a minha família, com qualquer um que amamos, dez vezes pior. Isso é maior do que nós.

— O que ela fez? — quis saber Orlu.

— Acho que ela acabou de matar a rainha de Nimm! — admitiu Sunny. — O baobá caiu em cima dela!

— A Nunca Cai? — disse Chichi, desacreditada. — Isso é impossível!

— Ela derrubou a árvore? — questionou Orlu.

Sunny balançou a cabeça.

— Ela só... ela fez acontecer. Como tecer uma teia... ou... recontar uma história, só que de maneira diferente.

— Ah — sussurrou Chichi, parecendo preocupada.

— É. Estou feliz que entendeu agora — retrucou Sunny.

— Udide! — gritou Sasha.

Os três se viraram. Sunny quase caiu; por sorte, Orlu a segurou. O garoto estava diante das árvores, parado exatamente no mesmo lugar onde ela tinha visto Udide.

— Sasha! — berrou ela. — O que está fazendo?

— Por que não vem aqui e nos enfrenta, como uma DEUSA DE VERDADE? — prosseguiu ele. — Por que atrair a minha amiga para longe antes de meter um medo do caramba nela? Saia e lute como uma aranha!

Chichi pegou o braço dele.

— Pare. Agora não!

Sasha tropeçou.

— Não tenho medo dela!

— Pois deveria — repreendeu Chichi. — E você não quer de jeito nenhum lutar com algo que luta como uma aranha.

Pelo resto da noite, Sunny ficou perto dos amigos. Olhou para o céu limpo e estrelado e se esforçou muito para não pensar no que o Vilarejo de Nimm estava passando com a morte da sua líder. Era só uma demonstração pequena do que Udide era capaz. *Respire*, pensou ela. Pensou em chamar Anyanwu, mas mudou de ideia. Quando enfim pegou no sono, dormiu profundamente. E, por sorte, os sonhos que teve não incluíram aranhas, rainhas esmagadas, primas dilaceradas nem outros tipos de pesadelos.

De manhã cedinho, Sunny, Chichi e Sasha aguardavam na beira da estrada de terra enquanto Orlu desenhava o *vévé* do trem futum. Sunny se sentia imunda, os músculos doíam e as roupas estavam empoeiradas.

— Se isso não funcionar, é hora de se rebelar — comentou Sasha, irritado.

Uma linda borboleta azul voou por perto, pousando em uma das árvores. Sunny observou. A árvore estava cheia delas.

— Que bonito — murmurou.

Sunny viu Anyanwu parada embaixo da árvore, em estado de contemplação. Ela sorriu quando sua cara espiritual fez exatamente o que adoraria fazer: tocou uma delas. Gentilmente, o inseto voou para longe, mas não parecia temer Anyanwu. Logo depois, a borboleta pousou na cabeça de sua cara espiritual, o que deixou a garota mais feliz.

— O que está olhando? — perguntou Chichi.

— Anyanwu, ela está ali — explicou Sunny. — Brincando com... — O olhar de dor no rosto de Chichi era suficiente. — Ah... não é nada.

O som da buzina espantou alguns pássaros de uma árvore próxima. Sunny deu um gritinho, assustando-se.

— Finalmente! — berrou Sasha.

O trem futum parou diante deles, totalmente vazio, com a frase "VÁ E NÃO PEQUES MAIS" escrita na lateral em letras enormes, coloridas e cursivas. Estava brilhante e limpo, como se tivesse acabado de ser lavado. O motorista que abriu a porta para observá-los era um homem magro, negro de pele clara, com uns trinta anos, que vestia uma calça comprida branca e uma túnica marrom com uma renda bordada no colarinho. Ao redor do pescoço, usava uma corrente de ouro grossa, e em cada dedo, um anel de ouro. Quando sorriu, o dente de ouro na boca cintilou. Ele falou em um idioma que Sunny não reconheceu. Mas felizmente, Sasha e Chichi sim.

Depois de conversarem, o motorista assentiu, olhou para Orlu e Sunny e falou em inglês:

— Está cedo.

— Sabemos disso — respondeu Orlu.

— Estão fazendo o que aqui? Vieram do Vilarejo de Nimm?

Sunny e Orlu se entreolharam.

— Está tudo bem — garantiu Chichi. — Contem a ele.

— Sim — confirmou Sunny.

Melhor contar o mínimo possível quando não se tinha certeza. Aprendera aquilo com a mãe.

— Ouvi falar do seu *wahala* — revelou o motorista, estreitando os olhos. Apontou um dedo troncudo para eles. — Não vão trazer isso para o meu trem, não é?

Os quatro negaram com a cabeça.

— Está bem, *o* — cedeu o motorista. Ele acenou para entrarem. — Venham.

— Seu *efik* está melhorando — cumprimentou Chichi, sorrindo para Sasha, ao subirem.

Ela se inclinou e o beijou.

— Entrem logo — apressou Sunny, empurrando Sasha. — Vamos sair daqui!

— Eles não têm noção alguma do momento apropriado para isso — murmurou Orlu.

O motorista fez questão de ser chamado de Buddy e se revelou ser um empreendedor. Ele acabou fazendo o caminho para casa mais do que agradável: o trem futum estava limpo, tinha cheiro de perfume e os assentos eram bem macios. Depois que ficaram confortáveis, compraram felizes os pacotes de chips de banana-da-terra, água potável e Fanta laranja que Buddy ofereceu. Ainda que ele tenha tocado uma música tranquila de igreja e as janelas abertas deixassem uma brisa fresca entrar durante o percurso de quatro horas, nenhum dos quatro conseguiu dormir. Quando o silêncio cai e o corpo relaxa, aí é que a magnitude do problema mais urgente ganha forma.

Eles tinham apenas cinco dias para recuperar e entregar o gazel de Udide.

14
Como eletricidade

Sunny destrancou o portão e o abriu com gentileza. Ela olhou para cima, para o intenso sol de meio-dia. Tinha ficado fora por quase 24 horas e tudo estava molhado, graças ao que devia ter sido chuva ou tempestade. Pulou uma poça d'água, notando todas as folhas espalhadas pela entrada.

— Deve ter ventado muito também — murmurou.

Era domingo, então todos estavam não só acordados como em casa. Os carros dos seus pais estavam na entrada e a motocicleta do seu irmão Ugonna também. Ela ligou o celular de novo enquanto entrava em casa. Havia deixado desligado desde a noite anterior depois de checar se havia algo novo. Nenhuma mensagem. Mas eles haviam ligado? O celular não a alertaria daquilo a menos que tivessem deixado um recado.

— Estou cansada de fazer tudo às escondidas — ouviu Anyanwu dizer.

Algo no tom de Anyanwu incomodou Sunny de verdade.

— Bom, desculpe por eu ser uma agente livre adolescente — respondeu ela, em voz alta.

Anyanwu não ofereceu resposta e ela seguiu até os fundos da casa até que parou, fitando a palmeira morta e ressecada, mas que, naquele momento, pingava.

— Somos mais do que isso — retrucou Anyanwu, também com a voz alta.

Sunny suspirou e concordou com a cabeça.

— Eu sei.

Havia dias que Sunny se perguntava se ela e Anyanwu não tinham sido um erro. Uma parceria equivocada. Sua cara espiritual era épica; tinha feito coisas incríveis por milênios, viajado para longe, vivenciado muita coisa. Por que era destinada a ficar com alguém como Sunny? Considerando que estavam duplicadas e que Anyanwu estava ainda mais livre para simplesmente ser, o vínculo parecia ainda mais tenso. Mas ela amava Anyanwu; Anyanwu era ela.

Sentiu a cara espiritual se mexer dentro de si, de uma forma que entendeu ser um abraço. Sunny sorriu. Apesar de ser épica e saber daquilo, Anyanwu a amava também. A garota abriu a mochila, fez um buraco na terra macia e lamacenta e colocou o *chittim* ali dentro. Então colocou tapou-o com terra e enfiou um graveto ali para marcar o local.

— Beleza, está feito. Agora a parte difícil — murmurou ela.

Ficou feliz por Anyanwu não fazer algum comentário. Usou a pia nos fundos da casa para lavar as mãos sujas, colocar as mochilas nas costas e ir para a frente da casa.

Suas pernas pareciam gelatina enquanto se aproximava da porta e apertava as alças da mochila. Destrancou a porta usando a chave. Ao abrir, sentiu um puxão para a frente, e a porta se escancarou com mais força. Lá estava o pai dela. Ele trajava suas vestes de domingo: um cafetã e calça azuis.

Sunny olhou para ele. O coração batia como marteladas.

— Eu... pai, desculpe, posso explicar. Bem, não, não posso..., mas eu...

O tapa espalhou eletricidade por seu rosto. Sentiu a parte interna da bochecha ficar presa entre os dentes, que rangeram quando sua cabeça virou para a direita. Atrás dos olhos, viu um grande lampejo de amarelo vivo, que então recuou e se dissipou, como uma chama mergulhando em uma grande piscina. Sunny cambaleou para trás, tocando a bochecha que pegava fogo. Lágrimas de choque e dor arderam em seus olhos, enquanto sua boca se enchia de sangue. Encarou o pai, cuja mão ainda estava erguida. Lágrimas brilhavam nos olhos dele, mas seus lábios se pressionavam com tanta força que nenhuma palavra escapou por eles.

— Pai! — exclamou Sunny, trêmula.

Soluçou, olhando para ele.

Bem atrás dela, ouviu Anyanwu brava e indignada.

Apenas disse com firmeza:

— Não.

Então Sunny a sentiu ir. Ela também se virou e correu da casa dos pais. Ao correr pela entrada, enfiou o pé na poça, espirrando água na sandália e na calça. Seu pai não a chamou de volta.

Sunny correu muito. Quando enfim desacelerou o passo para andar, tremia tanto que teve que parar. Dois carros e uma caminhonete passaram bem perto dela enquanto estava na beira da estrada, mas nem se importou. Apoiou as mãos nos joelhos, a cabeça no peito. Sentiu fraqueza. Anyanwu havia fugido. Para onde, Sunny não sabia. Enxugou o rosto com a camisa e endireitou a postura. Um homem no ponto de ônibus olhava para ela.

— Deus a levará consigo — afirmou ele, com gentileza.

Ela sorriu, assentiu e continuou andando. Caminhou até a cabana de Chichi. Encontrou a amiga do lado de fora, encostada na parede e fumando um cigarro herbal. O lado direito do seu rosto ainda inchado por causa da surra que levou das primas no Vilarejo de Nimm.

— Sunny — cumprimentou, soprando fumaça e sorrindo. Logo o sorriso sumiu e ela correu até a garota. — Ah, o que aconteceu agora?

— Meu pai.

Chichi pegou a mão da amiga e a puxou para dentro.

— Sente-se — pediu Chichi.

Sunny se sentou, rígida, sobre o grande e macio livro encadernado em couro no qual costumava se sentar. Era maior do que ela e muito pesado para ser deslocado, por isso estava sempre no mesmo lugar. A mãe de Chichi estava em um canto, sentada em um banco, lendo um livro vermelho grosso e empoeirado. Ela levantou a cabeça quando Sunny entrou.

— Boa tarde, Mamãe de Nimm — saudou Sunny.

Chichi se ajoelhou ao lado de Sunny, analisando o rosto dela.

— Seu olho — murmurou a amiga.

— Quê? — questionou a outra, aturdida. — Ah, sim, meu pai me deu um tapa.

— Forte o bastante para arrebentar um vaso sanguíneo no seu olho. Já volto — explicou, afastando-se.

Sunny pegou o celular e usou a câmera para olhar para si mesma. A garota arfou. Havia uma mancha circular no lado esquerdo do olho. Piscou algumas vezes, mas não sumiu.

— Hemorragia subconjuntival — elucidou a mãe de Chichi. — Tive isso nos dois olhos uma vez. Não por lesão no olho, mas por dar à luz a Chichi. A que você tem é pequenininha. Vai sumir em uma ou duas semanas. — A mulher fechou o livro, deixou-o de lado e foi até Sunny. Sentou-se na pilha de livros diante da garota. — Você está bem?

— S... — Sunny suspirou. Balançou a cabeça. — Não.

— A família nem sempre entende. Especialmente, a família de agentes livres.

— Acho que é um tanto mais complexo do que isso — comentou Chichi, voltando com uma xícara de chá.

Entregou a bebida a Sunny. A garota aceitou e deu um gole. Doce e forte, sem leite. Tomou outro gole.

— O pai da Sunny é um homem igbo tradicional e ela nasceu menina...

— Uma menina "feia" — acrescentou Sunny, olhando-a de lado.

— Ah, não diga isso — rebateu a mãe de Chichi.

— Estou só repetindo o que ouvi meu pai dizer ao melhor amigo uma vez, quando eu era pequena e ouvia, escondida, as conversas. — Os olhos dela se encheram de lágrimas ao relembrar do tapa — "Tenho dois filhos, então uma filha não tem problema..., mas será que ela poderia *não* parecer um espírito da floresta?" Então eles riram e beberam mais cerveja. Foi há muito tempo. O que ele dirá agora que sou alta e musculosa como um garoto?

— Você *não* parece um garoto. — Chichi riu. — Você parece uma modelo que fugiu e decidiu treinar, em vez de só comer pouco.

— E você é linda — complementou a mãe de Chichi. — Anyanwu, a Deusa do sol. Você tem albinismo, sim, *abrace* isso, *enxergue* isso. E pare de se lamentar. — A mulher inclinou a cabeça para o lado. — Acha que foi a primeira a ser expulsa de casa por causa de um mal-entendido?

Sunny ficou tão chocada com as palavras que ficou apenas encarando a mãe de Chichi, boquiaberta.

A mulher abriu um grande sorriso.

— Ah, você se esqueceu da tristeza. Consegui! *Uhu*! — ela se levantou. — Beba o chá. Passe a noite aqui. Use seu... hã... celular para avisar a sua família onde está. — Ela pegou o livro e foi para os fundos da cabana. — E tire um tempo para entender aquele nsibidi no pedaço de madeira.

Sunny bebeu o chá enquanto tirava a madeira do sutiã. Mas logo o guardou novamente. Ainda não era a hora.

Quando Chichi se deitou ao seu lado, Sunny perguntou:

— Como *você* está?

— Dolorida — respondeu a amiga, massageando a lateral do corpo.

Sunny abaixou a voz.

— Você conta tudo para a sua mãe?

Chichi assentiu.

— E? O que ela disse?

— Ela perguntou: "Você esperava o quê?"

— Não ficou brava?

— Ah, ela ficou brava pra caramba.

— Ao menos, ela não deu um tapa em você.

Chichi deu de ombros.

— Há muitas formas de dar um tapa em alguém, mas é, ela não me deu um tapa. Porém, ficou com muita raiva. Sunny, *foi* uma missão suicida. Ela disse que teriam ficado felizes em me matar... e te matar. Se a rainha Abeng não considerasse que devolver o gazel fosse tão importante, teria arrancado as nossas cabeças. — Fez uma pausa. — Elas *gostam* de arrancar as cabeças das pessoas, minha mãe disse... se for o inimigo. Elas *dizimaram* o clã egbo.

— Usando o juju do gazel?

— A Udide é a melhor criadora de juju no universo. O juju dela é implacável, preciso e impiedoso.

Enquanto a mãe de Chichi preparava o jantar, as garotas saíram para desfrutar da brisa fresca da noite. Desta vez, Chichi não se irritou por Sunny ter levado o celular, porque ela tocou vários tipos de afrobeat. Dançaram muito, até suar. A alegria do movimento e da música dissipou toda a escuridão que as envolvia.

Chichi mostrou o chuveiro improvisado nos fundos da cabana, um espaço feito de barro, com uma mangueira passando por um buraco no topo da parede. A água era fria, mas a sensação era ótima na noite quente. Enquanto estava debaixo da corrente fina de água, Sunny sentiu mais um pouco da escuridão se esvair. Usando um dos *wrappers* amarelos e baratos da amiga e uma camiseta velha com o nome de alguma pessoa chamada Joan Jett, sentou-se ao lado de Chichi. A mãe servia tigelas cheias da sopa *edikaikong*, com pedaços de carne de bode assado, peixe desidratado, camarão carnudo e bolinhas de fufu como acompanhamento. Era o prato favorito de Sunny!

— Eba — murmurou Sunny, sem conseguir conter a satisfação.

— Amo você, mamãe — cantarolou Chichi, encostando a cabeça no braço da mãe, de maneira carinhosa.

A mulher riu, servindo-as de vinho de palma fraco.

— Eu sei.

Uma hora depois, Sunny lutava para manter os olhos abertos enquanto limpava os dentes com o palito que Chichi lhe dera. Mandou uma mensagem rápida para a mãe, avisando onde estava, e desligou o celular. Quando escolheu um lugar para colocar a esteira de dormir e o travesseiro, estava grogue de tão cansada. Chichi foi se deitar a alguns metros de distância dela.

Sunny supunha que a mãe de Chichi estivesse fumando na parte da frente ou nos fundos da cabana, porque sentia o cheiro de cigarro. Ela detestava o odor, mas naquele dia, isso lhe ofereceu algum conforto.

— E sua mãe? Ela sente falta de casa? — perguntou Sunny, fechando os olhos.

— Sim. É estranho. Eu não sentiria falta daquele lugar. Ela disse que a Biblioteca de Obi é a casa dela agora, mas acho que o nosso lar sempre será a nossa verdadeira casa.

— É... — Sunny caía no sono. — Chichi?

— Hum?

— Sinto muito.

— Pelo quê?

— Por tudo o que a sua mãe passou na época, tudo pelo que você passou hoje... não é justo.

— O mundo não é justo... mas obrigada, Sunny.

Ela ouviu algo pousar bem entre ela e Chichi e sorriu, virando-se de lado. A doce canção melancólica do gafantasma a embalou para o aconchego de mais uma noite estranhamente agradável de sono.

15
"Nsibidi" em nsibidi

Sunny acordou cedo. Tocou um lado do rosto. Ainda estava sensível. O corte na bochecha ardia, mas não parecia tão ferido quanto antes. Sentia-se bem e descansada. Ligou o celular. Eram sete da manhã. Tinha dormido por dez horas. Viu duas mensagens de texto.

Uma era de sua mãe: "Certo. Bom saber onde está. Venha para casa."

E a outra de Ugonna: "que merda está acontecendo?"

Primeiro, ela respondeu ao irmão: "Estou bem. Volto para casa mais tarde. Só uma briga com o papai."

Então para a mãe: "Está bem. Mais tarde. ♥"

Considerou mandar uma mensagem para o pai, mas, em vez disso, deu uma olhada no olho machucado com a câmera do celular. A lesão continuava tão feia quanto estivera no dia anterior. Não, não mandaria mensagem para ele. *Ele* poderia mandar uma mensagem para *ela*... se conseguisse fazer aquilo em algum momento. Vestiu a calça jeans e colocou o sutiã por dentro da camiseta. Olhou para a mulher branca de cabelo espetado que segurava a guitarra que estampava a camiseta. Não fazia ideia de quem era Joan Jett, mas parecia maneira... e forte.

— Chichi provavelmente roubou a camisa mesmo — disse Sunny, sorrindo para si mesma. — Posso muito bem manter a tradição.

Ela deu mais uma olhada na garota que ainda dormia, calçou os sapatos, pegou a mochila e saiu. A mãe da amiga sempre ia para a biblioteca cedinho e Chichi provavelmente dormiria por mais umas duas horas. Mesmo durante o ano escolar, ela dormia até tarde, considerando que a única escola que frequentava eram as lições com Anatov e a leitura que fazia por conta própria.

Do lado de fora, o céu azul e o sol que ganhava intensidade a recepcionaram. Tudo ainda continuava um pouco molhado, mas ao menos parecia que não chovia desde que retornaram. Ela esperou alguns carros passarem antes de atravessar a rua. Ao caminhar com a multidão, indo aonde quer que fossem, começou a sentir uma certa normalidade, apesar de tudo. As aulas na escola só começariam dali a um mês, então não havia muitas pessoas da idade dela por ali. Ficou grata.

— Sunny! Bom dia.

Era seu professor de matemática, o sr. Edochi.

— Bom dia, senhor — cumprimentou ela, aliviada por ele estar do outro lado da rua e indo na direção oposta.

Sunny apressou o passo. Alcançou o portão de casa e entrou com cuidado, o coração batia acelerado. O carro do pai não estava mais na entrada, mas o da mãe sim. Mal tinha dado três passos no corredor quando a mãe veio correndo da sala de jantar. Estava pronta para ir trabalhar.

— Ah, querida, fico tão feliz que voltou!

Antes que pudesse responder, a mãe a envolveu em um abraço apertado. Cheirava ao seu perfume frutado. As tranças compridas, em uma mistura de castanho e cinza, escorregaram pelas costas de Sunny. Depois de um instante, Sunny relaxou e a abraçou de volta. Ficaram assim por um tempo.

— Você está bem? — perguntou, depois que soltou Sunny.

Ela assentiu.

— Desculpe.

A mãe balançou a cabeça.

— Está tudo bem. Tem comida na geladeira.

— Obrigada, mãe.

— Você não vai embora de novo...

— Mãe, eu...

— ... hoje? — Concluiu a mãe, depressa. — Hoje não.

Elas se encararam, com o não dito ressoando entre elas.

— Hoje não, mãe — confirmou Sunny, com suavidade.

A mãe assentiu.

— Ótimo. Tenho que ir.

— Muitos pacientes hoje?

— Cinco consultas já agora de manhã — respondeu ela, checando o celular. — Certo, Sunny, tenho que correr. — A mulher pegou as chaves do carro e foi até a porta. — Seu pai... vamos lidar com isso à noite.

A caminho de seu quarto, Sunny espiou o do irmão. A música retumbava, logo ele não a ouviu abrir a porta mais um pouco. Ugonna se inclinava sobre a mesa, desenhando algo. Garrafas de Coca-Cola e pacotes de chips de banana-da-terra estavam espalhados ao seu redor. Ele parecia um cientista desequilibrado tão dentro do próprio universo que tinha se esquecido de que o resto do mundo ainda existia.

Ela sorriu.

— Ugo! — berrou ela.

Ele se sobressaltou e se virou. Tocou o celular e a música parou.

— Onde você se meteu?!

— Eu... eu estava só com a Chichi, o Sasha e o Orlu.

— Por mais de um *dia*? Que isso, cara?

Sunny revirou os olhos.

— Você nem *tem* hora pra voltar pra casa.

— Não tenho porque sou responsável. Se eu tivesse, não desapareceria por dois *dias*!

— Você nunca teve hora pra chegar. Com o Chukwu, você ficava na rua até três da manhã, fazendo sabe lá Deus o quê. *Eu* tenho hora para chegar porque sou uma garota, e nossos pais assimilaram todo o patriarcado do mundo.

— Agora você está parecendo a Chichi.

Sunny revirou os olhos. De que adiantava?

O irmão se levantou e foi até a cama. Pegou algo perto da janela. Era um papel grande de desenho.

— Toma — disse ele. — Desenhei isso na noite retrasada, quando o papai estava andando de um lado para o outro, furioso por você não estar em casa.

Entregou o papel a Sunny. Quando olhou o desenho, a garota arfou. A energia retratada ali era impressionante.

Seu irmão estava desenhando tão bem que começara a vender o trabalho no mercado, e até que estava conseguindo um bom dinheiro. Inclusive, Nsukka, uma professora da Universidade da Nigéria, tinha ido à casa deles para conversar com seus pais, a respeito de Ugonna estudar arte lá, no próximo ano. Sunny achou que ela era a professora mais inteligente na Terra. Não havia a menor chance de os pais sequer cogitarem deixar Ugo estudar arte, a menos que um professor com título de Ph.D. fosse à casa deles e falasse em nome de Ugo, sem que ele nem soubesse.

A pintura que o irmão fez a lembrou do motivo pelo qual passara a admirá-lo. Sunny ficou maravilhada. Era uma mistura de movimento, energia e mistério. Como fazia aquilo?

— Viu a névoa ontem à noite? — mencionou ele enquanto a garota ainda analisava o desenho.

Sunny assentiu, absorta na pintura. Na noite anterior, passara horas dentro de uma floresta.

— Foi tão densa. Eu cheguei a ir lá fora — continuou. — É o tipo de noite em que bruxas e ladrões ficam à espreita...

Sunny levantou a cabeça.

— Quê? Como assim?

— ... e as pessoas morrem na estrada. — Ugo deu de ombros. — Vi no noticiário que aconteceram dez acidentes de carro em Aba. As pessoas simplesmente não entendem quando é a hora de ficar em casa. — Olhou para ela. — Enfim, desenhei isso. Achei que fosse gostar.

— Gostei — confirmou Sunny. — Me deixou arrepiada.

Ele abriu um sorriso grande, sentando-se à mesa de novo.

— É um prazer servi-la.

A garota deu uma risadinha, saindo do quarto dele.

— Nossa — murmurou, observando o desenho. — Ele está ficando bom.

No momento em que abriu a porta do quarto, Della começou a zumbir ao redor da sua cabeça.

— Eu sei, eu sei — tranquilizou, colocando a mochila ao lado da cama e indo até a janela. Enfiou a cabeça para o lado de fora e olhou para baixo, para onde tinha enterrado o *chittim*. Entre as folhas do arbusto, viu o graveto. Encarou a palmeira ressecada ao longe. Da janela, parecia uma espécie de guarda observando, esperando. Della pousou no alto do nariz e agitou as asas. — Está bem, está bem, onde está?

Della fez um pouco mais de alvoroço ao redor de Sunny e logo foi em direção ao guarda-roupa, onde pairou sobre a sua mais recente obra de arte.

Sunny se apressou para ver.

— Aah!

Inclinou-se para a frente, para ver melhor. Quanta riqueza de *detalhes*! Della havia criado a palmeira morta com ráfia seca e roída, provavelmente da própria árvore. A vespa tinha esculpido cada parte da árvore com tanta precisão, que o tronco liso estava de fato liso e a coroa de folhas parecia uma aranha. Della voou para baixo e balançou as asas com força perto da árvore, até que a arte tombou com delicadeza.

— Não acha que vai cair, acha? — questionou.

A vespa voou ao redor da sua cabeça e flutuou de volta ao ninho, ficando quieta. Sunny colocou a árvore de pé de novo. Ficou feliz quando não tornou a cair. Sentou-se na cama e, finalmente — apenas naquele momento —, tirou o pedaço de madeira da mochila e o observou.

— Está bem — murmurou.

Tirou os óculos do rosto e os jogou na cama.

O naco de madeira era liso e cinza, de uma textura macia, quase como uma esponja. Quando era pequena, Sunny foi obcecada por fotografias de baobás durante algum tempo. Que criança não adoraria uma árvore que parecia crescer de cabeça para baixo? Mas como tinha sido decepcionante ver uma cara a cara e mal ter a chance de contemplá-la, antes de ter que deslizar *para dentro* dela. Um fato que Sunny se lembrava era que baobás eram conhecidos por armazenar água. A madeira do baobá também era resistente ao fogo. O que quer que Abeng tenha usado para queimar o nsibidi dentro dele, não teria queimado a madeira toda. Se Della quisesse esculpir algo com ela, não teria muita dificuldade. Sunny fungou o objeto e sentiu um cheiro leve, quase floral, similar ao aroma de nozes. Ela encostou a madeira no nariz e inalou.

Depois a manteve próxima do rosto e começou a ler. Nada. Mas logo entendeu e abriu um sorriso. Seu irmão estava ficando bom em desenhar, e ela, em ler nsibidi. Abeng o tinha escrito para ser lido não da esquerda para a direita ou da direita para a esquerda, era preciso ler em uma espiral no sentido anti-horário. A cabeça de Sunny doeu com o esforço que fez. Estivera acostumada a ler o estilo inverso de Sugar Cream, do centro da página para fora. A mentora havia avisado que todo mestre de nsibidi tinha um estilo.

— Varia dependendo da forma como a pessoa vê — explicou.

Sugar Cream ficaria orgulhosa de como Sunny conseguiu entender aquele nsibidi depressa. A garota o colocou no colo, endireitou a postura e leu.

Enquanto se esforçava muito para não desviar o olhar por medo, ouviu uma risada profunda e gutural, e então, uma voz.

— Garota tola. Venha...

Pela visão periférica, percebeu que o sol se punha. O quarto estava escurecendo.

— Sugar Cream vai ficar orgulhosa — sussurrou para si mesma.

E sentiu Anyanwu chegar e se acomodar dentro dela.

Onde esteve?, quis saber Sunny.

Fui caminhar na vastidão. Seu pai...

Nosso *pai*, corrigiu Sunny.

Seu pai é cruel. Ele não sabe quem sou. Nenhum de vocês sabe.

Anyanwu, só tenho 15 anos, quase 16. Sou humana. Você é...

Se eu mostrasse de verdade a você tudo o que sou, que é tudo o que você é, sua mente não aguentaria.

Sim, mas...

Somos uma, mas somos duplicadas. Não sou mais apenas sua "cara espiritual". Somos outra coisa agora. Não há definição. Não há uma palavra que explique. Não é algo a ser compreendido ou controlado. Mas o que sei é que não vou mais ser menosprezada. Não vou me diminuir. Seu pai não pode, NÃO VAI, me tratar como uma criança. ELE é uma criança para MIM, uma muito, muito jovem.

Está bem, respondeu Sunny.

Não está.

Queria se afastar de Anyanwu. Quando ela ficava daquele jeito, a garota conseguia *sentir*, fisicamente, a sua magnificência. Era como estar perto demais de uma carga elétrica. Caso se aproximasse um pouco mais, a sensação poderosa se tornaria dolorosa. E Anyanwu estava com tanta raiva, que provavelmente torcia para que Sunny chegasse "mais perto". Ela não entendia como deveria se relacionar com Anyanwu. Estiveram evitando o assunto por meses. Entretanto, por ora, algumas questões eram mais urgentes. Anyanwu pareceu concordar, porque a vibração da carga elétrica diminuiu, permitindo que Sunny relaxasse um pouco.

A hora vai chegar, avisou Anyanwu.

Eu sei.

Depois de um momento, focaram no nsibidi...

Dois passos para a frente. Nove passos para trás. Deslize para o lado. Sem voltar atrás. Dois passos para a frente. Nove passos para trás. Deslize para o lado. Você saberá. Você...

Sunny estava no escuro com a boca escancarada. Sentia os lábios tão ressecados que rachavam. Precisava de água. Alguém a sacudiu e ela saiu do transe. Logo sentiu Anyanwu deixá-la com um sussurro.

— *Argh*, que seja, Anyanwu — murmurou. — Vejo você depois, então.

Ao longe, a ouviu responder: *Até*.

Sunny mexeu o pescoço, devagar. Ainda se mantinha na mesma posição, encarando o pedaço de madeira, que brilhava em um vermelho suave. Abaixou o queixo até o peito e flexionou os ombros. Olhou pela janela. Já era noite. Ficou sentada ali, lembrando. Tinha dado só um passo n'A Estrada e parecera que a cabeça explodiria.

— Não consigo ler o resto — sussurrou ela. — Não tenho for...

Seu cérebro não aguentava. Ou não conseguia ler. Ou algo do tipo. Tudo o que sabia era que, se tivesse dado um segundo passo naquela Estrada... nunca mais retornaria. Era a vastidão na qual havia se acostumado a estar. Deslizar para dentro e fora dela era muito natural para Sunny, desde o último ano. Entretanto, *aquele* lugar, aquela Estrada, era uma parte da vastidão que nunca tinha visto. Talvez fosse *além* dela, se isso fosse sequer possível.

— Tão potente — sussurrou a garota.

Ela tinha apenas mais quatro dias.

E precisava encontrar Sugar Cream.

16
Erva, pedra e metal

As aulas com Anatov tinham sido transferidas para o turno diurno, até o período escolar se iniciar. Com toda a tensão em casa, Sunny ficou aliviada. Não sairiam tanto às escondidas. Ao menos, para essas aulas. No entanto, em breve, estariam saindo escondidos para encontrar o gazel de Udide. Chichi implorou que Sunny, Sasha e Orlu não contassem a Anatov sobre o que tinha acontecido e o que tiveram que fazer.

— A minha mãe mantém aquela parte da vida dela em segredo — explicou Chichi. — O Anatov a abrigou a fazer isso, quando ela foi para a Biblioteca de Obi. Então ele sabe da maior parte do que aconteceu. Mas não sabe *daquela* parte. Ela nunca contou os detalhes. Nem vai contar. — Fez uma pausa. — Vocês entendem, né?

Sunny deu de ombros.

— Isso é realmente urgente, mas acho que entendo. A questão toda de "manter as aparências" pela qual os adultos prezam.

Chichi concordou com a cabeça.

— Mas as notícias podem se espalhar — sugeriu Orlu.

— Se acontecer, que não sejamos *nós* a espalhá-las — retrucou Chichi.

— Mas preciso contar para a Sugar Cream — acrescentou Sunny.

Ela teria insistido que contassem a Anatov, se não fosse aquele o caso.

— Eu sei — respondeu Chichi.

— A Sugar Cream é... a Sugar Cream.

Todos assentiram. A Sugar Cream era a Sugar Cream. Se alguém poderia ajudar, seria ela. Mas primeiro, tinham que passar pelas aulas de Anatov.

— O juju *"njomm"* é evasivo demais para caber em uma definição — explicou Anatov.

Os quatro sentiam uma forte inquietação, mas Sunny era a que mais tinha dificuldade de esconder. Ela não conseguia entender como lidariam com aquilo, o problema de Udide não saía da sua cabeça, e o relógio corria, enquanto estavam sentados. Orlu, Sasha e Chichi concordavam: mesmo que o fim do mundo fosse possível, a escola ainda era importante. Sunny achava aquilo uma bobagem absoluta, mas era um contra três, então ali estava ela, remexendo-se no assento e mal conseguindo prestar a atenção.

Anatov fez uma pausa, lançando um olhar a Sunny. Ela endireitou a postura e ergueu o queixo e, satisfeito, ele assentiu e continuou.

— Entretanto, todo juju inclui todas as forças incompreendidas e misteriosas da natureza. Elementos como erva, pedra e metal. A palavra também inclui segredos profundos de seres humanos e outros seres. Sabem por que me chamam de Defensor dos Sapos e de Todas as Coisas Naturais?

A pergunta captou a atenção inconstante de Sunny e, pela primeira vez desde que se sentou no chão da cabana, parou de olhar para a saída. A garota levantou a mão e Chichi, Sasha e Orlu franziram a testa para ela.

— Uma vez mencionei que o senhor era o meu professor, para o sr. Mohammed, na Loja de Livros do Bola, e ele me contou que, quando chegou à Leopardo Bate, vindo dos Estados Unidos...

— Mais especificamente de Atlanta.

— Não sabia disso — admitiu Sunny. — Quando veio de Atlanta, Geórgia, o senhor falava muito sobre o que achava do consumo de carne.

— Sim, não deveriam comer — comentou ele. — Consumam grãos e vegetais. Seus corpos e almas agradecerão.

— ... e falou mais ainda sobre os sapos serem os termômetros da Terra.

— Correto. Seres humanos são *famosos* por ignorar o fato de que as outras criaturas da Terra são criadoras dos melhores jujus — explicou ele. — Não vou deixar que meus alunos cometam os mesmos erros, não se eu puder evitar. As pessoas aqui começaram a me chamar de Defensor dos Sapos e de Todas as Coisas Naturais, achando que isso iria me irritar. Mas eu adorei o apelido. Se eu usasse cartões de visita, utilizaria esse título.

Todos riram.

— Então — prosseguiu ele. — Hoje, vamos aprender o juju *njomm*, de lagartixas de parede, mais comumente conhecidas como "sóis da manhã".

— O que uma lagartixa boba vai nos ensinar, profe? — desdenhou Chichi.

— Aquelas coisas comem aranhas e seres similares, o que é um grande benefício, neste país — opinou Sasha.

— Melhor que qualquer repelente — acrescentou Orlu.

— Sim, sim — confirmou Anatov, acenando com a mão, em displicência. — Mas há algo mais importante que podem aprender com uma lagartixa de parede, se dedicarem atenção total. Chamo de "fuga", já que não há uma palavra para isso na Nigéria, porque vocês não levam animais tão a sério como deveriam. — O professor soltou um muxoxo. — Observem.

Ele ergueu uma lagartixa para que vissem.

— Vemos estas criaturas todos os dias — disse ele, enquanto o réptil cor de rosa-bebê corria para a ponta dos dedos do professor. — Em esquinas, paredes, à noite, observando as mariposas e mosquitos perto da luz. Num instante, vocês a veem...

E ali, diante dos olhos deles, a lagartixa desapareceu.

Sunny sentiu as narinas formigarem. Pegou um lenço para assoar o nariz.

— Que diabo foi isso? — questionou Sasha.

Orlu sorria. Chichi franzia a testa.

— ... e no outro, não veem mais — finalizou Anatov, com um sorriso. Ele enfiou a mão no bolso da camisa e tirou a lagartixa de lá. — Elas são especialistas em encontrar esconderijos, uma habilidade que poderia ser útil a todos nós.

— Elas só são rápidas — comentou Chichi. — Como que isso é juju?

— Você a viu indo para o meu bolso ou sua teoria só faz você se sentir melhor? — indagou ele. — Mais uma vez, não são apenas seres humanos que são pessoas-leopardo.

— Então, todas as lagartixas são...

— Falei "todas"? — o professor apontou para a orelha. — Ouçam e não deixem que sua resistência filosófica, suposições e crenças lhes impeçam de enxergar.

Ele ergueu a lagartixa de novo e, daquela vez, Sunny prestou o máximo de atenção que pôde. O bicho correu até o braço dele e parou, olhando para eles sentados no chão da cabana de Anatov. Passou a língua pelo olho redondinho, e Sunny podia jurar que a criatura deu um sorriso grande, antes de desaparecer diante dos seus olhos, de modo descarado.

Daquela vez, Sasha e Chichi exclamaram em uníssono:

— Caramba!

Os olhos de Orlu se moveram de um lado ao outro. Sunny checou dentro dos próprios bolsos. Não dava para confiar naquela lagartixa.

Foi do bolso de Chichi que ela saiu e desapareceu de novo, antes que ela pudesse soltar um grito e dar um tapa no bicho. Ela pulou, ficando de pé, balançando-se e gritando:

— Aaaaaaah!

— Pare com isso — repreendeu Anatov, com irritação. — É só uma lagartixa, não um escorpião. O que ela fará a você?

— E quem é que quer um lagarto no próprio bolso, *abeg*? — retorquiu Chichi, também irritada e ainda de pé.

O professor ergueu a mão, abriu-a, e lá estava a lagartixa.

— Muito obrigado — agradeceu, enquanto saía da cabana com ela. Voltou, olhando para eles com ceticismo. — Leopardos e lagartixas não usam pó de juju. Produzem juju na própria pele, e então usam as células da pele descamada. Leiam a pesquisa de

Stella Balankang, *Artimanhas das Lagartixas e Outros Jujus da Classe Reptilia*. Ela não menciona a fuga ali, mas debate vários outros aspectos importantes. Agora, o que podemos aprender com a fuga? Aprendemos que sempre há um lugar em que se pode se esconder. Então vamos tentar.

A aula era sobre prestar a atenção, encontrar um local e usar o pó de juju para ajudar a fugir para dentro dele. Por ora, os quatro se mantinham focados totalmente, e isso era bom. Sunny ficou maravilhada ao perceber muitos lugares pela cabana nos quais poderia se esconder, até mesmo dentro desses locais. Por exemplo, atrás da caixa de incenso de Anatov; ou em um espaço na terra, do outro lado mais distante da cabana. Assim, usou o pó de juju para se materializar no jardim dele, o que fez ela ficar desaparecida pelos trinta segundos seguintes.

Ao se agachar, ria porque tinha certeza de que ninguém a encontraria lá, até que viu um inseto-pimenta. Ele pousava em uma pimenta, perto demais do rosto dela. Sunny pulou para fora do jardim, logo quando Anatov saía da cabana, procurando-a. Era melhor perder o jogo do que acabar sendo atingida pelo sopro dos gases de um inseto-pimenta. Já era o bastante ter que lidar com o nariz escorrendo e os constantes espirros por conta da alergia ao pó de juju.

Foi uma das aulas mais agitadas que já teve, e tudo graças a uma minúscula lagartixa. Quando foram embora três horas depois, exaustos e estranhamente satisfeitos, pois tinham aprendido à beça, Sunny viu a lagartixa à espreita, na lateral da cabana. No momento em que a viu, a criatura olhou para ela e, então, desapareceu.

— Leopardo Bate? — sugeriu Orlu.
Os três assentiram. Era a hora.

Atravessar a ponte foi incrível. Anyanwu tinha desaparecido o dia todo, até o momento em que Sunny pisou no local. Naqueles dias, Sunny não se preocupava com a ausência dela quando pisava na ponte. Ela sempre voltava, mesmo que segundos antes, como aconteceu naquele momento. Ainda assim, era bom estar com Anyanwu de novo, depois do que acontecera com seu pai. A ponte da Leopardo Bate era um lugar em que as duas sempre entravam em um acordo. Dançaram por toda a ponte de madeira estreita, como em uma trave de equilíbrio, sem se apressarem. Saltaram, deram giros *chaîné*, *pas de bourrées* e, perto do fim, um *plié* elegante e profundo. Durante todo o tempo, a criatura do rio observou e se manteve longe.

Entretanto, mesmo alegres, Anyanwu e Sunny não brincaram com a criatura do rio. Nem ao menos falavam. E quando finalizaram o *plié* profundo, Anyanwu pulou para fora de Sunny e subiu dançando o caminho até Leopardo Bate.

— Vejo você lá — murmurou Sunny.

Olhou para os amigos. Nunca conseguiriam entender o que era ser duplicada. Estar aqui, ali e também desalinhada consigo mesma. Enquanto andavam animadamente pelas duas árvores iroko que soltavam folhas para dentro de Leopardo Bate, Sunny percebeu que guardas de pilhas de folhas se viraram e a observaram passar... como sempre faziam quando ela entrava em Leopardo Bate, depois de ser duplicada. Como se sentissem que, mesmo que pertencesse àquele lugar, havia algo de estranho com a garota.

Ela deixou Orlu, Chichi e Sasha fazendo compras na Plumas Doces, a loja de pós de juju.

— Encontro vocês na barraca da Mama Put, daqui a duas horas — combinou ela.

A garota olhou de volta para a loja, enquanto seguia pela estrada. Duas cabanas vermelhas se sobrepunham, de maneira desajeitada, como se a pessoa que as construíra tivesse confiado mais no juju e menos na física para mantê-las de pé, o que provavelmente era o caso. A parte vermelha externa era pintada com milhares e milhares de círculos brancos minúsculos, quase fazendo-a parecer com um dragão adormecido encolhido em posição fetal. Ela até exalava um cheiro sulfuroso. O tecido prateado que cobria a entrada redonda e sem porta balançava para dentro e para fora, como se o prédio respirasse. No interior da cabana, estava sempre quente também. Uma vez, o proprietário comentou que isso mantinha os pós de juju fresquinhos. Mas Sunny acreditava que, na verdade, era por ter algo suspeito na construção.

Ao caminhar pela via principal de Leopardo Bate, ouvindo as negociações e conversas, passando por várias lojas e árvores locais, sorriu. Ela estava bem. Apesar de tudo. Apesar de ser duplicada. Apesar de enfrentar Ekwensu. Apesar de seu pai nunca entendê-la. A escuridão existia, mas ela estava bem. Ao menos, pelos próximos dias. O tempo passava, mas mesmo que, de fato, encontrassem o gazel para levá-lo a Udide, será que aquela maldita coisa tinha algum tipo de radioatividade? A mãe de Chichi o tivera em mãos, e olha só o que havia acontecido com a vida dela. Um objeto que era querido por Udide, possuía o poder de modificar tudo o que tocasse ou com quem falasse... e, de acordo com a mãe da amiga, definitivamente falava, porque ela o *ouvira*.

O sorriso alegre sumiu do rosto de Sunny e ela acelerou o passo. A sensação era a de que uma aranha enorme rastejava em sua nuca.

Quando Sunny terminou de falar, Sugar Cream a encarava com tanta intensidade, que ela considerou lançar o juju de fuga.

— Deixe-me ver — pediu a mentora.

Sunny a entregou o pedaço de madeira, e a mulher se recostou na cadeira, girando o objeto entre os dedos compridos e finos. Aproximou-o do nariz e fungou.

— Aham, sei de que árvore veio isso.

— Já esteve em Nimm?

— Muito tempo atrás, sim. Como convidada. — Ela manteve o lado com a escrita em nsibidi perto dos olhos. — Fique quieta.

— Eu não estava...

— *Shh*.

Enquanto Sunny aguardava, percebeu uma movimentação à sua esquerda. Estava sentada no chão do escritório de Sugar Cream. Era só uma questão de tempo. Desde que tinha sido picada pelas servas de Udide, há algum tempo, as aranhas vermelhas que viviam naquele escritório ficaram ainda *mais* curiosas. Algumas correram até ela e outras tentavam chegar pelo alto. E conseguiram duas vezes! Sugar Cream garantiu a Sunny que as aranhas não a machucariam, mas isso não a confortava.

O lado bom era que, lidar com elas com tanta frequência a obrigou a confrontar a sua fobia de alguma forma. Durante toda a sua vida, Sunny nunca teria tocado em uma daquelas espécies de aranha, antes daquilo. Naquele momento, entretanto, observou uma delas subir na sua calça e a espantou para longe com o dedo.

Sugar Cream se mexeu de repente. Colocou o pedaço de madeira na mesa e olhou para ele. Fez um som com a boca e focou em Sunny.

— Conseguiu ler até que parte?

— Só a primeira.

— E você está bem?

— Levei a tarde inteira e parte da noite — revelou ela. — Não estava escuro quando comecei...

— A mancha de sangue no seu olho foi...

— Não... meu... meu pai, quando voltei pra casa, ele... me deu um tapa.

— Problemas de agentes livres.

Sunny assentiu.

— Você precisa...

— Consigo dar conta.

Sugar Cream fez uma pausa, inclinando a cabeça.

— Eu consigo.

Ela comprimiu os lábios.

— Você não tem visto nem ouvido coisas?

— Não.

— Quando anda pela estrada, continua sendo... a estrada?

Sunny pensou naquilo. A Estrada de novo.

— Sim — respondeu. — Continua sendo a estrada. Andei por ela para pegar o trem futum para chegar aqui.

— Que bom. — A mentora se recostou na cadeira, com as costas retorcidas. Sempre fazia parecer que ela estava desconfortável. — Que bom. Fico feliz.

— Por quê?

Ela pegou o pedaço de madeira e o ergueu no ar.

— *Isso* é uma invocação, Sunny. Tive que parar de ler antes que começasse a chamar. Ler é *chamar*.

— Chamar o quê?

— A Estrada.

Sunny sentiu arrepios percorrerem sua coluna.

— Você... você diz...

— Uzo Mmuo, a Autoestrada dos Espíritos, o Grande Rio, o Edan de Chukwu, a Veia e Artéria de Chineke, tem inúmeros nomes pelo mundo, pela vastidão e em outros lugares. Para pisar nela, precisa ter uma intenção *muito* estabelecida. Não vá À Estrada por acidente. É fácil se perder por ela e mais fácil ainda se perder de si mesma lá.

Sunny estremeceu.

— Mas não vai vir até mim por conta própria.

— Não.

— Tenho que invocá-la. Chamá-la.

— Sim. A Estrada é um problema que você precisa escolher procurar — explicou Sugar Cream, estendendo o pedaço de madeira. — Tome o seu mapa.

Sunny se levantou e foi até a mesa da mentora. Ao pegar o objeto, Sugar Cream não soltou de imediato.

— Se escolher ler isso, vai ver coisas.

A garota se afastou e deu um passo para trás.

— Como o quê?

— Só você saberá — respondeu Sugar Cream. Inclinou-se e segurou a mão de Sunny. — A Anyanwu chegou aqui antes de você. — A mentora riu e balançou a cabeça. — Ah, Sunny, eu ainda tento me acostumar com a sua... condição. Sua Anyanwu, ela está no quarto andar agora. Disse que tinha alguém que precisava ver. Se humano ou espírito, não sei. Há muitos acadêmicos que leem livros lá. Mas, Sunny, ouça-me: a Anyanwu se sentirá atraída pela Estrada, e pode ter dificuldade de sair de lá. Fique perto dela.

— É muito fácil falar — resmungou Sunny.

— Não muda o que falei.

— O gazel está lá, não está?

— Sim.

— E temos que encontrá-lo.

— Sim. A Udide é brilhante e magnífica, mas pode ser perversa. Você *tem* que fazer isso. Ela não está lhe dando uma escolha.

— Como vou ficar perto da Anyanwu, quando não consigo nem acompanhar o ritmo dela, quando ela é… *mais* do que eu?

— Não sei. A Anyanwu vai, em algum momento, ter que descer ao seu nível para que possam coexistir. Isso é um fato. — Ela estendeu a madeira a Sunny. — Pegue.

— Estou… estou com medo.

— Deveria estar. — A mentora manteve o olhar nos olhos da garota e, quando não disse mais nada, ela pegou o objeto. — Sunny, a primeira vez que entrei na vastidão eu tinha acabado de fazer 7 anos. E não estava pronta. Eu estava com dois colegas de classe quando me deparei com… um homem. Até hoje, não sei quem era. Ele estava parado em plena luz do dia, mas seu rosto permanecia à sombra. De início, pensei que era só um homem com uma pele muito escura. Nada incomum. Estava usando roupas dos *hausa*. Ele ficou próximo a mim, olhando-me de cima. Meus amigos ficaram com medo, então se afastaram. Mas eu queria entender o rosto dele. — Ela fez uma pausa, encarando as próprias mãos.

Sunny não queria ouvir o resto. Um medo incomum dominava o rosto de Sugar Cream.

— O homem me *matou*. Ele... ele fez assim com a mão. — A mentora ergueu a mão direita e esticou o braço, como se lançasse e soltasse algo pesado. Abriu bem os dedos. — Colocou a mão no meu rosto. E disse: "Vá." Meus amigos contaram que caí no chão e fiquei lá. Por outro lado, eu senti que ele tinha me segurado pelos ombros e me jogado para trás com violência. Mas não caí. Eu *deslizei*. Daqui para lá. Estava na vastidão, embora não soubesse. E ele estava lá também. E parecia exatamente o mesmo. Estávamos em um campo de grama ondulante.

Sunny assentiu.

— Sei qual é.

— Óbvio que sabe. Olhei ao redor e comecei a chorar. Então ele fez aquilo de novo. E foi assim que percebi estar no precipício d'A Estrada. Sunny, se está com medo agora, imagine uma criança que não tinha nem uma das suas habilidades diante de um caos de espíritos. Estive lá por meros segundos, mas foi o suficiente para me fazer ouvir coisas por meses. O lugar era *poderoso*, tão movimentado e cheio de energia que poderia lhe partir ao meio em um instante se chegasse lá despreparada, desprotegida e imatura. — Naquele momento, Sugar Cream sentiu arrepios. Esfregou as mãos nos braços para se aquecer. — Felizmente, não veria aquele lugar de novo por cinco décadas.

— E como voltou a si?

— Eze, a mulher que seria a minha mentora dez anos depois, saía de uma loja a alguns metros de onde aconteceu. Ela chegou e me puxou de volta, primeiro d'A Estrada, depois da vastidão. Na época, como eu não tinha referência, pensei que ela fosse Jesus Cristo.

Ao ouvir aquilo, Sunny começou a rir, e logo as duas gargalhavam. Até que bateram à porta. Uma estudante da Biblioteca de Obi estava parada ali, sem saber como agir, olhando para a garota e sua mentora.

— Professora — anunciou ela. — Os acadêmicos da Arábia Saudita e Omã chegarão em trinta minutos. Seu traje está pronto.

— Ah, sim, o dever me chama — disse Sugar Cream, levantando-se devagar. — Estava ansiosa por esse momento. Tenho algumas perguntas para eles. — Ela colocou a madeira nas mãos de Sunny. — As nossas aulas estão suspensas. Isso é urgente. Eu recomendaria um livro, mas não há leitura no mundo que deixará mais evidente o que deve ser feito. Por vezes, se tem todas as ferramentas das quais precisa, e tudo o que se pode fazer é simplesmente fazer. Não posso lhe ajudar a ler uma invocação. O que direi é para ler *apenas* quando estiver pronta. E para ler *em breve*. — Então parou diante da mentoreada, levantando a cabeça para observá-la. — Quando foi que ficou tão alta?

— Uns meses atrás — comentou Sunny. — Além disso, *você* não cresce exatamente para cima, professora.

Sugar Cream riu.

— Ah, Sunny, gosto da sua companhia. E você chegou tão longe. — Ela fez uma pausa. — Fiquei com medo quando eu tinha 7 anos e estava morta. Eu não estava pronta, nem preparada, não fazia sentido. Eu nem sabia que A Estrada existia... mas isso não acabou comigo. Não deixe que acabe com você. Você consegue fazer isso, Sunny. Não tema. *Brilhe*. — Ela foi até a porta e olhou para a garota de novo. — E mande lembranças para a Anyanwu.

Sunny a observou ir embora.

— Por que ela está encontrando pessoas-leopardo da Arábia Saudita e Omã? — perguntou a si mesma, então riu. — Eu preferiria acompanhá-la para descobrir, do que fazer isso. — Um movimento ao seu lado chamou sua atenção. Quando se virou, uma das aranhas vermelhas pairava a menos de trinta centímetros do seu rosto. Sunny se remexeu e cambaleou para trás. — Qual é, me deixe em paz.

Uma das máscaras na parede riu e soprou framboesas para a garota. A que tinha bochechas grandes, como sempre.

— Ah, fique quieta — ralhou Sunny com a máscara. — É só a Sugar Cream sair que você começa a dar as caras.

A máscara fez um biquinho com os lábios cheios e mandou um beijo. Todas as outras deram risadinhas.

Sunny colocou a madeira na mochila e deixou o escritório.

17
Invocação

A barraca de Mama Put estava cheia, quando Sunny entrou. A área para refeições havia sido ampliada e, desde então, o local ficava abarrotado a qualquer hora do dia, com exceção dos primeiros horários. Sunny olhou ao redor. Até que viu os amigos: Sasha saboreava uma grande tigela de arroz com frango ensopado e Chichi enrolava uma bolinha de *egba* para mergulhar na sopa *okra*. A barriga de Sunny roncou, mas aquele não era o momento.

— Cadê o Orlu?

Sasha riu e Chichi revirou os olhos.

— Que foi? — perguntou Sunny.

— Ele teve que ir — respondeu Sasha. — Foi bem incrível. Grashcoatah *e* o pássaro *miri* do Taiwo vieram buscá-lo. Acho que mandaram os dois e eles o encontraram ao mesmo tempo. Todo mundo correu para ver Grashcoatah. Algumas crianças o abraçaram e acariciaram. Deve ter sido como abraçar uma parede felpuda. Uma garota tinha até uma escova! Por quê?! Subiram nas costas enormes dele e massagearam as bochechas. Óbvio que ele *amou* tudo. As pessoas estavam jogando, para ele, as comidas que tinham comprado. Devorou tudo como se fosse doce. Teve até alguém que jogou um maço inteiro de erva-doce.

— Foi ridículo — complementou Chichi.

— Você só está com inveja — retrucou Sasha, colocando um braço ao redor dela e a puxando para perto. — Vou lhe dar atenção se precisar.

— Me dê, então — respondeu Chichi, dando um sorrisinho.

Sunny revirou os olhos.

— E sobre... — Ela abaixou a voz. — Conseguir a coisa para Udide?

— Ainda tem que ler aquele pedaço de madeira, certo? — questionou Chichi.

Sunny franziu a testa.

— Sim... tenho sim, mas...

— Ele vai estar de volta na hora que você for ler — garantiu Sasha.

— Mas para onde ele teve que ir?

— Não sei. O Taiwo só queria vê-lo — explicou Sasha.

Sugar Cream a tinha chamado algumas vezes, por várias razões diferentes. Uma vez tinha chamado Sunny, logo depois da escola, por meio de um pássaro mensageiro. Quando Sunny chegara ao escritório dela, Sugar Cream apresentara a garota ao seu melhor amigo de mais de quarenta anos, um homem velho da ilha caribenha de São Vicente, que tinha a habilidade de ver centenas de cores que seres humanos geralmente não veriam. Mas os chamados de Sugar Cream nunca eram tão urgentes.

— Espero que Orlu esteja bem.

— Com aqueles dois cuidando dele, certeza que sim — opinou Chichi, tocando o braço dela. — A Sugar Cream teve respostas?

— Ela disse que é uma invocação.

Chichi se inclinou à frente.

— O nsibidi? — perguntou ela.

— Você o lê e acaba fazendo uma invocação — explicou Sasha, beliscando o queixo. Ele olhou para Sunny com os olhos arregalados, em entusiasmo. — O que invoca? Uau, ela conseguiu invocar?!

— Não, não, ela parou de ler antes que chegasse a tanto.

— Então o que invoca? — perguntou Chichi.

Sunny olhou ao redor. O local estava bem cheio naquele dia, adolescentes estavam sentados atrás deles e havia uma mesa com o que pareciam ser acadêmicos, à direita. Ela cruzou o olhar com o de um homem alto usando um chapéu igbo vermelho e branco, encostado no balcão de retirada de pedidos. Desviou o olhar depressa.

— Vamos falar sobre isso depois.

Sasha se levantou e, antes de se afastar, anunciou:

— Vou pegar embalagens para colocar a comida.

— O Orlu precisa estar aqui para isso — declarou Sunny.

— Hoje à noite — respondeu Chichi. — E se não, vamos encontrá-lo.

Sunny grunhiu quando descobriram que a mãe de Chichi não estava em casa. Ela tinha esperança de que a mulher pudesse responder algumas perguntas.

— Não sei onde ela está — disse a amiga, massageando o rosto que cicatrizava. — Merda, talvez ela esteja em Leopardo Bate.

— Deixe pra lá, conte o que está rolando — pediu Sasha, jogando a mochila no chão e se sentando em uma pilha de livros.

Chichi se sentou também.

— Certo, então é uma invocação — começou Sunny. — Para A Estrada.

Os dois apenas a encararam. Quando continuaram a olhá-la, a garota se irritou.

— Que foi? Por que estão me olhando assim?

Eles a fitaram por mais alguns segundos, e então Sasha finalmente perguntou:

— O que é "A Estrada"?

Sunny ficou inexpressiva. Então sorriu. Pulou para ficar de pé.

— Rá! — Abriu os braços de maneira dramática. — Espeeeeeera um instante! Isso não é um treinamento! Hahaha! Está acontecendo!

A garota dançou ao redor da cabana, rindo. Então foi a vez deles de parecerem irritados, e aquilo fez Sunny gargalhar ainda mais. Chichi soltou um muxoxo.

— Nenhum de nós disse que sabia *tudo*.

— Tá, mas nunca vi isso acontecer! — argumentou Sunny, sentando-se de novo. Ela riu. Queria que a Anyanwu estivesse ali para rir também. — A Estrada... também não sei o que é. Mas Sugar Cream disse que é onde o gazel provavelmente está. É uma estrada de espíritos ou coisa assim. A forma que ela falou. Era como deslizar para lá, ou algo do tipo.

— Então como... ela acha que você tem que ir procurar sozinha? — perguntou Chichi.

— Não, cara, de jeito nenhum, não mesmo — afirmou Sasha.

— A forma como ela falou, A Estrada que me levaria para lá.
— Sunny estremeceu.

— Não se preocupe, Sunny. Não vamos deixar você fazer isso — assegurou Chichi. — Não sozinha.

Sasha olhava para uma pilha de livros.

— Enquanto isso, precisamos encontrar alguma informação sobre esta Estrada.

— Ela chamou de outros nomes também, mas não me lembro.

— Vamos encontrar algo se tiver algo a ser encontrado. — Sasha pegou um livro e deu um sorrisinho. — Acho que deveríamos ir à Biblioteca de Obi e pedir a eles para nos ajudar a entrar no quarto andar. Temos o motivo perfeito!

— Ah, pode crer que sim! — respondeu Chichi, batendo a mão na de Sasha. — Nós? No quarto andar da Biblioteca de Obi?! Isso é estar a um passo do terceiro nível!

— A Udide disse sete dias, e isso foi dias atrás — alertou Sunny. — Você não tem que passar por todos aqueles canais se não for um estudante da Biblioteca de Obi? Não há tempo para isso!

— A sua mentora é a Sugar Cream, você pode conseguir qualquer coisa — afirmou Chichi. — Só pedir.

Sunny balançou a cabeça.

— Você não a conhece.

— *Argh* — murmurou Chichi com um grunhido, revirando os olhos.

— Beleza... então você lê — disse Sasha. — E quando fizer, é melhor que estejamos prontos para o que quer que esteja por vir.

— Não olhe para aquela coisa, por enquanto — avisou Chichi.

— Mas como aprendo a ler? Leva um tempo para interpretar, para *ler* em nsibidi. Não é como pegar um livro e ler. Você tem que... não sei explicar. E é uma leitura realmente pesada.

— Hum — murmurou Sasha. — Vamos lidar com o problema quando ele surgir.

Eles concordaram que deveriam ir para casa, descansar, tomar banho, comer e depois se encontrar de novo na casa de Orlu à meia-noite, porque àquela altura, ele já estaria lá. E aí... aí veriam o que seria invocado.

Quando Sunny chegou à casa, viu a Mercedes preta do seu tio paterno Chibuzo, na entrada.

— Ótimo — murmurou ela, abrindo a porta devagarinho. — Com sorte, já tem um tempo que ele está aqui; não vou quebrar uma maldita noz-de-cola hoje.

A garota podia ouvi-los rindo lá dentro. Estavam na sala de estar, e ela conseguiu passar desapercebida pelo corredor. Mas algo a fez pausar. Voltou e espiou.

O pai e o tio estavam no sofá, cada um segurando uma garrafa de cerveja Star, com uma tigela de amendoins descascados e uma pilha de cascas na mesinha de centro, em frente a eles, enquanto um jogo de futebol passava na televisão. É, o tio chegara havia um tempo. Estava prestes a seguir o caminho, quando o pai, em meio a uma risada, olhou em sua direção e seus olhares se encontraram. Sunny prendeu a respiração. Eles não se falavam desde o tapa, dois dias antes. O sorriso vacilou no rosto dele. Então o pai desviou o olhar depressa. Continuou rindo, mas parecia forçado.

— Então o que lhe fez acreditar que é ruim contra-atacar? Olhe a prova de que está errado! — exclamou o tio.

— Ah, você está falando besteira — respondeu o pai.

Sunny andou depressa pelo corredor, piscando para conter as lágrimas que ardiam nos olhos. Na cozinha, encontrou a mãe sentada à mesa da cozinha. Falava ao telefone com a irmã que estava em Chicago. A mulher esticou a mão e segurou a de Sunny.

— Oi, mãe — sussurrou Sunny, sem querer interromper a conversa.

A mãe acenou com a cabeça, em cumprimento, e continuou ouvindo qualquer que fosse a história que a irmã contava. Sunny pegou três laranjas da sacola no balcão e um pacote de *chin chin*. Seguiu o caminho. A porta do quarto do irmão estava aberta e ela ouviu que também tinha companhia, sua nova namorada, Amarachi. Um filme passava na tela do computador e, quando

Sunny passou, viu os dois sentados no chão do quarto, olhando para os celulares.

— Nada de futebol. Gosto desse filme — comentou Amarachi.

— Por que a maioria das garotas não gosta de esportes? Ela fez um muxoxo.

— Gosto de assistir a tênis tanto quanto gosta de assistir futebol. Sabe quem é a Naomi Osaka?

Sunny riu. *Boa resposta*, pensou ela. Quando estava no próprio quarto, fechou a porta. Jogou de qualquer jeito na cama o jornal leopardo que quase não lia mais e se sentou. Comeu uma das laranjas e decidiu tirar um cochilo rápido. Quando acordou, já era quase noite e a porta do quarto estava aberta. Olhou o celular e viu que tinha dormido por cinco horas!

— Ah, não!

Ela pulou para ficar de pé e se apressou para tomar um banho quente.

— Della — chamou, quando já estava vestida. Ouviu o agitar de asas, mas a vespa não saiu do ninho. Sunny se sentiu mal por acordá-la. — Desculpe, mas preciso lhe contar algo. Saia um momentinho. Por favor?

Depois de um momento, Della mostrou a cabeça azul metálica pelo buraco na base do ninho de barro. Ela agitou as asas.

— Eu... vou à casa do Orlu hoje à noite. Eu não... — A garota suspirou, começando a sentir o peso de toda a situação. O que *aconteceria* se... *quando* ela lesse o nsibidi? — Não sei. Se... talvez eu tenha que ir a um lugar em breve. E fique fora por um tempo. Apenas entenda.

A vespa artista voou para fora do ninho e pousou em sua cabeça. Mais especificamente no pente *zyzzyx* que sempre usava no cabelo. Ela se virou para o espelho e assentiu.

— Óbvio que vou levá-lo comigo. Sempre uso.

Della voou de volta para o ninho e ficou quieta.

— Beleza — murmurou Sunny. — Bom. Ao menos lidei com isso.

Enfiou na mochila as duas laranjas e o pacote de *chin chin*, uma embalagem de lenços, um saquinho de pó de juju extra, o celular e o carregador, batom, alguns *chittim* de prata e dois de bronze, além de outros itens pequenos. Coisas essenciais, mas nada muito pesado. Ela havia vestido calça jeans, a camisa da Joan Jett de que tinha começado a gostar bastante, meias limpas e tênis esportivos. Ficou ali por um momento, olhando para o quarto.

Olhou pela janela. Mesmo no escuro, conseguia enxergar a palmeira morta com o tronco ressecado e as folhas marrons. Na brisa da noite, até ouvia as folhas farfalhando e batendo umas nas outras, como ossos de um esqueleto. A garota enfiou o saquinho de pó de juju na mochila e a faca juju dentro da calça, junto ao quadril. Por último, mas não menos importante, tocou o pedaço de madeira com a escrita em nsibidi guardado no bolso da frente. Segurou a alça da mochila com força e se virou para a porta fechada. Deslizou pelo buraco da fechadura.

Ao chegar à casa de Orlu, Chichi e Sasha já estavam lá, sentados nos degraus em frente à porta, esperando por ela.

— Ele ainda não voltou — revelou Chichi.

— Por quê?

Sasha deu de ombros.

— Os pais dele não sabem?

— Acho que sabem de algo — respondeu Sasha.

— Deveríamos ir à cabana do Taiwo e...

— Ele está vindo — interrompeu Sunny, olhando para o céu.

Sasha e Chichi se levantaram. Quando Grashcoatah pousou, Sunny soube que havia algo errado com Orlu. Não foi o que viu, porque de onde estava, não conseguia vê-lo nas costas largas de Grashcoatah. Foi porque *sentiu*. Onde antes estivera quente e úmido, uma brisa fresca tinha começado de repente. A poeira na entrada girou em volta deles e ela se virou, protegendo os olhos.

— Merda! Orlu! — gritou Sasha, correndo até Grashcoatah, apesar da poeira.

Ele tossiu ao segurar o pelo de Grashcoatah e subir nele. Devagar, Sunny foi até o cortador de grama voador, enquanto Chichi seguia o exemplo de Sasha e subia também. Ela tocou o pelo macio e sedoso de Grashcoatah e olhou para cima dele, ouvindo.

— Ai, merda — murmurou Sasha. — Por que você não...

Ouviu Chichi arfando.

— Ah! Hã...

— Qual é. Quantos anos você tem? — retrucou Sasha com irritação.

— Eu só...

— Cadê a Sunny? — questionou Orlu.

Sua voz estava tão rouca.

— Estou aqui embaixo — respondeu ela.

Estava prestes a subir no Grashcoatah, quando tudo pareceu vibrar. *Tum!* Ela se afastou, cambaleando para trás e olhando ao redor. *Tum!*

— O que está acontecendo? — berrou ela, segurando a cabeça. A mente ficava dizendo um único nome: Ekwensu. Orlu tinha chamado a mascarada terrível de volta? O que aquilo significava?

— O QUE ESTÁ ACONTECENDO?

Sasha saltou do Grashcoatah, segurou Sunny e a abraçou.

— Não é a Ekwensu, relaxe. Está tudo bem.

Ela tremia tanto que mal conseguia pensar.

— Não? — sussurrou. Abraçou o amigo, enquanto as lágrimas escorriam pelo rosto. O que estava acontecendo com ela? — Então o que há de errado com o Orlu?

Chichi estava descendo, naquele momento.

— Ele está descendo. Apenas... se prepare — alertou a amiga.

Sunny franziu a testa, apertando Sasha.

— Me preparar...? Para quê?

Por cima do ombro de Sasha, ela viu Orlu. *Tum!* Tudo vibrou de novo quando ele pulou e aterrissou como algo tão sólido e estável que pesava mais de 400 quilos. Estava ali com a postura ereta e, quando falou, sua voz era a de um espírito antigo.

— Passei pelo *Mbawkwa*! — proclamou ele. — E não sei que porra está acontecendo.

Sunny ficou boquiaberta ao se afastar de Sasha, e então começou a rir. Desde que conhecera Orlu, ela *nunca* o ouvira xingar daquele jeito, e de todos os momentos, *aquele* era o momento para botar para fora. Sunny tinha visto a cara espiritual dele só uma vez, muito depressa, durante o percurso de carro até Leopardo Bate. Orlu não soubera que ela o tinha visto. Aquilo ali, naquele momento? Ah, aquilo era algo totalmente diferente. A garota o encarou. Todos encararam. A cara espiritual de uma pessoa era mais íntimo que o seu corpo nu, mas como não poderiam olhar para o amigo?

O rosto dele era como um retângulo de madeira verde-vivo, do tamanho de uma janela com milhares de símbolos em nsibidi, minúsculos e ondulantes. Sunny queria se aproximar e tocá-los, mas o mero ato de olhar era indelicado. Parar ali e lê-lo seria uma falta de educação.

— O Taiwo disse que vou estar bem daqui a algumas horas, mas isso... é... *bizarro* — disse ele.

— É diferente para todo mundo — justificou Chichi.

Grashcoatah cheirou Orlu, que, por sua vez, se virou para ele.

— Pare com isso, sabe que sou eu.

Mas Grashcoatah continuou cheirando.

— Meu nome é Oku — proclamou Orlu.

Grashcoatah grunhiu, satisfeito, lambendo-o com suavidade, depois deu um passo para atrás, apoiando-se na parte traseira.

— Vamos entrar — sugeriu Sunny, olhando para os próprios pés, ao pegar a mão de Orlu.

Tum! Aquilo a fez sobressaltar, mas ela se manteve firme, pensando para si mesma: *não é Ekwensu, não é Ekwensu.*

— Grashcoatah — disse Orlu sem força, inclinando a cabeça enorme para o lado. — Obrigado. — Grashcoatah grunhiu. Orlu tirou algo do bolso da calça. — Pode levar isso de volta ao Taiwo? Não parece certo ficar com isso depois de amanhecer.

Grashcoatah pegou algo que Orlu entregou com a boca. Então disparou pelo ar e sumiu, deixando-os em meio a mais uma espiral de poeira.

— O que deu a ele? — perguntou Sunny.

— Um guarda noturno — respondeu ele. — Quando se sai do *Mbawkwa*, está mais vulnerável do que o normal para as criaturas da Floresta do Corredor Noturno. Algumas delas serão atraídas até você. Agora que saí da floresta, porém, eles vão voltar ao lugar pelo qual passei, procurando por vestígios.

— Merda, espero que o Taiwo não esteja batalhando com almas da mata ou exércitos de outros *íhẹ ndi dị ńdù*, neste momento — comentou Sasha.

— É o Taiwo — retrucou Orlu. — Ele dá conta. Mas ainda assim, é por isso que mandei o guarda de volta, *sha*.

Dentro da casa, depois de um momento muito embaraçoso em que olharam para Sunny, Sasha e Chichi, os pais de Orlu o abraçaram e o parabenizaram.

A mãe correu para a cozinha, para esquentar a comida que fizera para o filho.

— Tem algum problema se eu ligar para os pais do Sasha? — perguntou ela, da cozinha. — Eles estão ligando o dia todo, perguntando se ele está bem.

Orlu tinha grunhido que não tinha problema.

— Só não conte a eles sobre... isso. — Ele acenou para a própria cara espiritual exposta.

— Okuuuuu! — cantarolou o pai dele. — Meu grande filho é poderoso, *o*.

Aquilo fez Orlu erguer a cabeça. Sua cara espiritual não sorriu, mas ficou mais iluminada. Sunny estava certa de que ela até brilhou.

Os quatro se sentaram na cozinha, enquanto Orlu comia como nunca tinha comido. De fato, a refeição de sopa *egusi* apimentada, encorpada com carne de bode assada e frango, uma grande porção de *egba* para acompanhar, provavelmente estava deliciosa, mas Orlu comeu o equivalente ao prato de três homens adultos. Sunny o observou comer, maravilhada com a aparência de uma cara espiritual, feita de madeira, se empanturrando.

Quando Orlu terminou, eles saíram. O gerador da casa vibrou por perto, mas era o único outro barulho ali. Os quatro se sentaram nos degraus da porta da frente e Sasha pegou um maço de Bangas. Ele agitou o maço até cair um e começou a fumá-lo. Depois, passou-o para Chichi. Sunny pegou a faca juju e fez um juju com o qual já estava acostumada. A fumaça dos cigarros subiu rodopiando e o ar ao redor permaneceu fresco.

Ela olhou para Orlu, e então desviou o olhar depressa. Aquilo era estranho demais.

— Então... com quem falou? — perguntou Sasha.

— Não estou a fim de falar disso agora — comentou Orlu.

Sasha assentiu.

— Mas se sente melhor? — questionou Sunny. Como se a pergunta tivesse causado as vibrações, tudo sacudiu com um intenso *tum!* — Como isso não aconteceu tanto quando estávamos lá dentro com seus pais?

Orlu deu de ombros.

— O Taiwo me deu a grama da vastidão e não funcionou muito bem também.

— É diferente para cada um — repetiu Chichi. — Continuo dizendo isso porque é verdade.

Orlu concordou com a cabeça.

— O nsibidi, você perguntou à Sugar Cream?

— Sim — respondeu Sunny.

Enquanto Sasha e Chichi fumavam, cada um, outro Banga, Sunny contou tudo a ele. Ao terminar, tinha começado a se sentir um pouco cansada, e bocejou.

— E então?

— E então o quê? — questionou ela.

Tum!

— Boa sorte para tentar dormir com esse barulho de merda, sacudindo você toda hora — murmurou Chichi.

Sasha gargalhou.

— Estou mais preocupado com como ele vai dormir com essa cabeça do tamanho do Texas.

Chichi explodiu em uma gargalhada e logo os dois riam juntos. Sunny cobriu a boca com a mão.

— Leia — disse Orlu, ainda sério. — Vamos ver o que acontece. Está aí com você, não está?

— Está, sim — sussurrou ela. — Mas... estou meio cansada. Amanhã vai ser melhor. E se eu não conseguir...

— Orlu, não sabemos o que vai acontecer — comentou Sasha. — Podemos esperar para...

— Não há tempo. — Ele se voltou à Sunny. — Leia. Você sabe que consegue.

— Espere! — pediu Chichi.

Ela correu para dentro. Um segundo depois, Sasha disse:

— Boa ideia, Chichi.

Então correu para dentro também. Sunny queria olhar para Orlu de novo, mas se segurou. Houve outro *tum!* e os dois deram risinhos nervosos. Depois de um minuto, Chichi reapareceu com uma bolsa e a mochila de Sunny, e Sasha voltou com a dele e a de Orlu.

Sunny franziu a testa.

— Acham mesmo...

— Aham — confirmou Sasha.

— Sempre bom estar preparada — opinou Chichi.

Sunny suspirou.

— Está bem. — Ela estava pronta. Já tinha saído escondida. Era aquela a razão de estar ali. *Estou aqui por isso*, pensou. — Está bem.

A garota pegou a madeira do bolso e a segurou. O mundo vibrou de novo e Orlu grunhiu.

— Ah, faça isso parar — murmurou o garoto.

Chichi deu tapinhas no ombro dele e Sasha acenou com a cabeça para Sunny.

— Você consegue.

Ela olhou para o nsibidi e a escrita não fez nada. *Relaxe*, pensou, mas era difícil. Não havia tempo para erros. *Mas e se eu não conseguir?* Tentou ler de novo. Ainda nada. Piscou os olhos que ficavam ressecados e respirou fundo. Quando ergueu o olhar, os três estavam inclinados em sua direção. Aguardando.

— Não está funcionando — sussurrou ela. — Não consigo...

Uma das voltas na ponta de um símbolo começou a se enrolar, apertando-se cada vez mais. Só um pouquinho. Ela focou nele e, ao fazê-lo, lembrou-se. Sabia ler em nsibidi, e sabia bem. Sugar Cream havia passado o conhecimento e ela dedicou horas e horas praticando. Passou horas lendo, sendo e brincando. O ponto atrás da volta começou a girar. Uma linha se esticou. Um símbolo que era uma árvore tombada para o lado.

Sunny suspirou enquanto tudo ganhava vida, virando, caindo, girando, apertando e se esticando, como espíritos minúsculos. Se perguntasse a Sasha, Chichi, ou mesmo Orlu, se viam aquilo acontecendo, negariam. Apenas leitores de nsibidi conseguiam experimentar aquele fenômeno... e lê-lo. Então leu em voz alta, mas as palavras que saíram da sua boca não pareciam dela.

— Quando o dia acaba e a noite cai, dois passos para a frente. Nove passos para trás. Então deslize para o lado. Sem voltar atrás. Dois passos para a frente. Nove passos para trás. Então deslize para o lado. Você saberá. Faça isso corretamente, e se aventurará para o lado de fora, retornando com mais bananas-da-terra.

Parou de falar e olhou para a entrada. Outra vibração de Orlu sacudiu tudo e aquilo pareceu potencializar o que viu. Anyanwu estava ali, brilhante e etérea como sempre.

— Eu... eu a vejo — disse Orlu, mas Sunny mal ouvira.

Ela escutava outra coisa: a melodia de uma flauta assombrada. Então ficou de pé, enfiou a mão no bolso e sacou a faca juju. Tentou impedir a própria mão, mas fazer aquilo seria errado, por isso permitiu. Seus olhos focaram novamente no pedaço de madeira que segurava. Ela o fitou. O nsibidi ainda tremia um pouco; firmou-se, e pareceu afundar ainda mais na madeira.

Bem ali na entrada, Sunny desenhou o nsibidi; a faca juju cintilava enquanto arranhava o solo.

Ela ouviu Chichi dizer:

— Já ouvi falar disso. A invocação é fazer isso. Não toque nela até que tenha acabado.

E de fato, Sunny não poderia parar, mesmo se quisesse, mas tampouco queria. Era aquilo. Então continuou olhando para o nsibidi, enquanto a mão desenhava. Quando estava quase acabando, surgiu um brilho azul elétrico, a flauta ficou ainda mais alta e as vibrações de Orlu, estranhamente, progrediam em harmonia. Sunny deu um passo para trás, afastando-se do que tinha feito.

— Não estou cansada — anunciou.

Por que aquilo a preocupou, não sabia dizer. Mas, olha, ela ficou bastante preocupada. Assim como o fato de que as árvores ao redor tremiam. Na verdade, as copas das palmeiras pareciam bater umas nas outras enquanto balançavam. Os arbustos pareciam querer girar. Não havia brisa. Quando o nsibidi começou a rodopiar no sentido anti-horário, Sunny entendeu o que estava acontecendo.

— Ele vai nos levar! — berrou.

E, mais uma vez, ficou feliz por Sasha e Chichi terem uma mente tão rápida e intuitiva. Não havia tempo para explicar.

— Você não pode ir! — disse Chichi.

— Não sozinha! — acrescentou Sasha.

Mas eles não tinham entendido direito. Aquele juju poderoso, que Abeng havia dado a ela, não levaria apenas ela... levaria os quatro. Tinha sido aquilo que Sunny quisera, antes de compreender que, para chegar À Estrada, era preciso viajar para dentro da vastidão. E estar na vastidão era morrer. Ela podia morrer e viver, porque era sua habilidade natural. Mas os seus amigos simplesmente morreriam.

O nsibidi ela tinha desenhado estava desacelerando. Já conseguia ver que as árvores não eram mais árvores, eram mais do que árvores, com folhas que balançavam mesmo sem brisa, árvores que *nunca* estiveram vivas. Ela ergueu a cabeça e se deparou com sua própria cara, Anyanwu. A glória de um sol amadeirado, seus raios se distendendo enquanto brilhava. Sunny olhou dentro dos olhos redondos e vazios dela.

— Por favor, faça com que isso funcione — murmurou Sunny. — POR FAVOR.

Então, com toda a concentração, fechou os olhos e... *suspendeu*. Esperou. Conseguiu sentir, outro, em outro lugar, ela estava na vastidão. Mas não abriu os olhos.

Anyanwu?, disse ela.

Estou aqui.

Não me deixe aqui.

Não. Vou ficar por perto. Apesar de que você não morreria se eu me afastasse.

Você ainda está com raiva.

Não vamos falar disso aqui.

Sunny focou nos arredores. Ainda ouvia as árvores golpeando as folhas para todos os lados, mas não sentia brisa alguma. Nem ouvia mais o barulho de motor de carro do gerador da casa. Seus amigos tinham ficado calados. Devagar, abriu os olhos. E entendeu por que Sasha, Chichi e Orlu estavam tão quietos. Felizmente, não era porque estavam mortos. A cara espiritual de Sasha era a cabeça de madeira de um papagaio incrivelmente vermelho, de aparência feroz e com um bico amarelo poderoso. Tinha, mais ou menos, duas vezes o tamanho da cara espiritual de Orlu.

Enfim, Sasha falou:

— Por que... por que minha cabeça parece tão grande aqui? — perguntou ele a Chichi.

A voz soando como se fossem duas, uma feminina e outra masculina.

A amiga ainda o encarava, sem perceber que sua cara espiritual tinha surgido também. Da cor de pervinca, com aspecto retangular, lembrava um mármore, com linhas brancas pintadas debaixo de cada olho; a boca preta era enorme e sorridente. Os olhos eram reentrâncias quadradas coloridas, com o que parecia ser tinta azul, e piscavam para Sasha.

A cara espiritual de Orlu estava à mostra também, mas suas vibrações pareciam ter cessado. Ou talvez esse tipo de coisa não precisasse acontecer na vastidão. Ele olhava para Sunny, que sentiu um constrangimento tão profundo, que nem soubera ser capaz de sentir. Orlu olhou para a grama ondulante debaixo dos seus pés e perguntou:

— Nós estamos...

— Sim — confirmou Sunny. — Estamos na vastidão... eu sabia que vocês seriam trazidos para cá e morreriam, então eu... — Ela paralisou, olhando para o campo. Uma linha amarela dos símbolos em nsibidi se estendia pelo campo. Eram três coisas ao mesmo tempo: um fantasma, um espírito, um caminho. — Ah.

— Ah, nem ferrando, você *parou o tempo*! Você SUSPENDEU?! — exclamou Sasha.

Ele parecia e soava estranho, com sua cabeça de papagaio e duas vozes, mas por algum motivo, não era estranho.

Sunny desviou o olhar de Sasha e olhou ao redor. Foi até a árvore que mais parecia a da casa de Orlu. Escavar o solo parecia esquisito. Embora fosse de um vermelho intenso, parecia ressecado e airado. Assim como Sugar Cream havia instruído a fazer com o objeto especial que suspendesse, ela colocou o pente *zyzzyx* dentro do buraco e jogou areia por cima.

— Certo — murmurou Sunny, olhando para o caminho. — Alguém tá vendo aquilo?

— O quê? — perguntou Chichi.

— Aquela linha amarela feita de... nsibidi. Está flutuando bem acima da grama.

Ela deu um passo para a frente e a linha pareceu se mover alguns metros para longe.

Eles balançaram a cabeça.

— Interessante. Bom, eu consigo ver e acho que temos que segui-la. Nem vejo onde termina. — Quando os amigos não responderam, evidentemente preocupados com as próprias caras espirituais, Sunny deu de ombros. — Beleza, então vai ser isso. Nós... não sei por quanto tempo consigo suspender isso. Depois que voltarmos ao mundo, *ainda* teremos, mais ou menos, um dia, então vamos tirar um tempo para... hã... nos acostumarmos com isso e tal.

Devagar, eles se aproximaram um do outro.

— Estou bem... quanto a isso — anunciou Sunny. — Enc-en-c-encarem o quanto quiserem agora... e então, é isso.

Ela fez o mesmo, absorvendo todas as caras espirituais deles. Cada mínimo detalhe, sem desviar o olhar. Começou a ler o nsibidi na cara de Orlu, mas se refreou. Só faria aquilo com a permissão dele.

— Toda pontuda — comentou Chichi.

— Ah, pare — retrucou Sunny.

— Ao menos, ela parece o que é — retrucou Sasha. — Eu nem curto papagaios. Uma arara enorme, uma vez, me deu uma baita mordida quando eu era pequeno.

— A sua mãe não tem um papagaio-cinzento de estimação? — perguntou Chichi.

Sasha soltou um som de escárnio e revirou os olhos.

— Qual seu nome, Sasha? — quis saber Sunny.

— Njem — respondeu Chichi.

— E o nome da Chichi é Igri — complementou Sasha.

Sunny olhou para Orlu e mordeu o lábio. Raramente perguntava qualquer coisa sobre sua cara espiritual.

— Sou Oku — revelou ele a Sunny.

— Eu sei — confirmou a garota, sorrindo. O nome significava "luz" em igbo. E *anyanwu* significava "olho do sol". Ela o olhou por mais alguns instantes. Deu uma risadinha para si mesma e se voltou aos outros. — Beleza. Podemos seguir agora? — Sunny ergueu a mão quando um pensamento a ocorreu. — Esperem, só mais uma coisa... e quando eu mostrar, *nenhum* de vocês pode falar sobre. Nem mencionar.

Eles esperaram.

Mas ela não se mexeu.

Chichi ficou impaciente.

— Está bem. Todos concordamos, não é?

Sasha e Orlu concordaram.

— Certo — murmurou Sunny.

Ela deu um passo para o lado, deixando Anyanwu parada ali. Tocou o próprio rosto, aquele que nasceu conhecendo. Olhou para os três, enquanto ficava parada ao lado de sua cara espiritual, e ficou irritada na mesma hora. Sempre soubera, mas ainda era uma prova consistente: nenhum deles entendia, de verdade, o que era ser duplicada. E ainda estavam incomodados com o mero conceito, mesmo com os quatro sendo tão próximos. Tudo isso, ela conseguiu perceber pelas expressões nas caras espirituais e pelo silêncio. Até de Orlu.

Mas sabia que deveria esperar. Não era fácil para eles. E era compreensível. Era uma agente livre, o que significava que essa vida, esse estado de *ser*, não fora algo com que vivera *sua* vida toda. Estivera com ela apenas nos últimos três anos. Então, não estava enraizado nela como estava neles, que haviam nascido sabendo da proximidade com as caras espirituais, e ser duplicado era como ser uma ovelha nascida com um cérebro que poderia viver tranquilamente fora do corpo da pessoa. Não era natural. E ali na vastidão, tinha acabado de evidenciar essa ideia a eles, no nível mais literal possível.

Orlu se sentou na grama ondulante, com as mãos nos joelhos. Abaixou a cabeça, como se meditasse. Chichi apenas encarou Sunny, e então Anyanwu, e de novo a amiga. Sasha deu um passo para a frente. Nenhuma das duas se mexeu. Então foi a vez dela de ficar chocada. O garoto pegou Anyanwu nos braços e a abraçou. Sunny observou aquilo de queixo caído, meio surpresa que Anyanwu havia sequer permitido a ação. A enxurrada de lágrimas foi tão intensa que começou a soluçar, antes mesmo de entender o que acontecia.

— Posso abraçar você a qualquer momento — brincou Sasha, olhando para a garota.

Sunny enxugou os olhos e riu. Foi até Orlu e se sentou no chão diante dele. O rapaz ergueu o olhar para ela, que, por sua vez, contemplou sua cara espiritual.

— Você é realmente incrível — afirmou ele.

A garota sorriu e segurou a mão dele, ajudando-o a se levantar.

— Eu sou — confirmou ela, com orgulho.

— Você alguma vez fica confusa? — perguntou Chichi.

— Não mesmo. Nunca.

— *Arrá*, você é mesmo uma bruxa *akata* — respondeu Chichi, dando um sorrisinho.

— Meu Deus, odeio essa expressão — respondeu Sunny, respirando fundo.

— Então bruaca *akata*, que tal?

Sasha e Sunny lançaram um olhar a Chichi, que ergueu as mãos.

— Está bem, está bem, não vou mais usar a palavra.

Sunny inclinou a cabeça, pensando. A palavra já tinha vida própria, isso era certo.

— Ou talvez só o Sasha e eu possamos usar.

Ele assentiu.

— Justo.

O caminho nsibidi os conduziu por um campo de grama oscilante, pelo que pareceram horas. Havia uma brisa estranha e inconstante que Sunny sentiu que era quente, mas era possível realmente *sentir* na vastidão? De qualquer forma, era quente e um tanto agradável, mesmo que ficasse aparecendo e desaparecendo de maneira aleatória. Por muito tempo, três luzinhas brilhantes os seguiram. Especificamente, Sunny. A coisa interessante era que ela as tinha encontrado antes na vastidão. Sempre três. Elas voavam ao lado e, com frequência, acima da garota. Sempre um amarelo constante e suave. Em sua mente, começou a chamá-las de "vaga-lumes" e, por alguma razão, não a incomodavam. A companhia, na verdade, era boa, como se tivesse amigos ali na vastidão. Não havia mesmo nada de ameaçador nem sinistro nelas, como volta e meia era o caso ali. Os outros não pareceram notá-las ou, se notaram, também não se incomodaram.

Parecia haver mais quilômetros e quilômetros de vastidão à frente. Orlu tentou arrancar algumas. Depois de muito esforço, a grama tinha se separado do solo com um som *uuuuu* assombroso. Nenhum deles quisera tentar de novo.

Sunny nunca tinha passado tanto tempo na vastidão, mas realmente passara tanto tempo? O tempo não havia passado, tecnicamente. Ela não estava com fome nem precisava ir ao banheiro. Anyanwu caminhava à frente, retraída como sempre.

— Estamos, sequer, chegando a algum lugar? — perguntou Chichi.

— As árvores nem aparecem mais — respondeu Orlu. — Então estamos nos movendo pelo "espaço", ao menos.

— Mas aonde estamos indo, cara? — retrucou Sasha, grunhindo.

— Estamos seguindo o caminho juju do nsibidi — respondeu Sunny.

— Mas para onde?

Ela deu de ombros.

— Veremos. Ao menos uma vez, o tempo está do nosso lado.

— Graças a você — acrescentou Chichi.

— Sabe — comentou Sasha. — Tecnicamente, estamos todos mortos.

Sunny revirou os olhos.

— *Pfff*, grande coisa. Eu morro o tempo todo.

Nenhum deles percebeu que estavam caminhando em uma subida, até chegarem ao topo da colina e se depararem com o que Sunny só poderia chamar de caminho de raízes. Assomava-se, diante deles, um enorme emaranhado que se estendia até o céu azul etéreo e estrelado. Ela ouviu o lugar rachando e estalando, bem antes de chegarem perto o bastante para ver que havia…

pessoas caminhando pelos túneis de raízes arqueados da cidade, ao redor de seus emaranhados e adentrando os galhos nodosos.

Quando começaram a seguir um caminho ao longo de gramados, que levava bem ao centro da cidade, os vaga-lumes, enfim, deixaram Sunny. Talvez não gostassem do aroma de pinheiro, que era tão forte que parecia quase artificial. Ou talvez fossem as pessoas ali que, para Sunny, pareciam uma versão do boneco de graveto dos Ents de O *Senhor dos Anéis*. Franzinos, mas de alguma forma, ainda resistentes e surpreendentemente ágeis, enquanto andavam para lá e para cá, alguns em duas pernas de gravetos, porém, a maioria, em três ou quatro. O caminho do nsibidi levava bem em direção ao caminho.

— Tomara que eles sejam legais — comentou Chichi.

— Veremos — respondeu Sunny.

Se não fossem, não tinha certeza do que fariam. Ela poderia deslizar para fora da vastidão com muita facilidade, mas não conseguiria encontrar esse lugar para qual o juju os tinha mandado. E o que aconteceria com Sasha, Orlu e Chichi, se Sunny não conseguisse manter a "suspensão"? Pensando melhor, se algo acontecesse com ela ali, seus amigos... morreriam? A garota afastou a preocupação, mas não conseguiu esquecer por completo. *Tenho que tomar cuidado*, pensou.

Foi só quando chegaram ao caminho em si, e uma das pessoas passou por eles sem nem lançar um olhar em sua direção, que perceberam que as figuras de raízes estavam andando para trás. Tinham rostos, mas estavam tão cravados na madeira, que era preciso encarar com atenção, para enxergá-los. E o fato de que o rosto estava no que parecia ser a parte de *trás* da cabeça, e não na frente, tornava a compreensão ainda mais demorada.

Uma das pessoas foi até algumas raízes, parou e se misturou a elas. Seu corpo se unia ao coletivo, suas três pernas mergulhavam no solo vermelho intenso. Estava se dobrando, endurecendo, estalando, rachando e se enlaçando às outras raízes. Todos faziam aquilo, andando de lá para cá, não importando a distância, e então se uniam às raízes.

Quando tinham passado por metade do caminho, Chichi perguntou:

— Deveríamos *dizer* algo? Sunny, é assim que a vastidão é normalmente?

— Normalmente? — repetiu Sunny. — Não existe "normal" na vastidão. Lembra de Osisi com todas as pessoas, criaturas, feras, e tudo mais? É assim, só que mais estranha. As coisas mudam, desaparecem, aparecem, sem aviso. E o perigo aqui não é perigo da mesma forma. Não estamos vivos. Enquanto nada estiver tentando consumir a sua essência, você apenas existe.

A garota franziu a testa, lembrando do gênio que havia tentado fazer exatamente aquilo com ela na vastidão, durante sua punição no porão da Biblioteca de Obi, há mais de um ano antes.

— Neste caso, então... — Sasha foi direto até uma pessoa-raiz enorme com quatro pernas e disse: — E aí, como que vai, meu brother, suas raízes estão bonitonas, hein. Você se incomoda se eu perguntar onde diabo a gente está? Porque a gente não é daqui e, sabe, queremos ir a um lugar importante.

— Ai, meu Deus — murmurou Sunny.

Chichi deu uma risadinha.

— Eu o amo.

Orlu ergueu as mãos.

A pessoa-raiz se virou, de modo que o rosto atrás da cabeça pudesse olhar para Sasha. Suas quatro pernas, enraizadas bem ali na terra do caminho, remexeram o solo com suavidade. Toda a movimentação do caminho parou de pronto, enquanto todos se viravam para Sasha. Ele olhou para Sunny e ela ergueu as mãos. Não tinha ideia do que fazer naquele momento.

"E aí, como que vai, meu brother… e aí, como que vai, meu brother… e aí, como que vai, meu brother…" A voz de Sasha ecoou pela pessoa-raiz, o som se propagando por seu corpo imobilizado. Sunny conseguiu ouvir o som adentrando o solo.

— Beleeeeza, bom, é, foi ótimo conversar com você — disse Sasha, com um olhar perplexo, ao dar a volta para se juntar aos amigos de novo.

Ao fazer aquilo, a pessoa-raiz se desenraizou e continuou seu caminho, andando para trás com mais propósito do que nunca. Todos pareceram se mover mais depressa, passando por Sunny e os amigos com educação, mas evidentemente os ignorando. Minutos depois, surgiram do outro lado do caminho de raízes.

— Eu me pergunto com quem estavam falando — comentou Orlu.

— Como assim? — questionou Sunny.

— As árvores sempre ouvem — explicou Orlu. — Essas raízes provavelmente eram orelhas. Alguém sabe que estamos aqui agora.

Naquele momento, andavam por um lugar que passava por outro campo de grama ondulante. Anyanwu estava vários passos na frente de novo.

— Eu me sinto um personagem de O *Mágico de* Oz — comentou Sunny.

— A Anyanwu é sempre assim? — questionou Orlu.

Chichi assentiu.

— Ia perguntar a mesma coisa.

— Ela pode ouvir vocês, sabem — respondeu Sunny.

Orlu deu de ombros.

— Imaginei.

Sunny olhou para os próprios pés, ao caminhar.

— Nem sempre é assim...

— Então, o que há de errado? — perguntou Chichi, com suavidade.

Sunny parou e percebeu que Anyanwu continuou andando.

— Algo. — Ela franziu a testa e, então, forçou as palavras a saírem. — Meu pai... quando voltei naquela noite, depois do Vilarejo de Nimm, meu pai me deu um t-tapa. A Anyanwu foi embora. Não a culpo, mas acho que ela meio que *me* culpa... ou algo assim.

— Então, vocês não estão se falando? — indagou Orlu.

— Estamos... estou aqui, mas estamos um pouco estranhas uma com a outra. Não sei o que fazer.

— Sinto muito, Sunny — disse Chichi. — Não consigo nem imaginar. Dê tempo ao tempo.

A garota concordou com a cabeça.

— Sunny — ouviu, no próprio ouvido.

Alto, não na mente dela. A garota ergueu a cabeça e Anyanwu olhava diretamente para ela.

— Prepare-se.

— Hã?

— Prepare-se!

— Como ass... — Sunny se virou para os outros. — Vai acontecer alguma coisa agora.

Ela tentou ver adiante, mas de repente, Anyanwu estava tão mais na frente que não conseguia vê-la bem.

— Opa — murmurou Orlu, esfregando as mãos. — Sinto algo.

— Juju?

— Não, não juju — respondeu ele. As mãos tremeram. — Só algo... é poderoso... no sentido ruim.

— O que é aquilo? — sussurrou Sunny.

Então a brisa que estivera sussurrando e ressurgindo se tornou um vento. Foi tão forte que os impulsionou para a frente. Uma rajada bem forte até jogou Chichi no chão. Então veio a névoa, rolando em sua direção, como o sopro de um espírito. Sasha ajudou a garota a se levantar, bem na hora que a névoa os cobriu. Era fria e tinha cheiro de folhas trituradas.

— Segurem firme! — orientou Sunny.

Os quatro enlaçaram seus braços.

Daquela maneira, seguiram o caminho nsibidi, em direção ao local onde estava Anyanwu, inabalada pelo vento e brilhando como um pequeno sol. Quando a alcançaram, a névoa começou a se afastar.

— Sunny — murmurou Anyanwu.

As duas se uniram; sua cara espiritual vinha à tona. Embora a névoa tenha deixado tudo frio, ela se sentiu aquecida. *Sou velha, mas nunca encontrei o que está vindo aí. Precisamos ter cuidado.*

A névoa se dissipou, e em pouco menos de um quilômetro à frente, o caminho de terra terminava; o caminho nsibidi terminava ou levava para *dentro*: era uma selva tão alta que várias copas das árvores teriam se perdido em meio às nuvens... se houvesse nuvens. Era tão larga, que cobria o horizonte, tão amplamente que Sunny nunca imaginaria ter sido possível, até aquele momento. E no fim do caminho havia... alguém.

— Quem é aquele ali? — perguntou Sasha, ao se aproximarem da figura.

Orlu soltou a mão de Sunny para sacudir as próprias mãos.

— Estão coçando — comentou ele. — Nunca senti algo tão... *argh!* — ele esfregou as mãos. — O que é isso? O que é *isso*?!

O nsibidi na cara espiritual dele começou a girar.

— O que quer que seja, é poderoso — afirmou Sunny.

— Li bastante sobre Osisi e outros lugares plenos, mas nunca dei muita atenção à vastidão — confessou Chichi. — Nem ao menos entendo a parte dela em que estamos agora.

— Nem eu — acrescentou Sasha. — Imaginei que nunca veria até estar morto, então por que me dar ao trabalho.

— Mas... eu não acho que esta seja parte da vastidão — opinou Orlu. O nsibidi em sua cara espiritual tinha passado a girar de maneira frenética. Parecia que estava tendo uma reação alérgica... se uma cara espiritual pudesse ter uma. — Minha habilidade de desfazer jujus está fora de controle. As leis deste lugar não são as da vastidão nem do nosso mundo vivo!

Nada pode acontecer comigo, pensou Sunny. Então o que quer que fosse, não haveria luta. Ela tremeu.

— Aquele gazel maldito vale tudo isso?

— Não, mas estamos aqui — respondeu Sasha. — Nada de voltar atrás agora.

Sunny, Sasha e Chichi sacaram as facas jujus. Quando a garota pegou a dela, percebeu, com certa estranheza, que parecia zumbir por dentro. Ficou mais confiante em sua mão e aquele foi um conforto diferente, mesmo se não soubesse o porquê.

— Vou mirar em cima dele — anunciou Chichi.

— Vou mirar embaixo — acrescentou Sasha.

— Não mirem em *lugar algum* — retrucou Orlu, com irritação, ainda esfregando as mãos. — Não podemos derrotar a coisa dessa forma.

Mais ou menos a uns 400 metros, o caminho mudava de terra para areia, e o que quer que fosse se movia na direção deles. Eles paralisaram e Sunny sentiu um choque de horror indo dos pés à cara espiritual. Estava... dançando. Aquele era... o declive elétrico?

Sunny estreitou os olhos.

— Um homem?

— Parece — respondeu Chichi.

— Não tem uma cara espiritual — comentou Sasha.

— Não é um homem — revelou Orlu, agachando-se e pegando terra para esfregar nas mãos.

A figura dançou e dançou na direção deles, levantando cascatas de areia e, embora assustasse bastante, Sunny percebeu que estava bastante irritada. Não devia ter mais de 1,40m, os braços eram musculosos e robustos. Ele jogou as mangas do cafetã vermelho para trás, que eram tão compridas que se arrastavam de modo dramático na terra.

Seus dreads eram grossos como cobras, e tão longos que chegavam à areia. Cresciam ao redor da cabeça, cobrindo seu rosto. Sua barriga grande pressionava a cortina de dreads. Quando os alcançou, colocou as mãos na cintura e as balançou muito rapidamente, de forma nada natural, enquanto se movia em círculo.

— Que merda é essa? — murmurou Sasha.

O homem parou, esticando o dedo do pé à frente.

Sunny soltou um muxoxo, irritada o suficiente para ficar brava. Odiava a forma como ele apontava com o dedo do pé. Eram pés estranhos, inusitados de alguma forma. Pareciam os de um homem que passava a maior parte do tempo deitado. As unhas eram muito bem-cuidadas, até polidas com um acabamento transparente, mesmo com a areia os cobrindo.

Ficou diante deles, com as mãos na cintura. Sunny tentou ver o rosto, mas os dreads o cobriam com tanta perfeição, que mesmo quando se movimentava, nada era revelado. Devia ter um cabelo crespo bem grosso, porque as mechas eram firmes, bem presas no couro cabeludo, como raízes de árvores. As pontas estavam incrustadas de areia.

— A princesa, o americano, o disléxico e a albina chegaram à minha porta — murmurou ele. — Disléxico, o que há de errado?

— O que *é* você? — perguntou Orlu, baixinho, esfregando a terra nas mãos.

— Que lugar é aquele? — questionou Chichi.

— Por que você é tão irritante? — murmurou Sasha.

— Temos que entrar lá? — quis saber Sunny.

— Vocês têm que entrar em algum lugar? — questionou ele, dançando em círculo, deleitando-se da música que era irritação do grupo.

Ele parou e esperou. Entretanto, os quatro tinham aprendido ao longo dos anos. Esperaram também. Em silêncio. Em respeito. Então Sunny disse:

— Estamos aqui. Quando estiver pronto.

Ele assentiu e se sentou no caminho, os dreads se amontoavam ao redor, na terra. Os quatro amigos o imitaram. Quando se conhece um ancião e o ancião se senta a sua frente, você deve se sentar também. Sunny esperava que aquele não fosse um babaca.

— Ah, definitivamente sou um babaca — anunciou ele, gargalhando.

Os quatro se entreolharam e Sunny tentou não rir. Todos estiveram pensando a mesma coisa?

— Sou o Mágico do Deserto — revelou. Ele se inclinou à frente e sua voz abaixou para um tom que vibrou na mente de Sunny. Lembrava-a de como Anyanwu falava com ela, com frequência. Desejou poder ver o rosto dele, aquilo a deixaria tão mais confortável. — A Udide e eu já escrevemos roteiros juntos. Já dei ordens a mascarados. Enganei um oficial em Nkpor Agu quando invadiram aquela igreja. Estive ao lado de alunos africanos se manifestando em Nanjing. Ajudei a saquear aquela loja da Target durante as rebeliões em Minneapolis. Princesa, conheço bem seu pai. A música dele arrebenta quando me junto a ele na bateria. Estou sempre aqui. Nas encruzilhadas. — Ele fez uma pausa. — Então... por que vocês precisam encontrar e levar essa coisa de volta?

— O gazel? — perguntou Sunny.

— Sabe onde está? — questionou Chichi, ansiosa.

— Quem fez a pergunta primeiro, *jhor*? — rebateu ele, em irritação.

Sunny ergueu as mãos.

— Ah, desculpe, por favor, senhor, eu...

— Não sou "senhor".

— *Oga*? — questionou Chichi.

— Mágico do Deserto.

— Certo... Mágico do Deserto, sim, precisamos encontrá-lo — confirmou Chichi. — A Udide vai...

— Ah, eu sei o que ela pode fazer. A Udide vai exterminar seus *ancestrais*. Vai reescrever seu futuro. Editar seu presente. E vai fazer isso em poucos dias. Quantos restam? Três? Dois? E vocês não estão nem perto! — ele gargalhou animado. — Já a vi fazer isso. Sei o que aquele objeto pode fazer. Vocês não. Nem fazem ideia. — O mágico inclinou a cabeça coberta pelos dreads. — Mas e se falharem? — apontou para Sunny. — Talvez Udide reescreva uma vida para você em que não seja mais duplicada. — Para Orlu, disse: — Talvez Udide transforme você em um dos Biafras, e vocês, igbos, enfim recebam o que merecem. — Para Sasha: — Talvez Udide escreva de modo que nunca precisasse ter sido enviado de volta para a sombria Áfricaaaaaa. — Ele riu com aquilo. — Talvez a humanidade precise de uma boa limpeza.

— Limpeza? — questionou Sunny, franzindo a testa.

Mas o mágico prosseguiu:

— Agora, Chichi, veja bem, não acho que a Udide vá ser muito gentil com você, não importa o que faça. Você não é uma agente livre e é uma descendente direta de uma das invasoras que entraram na casa dela e a roubaram. — Ele acenou com a cabeça. Seu sotaque se transformou no próprio igbo. — *Você* tem motivos pessoais para recuperar aquele gazel.

— Queremos encontrá-lo — respondeu Sunny. — Ver que distância já percorremos.

— Muitos percorreram longas distâncias por motivos que descobriram ser tolices — argumentou o mágico.

— Se é você o responsável por nos deixar passar — disse Chichi com firmeza —, então nos deixe passar!

— Ah, vejo que cutuquei a ferida de alguém.

— Cutucou a ferida de todos — retrucou Chichi.

O mágico se levantou e eles permaneceram sentados.

— Ah sim, que bom — comentou, satisfeito, e ergueu o dedo indicador esquerdo. A unha também estava muito bem-cuidada. — Todas as estradas levam à morte. *Mas* algumas estradas levam a coisas que nunca poderão ser concluídas. Sei aonde estão indo e é minha escolha deixar que cheguem até onde precisam ir. — Ele olhou atrás de si, em direção à mata selvagem. Então tornou a se virar para eles. — Têm certeza?

— Sim! — confirmaram os quatro.

— Então sejam bem-vindos a Ginen. O que vocês ouvirem, ouviram; o que disserem, está dito. — Ele ergueu as mãos e Sunny viu que, naquele momento, segurava uma bengala comprida e rugosa na mão esquerda e uma adaga simples na direita. — Sunny. Você pode descansar da suspensão. Mas lembre-se: quando voltar para cá, se voltar com os seus amigos, precisará voltar ao mesmo lugar para levá-los de volta à vida.

Ela assentiu.

— Não se esqueça.

— Não... não vou.

— Seus amigos vão morrer se você esquecer.

Ela concordou com a cabeça de novo.

O mágico enfiou a bengala na areia e água começou a borbulhar no local, de imediato. O solo ficou mais escuro sob o jorro de água e o Mágico do Deserto riu.

— Sou o Mágico do Deserto. Faço surgir água onde não há.

— Ai, meu Deus — sussurrou Sunny.

Ou uma coisa enorme chegava através da selva de folhagens, ou a própria folhagem era a coisa enorme. As árvores balançaram, os arbustos ondularam, cada um no próprio ritmo; alguns devagar, outros como se estivessem sendo eletrocutados. Até mesmo uma palmeira parecia girar. Ver uma selva que se estendia pelo horizonte fazer aquilo era como estar sob a sombra do pé de uma fera gigantesca, pouco antes de ela lhe esmagar. Correr era inútil. Aquilo consumia seu bom senso. Não havia nada além do momento.

O cheiro soprou na direção deles como o hálito de alguma coisa. Era um aroma de folhas, árvores, arbustos, caules e flores, quentes e grossas, sólidas, sufocantes. Sunny pressionou o peito e tossiu, sentindo Anyanwu bem ali ao seu lado. Olharam uma para a outra e sua cara espiritual deslizou para longe de maneira involuntária, como se estivesse presa a uma correia transportadora.

Sunny se virou para Orlu, que ainda esfregava terra nas mãos, os símbolos nsibidi ainda giravam.

— Está pronto? — perguntou ela.

Foi como se estivesse falando em meio ao melaço.

— Estou — confirmou ele, bem baixinho. — Qualquer coisa para me afastar desse cara. — Sunny estendeu a mão para ajudá-lo a se levantar. Antes que pudesse segurar sua mão, algo quente passou por sua bochecha e golpeou sua mão Orlu para o outro lado. — Ai! — exclamou o garoto. Então começou a lutar com a coisa. O que quer que fosse, Sunny não conseguia ver nada, mas o ouviu relutando e estapeando a coisa. — Ei! Ei! Não! — Ele lançou um olhar feroz para Sunny. — Minhas mãos!

Então Orlu fez vários tipos de movimentos. Sunny já o tinha visto desfazer jujus muitas vezes, mas nunca vira as mãos dele se moverem com tanta agilidade. Eram como um borrão.

— Depressa — orientou o Mágico do Deserto. — Não é uma porta que permanecerá aberta.

— Orlu, o que está acontecendo? — gritou Sunny. — O que posso fazer?!

— Algo o está atacando! — afirmou Chichi, correndo com Sasha. — Deixe lhe acertar, Orlu. Enfie as mãos na lama!

Ela sacou a faca.

— Não! — disparou o garoto, ainda lutando com a coisa. — Não... faça... nada... forte demais!

— O tempo está passando — cantarolou o mágico.

— Não consegue ver o que está acontecendo? — acusou Sunny, irritada.

— Ver não é o mesmo que se importar — respondeu ele. — Você é americana; deveria entender isso melhor do que qualquer um.

Orlu estava perdendo a batalha, as mãos ficavam mais lentas. Ele as fechou em punhos, e então abriu-as bem; era um movimento final. Mas o que quer que fosse o pressionou no chão, esmagando suas mãos na terra.

— Faça parar! — berrou Sunny para o mágico.

— Não estou fazendo nada — retorquiu ele, calmamente, checando as unhas bem-cuidadas. — Às vezes, para entrar é preciso passar por um desafio.

— Dane-se esse desafio! — bradou Sasha, sacando a própria faca juju. — Chichi.

A garota concordou com a cabeça.

— Sunny, afaste-se.

Eles se movimentaram em perfeita harmonia, com as facas juju, em paralelo, enquanto as giravam e as erguiam na vertical.

— Para trás! — berrou Sasha, na mesma hora que Chichi fez o mesmo em *efik*.

Houve um estrondo quando o que quer que estivesse prendendo Orlu foi lançado para trás. O garoto tentou se levantar, mas o agressor invisível partiu para cima de novo, prendendo-o mais uma vez. Ele começou a gritar, sua cara espiritual se distendendo de maneira horrível, o nsibidi brilhando em um amarelo quente, e Sunny viu ao mesmo tempo que ouviu. *CRACK!* O braço, bem no meio entre o cotovelo e o pulso, cedeu.

A garota engasgou. Chichi arfou. Sasha pulou na direção de Orlu, estapeando o que quer que estivesse ali. Sunny o ouviu acertar algo.

— Sai! — berrou ele, a voz falhando. — SAI DE CIMA DELE!

— Orlu! — gritou Sunny, caindo ao lado dele.

Chichi ficou de pé ao lado dela, fazendo uma espécie de juju protetor. Sunny olhou para o braço de Orlu, com medo de tocá-lo.

— Vocês estão desperdiçando meu tempo — comentou o Mágico do Deserto, entediado.

— Cale a boca! — gritaram Sunny, Chichi e Sasha.

Ele riu, mas não disse nada.

Orlu contorceu o rosto de dor.

— Sasha — sibilou ele. — Chichi. Façam... alguma... coisa!
A amiga hesitou.
— Eu nos protegi... o máximo que consigo na vastidão.
Sasha assentiu.
— Tenho uma ideia, mas não sei como esse lugar vai influenciá-la.
— Faz logo! — gritou Sunny.

A imagem do braço quebrado de Orlu e a dor que sabia que o amigo sentia a deixaram enjoada. Apertou a perna dele e Orlu segurou o braço dela com a outra mão.

Sasha se levantou depressa e se virou na direção pela qual tinham vindo. Pegando o saquinho do pó de juju, enfiou a mão ali e soprou uma pitada do pó entre os dedos, enquanto cortava o ar com a faca. De joelhos, ele repetiu o movimento.

— Arrá! — berrou.

De imediato, algo surgiu na colina que tinham acabado de escalar. Chegou ao caminho, levantando uma rajada de terra; e então voou de novo, rolando pelo ar em seu próprio vento. Sunny levou um momento para entender que era uma espécie de graveto, talvez do vilarejo das pessoas-graveto. Então, antes de se jogar no chão próximo a Orlu, Sasha gritou:

— Está vindo! Saiam da frente!

Sunny só teve tempo de rolar para o lado. Atrás dela, ouviu outro *crack*, e ouviu Orlu gritar. Quando se virou, o garoto estava sentado, olhando para o próprio braço.

— Que merda é essa? — gritou Sunny. — O *que é isso?!*

Sasha olhou para Orlu, de cima, com uma expressão meio convencida, meio preocupada no rosto.

— Caramba! Funcionou! Acho.

— É... é uma daquelas pessoas — murmurou Chichi, olhando mais de perto.

Tocou-a e ela tremeu. Mas permaneceu exatamente onde estava, agarrada ao braço de Orlu.

— Você fez um chamado — constatou Chichi, olhando para Sasha com admiração. — "Chame e a ajuda virá." É difícil fazer um certo.

— E se estiver desesperado demais, pode dar errado — acrescentou Sasha.

— Acho que foi sorte você ter falado com eles como falou.

— Tive — concordou ele. — A coisa que é chamada atende pelo nome de *papa*, não importando a forma que vá assumir. Ela cura.

— Orlu vai se curar? — questionou Sunny.

Sasha assentiu.

— É como gesso.

Mas não era nada como gesso. Não para Sunny. Parecia uma criatura de graveto de uns 30 centímetros, que grudou no braço de Orlu como uma espécie de bebê-graveto. Sunny cutucou a pele dura e a criatura tremeu de novo, pressionando de maneira protetora o que seria a "cabeça" no braço de Orlu.

— Esquisito.

— Bom, já que estão muito ocupados — comentou o Mágico do Deserto. — Vou seguir meu rumo.

— Não! — disparou Orlu. — Sunny, me ajude a levantar.

— Tem certeza?

Os dois olharam para o *papa* no braço dele e a criatura os encarou de volta.

— Tenho — confirmou Orlu. — Não está mais doendo tanto. Só latejando de leve. Estamos na vastidão, de qualquer forma. Talvez eu não esteja… — Ele não concluiu. A vastidão e o mundo físico estavam conectados. — Está bem agora… ou vai ficar.

Eles seguiram em direção à selva.

— Vou na frente — anunciou Sasha.

Ele saiu correndo e parou perto do Mágico do Deserto. O ancião acenou com a cabeça e Sasha prosseguiu.

— Não chegue muito perto até estarmos com você — orientou Orlu, segurando o braço machucado.

— Tem certeza de que está bem?

— Tenho — repetiu ele, andando mais depressa em direção à selva.

— Sunny? — chamou Chichi, quando Orlu estava alguns passos à frente.

— Que foi?

— Não fique lembrando-o da lesão — sugeriu a amiga. — Funciona melhor se ele não estiver focado nela.

— Tudo bem — concordou a garota.

Mas era mais fácil falar do que fazer, já que o som dos gritos dele ainda ecoava em sua mente.

— Vejam a entrada! — gritou Sasha de sua posição dianteira, apontando. — É um baita jeito de entrar em uma selva.

Se antes a selva fora uma parede densa de folhagens que se estendiam por centenas de metros em direção ao estranho céu estrelado, agora tinha se transformado em uma parede de folhagens *em combate*. Folhas e galhos estremeciam, golpeando, torcendo-se e se contorcendo. E bem diante deles, havia um túnel escuro em direção a ela, formado por um arco de árvores curvadas. O caminho nsibidi levava diretamente através dele, a única coisa que permanecia iluminada.

Sunny, Orlu e Chichi se juntaram a Sasha, com o mágico atrás.

— Meus olhos estão me pregando peças ou aquele túnel está... se mexendo? — perguntou Chichi.

Sunny também via. Era como se as árvores curvadas estivessem fazendo um esforço para se inclinar, e aquele esforço não fosse fácil. Talvez fosse até doloroso. Afinal, não se curvavam normalmente... e certamente não na forma de um arco.

— É melhor a gente se apressar — sugeriu Orlu.

— Também acho — confirmou o mágico.

Ele se apoiava na bengala, com a água formando uma piscina em volta de seus pés.

— E você? —Sasha quis saber. — Vai estar aqui para nos deixar sair quando voltarmos?

— *Se* voltarem — corrigiu ele. — E o que faz você pensar de maneira tão linear? Vocês vão lá, então voltam para cá? E se aqui não for aqui e lá for aqui e o único caminho for nenhum lugar?

— Vamos, Sasha — disse Sunny, irritada. — Só vamos. A gente dá um jeito.

Ela segurou o braço de Sasha, antes que ele pudesse responder. Felizmente, o amigo se deixou ser guiado.

— Vou estar onde estiver, quando eu for para onde vou — afirmou o mágico, dançando ao redor da bengala, que não caiu quando a soltou. Ele chutou uma poça de água arenosa e bateu os pés nela. — As portas estão abertas; o leão pode dormir esta noite, mas a leoa mantém a cabeça erguida. Há mais, mais, mais!

Sunny ficou feliz em se separar dele. Para além do fato de que, por baixo da fachada brincalhona do mágico — sentiu algo tão poderoso que chegava a ser assustador —, era possivelmente a pessoa mais irritante que já tinha conhecido.

Quando chegaram ao arco, eles viram que as árvores realmente se esforçavam, e não era pouco. Algumas tinham começado a endireitar as posturas. A selva estava barulhenta com os chamados, canções e ruídos das criaturas. Algo grande e verde pulou da copa de uma das árvores e quicou no chão, tombando e, então, *correndo* para a mata.

— É a Floresta do Corredor Noturno vezes mil! — exclamou Sasha. — Deixem que eu mostro o caminho. Estou mais acostumado com esse tipo de lugar do que vocês.

Sasha passava a maior parte do tempo com o mentor, Kehinde, na Floresta do Corredor Noturno, então aquilo era basicamente verdade. Basicamente.

— Ah, por favor — retrucou Orlu. — Acabei de passar um verão *inteiro* em florestas mais selvagens do que a do Corredor Noturno, dormindo ao relento com um pássaro *miri* e Grashcoatah.

Ele se colocou na frente do amigo, erguendo as mãos.

Sasha abriu um sorriso grande e deu de ombros.

— É verdade. Desculpa, esqueci.

Orlu deu um sorrisinho.

— Então você *consegue* esquecer das coisas.

— A culpa é daquele cara — respondeu Sasha, indicando o mágico que tinha ficado para trás, ainda os observando. — Ele me afetou de forma esquisita.

Mas sou eu quem consegue ver o caminho, pensou Sunny. *Eu quem provavelmente deveria ir na frente*. De qualquer forma, foi Orlu e depois Sasha, mas os quatro estavam tão perto um do outro, que nem importava. Ela conseguiu sentir o momento em que atravessaram. Primeiro, houve um som sibilante perto dos seus ouvidos. *Anyanwu!*, chamou na própria mente. Mas não houve resposta. Depois a pressão, como as mãos cálidas de algo enorme apertando-a.

— Estão sentindo isso? — perguntou ela.

Ninguém respondeu, mas ela sabia que sentiam, porque todos tinham parado. Bem depois da linha em que a areia virava terra e começavam as árvores curvadas.

Ouviu Chichi dizer:

— Por que sua voz está assim?

Então a pressão que sentiu se reverteu, e Sunny estava se expandindo, tropeçando e se derramando em cima de tudo. Verde, verde; o verde estava ao seu redor e os outros também estavam lá, mas distantes. Ela se sentiu caindo de joelhos, mas ao mesmo tempo, estava caindo... em cima de *tudo*. Caiu sobre o mundo exuberante de árvores, caules, flores, raízes, folhas. Ao cair, *viu* e... ah, havia muito a ver.

Quando retornou a si mesma, estava com a boca escancarada, enquanto inspirava o máximo de ar que podia. Olhou para o céu límpido em tom de lilás, o sol brilhava através das árvores. Tanto sol! Na verdade, havia *dois* sóis: um ali e outro lá.

— O que é isso? — sussurrou ela.

Ainda boquiaberta, de repente, conseguiu sentir o sabor do ar e estremeceu, surpresa. Estalou a língua e inflou as narinas, inalando pelo nariz. Tossiu.

Orlu a olhava de cima.

— Levante-se — disse ele, rindo, com o *papa* ainda bem grudado no braço.

— Estamos bem?

Ele assentiu e a ajudou a se levantar.

— Está se sentindo bem?

— Cadê sua cara espiritual?

— Onde geralmente está.

— Seu braço? — perguntou ela, antes de conseguir se conter.

Orlu balançou a cabeça.

— Não se preocupe. Estou bem.

— Anyanwu — chamou a garota.

Estou aqui, respondeu Anyanwu, em sua mente. Mas estava bem mais à frente.

Então espere.

Sentiu a irritação de Anyanwu, mas ela esperou. Então viu um lampejo de onde sua cara espiritual estava. Estava bem mais à frente no caminho. A imagem mental desapareceu. Anyanwu nunca tinha feito aquilo, mascarado a si mesma. Então Sunny conseguia senti-la, mas não sua localização exata. Não gostou daquilo. Tossiu de novo. Sasha e Chichi estavam ali perto, encostados nas árvores. Os dois tinham as aparências de costume, as caras espirituais escondidas outra vez.

— Esta não é mais a vastidão — comentou Sunny.

— Não é.

— Então, onde estamos?

— Em algum *outro* lugar! — respondeu Sasha. — Seu celular tem sinal?

A garota pegou o aparelho da mochila e o ligou. No visor, ela viu que eram cinco da tarde. Acima deles, os sóis estavam no meio do céu lilás. Sunny franziu a testa.

— Isso é... interessante.

— Sem sinal? — perguntou Chichi.

— Tenho quatro pontinhos de sinal — respondeu Sunny. — Mas não faço ideia do que seja "OoniGin". — Ela testou a conexão, abrindo o Instagram e atualizando o feed. Seu irmão, Chukwu, tinha acabado de postar mais uma foto flexionando os músculos. — Está funcionando.

Sunny verificou as mensagens. Havia doze: sete da mãe, duas de cada um dos irmãos e uma do pai. Uma notificação apareceu na tela: GEKAO GOSTARIA DE LHE DAR AS BOAS-VINDAS. Antes que pudesse clicar em alguma coisa, o celular vibrou e o documento foi aberto.

— Venham ver isso — pediu Sunny.

O celular estava quente, perdendo um por cento de bateria a cada minuto. Ela desligou os dados e o Wi-Fi, para evitar que descarregasse rápido. Os outros se reuniram ao redor dela. Foi uma leitura estranha, de fato.

Guia de Introdução ao Campo:
Dia Ensolarado, Noite Agradável.

Este é um documento de alerta automático para qualquer um que adentre qualquer parte da Selva Esverdeada. Seja bem-vindo. Estamos felizes por a terem escolhido para se instruir a respeito do mundo a sua volta. Abaixo a ignorância! Se existe algo que nós, a Organização dos Grandes Exploradores de Conhecimento e Aventura, não suportamos, é o fato de que as pessoas do Ooni escolhem continuar ignorantes a respeito do mundo ao redor! A Selva Esverdeada Proibida é o mundo. Como uma civilização inteira, sofisticada e madura, com toda sua tecnologia, plantas e dispositivos, escolhe viver em um espaço de algumas centenas de quilômetros? É antiquado! É ultrajante! É patético! Você deve se perguntar a mesma coisa, do contrário, por que estaria aqui conferindo por si próprio?

Este documento de alerta lhe concederá informações básicas sobre a seção da Selva Esverdeada que adentrou. O mais importante é o que vai encontrar. Você está no setor AJEGUNLE. Você está no Reino Ooni.

Absorva esta informação e deixe que cresça dentro de você, como uma semente, porque esta é a razão pela qual fizemos e continuamos a fazer tudo. Mais uma vez, bem-vindo e boa exploração.

Seleções personalizadas do
Guia de Campo da Selva Esverdeada Proibida
Reunidas e Compiladas pela Organização dos Grandes
Exploradores de Conhecimento e Aventura.

É fortemente recomendado que compre a versão completa do
guia de campo, caso planeje seguir viagem.

O download está indisponível no momento.

— Mano, acho que estamos em outro *mundo* — murmurou Sasha. Ele deu uma risada alta, pondo as mãos na cabeça enquanto se afastava. Então voltou a se aproximar. — É por isso que não estamos mais exibindo nossas caras espirituais.

— "Ginen"? Em toda a minha vida, nunca ouvi falar deste lugar — revelou Chichi.

Sasha franziu a testa para Chichi.

— Diga isso de novo.

— Em toda a minha vida... — A voz dela foi sumindo, enquanto encarava Sasha.

Sunny continuou lendo, ignorando os dois. E não ficou surpresa quando Orlu fez o mesmo. As descrições das coisas que viviam na selva eram extraordinárias. Criaturas humanoides minúsculas, chamadas de *abatwa*, que andavam montadas em formigas e moravam nas montanhas e nas colunas da selva porque gostavam da ideia de estar acima das coisas. Peixes-lingotes que eram da cor da grama dourada do lago que frequentavam. Arbustos flamejantes que brilhavam como pequenas lareiras a cada dez anos, e vibravam alto o bastante para serem ouvidos por cidades inteiras. Enormes roedores de olhos arregalados, chamados de vacas da mata, que tinham mãos como seres humanos e eram conhecidos por seus furtos.

Sunny parou de ler e massageou as têmporas. Era muita coisa para lidar; estava tendo dificuldade para se concentrar. E havia algo mais, embora não conseguisse dizer exatamente o quê. Ainda lendo, Orlu pegou o celular dela, e Sunny ficou aliviada.

— Toma, toma — disse ela. Levantou a cabeça e se arrependeu. Cambaleou. Havia sóis no céu límpido, um céu que era... lilás, em vez de azul-celeste. — Droga.

— Ei, Sunny! — A voz de Sasha a fez se sentir ainda menos no controle. Ela esticou o braço para tocar o tronco de uma árvore e se estabilizar.

— Que foi?

— Está percebendo? — perguntou Sasha.

— Hã?

Sunny estava ficando irritada. Precisava se sentar, mas não havia onde. Olhou para o chão, pensando: *se eu usar o juju de mosquito e me deitar aqui, quanto tempo vai demorar até outra coisa me morder?*

— Diga algo — pediu Chichi.

— Algo. — Sunny franziu a testa. — Algo. Que drog... o que está acontecendo?! — Não era sua própria voz que ouvia ao dizer aquelas palavras. Quando as pronunciava, saíam sons diferentes. E ouvia os outros falando uma língua estranha também. E conseguia entender. — O que está acon...

Alguma coisa grande fez um barulho perto deles e os quatro se sobressaltaram. O som dos passos da criatura ia se dissipando; era tão forte que sacudiu o chão, e um grande pássaro branco voou de uma árvore próxima.

— Todo mundo! — grasniu o pássaro.

Em inglês... da Terra.

Sunny esfregou as mãos nas bochechas e apertou o rosto.

— Meu Deus.

— O Pássaro Todo Mundo — constatou Orlu, lendo no celular de Sunny. — Nenhum explorador conseguiu pegar um vivo, e quando morrem, são rapidamente consumidos por um animal sortudo o bastante para encontrar o seu cadáver. Todo mundo parece gostar do sabor, mesmo as criaturas que normalmente são herbívoras. Enquanto vivo, o Pássaro Todo Mundo voa alegremente por aí, cantando a música de quatro sílabas: "Todo mundo." — Orlu riu. — Ao menos, sabemos que a informação está certa.

— Está se ouvindo? — perguntou Sunny.

Ele deu de ombros.

— Estou ouvindo o pássaro. E daí? Não tem problema. Provavelmente, conseguimos falar com as pessoas daqui e entendê-las também.

— Mas como?!

— Algumas leis científico-cósmicas mudaram quando cruzamos os mundos — explicou Sasha.

— É a mistura de física quântica com juju — opinou Chichi.

— Isso importa mesmo? — Orlu quis saber. Ele devolveu o celular a Sunny. — Precisamos tomar cuidado e ir embora, antes de escurecer.

Sunny só conseguiu se mover porque sabia que Orlu estava certo. Aquele *não* era o lugar ideal para se estar quando os sóis se pusessem, seja quando for. Mesmo se não estivessem na Terra, quem sabe quanto tempo tinham? Mas sua cabeça ainda doía por tentar assimilar coisas demais. A coisa estranha do idioma. Aquele conhecimento intrínseco de que havia deixado a Terra para trás e que o local onde estava naquele momento era mais estranho do que qualquer coisa que um astronauta pudesse vivenciar. O que tinha visto ao cruzar os mundos.

Sunny procurou por Anyanwu e a encontrou adiante no caminho, ainda esperando. Ela tinha sentido e visto o que Sunny vira? Não pela primeira vez, a garota desejou poder falar de verdade com sua cara espiritual, como fazia antes. Antes da duplicação. Enquanto seguia os amigos, a última na fila, sem ousar olhar atrás de si, deixou a mente tocar o que vira. Não apenas um vislumbre de que aquela selva se estendia até bem longe, ela vira uma cidade estranha. Não estranha como Osisi, estranha como Tóquio ou Nova York, se estivessem em Lagos e a 250 anos no futuro.

— Ai, Deus, meu cérebro vai explodir — murmurou ela, afastando os pensamentos.

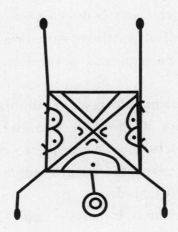

* Símbolo nsibidi que significa "O Mágico do Deserto"

18
Zed

Os quatro andaram por uma hora, antes de chegarem ao penhasco com aquela vista desconcertante. Depois dos primeiros minutos, ficou óbvio que Sunny precisaria guiar o grupo, porque, por duas vezes, a rota se bifurcou em três direções e só ela sabia para onde ir. O caminho nsibidi em amarelo-vivo estava sempre firme.

— Ao menos sabemos que nsibidi funciona aqui — comentou Sunny.

Na verdade, estava mais forte ali, o caminho permitia que ela caminhasse sobre ele, e até mesmo tocar o seu brilho. Era quente e insubstancial, como a fumaça de um incenso, mas sempre voltava para o lugar. Ela se perguntou quanto tempo tinham até que o caminho os guiasse À Estrada.

— Acha que deveríamos ir mais devagar? — perguntou.

Chichi riu.

— Para quê?

Sunny só deu de ombros e abriu um sorriso tímido.

— Melhor chegar lá cedo do que tarde — opinou Chichi.

— Tem certeza disso?

A selva à esquerda e à direita continuou densa pela hora que se seguiu enquanto caminhavam. Embora não gostasse de como a sombra abafava tudo, estava feliz por não conseguir ver o que, de vez em quando, guinchava, grunhia ou se debatia na mata e nas copas das árvores. Além do mais, o juju funcionava ali e, foi graças ao caminho nsibidi, que souberam disso. Mas, obviamente, os mosquitos ali eram tão traiçoeiros e causavam tanta coceira quanto os de casa, então, cada um tinha feito o juju de repelente de mosquito duas vezes. E havia funcionado. Mas não antes que um deles tivesse picado o braço de Sunny.

O inseto era transparente e de um amarelo-calêndula. A garota tinha ficado apavorada por meia hora com a possibilidade de a picada ser venenosa de um jeito totalmente novo. Ela relaxou quando tudo o que sentiu foi a coceira habitual. Sasha tinha visto duas vezes o que ele descreveu como um pequeno cavalo preto atrás deles. Não muito tempo depois, de repente, o caminho havia se desviado para a esquerda, culminando em uma estrada ampla e plana que fez o coração de Sunny disparar, como se fosse sair pela boca.

Entretanto, depois de alguns momentos, ela concluiu que aquela não era A Estrada. Era apenas uma estrada qualquer, uma futurística. Eles trocaram olhares entre uma direção e outra, e a hesitação os salvou de três veículos sofisticados super-rápidos que passaram, exatamente no caminho nsibidi. Os quatro seguiram em fila pela estrada, os carros passavam por eles em um intervalo de minutos. E eram carros mesmo, carros coloridos com rodas planas, feitas para a estrada. Um deles tinha até desacelerado o suficiente para que a motorista, uma mulher velha com um cabelo crespo branco e volumoso, desse uma boa olhada neles.

Para o alívio de Sunny, o caminho desviou da estrada movimentada e os conduziu de volta à selva. O grupo logo chegou a um penhasco com uma vista de tirar o fôlego, que, cruzando a trajetória deles, a queda seria tão profunda que a visão deixou Sunny tonta. As copas das árvores da densa floresta abaixo estavam tão distantes que a revoada de pássaros vermelhos acima delas parecia pequena como insetos-pimenta. A selva tinha mil tons de verde, galhos ondulando em meio ao vento por quilômetros e quilômetros, névoa pairava sobre alguns lugares. Mas isso não era a coisa mais magnífica na vista. Era a linha do horizonte.

— Meu Deus — murmurou Sunny, massageando as têmporas. — Isso é muita coisa.

Ela tinha nascido e crescido na cidade de Nova York, com sua famosa linha do horizonte, até os 9 anos. Mas mesmo para o olho *dela*, aquela linha do horizonte de outro mundo era incrível. Estava a quilômetros de distância e eles estavam alto o bastante para ver de ponta a ponta; mas ainda assim, Sunny não conseguia ver onde terminava aquela enorme cidade. E não era apenas o tamanho da cidade, era a altura que alcançava e a aparência dos edifícios.

— Até os arranha-céus menores fazem o Burj Khalifa em Dubai parecer amador — comentou Sasha.

— E pequeno — acrescentou Orlu.

— Quase parecem tipo... não sei — opinou Chichi, estreitando os olhos. — Olhem aquele grandão na extremidade do lado esquerdo. Não parece uma flor gigante?

Ficaram calados por um momento, apenas observando a vista. Os edifícios tinham vários tons de verde e marrom, alguns de um azul-vivo, outros de rosa e até mesmo vermelho. E realmente se pareciam com plantas, como folhas gigantes de grama, caules e raízes.

— É porque são — murmurou Sunny, tremendo e maravilhada.

Chichi foi até a ponta do penhasco, abrindo os braços, quando um vento forte soprou.

— Uhuuu! — berrou ela, a voz se propagando.

Um grupo de alguma coisa lá embaixo respondeu ao que falou com vários oitavos de "Uhuuuuuuu!". Chichi se virou para a amiga, com um sorriso maravilhado, mas Sunny só queria continuar, antes que o que quer que tenha respondido aparecesse ali, para ver quem o estivera chamando.

O caminho os conduziu para longe da queda e logo estavam rodeados por selva de novo. Então chegaram a uma clareira de árvores caídas que atravessava o caminho e terminava em um avião velho. A esta altura, o vento tinha ficado mais forte e o som das folhas agitadas ao redor deles; era quase insuportável para os ouvidos, embora fosse lindo. Era místico, como música. Sunny poderia ter ficado escutando por horas. Então quando viu o avião, sua primeira reação não foi medo ou horror, mas sim admiração. Os quatro saíram do caminho e foram checar a aeronave.

— Parece algo do nosso mundo. Como será que veio parar aqui? — perguntou, pisando na grama baixa, com cuidado.

— Quem sabe? — respondeu Chichi. — Parece estar aí há séculos.

As árvores caídas tinham se decomposto e desmoronado e nenhuma árvore nova havia crescido no lugar. A clareira era banhada pela luz do sol, arruinada apenas pelos trechos da grama curta e áspera, e pela trilha de terra seca que levava ao avião. Era como se as plantas não ousassem crescer no caminho de tal maquinário.

As partes superiores da aeronave eram verde-escuras, mas algo havia corroído a tinta da parte inferior, expondo o esqueleto cinza-prateado. A hélice, que tinha ficado intacta depois da colisão, vinha sendo destruída aos poucos por raízes de árvores e videiras emborrachadas.

O radome estava apontado para o céu, ainda exibindo a tinta original, apesar de desbotada. Parecia um rosto com um olho enorme de cada lado do avião e um sorriso amplo cheio de dentes brancos se estendendo de um lado ao outro.

— É um *A-26 Invader* — reconheceu Orlu.

Sunny o encarou.

— Desde quando você conhece aviões de guerra?

Ele deu de ombros.

— Conheço alguns.

— Reparou que não há aviões no céu aqui? — comentou Chichi. — Mesmo quando vimos o céu todo lá do penhasco. A cidade não parece ter um aeroporto, considerando como está mergulhada na floresta sem áreas desmatadas.

— Aham — concordou Sasha, olhando para o grande sorriso do avião. — O lugar é como um paraíso. Por que alguém iria querer usar um avião para sair daqui?

Sunny queria dizer que ele estava certo, mas não falou nada, porque então Sasha perguntaria por que pensava aquilo. E ela não queria revelar o que estava pensando a ninguém. Bem, havia uma pessoa para quem queria contar, mas ela estava em algum lugar bem à frente e mais fechada do que nunca. Sunny queria contar a Anyanwu, principalmente porque ela não sabia. Anyanwu não estivera com Sunny quando acontecera.

Do caminho, a garota olhou de volta para a floresta. Na direção de onde tinham atravessado os mundos. Algo tinha acontecido quando *ela* cruzara, algo que não acontecera com os outros. Se tivesse, um deles teria dito algo. Principalmente, Sasha e Chichi.

Ao cruzar a fronteira, Sunny tinha caído no chão, mas também para cima. Havia se separado do próprio corpo e se espalhado pela floresta, então mais e mais longe, mais e mais alto. E daquela forma tinha visto, visto de verdade, onde estavam. Pensara ter sido tipo um sonho acordado, um reflexo do cérebro para lidar com a realidade de entrar em outro mundo.

A selva que viu era densa e vasta e então, de alguma forma, tinha visto de perto aquela cidade longínqua. Foi algo digno de um livro de ficção científica dos mais elaborados. Era muito futurístico a cidade não ter se afastado, mas se *aproximado* da natureza, sendo ela a sua maior tecnologia. Era como Osisi, se Osisi fosse construída por seres humanos no futuro, usando a tecnologia mais sofisticada e ecologicamente sustentável.

Para além da enorme cidade, não havia qualquer vestígio humano. Ela tinha visto um lago amplo e um rio grande e agitado, mas no geral, era uma floresta densa. Então Sunny ampliou tanto o alcance, que conseguiu ver que o *planeta* inteiro era, em maior parte, selva. Como poderia um planeta inteiro... bom, a maior parte da Terra era composta por água.

Isso significa que ela estivera no espaço, flutuando como um alienígena. Tudo aquilo aconteceu segundos antes de ela voltar ao próprio corpo. Por que o nsibidi os levara até ali?

— Olá... senhor, *Oga* — disse Orlu.

A voz dele parecia espantada.

A garota se virou.

Havia um homem parado diante do radome, encarando Orlu. Era muito velho, com uma pele muito escura, muito careca, muito musculoso e carregava o que pareciam ser raízes com flores grandes presas nas pontas. As plantas brilhavam um azul-vivo na sombra das árvores. Ele usava calça verde e a camisa parecia ser feita de tela verde. Atrás dele, havia uma criatura peluda do tamanho de um cachorro. Parecia um porquinho-da-índia gigantesco, com exceção de suas mãos ágeis... na parte da frente e de trás?

— É uma vaca-da-mata — sussurrou Sunny, satisfeita de ver algo sobre o qual tinha lido no guia do campo.

A garota correu até Sasha e Chichi, que se aproximaram dela. Devagar, o homem abaixou o monte de plantas.

— Estamos meio perdidos — continuou Orlu. — Só tentando encontrar...

— Você tem um *papa* — interrompeu o homem.

— Hã... sim.

— Então vocês não são daqui — constatou ele.

Uma declaração, não uma pergunta.

Orlu olhou para os amigos. Voltou a olhar para o homem.

— Não.

— Não são de Ooni.

— Não, nós...

Ele inclinou a cabeça e chegou perto de Orlu tão depressa, que o garoto não teve tempo de levantar as mãos.

— Ei! — gritou Sunny.

Sasha segurou o braço dela.

— Espere — disse.

— *Shh!* — ralhou Chichi. — O cara não faz o tipo violento, só estranho. Acho que ele mora aqui.

Olharam de novo a cena. O homem encarava Orlu, de cima. Cheirava-o.

— Como você sabe? — retrucou Sunny, em irritação.

— A linguagem corporal dele — respondeu Sasha.

— Décadas — sussurrou o homem, afastando-se de Orlu. — Não sinto esse cheiro há décadas. Nunca pensei que ia sentir de novo. Nunca quis... mas meio que quis.

Orlu ficou mais cauteloso do que temeroso.

— Você é de...

— Biafra — respondeu.

Orlu o encarou.

— Quê?

— Como vieram parar aqui, crianças? — perguntou o homem.

Sunny se juntou a Orlu devagar, puxando Chichi consigo. Sasha também foi.

— O Mágico do Deserto — explicou Sunny. — Ele abriu o caminho...

O velho ficou rígido, dando um passo para trás.

— Esqueci como se fala igbo — confessou ele. — É como se algo tivesse quebrado dentro de mim. Não consigo xingar da forma que quero xingar. Quando se fica aqui tempo o suficiente, você perde a habilidade. O Mágico do Deserto. — Ele fez um som de censura com a boca. — Ele mudou a minha vida sem a minha permissão.

— O *A-26 Invader* era seu avião — arriscou Orlu. — Você caiu aqui.

O homem assentiu.

— Em 1967. E nunca consegui voltar.

— Estamos tentando ir a... um lugar — revelou Orlu. — Mas estamos perdidos.

Sunny avaliou o homem. Ele entenderia para *onde* estavam indo? Não havia como saber se ele era uma pessoa-leopardo... se é que *havia* pessoas-leopardo ali? Se aquele homem fosse uma ovelha, como sabia sobre o *papa*? E o conselho poderia, *de alguma forma*, puni-los, caso se revelassem a ele?

— Meu nome era Nnabuike, agora sou apenas Zed, porque foi aqui que a minha jornada terminou. — Ele fez uma pausa e Orlu percebeu que Zed esperava que eles se apresentassem. Foi o que fizeram, e ele pareceu bem satisfeito. — Não gosto de estranhos. E agora não são mais estranhos. — A vaca-da-mata aos seus pés se virou e começou sua caminhada atrapalhada na direção que eles tinham vindo. — E aquele é Nnabuike. É uma vaca-da-mata, e vacas-da-mata gostam de roubar. Ele roubou meu antigo nome. Mas por mim, tudo bem. Venham até minha casa. Vai escurecer em breve e, vindo comigo ou não, para onde quer que pensem que estão indo, não chegarão hoje.

O grupo o seguiu por vinte minutos, com a vaca-da-mata tomando a frente, sabendo em quais locais fazer a curva. Orlu andou com Zed, falando com ele sobre só Deus sabe o quê, e Sunny foi atrás, com Sasha e Chichi.

— Esta selva é feroz, cara — murmurou Sasha. Ele passou o pé por cima de plantas que lembravam samambaias; minúsculas flores vermelhas se abriram entre as pequeníssimas folhas. — Já vi plantas que se dobram quando tocamos nelas, mas não me lembro de ter visto nenhuma que basicamente se abre e diz: "E aí, beleza?"

— Acho que estou vendo algo ali nas árvores — disse Chichi, apontando.

Os três olharam na direção e, de fato, encarando-os de volta, da coroa de uma palmeira fina e alta, estava uma massa cinza gorda e peluda, do tamanho de uma criança, com olhos tão grandes que Sunny conseguia vê-los de onde estava.

— Aquilo não estava no guia de campo — afirmou Chichi.

A coisa na árvore torceu o rosto (porque não havia uma cabeça de verdade) para se virar e observar, enquanto avançavam. Sunny pressionou as pontas dos dedos nas têmporas. Precisava descansar para conseguir processar tudo o que tinha acontecido. Ela se sentia tonta, cambaleando um pouco. Felizmente, Chichi e Sasha estavam tão preocupados em avistar outro mamífero grande, cinza e peludo nas copas das árvores, que não perceberam.

Sunny olhou para os próprios pés, enquanto tentava contato com Anyanwu. E foi assim que viu a casa de Zed, antes mesmo de chegar lá. *Ele mesmo construiu isso?*, pensou. E sorriu quando sua cara espiritual a respondeu.

Duvido.

Parecia um baobá... *era* uma árvore. Mais uma com a função de ser mais que apenas uma árvore. Era uma casa, e só Deus sabe quanto tempo tinha demorado para se tornar uma. Anyanwu flutuou ao redor da construção, e Sunny percebeu que precisava se concentrar ainda mais em caminhar, por estar prestando tanta atenção ao que sua cara espiritual via. A porta da frente era redonda como a de um hobbit, mas era parte da árvore. Tinha *crescido* daquela forma, não sido entalhada ou instalada ali. Só conseguiu ver que era uma porta porque parecia lógico, devido à localização de duas janelas grandes oblongas à esquerda e à direita. O contorno foi algo que Anyanwu precisou analisar com bastante atenção.

O vidro nas janelas era denso e cuidadosamente incorporado à madeira. Havia outras janelas pela construção e outra porta nos fundos... bom, talvez a frente fosse o outro lado. Não conseguia distinguir bem qual era qual. A casa toda estava cercada por uma espécie de área desmatada, assim como o baobá no Vilarejo de Nimm. A selva não invadia aquele perímetro invisível, mantendo o solo vermelho e plano livre de tudo, até de insetos.

Anyanwu subiu na árvore, que era bem alta. No topo, havia outra daquela massa peluda. A criatura reagiu a sua presença, ao tentar cheirá-la com o nariz grande, achatado e sedoso. Tinha até o seu próprio quarto minúsculo, o qual parecia ter sido desenvolvido pela própria árvore. Anyanwu a acariciou.

Quando chegaram à casa, Sunny ficou calada, enquanto os outros andavam ao redor e perguntavam um monte de coisas a

Zed. A garota viu sua cara espiritual parada, perto da porta da frente, com a criatura-massinha. Mas logo em seguida, notou que ela desapareceu.

— Entrem — convidou Zed, indo até a porta. — Tenho certeza de que gostariam de uma refeição quente.

O homem tocou a porta, e ela se projetou para cima, em silêncio, a vaca-da-mata entrou depressa, antes dele.

— Pode crer — confirmou Sasha, seguindo Zed.

— Obrigado — disse Orlu.

— O que deu em você? — perguntou Chichi. Ela se virou para trás. — Anda, Sunny.

A garota estava prestes a entrar, então algo chamou sua atenção. Olhou para a porta aberta e, em seguida, para a esquerda. O caminho. O caminho tinha mudado para uma cascata mais detalhada de nsibidi vivo, com linhas espiraladas e laços, mas tudo ainda se mantinha dentro de uma linha de, mais ou menos, 60 centímetros de largura. Alguns dos símbolos eram do tamanho de uma bola de tênis, outros ocupavam metros de cumprimento. Tombando, retorcendo-se, girando, esticando-se e se encolhendo, em um caminho que começava logo depois da casa e seguia para dentro da floresta.

Sunny hesitou por um momento. Virou-se e começou a seguir o caminho.

— Ah — suspirou.

Era quase como se o caminho soubesse que *ela* o conhecia e então decidisse se revelar de verdade. Tinha passado a se estender dos pés dela em diante. De perto, os símbolos pareciam organismos vivos insubstanciais. *Fantasmas protozoários*, pensou ela. Agachou-se e tentou tocá-los, mas sua mão os atravessou. Levou a mão ao nariz; tinha cheiro de flor e fumaça, como incenso. Aproximou-se. O nsibidi correu dos pés dela, indo mais adiante no caminho.

— E é nesta direção que continuaremos. Legal. Bom saber.

— Sunny, o que está fazendo? — chamou Chichi da porta, atrás da garota. — Vem.

— Só olhando o caminho que devemos seguir. Está diferente agora.

— Considerando tudo, acho que não é lá uma grande surpresa — respondeu Chichi. — Aposto que ele se manifesta um pouco diferente em cada mundo. Não vai desaparecer nem nada, vai?

Sunny considerou a possibilidade.

— Espero que não.

Elas fizeram uma pausa, a pergunta desconfortável pairava entre elas: "E se desaparecer?"

Chichi deu de ombros.

— Vem comer. Ele tem arroz jollof, banana-da-terra e alguma carne assada que disse ser mais gostosa que frango!

A carne era de um mamífero grande e estava *deliciosa*. Tudo estava delicioso.

— Meu Deus, essa é a melhor coisa que já comi — murmurou Sasha, recostando-se na cadeira e dando tapinhas na barriga.

Ele se aprumou e pegou mais um espetinho do que Zed chamava de peixe-orbe.

— A comida de Ginen faz a comida da Terra parecer serragem — respondeu Zed. — Com sorte, quando voltarem para casa, não vão se lembrar do gosto. Do contrário, lamentariam eternamente. Nada será tão bom.

Estava tudo muito saboroso, mas entre ver o caminho nsibidi se estender dela até a porta fechada, e o caráter hiperfuturístico da estranha casa da árvore de Zed, Sunny não conseguia focar, totalmente, na comida. A garota se recostou na cadeira e olhou ao redor, de novo. O interior da casa era bem mais espaçoso do que parecia do lado de fora, com um teto alto e uma sala principal ampla. Mas, por outro lado, Zed quase não tinha mobília ao redor.

De um lado, estava a mesa de jantar e, do outro, uma lareira. Não havia nada nas paredes lisas, embora Zed tenha dito que, ao tocar os espaços na superfície das paredes, gavetas, armários e até o interior do que ele chamava de "planta fresca" se abriam. Acima da lareira, estava um broto que projetava "Redes". Todas as luzes na casa eram "lírios incandescentes" e, por duas vezes, Sunny viu o que Zed chamava de mansinhos — os macacos que moravam na casa. O homem contou que eles tinham uma necessidade bem intensa de pegar qualquer coisa no chão e até limpavam a própria sujeira.

O solo era macio e verde, com um tipo de musgo que Zed revelou não ser danificável por pedestres. Sunny tirou os sapatos e era macio como um sonho. Chichi tinha até ido se deitar nele, perto da lareira do outro lado do espaço amplo. O quarto de Zed ficava no andar de cima, um cômodo pequeno que era o único no andar.

— Por ora — explicou ele. — Em uns dois anos, outro quarto vai crescer. Já tem o broto de um. Uso como armário.

— Por que o seu quarto não simplesmente fica maior, de uma hora para a outra? — perguntou Sasha.

Zed deu de ombros.

— Quando uma árvore conclui que um cômodo está pronto, está pronto. Este aqui foi concluído tem uns três anos.

— Podemos ajudar a tirar a mesa? — ofereceu Orlu.

Zed acenou com a mão e os mansinhos apareceram. Onde estavam se escondendo aquele tempo todo, Sunny não sabia. Eram do tamanho de gatos, com caudas pretas compridas, pelo marrom-escuro com crinas brancas peludas ao redor das caras pretas. Um deles deu um tapa no tornozelo dela ao passar por ela; a garota saiu do caminho depressa. Cheiraram e comeram os restos, pegaram os pratos, arrumaram tudo, e em poucos minutos, a mesa estava livre de louças.

Sunny, Sasha e Orlu se juntaram a Chichi, no chão.

— Podem tomar um banho a óleo lá nos fundos se quiserem e, se estiverem de acordo, podem passar a noite aqui. Desde que não seja um problema os mansinhos se juntarem a vocês. Eles são bem limpos e não vão se incomodar de ficar perto, se estiverem tão limpos quanto.

— Banho a óleo?

— O óleo limpa melhor que água — respondeu Zed. — E nos dá uma aparência fresquinha também. Algum de vocês quer experimentar?

Eles se entreolharam.

— Você tem um... chuveiro normal? — perguntou Chichi. — Com... hã... água?

Logo depois, ela deu um sorriso acanhado.

Zed deu de ombros.

— Se é o que prefere. Não uso muito, hoje em dia, mas tenho.

— Sim! — confirmou Chichi.

Sunny mordeu o lábio e falou:

— Eu gostaria de experimentar o banho a óleo.

Sasha riu alto e Orlu franziu a testa para Sunny.

— Sério? — perguntou Chichi.

— Sério — confirmou ela.

Estava curiosa.

Zed levou Sunny até a extremidade mais distante da casa e abriu a porta.

— Espere aqui — pediu ele. — Vou pegar um roupão, algumas roupas e uma toalha para você.

Quando Zed saiu, Sunny olhou ao redor. Os grandes lírios incandescentes no teto baixo conferiam um aspecto ensolarado ao cômodo, apesar de ser noite. As paredes lisas eram arredondadas nos cantos e tinham sido tão polidas, que chegavam a brilhar. O chão, porém, era áspero e com pequenos sulcos — e não era à toa. No centro do local, havia o toco de uma árvore larga, com a parte interna talhada cheia de óleo límpido até a borda, o que provavelmente deixou o ar com o cheiro amadeirado que ela estava sentindo.

— Isso aqui deve servir — comentou Zed, ao retornar com vários tecidos. — São pertences de familiares. Tem muitas outras peças, não se preocupe. Use o que precisar.

— Obrigada — respondeu Sunny. — Você tem família aqui?

— Depois de tantas décadas? Não se pode morar aqui e não ter família. O povo ooni nunca esquece dos entes queridos, mesmo que tenham partido há centenas de gerações.

— Ah, sim.

Não entendeu o que ele quis dizer, mas parecia legal.

— O banho está pronto... sempre está — anunciou Zed. — Parece o toco de uma árvore, mas está vivo. Quando terminar, o óleo vai ser drenado por uma abertura aqui. — Ele apontou para a base do toco encostado na parede. — Vai para o solo e alimenta a casa.

— Uma relação simbiótica — constatou Sunny.

O homem concordou com a cabeça.

— Leve o tempo que quiser. Para sair, basta tocar na porta.

Zed foi embora. Sunny esperou que a porta se fechasse e se trancasse. Olhou para as roupas e fez uma careta. Nem muito antitranspirante as deixaria frescas. Olhou ao redor de novo e se despiu. Quando seu corpo encontrou o óleo, ela suspirou. Era suave, cálido e tinha um cheiro maravilhoso — como a sálvia que sua tia estava sempre queimando. A banheira tinha um banco, e quando ela se sentou ali, ficou submersa até os ombros.

— Nossa, isso é tão incrível — sussurrou.

Sentiu-se mais leve ali do que na água; era uma sensação estranha, parecia estar flutuando. Depois de alguns minutos, sentiu a pele coçar e, quando esfregou, uma camada de sujeira saiu. Isso foi, ao mesmo tempo, nojento e satisfatório. Era como o tratamento no spa de que a mãe sempre falava.

Sunny esfregou o corpo todo e a pele morta se desprendeu; afundou na banheira. A garota respirou fundo e enfiou a cabeça no óleo, sacudindo o cabelo e massageando o couro cabeludo. Quando voltou à superfície para respirar, o cabelo crespo estava pesado com o adorável óleo nutritivo, pendendo nos ombros. Deu uma risadinha e fez aquilo de novo e de novo. Ficou recostada por alguns minutos. Sentiu-se tão relaxada que até pegou no sono, por um momento.

Começou a pensar na coisa estranha que havia acontecido, quando ela tinha atravessado para aquele mundo, mas afastou os pensamentos.

— Não. Só relaxe, Sunny. Aproveite o momento.

Ela sorriu. Estava ali. Estava viva. Sabia para onde estava indo. Sem perceber o que fazia, chamou Anyanwu. Como poderia não compartilhar aquele momento consigo mesma? Não houve resposta. Chamou de novo. Nada.

Começou a pensar em Udide e no que ela faria se eles não conseguissem entregá-la o gazel. Também lembrou daquelas primas socando Chichi em Nimm. E em como era duplicada... quebrada, impossível de ser consertada. Ela não era um triunfo, era uma tragédia. Lágrimas arderam em seus olhos.

— Chega disso — murmurou, levantando-se.

O chão com sulcos era ideal para evitar que alguém escorregasse, mesmo com todo o óleo escorrendo do corpo. Parada, Sunny viu que havia algo nesses sulcos que canalizava o óleo que escorria para um buraco perto da base do toco. Quem quer que tivesse criado aquele lugar, havia pensado em tudo. Também observou uma teia na janela, com uma aranha preta enorme no centro, e entendeu o porquê: insetos parecidos com mosquitos pairavam ao redor dali; mas quando percebiam a ameaça, voavam para longe.

— É só uma aranha normal — murmurou. — Contanto que fique aí onde está, não teremos problema.

A garota se secou e vestiu as roupas que Zed dera: uma calça verde-clara e uma camisa combinando, feita de um tecido fino e bem confortável. Sunny se sentou e fez três tranças grossas no cabelo macio; em seguida, envolveu-as no tecido de mesmo material que estava junto às roupas. Não havia espelhos no cômodo, mas não precisava de um para saber que sua pele e cabelo estavam fantásticos por causa do óleo. Ela colocou os óculos e se juntou aos outros.

Os amigos já tinham se trocado e estavam deitados na sala principal, quando apareceu.

— Demorou, hein — comentou Sasha.

Ela riu e se sentou no sofá.

— Valeu a pena.

— Eu falei — gabou-se Zed, lá de cima.

A vaca-da-mata, Nnabuike, estava ao lado dele, mastigando um caule grosso que terminava em uma flor amarela.

— Foi *fantástico*! — confirmou Sunny.

— Precisam de mais alguma coisa? Vou me deitar.

— Não — respondeu Sunny. — Muito obrigada, Zed.

Ele acenou com a cabeça e foi para o quarto, seguido por Nnabuike, que tinha terminado com o caule de flor.

— O cara é muito legal— afirmou Sasha.

— A vaca-da-mata dele é traiçoeira — respondeu Orlu. — Eu a peguei fuxicando minha mochila. Tentou roubar o meu *ChapStick*!

— Ah, isso não é nada — comentou Chichi. — Temos sorte de estar aqui. Aquela selva à noite, provavelmente, é superperigosa.

— Talvez seja por isso que todo mundo aqui é legal — arriscou Sasha. — Como sobreviveriam aqui de outra forma? Todos precisam se ajudar.

— Definitivamente, não estamos mais na Terra — retrucou Chichi.

Sunny dormiu no sofá; e Orlu, em uma esteira no chão, ao lado dela, com Chichi e Sasha próximos. Ela estava se acomodando, quando sentiu um dos mansinhos se aproximar, farejar suas pernas e se esticar no sofá. Vieram mais cinco e se meteram entre Sasha, Chichi e Orlu. Por um minuto, Sunny ficou ali acordada e tensa por haver um macaco dormindo em cima dela, mas então caiu no sono.

O celular a acordou. Não estava vibrando nem tocando. Estava frio no bolso, como uma pedra de gelo. Não chegava a ser desagradável, considerando que o cômodo estava um pouco quente. Uma luz suave atravessava as janelas; devia estar quase amanhecendo. A garota pegou o celular do bolso da calça. Na tela, em letras azuis, com um fundo preto, estava escrito: MODO FRIO ATIVADO. Encostou o celular na bochecha. *Este lugar fez alguma coisa com o meu celular*, pensou ela. *Celulares não ficam gelados*. Ela se virou para mostrar a Orlu, mas ele não estava lá.

Sunny se sentou, olhando ao redor. Sasha e Chichi estavam dormindo nas próprias esteiras. Então ouviu a voz do garoto, que parecia estar lá fora. Ela foi até a janela, no lado oposto de onde haviam entrado na casa, e encostou o rosto no vidro. A janela estava aberta, então conseguiu ouvi-los perfeitamente — Orlu, Zed e o que quer que fossem aquelas *coisas*.

— Não possuem nome oficial aqui — explicou Zed. — Eu as chamo de *gari**. São boazinhas.

Duas das massas cinzentas rolaram até Orlu, apoiando-se nele. Devagar, esticou a mão e acariciou o topo de uma, assim como Anyanwu fizera. A criatura olhou para ele, com os olhos enormes, e Orlu afastou a mão.

— Tem certeza de que são boazinhas? — perguntou, com a voz trêmula.

— Sim. E são inofensivas — garantiu Zed.

A *gari* se aproximou mais e colocou parte do corpo massudo debaixo da mão de Orlu.

— Ah — murmurou ele. — É quente.

— Elas me salvaram — contou Zed. — Quando o avião caiu aqui, a janela da frente ficou amassada. Depois que ele colidiu com a selva, uma delas pulou para dentro e se inflou, como aqueles peixes no oceano. Só por isso, sobrevivi.

— Você sabia que tinha... atravessado para cá?

Zed franziu a testa.

— Aquele mágico apareceu na minha cabine pouco antes de o meu motor dar pane. Eu estava sobrevoando a selva perto de Calabar. E então, ele desapareceu. — Zed fez uma pausa. — A

---

* O gari, ou "garri", é um tipo de farinha feito à base de raiz de mandioca, um produto comum na África Oriental. Pressupõe-se que o nome tenha a ver com a aparência das criaturas e a sua semelhança com o alimento. (N. da T.)

guerra estava intensa. Não poderíamos ter ganhado. Mas precisávamos. — Ele balançou a cabeça. — Sei lá.

Os dois ficaram em silêncio por um tempo. Orlu estava ajoelhado para deixar que a *gari* visse seu rosto de perto. Ele riu.

Outra *gari* rolou em um círculo ao redor de Zed, embora ele parecesse muito perdido nos próprios pensamentos para dar atenção.

— As pessoas aqui são, no geral, bondosas e felizes — contou o homem que se sentou no chão de terra, com a *gari* ainda o rodeando. — O Reino Ooni é como a África, se nunca tivesse sido a África, entende? Daqui a cinco mil anos! E não gostam de viagens aéreas. Não precisam delas. Então, quando caí aqui, eles sabiam que eu era um alienígena. Mas foram essas *garis* que os convenceram de que eu era humano. Sabe o apelido que dão a elas aqui? "Pequenas juízas." O povo ooni não dá muita atenção a elas, *mas* as ouvem quando precisam decidir algo.

A *gari* que estivera analisando Orlu rolou na direção de Sunny, e Orlu e Zed se viraram para ela. A garota se afastou da janela enquanto a *gari* subia rolando pelo vidro, em direção ao topo da casa.

— Sunny — disse Orlu.

Ela sorriu.

— Não queria interromper.

Além disso, não queria uma daquelas coisas pressionando o corpo de fufu estranho nela.

— Dia ensolarado — murmurou Zed.

— É um cumprimento — explicou Orlu, vendo que ela não tinha entendido.

— Ah — respondeu Sunny. — Dia ensolarado.

Zed sorriu e assentiu.

— Os outros estão acordados?

— Agora, sim — confirmou Sasha, aparecendo atrás de Sunny.

— É o café da manhã? — perguntou Chichi, apontando para a *gari* atrás de Orlu.

A criatura murmurou algo que quase pareceu um idioma humano... com um tom bem *ofendido*. Ela rolou para longe e subiu pela lateral da casa.

As duas mulheres chegaram logo depois de Sunny; os amigos tinham terminado o café da manhã e arrumavam as coisas. Eram musculosas e usavam os vestidos mais lindos que Sunny já vira. Mas ela se perguntou o quanto as roupas eram pesadas, considerando que eram feitas inteiramente de minúsculas contas de vidro coloridas bem entrelaçadas. A que era alta como Sunny usava um vestido amarelo bem ajustado ao corpo magro; a outra trajava um vestido vermelho e branco e usava videiras como pulseiras.

— Eles só precisam de companhia e direcionamento — informou Zed às mulheres; e então se virou para os quatro. — Esta é Ogwu — disse, indicando a mulher alta. — E esta é Ten. — Ele indicou a que usava as videiras nos pulsos. — Conheçam Sasha, Orlu, Chichi e Sunny.

— Aonde estão indo? — perguntou Ogwu ao grupo.

Depois de um momento, Sunny apontou na direção que tinha visto o caminho nsibidi estendido e respondeu:

— Para lá.

Ogwu franziu a testa, olhando na direção indicada e esfregando as contas amarelas do vestido.

— Bom, esta não é...

— A sugestão da *gari* é eles irem ao mercado sudoeste — comentou Zed. Em seguida, ele olhou para Sunny. — É na mesma direção.

— Como ela... como você fala com ela? — perguntou Sunny.

As mulheres riram e Zed revirou os olhos.

— Entendo a língua delas. Está na maneira como se movem e grunhem. Por alguma razão, o povo ooni acha hilário. Mas isso não as impede de procurar por mim e pelas *garis*, em busca de respostas para um monte de coisas. — O homem olhou para Ten. — Como aonde os maridos vão depois do Festival dos Espelhos.

No mesmo momento, Ten parou de sorrir.

— Enfim — murmurou Zed, virando-se para eles de novo. — A *gari* acha que devem ir ao Gra Gra.

— Ah! Por quê? — perguntou Ten. Então olhou para os quatro e acrescentou: — O lugar para onde vocês estão indo é terrível? O Gra Gra só manda pessoas para lugares terríveis.

— Quem é Gra Gra? — questionou Chichi, puxando Sunny para perto de si, enquanto encarava, com suspeita, a mulher.

— São só crianças — retrucou Ogwu, com irritação; depois riu. — Mas aquele homem vai engoli-los, Zed. Acha que é uma boa ideia?

Ten começou a rir também. As mulheres pareciam ter um conceito particular sobre o que era engraçado.

— Gra Gra é um homem que sabe das coisas — explicou Zed a Chichi. — Não liguem para elas. Essas duas gostam de exagerar.

— Você vai com eles, Zed? — perguntou Ogwu.

— Não — respondeu ele. — Eles conseguem se cuidar melhor do que pensa.

Sasha espirrou.

— Desculpe — murmurou ele.

— Ei — disse Ten, apontando para Sasha.

— Que foi? — respondeu o rapaz.

— Está vendo isso? — a mulher perguntou a Ogwu.

— Sim.

— Vendo o quê? — indagou Sunny.

— Eu espirrei — comentou Sasha, franzindo a testa. — Não estou resfriado nem nada.

— Como estaria resfriado? Está um clima agradável — retrucou Ogwu.

— Ah, entendi — murmurou Ten. — Eles são pessoas da vila. Ogwu assentiu.

— Faz um tempo desde que encontrei pessoas da vila.

— Soube assim que os vi. Haviam acabado de chegar, e este aqui já tinha um *papa* — explicou Zed. Ele se virou para Orlu. — Aqui, os *papas* são comuns, mas apenas pessoas que... hã... sabem o que estão fazendo, conseguem comandá-los.

— Pessoas da vila — repetiu Ogwu.

— Ah — murmurou Orlu.

Sunny franziu a testa. Onde morava, "pessoa da vila" era um termo negativo para pessoas e espíritos malignos que desejavam mal a alguém. Era outra forma de falar "pessoa-leopardo".

— Tudo bem, tudo bem, vamos levá-los — concordou Ogwu. — Pessoas da vila conseguem lidar com o Gra Gra. Eu acho.

Zed andou com eles por alguns minutos, antes de se virar para um caminho menor que levava a uma parte mais escura da selva. Antes de ir embora, tinha puxado Orlu para o canto e os dois conversaram durante algum tempo.

Quando Sunny perguntou a respeito, Orlu respondeu:

— Zed não acredita que a família tenha sobrevivido à guerra, mas quer que eu cheque como estão... quando voltarmos... além de outras coisas. Ele me deu isso. — Orlu ergueu o pulso direito, mostrando uma pulseira de contas de corais cor-de-rosa. — É a única coisa que tinha da Terra. Ele não a quer mais.

— Por quê?

Orlu deu de ombros.

—Zed, basicamente, deixou tudo para trás. A guerra não foi boa para ele, muito menos para a Nigéria. A maioria dos seus parentes mais próximos foi morta no norte, nos massacres dos igbos. Os cinco irmãos, os pais, as tias e os tios. Os únicos sobreviventes da família, antes de ir lutar, eram a irmã e a esposa.

— Isso é horrível — murmurou Sunny, olhando os próprios pés. Antes de os rebeldes igbos autoproclamarem Biafra como um país soberano, separando-se da Nigéria, os povos hauçá e fula estavam matando igbos no norte. Embora a maioria dos parentes de Sunny estivesse no sudeste, ela também tinha familiares que nunca conseguiram retornar. Fora um período sombrio do qual os anciões sempre falavam quando se reuniam. Ela olhou para Orlu. — Posso ver?

Ele deu a pulseira a Sunny, que a colocou no próprio braço. Era pesada. Tirando os óculos, ela aproximou o objeto do rosto. As contas eram irregulares, e os buracos no meio delas, estreitos.

— É bacana. São contas de verdade.

— Consegue identificar?

— Aham. Minha mãe ama coral — revelou a garota. — Ela tem um desse, bem grande. Até usou no dia do casamento. Vale uns dois milhões de nairas. Também tem uma pulseira de coral azul, que parece pertencer a Mami Wata. Ela me ensinou a diferenciar o verdadeiro e o falso.

— Pode me devolver agora?

— Não.

Orlu riu e revirou os olhos.

Sunny olhou para o *papa* no braço esquerdo dele, guardando para si a pergunta que faria. *Quanto menos atenção ele der à lesão, mais rápido vai se curar*, lembrou a si mesma.

As mulheres os levaram por um vilarejo de casas verdes que pareciam ser feitas de plantas trançadas, e eles logo foram cercados de crianças curiosas de 5 a 8 anos a caminho da escola. Usavam uniformes compostos por calça amarela e camisas bordadas com contas vermelhas. Sunny percebeu que quase todos usavam videiras nos pulsos.

— Dia ensolarado — disseram as crianças. Focavam, sobretudo, em Orlu.

— Você deu um nome a ele? — perguntou uma menina.

— O que você fez? — perguntou outra.

Um menino cutucou Orlu no ombro e perguntou:

— Apareceu enquanto você dormia?

— De onde você é?

O caminho tinha se ampliado e, por duas vezes, tiveram que se espremer na margem, para deixar um dos veículos sofisticados passarem. Aquilo não pareceu distrair as crianças nem um pouco.

— De uma terra bem, bem distante — respondeu Orlu para a criança mais próxima.

— Dê isso a ele — disse uma menina, entregando uma folha de palmeira a Orlu.

Quando Orlu aproximou a folha do *papa*, a criaturinha a pegou com o terceiro braço e começou a comer, suas mandíbulas de inseto se movimentavam com suavidade.

— Obrigado! — exclamou Orlu.

A menina riu e se afastou. Um sino profundo soou e as demais crianças saíram correndo.

— Ah, graças a Deus — murmurou Chichi.

Ela usava um novo colar de folhas.

— É uma escola de vilarejo — informou Ten. — As crianças estão sempre à vontade aqui. Vocês não vão querer saber o que aconteceria se uma delas ficasse com medo e pedisse ajuda.

— Eu quero saber — rebateu Sasha.

Ele andava na frente, com Ogwu.

— Estão vendo aquelas árvores perto das salas de aula?

— Aquelas são salas de aula? — perguntou ele. — Achei que fossem casas.

— Tudo no vilarejo é parte da escola — explicou Ten. — Se tentassem machucar um dos alunos, as Formigas *Nchebe* desceriam pelas árvores e ninguém os reconheceria, caso sobrevivessem.

— Tipo... formigas *formigas*? — questionou Sasha. — Aqueles insetos pretos minúsculos que sempre têm uma tarefa a cumprir?

— Insetos ocupados, sim, mas são brancos, e quase do seu tamanho — corrigiu ela.

— Vamos andar mais depressa — sugeriu Sasha, já se apressando.

19
Gra Gra

Ginen era muito mais do que Sunny poderia ter imaginado. Seus edifícios eram plantas que tinham "concordado" em abrigar seres humanos e, assim, os arranha-céus do centro de Ooni eram mais altos do que qualquer um na Terra — e continuariam crescendo. Aquelas plantas estiveram se estendendo em direção aos céus muito antes de os seres humanos começarem a viver nelas, e ainda se estenderiam quando eles não mais existissem. Sunny estava meio feliz por terem permanecido nos subúrbios e só verem os arranha-céus de longe, porque eles pareciam muito desconcertantes. Até os arranha-céus em Nova York e Chicago a deixavam tonta, e aqueles em Ginen eram ainda mais altos.

Os veículos funcionavam à base de plantas que produziam energia e emanavam apenas ar fresco. As estradas eram de terra batida e passavam por caminhos naturais que a selva havia "desmatado por conta própria". As braçadeiras de videiras eram, na verdade, um vestuário com tecnologia que fazia mais do que qualquer celular. Os moradores tinham computadores que cresciam a partir de sementes, e toda a iluminação era bioluminescente. Era coisa demais para assimilar. E de certa forma, era deprimente quando se comparava com a Terra em relação às suas questões ambientais e tecnologia inferior.

Em um nível cósmico, Ginen existia "lado a lado" com o planeta Terra, mas ainda assim, de alguma forma, não eram nada parecidos. Enquanto a Terra era composta, em maior parte, por água, Ginen era um planeta de selva. Sunny tinha visto com os próprios olhos, mas ouvir duas mulheres explicando aquilo de maneira tão natural era outra coisa. Sasha perguntou como sabiam que o globo inteiro era composto por selva, visto que as pessoas do Reino de Ooni não viajavam de avião, e a resposta foi... demais para ela.

— Temos pássaros que adoram voar para bem longe — explicou Ten. — Os mesmos pássaros que gostam de mergulhar até as profundezas da água. Eles voltam e zoneiam as árvores e, assim, fazemos os downloads do que eles veem.

Os quatro se entreolharam, mas nenhum deles perguntou o que "zonear árvores" significava ou como conseguiam fazer downloads de imagens das mentes dos pássaros, para que os seres humanos vissem.

— Pássaros que viajam pelo espaço com Wi-Fi nos pés — murmurou Sasha. — Beleza, por essa eu não estava esperando.

— E quanto a pessoas vindo para Ginen da... Terra? — perguntou Chichi.

— Não vêm com frequência, mas vêm o bastante — respondeu Ten, rindo. — Vocês não são o primeiro, o segundo, nem mesmo o quarto grupo que encontro.

— Por acaso Ten está sempre no lugar exato e bem no momento que acontece — contou Ogwu. — Nosso tio a chama de "ímã".

— Eu já estava indo à casa do Zed só para desejar um dia ensolarado a ele antes de ir ao mercado, quando ele me encontrou na estrada — revelou Ten. — Vamos ver, encontrei pessoas do Saara, Mali, do seu Estados Munidos...

— Estados Unidos? — perguntou Sunny.

A mulher assentiu.

— De uma grande cidade chamada Nola.

Sasha riu.

— Nova Orleans. — Ele estreitou os olhos, evidentemente pensando em algo. Então perguntou: — Todo mundo é preto?

— Preto? — repetiu Ogwu.

— Tipo... todos se parecem com a gente? Lábios grossos, cabelo crespo, olhos castanhos, pele mais marrom?

— Como isso é preto? — questionou Ten.

— Não entendo — murmurou Ogwu.

Sasha riu e acenou com a cabeça.

— Isso já diz tudo.

— Já encontraram o Mágico do Deserto? — perguntou Orlu. Ele tinha ficado calado pela maior parte do caminho, dando folhas para seu *papa* comer e olhando a selva ao redor, de vez em quando.

Ten e Ogwu o encararam por um bom tempo antes de responder:

— O Homem do Deserto se diverte — respondeu Ten, fazendo um som de censura com a boca e estreitando os olhos.

Ogwu ficou calada.

— As pessoas de Ginen, em algum momento... hã... saem daqui? — indagou Sunny.

Ogwu sorriu.

— Sim. E sempre voltam.

As mulheres riram com vontade. Sem dúvida era uma piada interna, mas não exatamente. Até Sunny entendia. Por que sair de Ginen para ir à Terra? O único assunto do qual as mulheres se recusavam a falar era justamente a pessoa em si que eles encontrariam, a que se chamava Gra Gra.

— Apenas o Gra Gra pode explicar o Gra Gra — foi tudo o que Ten disse.

Quando, enfim, chegaram ao mercado, era como qualquer mercado na Nigéria, com exceção da presença de tecnologia Ginen e várias criaturas locais. Havia risadas, provocações, barganhas e gritos. O cheiro de frutas, vegetais, perfume, carne, suor, incenso, óleo e madeira. Havia crianças por toda a parte, executando tarefas, trabalhando, brincando. Coisas eram transportadas e entregues. Havia pessoas com vestes de contas, calça verde comprida e esvoaçante, cafetãs, calças bem justas e vestidos que os faziam andar de um jeito cômico. Um homem que usava um vestido com uma cauda se estendendo muitos metros atrás dele conseguia se mover com facilidade, sem que alguém pisoteasse o vestido.

— Ele é da realeza ou algo assim?

Ten e Ogwu franziram a testa e balançaram a cabeça.

— As pessoas só respeitam o estilo dele.

Uma barraca deixou Sunny boquiaberta. Vendia janelas, mesas, bancos, jogos de chá, pratos, todo tipo de item... tudo feito de um material verde e límpido. Assim como o material da faca juju de Sunny.

Chichi, Orlu e Sasha se juntaram à pequena aglomeração para observar um homem fazendo um espetáculo de marionetes feitas de plantas.

— Já volto — avisou Sunny.

— Não vá muito longe — alertou Chichi.

— Vou ali rapidinho — respondeu a garota, apontando para a barraca.

Chichi assentiu, voltando-se para o espetáculo de marionetes e dando risadinhas.

Sunny foi direto até a barraca e apenas ficou ali parada.

Um homem jovem, alto e magro, em frente à barraca, disse:

— Dia ensolarado.

— Dia ensolarado — respondeu Sunny, dando um sorriso envergonhado. — Eu... o que... do que tudo isso é feito?

Ela fez uma careta, dando outro sorriso envergonhado por causa da pergunta.

O homem riu.

— A pergunta que quase todo mundo faz — respondeu ele, o que fez Sunny se sentir melhor, de imediato. — Venha, vou lhe mostrar.

— Não tenho dinheiro — revelou Sunny. — Não quero desperdiçar o seu tempo.

— Mas algum dia você terá.

Sunny o seguiu para dentro da barraca.

Ele a ofereceu uma xícara feita do material.

— Segure aqui.

Ela segurou e sorriu. Parecia muito com sua faca juju, como se fosse um parente. Tranquila e sólida.

— Gostou?

— Sim. Muito.

Ele pegou a xícara e a arremessou em uma mesa de concreto. Sunny arfou. Não quebrou. E ainda mais estranho, uma das placas de vidro e dois dos pratos tinham piscado primeiro e, então, esmaecido para um verde pálido. O moço ergueu a xícara na altura dos olhos dela.

— Chama-se *engenakonakala* — revelou.

A forma como falou a palavra pareceu estranha, como se ela não fosse desse mundo. Literalmente. Talvez não fosse.

— *Engeh*...

— Minha mãe me ensinou a pronunciar. É uma palavra antiga — acrescentou, abaixando a xícara. — Geralmente chamamos de vidro *kala*. Olhe aqui.

Ele apontou para dentro de um curral nos fundos da barraca. Sunny foi olhar.

— Ah! — exclamou quando viu, ali, três besouros do tamanho de crianças pequenas.

As asas deles estavam sarapintadas de preto e branco.

— Besouros *kala* — revelou o jovem. — Quando chegam à fase adulta, ficam bem grandes; ficam verdes, transparentes e muito, muito rígidos. Quando se transformam, o esqueleto que abandonam, em especial a parte que cobre as asas, é o vidro *kala*.

— Então tudo isso é feito de asas de besouro?

— De fato. E não quebra, não desbota nem racha. Nada gruda nele. Para moldá-lo, temos que esquentar muito o material. É uma arte. Uma xícara feita de vidro *kala* passa de geração para geração — contou ele, com orgulho. — A minha família cuida dos insetos e vende o melhor vidro *kala*. Não esqueça do nome: Vidro *Kala* dos Nduka.

— Vou lembrar. Então... é muito caro?

— Sem dúvida. Mas você será muito rica.

Ele deu uma piscadela para a garota.

— Por que aquele outro vidro brilhou quando você tentou quebrar a xícara?

— Ah. Sim. É o que acontece quando se esbarra em um objeto de vidro *kala* feito do mesmo inseto.

Sunny hesitou, então sacou sua faca juju.

O jovem arregalou os olhos, ampliando o sorriso.

— Você é da minha família? — questionou ele. — Qual o seu nome? Nkduka? Aminu? Onwuegbuzia?

A garota negou com a cabeça.

— Só estou de passagem. — Ela viu Chichi a procurando. — Tenho que ir. Obrigada por responder as minhas perguntas! — apertou a mão dele depressa, ignorando o olhar estranho que o jovem lançou a ela com o gesto. — Tchau!

— Não esqueça do Vidro *Kala* dos Nduka! — gritou ele. — Quando estiver pronta!

Havia muito a ser feito. Sunny se lembrou da última vez que os quatro tinham passado por um mercado movimentado, em uma missão. Estavam indo encontrar Udide. Daquela vez, buscavam um outro tipo de figura sombria. A única coisa encorajadora era que o caminho nsibidi se estendia diante deles o tempo todo. Ficou evidente que era até o tal Gra Gra que precisavam ir.

— O Gra Gra tem uma seção própria no mercado — contou Ten.

Eles passaram pela seção de carne e o cheiro de sangue deixou Sunny enjoada. Ver a barraca gigante que parecia vender apenas intestinos de vários tamanhos, larguras e cores não ajudou. Era comandada por quatro homens grandes com instrumentos semelhantes a cutelos, e o local estava cercado por clientes entusiasmados erguendo as mãos para serem atendidos. Sunny afastou uma mosca do rosto e desejou que o local não estivesse tão cheio. Pareceu levar uma eternidade para atravessarem aquela barraca específica. Quando o fizeram, tudo pareceu mudar, incluindo o cheiro, ainda bem.

— Aaah — murmurou Chichi, inspirando profundamente. — Esta sálvia é das boas.

E logo foram das barracas de carne, ao redor, para tecidos, molhos de ervas e temperos, pedras brilhantes e árvores minúsculas à venda. As pessoas em volta usavam indumentárias de contas como Ogwu e Ten. O grupo logo chegou a uma área onde um tecido roxo estava espalhado sobre a terra e uma cortina amarela cercava toda a área.

— É aqui que nossos caminhos se separam — anunciou Ten.

— Esperem — pediu Orlu. — Não vão nos apresentar?

— Ele está ali dentro — informou Ten. — Não cabe a nós apresentá-los nem explicar.

— Só o Gra Gra pode explicar o Gra Gra — repetiu Ogwu.

As mulheres ficaram ali, encarando-os por um momento. Então Ten balançou a cabeça e orientou:

— Entrem, peçam para vê-lo e digam a ele que são os últimos passageiros do Mágico do Deserto.

Elas se despediram com um abraço apertado em cada um, desejando-os "dias mais ensolarados". Então Sunny, Chichi, Sasha e Orlu estavam por conta própria em um mercado nos subúrbios de uma cidade de outro mundo. Sunny tentou observar as mulheres indo embora, mas elas desapareceram rápido demais em meio ao fluxo constantemente agitado de pessoas.

— Não gosto disso — murmurou Orlu.

Ele olhou para a cortina ao redor, então desviou o olhar.

— Quem quer que seja esse cara, ele não vai ser pior do que o Mágico do Deserto — opinou Sasha.

— Existe muita coisa entre alguém normal e aquele cara — afirmou Sunny.

— Odeio especular quando não sabemos nada sobre o que estamos especulando — comentou Chichi. — De que adianta?

Sunny focou no caminho nsibidi que passava pela cortina. Chamou Anyanwu, não recebeu resposta e suspirou.

— Você tem razão — concordou a garota. — Vamos.

Ela foi em direção à cortina amarela e a abriu.

Houve um lampejo de imagem em sua mente, e ela pensou: *pera aí...* mas então entrou, sem conseguir se conter. Fechou as mãos em punhos e flexionou os músculos dos braços fortes, a imagem do que Anyanwu tinha mostrado a ela estava sendo assimilada. Anyanwu já estava lá. Já havia falado com Gra Gra. Mas como? Os outros trombaram com a mochila nas suas costas, quando ela parou, fazendo-a cambalear para mais perto do homem parado ali.

Gra Gra.

— Estava começando a pensar que meu dia seria diferente — afirmou ele. — Quem fica parado fora da cortina por tanto tempo?

Mesmo para Sunny, ele era alto. Devia ter uns 2 metros e, assim como o Mágico do Deserto, não se via o seu rosto. Mas não porque estivesse coberto por dreads compridos e grossos. Não, aquele homem usava uma máscara com listras roxas e amarelas totalmente feita de contas. O cafetã que vestia também tinha listras roxas e amarelas, assim como a calça. Ao redor de cada braço, do pulso até o cotovelo, usava pulseiras feitas de plantas verdes, por cima das mangas. As que estavam nos ombros estendiam os caules para o ar, terminando em flores verdes. Mas não foi apenas a aparência dele que abalou Sunny. Era o fato de que pareciam ter entrado em uma pequena selva de... cannabis? Bem, não uma selva; não era densa como aquela pela qual tinham passado para chegar ali. Pessoas caminhavam por entre as plantas, a maioria delas carregava bolsas de compras cheias de folhas.

— Quê? — foi tudo o que Sunny conseguiu dizer.

— Uau! — exclamou Sasha, rindo. — Olha só toda essa erva!

— Ela avisou que estavam a caminho — revelou o homem. — Têm sorte de ela ter dito a verdade.

— Quem avisou?

— "Quem avisou?" — zombou ele, rindo, mas logo ficou sério, aproximando-se de Sunny. O homem cheirava à sálvia cujo aroma tomava toda aquela seção do mercado. — O que há de errado com você?

Sunny sentiu o coração disparar e se afastou do homem alto.

— Anyanwu? — sussurrou.

Anyanwu estava bem ao lado dele.

Gra Gra riu.

— Ela ainda não tem certeza — disse ele a Chichi. — Não de verdade. As duas ainda estão tentando se resolver.

— Não é da sua conta, de qualquer forma — rebateu Chichi, em irritação, olhando-o de cima a baixo, enquanto se colocava na frente de Sunny, de modo protetor.

Sendo muito baixa, ela tinha que levantar a cabeça para encontrar o olhar do homem. Mas aquilo não a desencorajou nem um pouco.

Ele a encarou de cima por mais um momento, e então disse:

— Melhor tomar cuidado, *o*.

Então apontou o dedo na frente do rosto dela.

— Já chegamos longe demais para joguinhos — retrucou Chichi.

— De fato — concordou. Ele chegou perto da garota e ela deu um incomum passo para trás. — As crianças sempre sofrem pelos pecados da mãe.

— Quê? — perguntou ela. — O que você sabe sobre...

Ele apontou para Chichi.

— *Você* é quem mais tem a perder caso não cheguem tão longe quanto devem chegar. Não só o presente e o futuro, como seu passado também. *Ela* explicou tudo para mim.

— Você não sabe nada sobre mim *ou* sobre minha mãe — berrou Chichi.

Gra Gra bufou.

— Vejo você. Escute, princesa, você já viu a Torre de Ooni. Dizem que, de tão poderosa, aquela com a Grande Flor pode se comunicar com seres no espaço. Tenho uma sala lá, como todos os membros da realeza têm. O chefe de Ooni é meu irmão, mas não aceito privilégios do sangue. A realeza é apagamento. Construa o seu próprio caminho.

Ele deu um passo para perto de Chichi, que o observava com os olhos arregalados e trêmulos.

Sunny pegou a mão dela e a amiga a apertou.

Quando Gra Gra enfim disse "suas primas", as lágrimas jorraram dos olhos de Chichi. Ela levou o queixo ao peito, os ombros tremiam. Pela primeira vez, Sunny percebeu que Chichi não tinha superado a surra que havia levado no vilarejo da mãe.

— Suas primas machucaram você — prosseguiu Gra Gra, com a voz ainda firme. — Anyanwu me contou que ainda esconde um hematoma que não sarou, onde uma delas lhe deu um soco.

A garota apenas concordou com a cabeça.

— Elas são violentas porque a mãe delas é violenta. É a mesma coisa com o meu irmão, que matou dois dos meus irmãos para ser chefe. — Quando Chichi olhou para ele, o homem assentiu. — Sim, o Reino Ooni *não* é um lugar perfeito. Meu conselho para você é deixar aquela história, aquele passado e aquele ódio para trás. Deixe que morram com elas. Deixe que virem cinzas. Não precisa voltar, não por vingança. Esqueça isso. Consiga o que a Udide quer. Nós a conhecemos aqui também. Ela é aquela que possui desejos aos quais é bom e inteligente atender.

— Eu tinha acabado de voltar para casa — sussurrou Chichi. — Elas me deram uma *surra* por causa disso! Eu poderia ter feito coisas com elas... ah, eu deveria...

— Mas não fez — interrompeu Gra Gra. — E agora você progride.

O homem se afastou da garota.

— Você... você é o Gra Gra? — perguntou Orlu. — Digo, imaginei que sim, mas... é bom confirmar.

Ele deu um sorriso envergonhado.

— Sou — confirmou o homem, virando-se. — Sigam-me. O negócio fica movimentado a esta hora; tenho pouco tempo livre.

Ele os conduziu a outra seção dentro de sua seção.

Anyanwu voltou para Sunny, ficando ao lado da garota. Ela ficou mais do que aliviada, embora também um pouco irritada. Por que demorou tanto? Aquele lugar tinha uma energia ainda mais estranha do que o lado de fora, mais potente.

O tecido que ele empurrara para o lado daquela vez era roxo, e o espaço lá dentro era forrado com grama alta. As plantas frondosas cresciam ao redor deles, como guardas. Um gafanhoto grande pulou e voou do local em que o pé de Sunny estava prestes a pisar. Grudou no tecido perto do topo, parecendo lançar um olhar de desprezo à garota.

— Só conheci uma pessoa da sua Nigéria — revelou ele. — Nunca vi alguém mais escandalosa do que aquela mulher!

Sasha, Orlu e Sunny não conseguiram conter a risada. Até Chichi riu.

— A Funmi estava em um mundo diferente, ainda assim, em uma semana, estava cuidando de parte do meu negócio, e dentro de um ano, cultivando uma casa maior do que a minha. — Acenou com a cabeça. — Ela se dá bem aqui. Então, estão vendo o que coloco à venda e planto: é vegetal, é espírito. Em Ginen, são a mesma coisa. — O homem foi até uma das plantas e arrancou uma folha. — *Iriran* significa visão.

— Do quê? — indagou Sasha.

— Talvez devesse tentar descobrir — respondeu Gra Gra com um sorrisinho.

— Não, obrigado — respondeu Sasha.

— Seria um desperdício em você, de qualquer forma — prosseguiu, gargalhando.

Então olhou para Anyanwu.

— Como pode vê-la? — questionou Sunny.

— Porque sou o Gra Gra.

Sunny manteve o olhar fixo no do homem.

Ele não desviou.

— Pode nos ajudar? — perguntou ela.

Esfregou o rosto e ouviu Anyanwu dizendo, em uma voz suave como manteiga: *relaxe, a desesperança não vai trazer nada de bom*.

— Não cabe a mim — respondeu Gra Gra.

— Se ele não puder ajudar, então vamos — disse Sasha, pegando a mão de Chichi.

— Ele não passa de um traficante de drogas — murmurou Orlu.

Sunny ficou onde estava, enquanto os outros se viravam e começavam a andar, ainda sustentando o olhar do homem.

— Sunny — chamou Chichi. — Anda. Estamos perdendo tempo.

— O caminho nsibidi termina aqui — respondeu Sunny, mantendo os olhos no homem.

Um grande sorriso estampava seu rosto enquanto mastigava a folha.

— Não preciso dela, de verdade — revelou Gra Gra. — Mas tem um gosto bom e faz bem ao corpo.

— Consegue ver o final do caminho? — perguntou Sasha, indo até ela de novo.

— Talvez consiga fazer a coisa do juju do nsibidi de novo — sugeriu Orlu.

— Como o juju do mosquito — acrescentou Chichi.

— Se não cabe a você, cabe a quem? — questionou Sunny a Gra Gra, ignorando os outros.

Não, não era uma questão de refazer o juju do nsibidi. Ela conseguia senti-lo. Ainda estava funcionando. Apenas não funcionava ali.

— É sempre importante fazer as perguntas certas — afirmou Gra Gra. — Vocês são pessoas da vila. Isso é coisa da Vila.

— Se consegue ver Anyanwu, então é uma pessoa da vila também — concluiu Sunny.

— Ele consegue vê-la? — perguntou Sasha.

— Não sou — retrucou Gra Gra. — Eu apenas nasci com a capacidade de ver; é parte da razão de eu ter deixado o palácio. Vi a... outra face do meu irmão, e era monstruosa. Mas essa é história para outra hora... consigo ver o outro rosto de todo mundo. Pessoas da vila ou não. Vejo os rostos em plantas também. As pessoas compram este *iriran* para conseguir tal visão. Aqueles que querem ver, que não possuem a habilidade de ver, conseguem. — Ele fez uma pausa. — A sua Anyanwu me contou aonde precisam ir. Há um caminho. Estão no lugar certo. Não poderiam ter ido a um lugar mais indicado. Mas o que vão me dar?

— Pelo quê? — perguntou Sunny, franzindo a testa.

— Pelo que precisa ser feito — explicou o homem.

Chichi bufou e murmurou:

— Sempre existe um preço.

— Nem sempre — discordou Gra Gra. — Mas hoje existe.

— Não temos nada — informou Sunny.

— Nada de valor para você, ao menos — complementou Sasha.

— Não pode apenas nos ajudar? — perguntou Chichi.

Ele olhou diretamente para ela.

— Já ajudei.

Chichi abaixou a cabeça.

— Acho que tenho algo — disse Orlu, enfiando a mão no bolso. — Estava esperando cultivá-la eu mesmo... mas acho que crescer em Ginen é melhor do que em qualquer outro lugar.

O garoto mostrou uma coisa oval grande. Era de um dourado liso e brilhante com ondinhas pretas.

— O que é isso? — perguntou Sunny.

— Encontrei em uma das florestas em que fiquei com Grashcoatah. O Taiwo disse que é uma "semente mecânica". Vai virar uma planta que é também uma máquina.

— Ah, óbvio que aquele que tem o *papa* é quem tem um negócio desses — comentou Gra Gra. Ele pegou a semente e a analisou. Fungou e a aproximou dos olhos. Então abriu um sorriso grande. — Isso me agrada. — Olhou para Orlu. — Você agradou o Gra Gra.

Orlu acenou com a cabeça.

— Tem certeza de que não é de Ginen? — perguntou o homem.

— Tenho — respondeu Orlu.

— Um novo tipo de semente, de um lugar diferente, é sempre bem-vindo em Ginen — disse Gra Gra. — Bem-vinda — saudou a planta. Colocou-a no bolso e olhou para eles. — Fiquem aqui.

Então saiu.

— Tem certeza de que deveria ter dado aquilo a ele? — questionou Sasha.

— Você tinha alguma outra coisa para oferecer?

— Nadinha.

— Se ele cultivar aquilo aqui, vai apresentar uma vegetação de fora a Ginen — opinou Chichi.

— Honestamente, acho que ele sabe o que está fazendo quanto a isso. E não parece o tipo que cultivaria coisas para destruir o mundo — comentou Sunny.

— O que era mesmo? — perguntou Sasha. — Plantas não são meu forte. Uma semente mecânica?

— Sabe o que é passiflora? — perguntou Orlu.

Sasha concordou com a cabeça. Sunny também conhecia.

— Sabe como ela se parece meio com... com um planetário? O modelo mecânico complexo do sistema solar? Como algo mecânico, mas uma planta?

— Aham — confirmou Sasha.

— A semente mecânica se parece ainda mais com um — explicou Orlu. — Já vi a planta adulta. É bem bacana. O comportamento é bem parecido com o de um girassol.

— Hum, pelo menos não é perene — constatou Chichi. — Não vai ficar voltando.

— A menos que queira que volte — opinou Sasha.

Eles se viraram quando o que parecia um arbusto de folhas secas foi empurrado pela cortina.

— Coloquem-na bem no meio — orientou Gra Gra, do lado de fora.

Os quatro saíram do caminho quando uma mulher e um homem vestindo roupas como as de Gra Gra, mas sem a máscara, empurraram um arbusto de folhas *iriran* ressecadas e comprimidas. Era do tamanho de uma pessoa.

— Olá — cumprimentou Sunny. — Hã... dia ensolarado.

— Dia ensolarado — respondeu o homem, olhando para ela desconfiado.

Sunny se perguntou o que Gra Gra havia contado a eles.

Os dois foram embora depressa, com a mulher evitando olhar para os quatro.

Eles queimariam todo o molho de folhas. E os quatro tinham que estar lá quando acontecesse. Mesmo com a parte de cima aberta, Sunny teve certeza de que todos morreriam ao inalarem a fumaça.

— É a única forma de abrir o caminho que buscam — explicou Gra Gra. — A fumaça é a ponte para o reino ao qual querem chegar. — Ele apontou para o lugar mais distante da entrada. — Sentem-se no gramado ali.

Enquanto o faziam, as duas pessoas voltaram, uma delas com uma vara de fogo e a outra carregando uma folha do tamanho do próprio corpo. Atearam fogo às folhas secas, que queimaram mais depressa do que Sunny esperava. O alqueire virou uma enorme bola ondulante de fumaça.

— *Irrrrra!* — exclamou Gra Gra com alegria. — O espírito é sempre forte.

Sunny não conseguia ver nem o homem, nem a mulher através da fumaça, apenas Gra Gra, que estava em um canto.

— Abane! Abane! — comandou Gra Gra ao homem segurando a folha grande e, assim, a fumaça passou a soprar na direção dos quatro amigos.

Sunny fechou os olhos e prendeu a respiração. Conseguia sentir a fumaça a envolvendo. Cálida e suave. Quando não conseguiu mais segurar o fôlego, e não ouviu os outros tossindo ao redor, abriu os olhos e inalou o mínimo de fumaça que podia. Tapou o nariz e, então, franziu a testa. Tudo ao redor dela era fumaça branca; mal conseguia ver Gra Gra ali de pé, observando.

— Por que eu não...?

Ela inalou mais uma vez, hesitante. Nada. Nem mesmo o cheiro de fumaça. E a fumaça também não fazia seus olhos arderem.

— Porque você não está mais aqui — explicou Gra Gra. Ele se aproximou dela. — Vocês estão indo. — Ele olhou para o outro lado das folhas fumegantes. — Abane! Com mais força!

Sunny procurou por Orlu, Chichi e Sasha, mas tudo o que viu foi a fumaça rodopiante.

— Funciona tão rápido e tão fácil com sua espécie — comentou Gra Gra. — Estou com inveja.

— Como eu...

— Apenas relaxe, e então será levada — respondeu Gra Gra. — Agradeça ao seu amigo pela semente. Não vejo uma dessas desde as imagens nos livros eletrônicos folclóricos que lia quando era garoto. A planta já cresceu em Ginen antes, muito tempo atrás.

Sunny conseguiu ver o caminho adiante, através das folhas em chamas. Ela se levantou.

— Você foi do mundo vivo para o mundo espiritual e, então, para um novo mundo vivo. Agora avança para um nível mais profundo. Cuidado, viajante — alertou Gra Gra, através da fumaça. — Se a selva não matar você, A Estrada matará.

Ainda assim, Sunny seguiu adiante. Em direção às folhas em chamas.

20
A estrada fantasma

Sunny sentiu primeiro. A sensação de ser observada por uma multidão. Aquilo a deixou com um aperto no peito e um frio na espinha. Ela tinha ido na direção das folhas em chamas, e tudo ao seu redor era cinza e tênue, então foi como andar por uma trilha na selva densa em ambos os lados. A Floresta da Travessia do Rio ou Ginen, não sabia dizer. Percebeu estar atrás de Orlu. Viu Sasha na frente dele e de Chichi.

— Isso é muito maneiro — comentou Sasha. — Se sairmos daqui vivos, mal posso esperar para contar tudo ao Anatov.

— Se? — ecoou Sunny.

— Estamos passando por outra fronteira — anunciou Chichi.

— Orlu? — perguntou Sunny.

— Estou bem, mas... pensei que conhecia todos os lados da minha habilidade... Isso aqui... nunca pensei que conseguiria *sentir* desta forma. Este lugar é tipo... é tipo... tipo uma daquelas tempestades cheias de raios e consigo sentir toda vez que o raio *cai*. Isso faz sentido?

— Não — respondeu Sunny.

O caminho da mata emergiu da selva densa para uma grama espiritual oscilante. Eles continuaram andando. De repente, o solo rico no qual crescia a grama terminou e deu lugar à areia. E, bem ali, no limite entre solo e areia, havia um lagarto. Um lagarto robusto verde e laranja encarando os quatro. Eles pararam, não por causa do lagarto, mas porque o que estava depois do bicho se tornou gritantemente visível. Uma ilusão foi colocada de lado, e a realidade por trás dela era ainda mais surreal.

— Caramba! — sussurrou Sasha.

— *Shhhh!* — ralhou Chichi.

Sasha se agachou, olhando para a garota.

— Eles não conseguem nos ouvir — anunciou Orlu, passando pelo lagarto na areia.

Ele foi até lá e o animal ergueu as mãos, sem medo. O *papa* no braço dele vibrou tanto que Sunny conseguiu ouvir o zumbido que aquele movimento fez.

— O que quer que esteja sentindo, quão forte está? — perguntou Sunny.

— Muito — respondeu ele.

O nsibidi se estendia exatamente em direção à coisa.

— Meu Deus — sussurrou a garota. Então viu Anyanwu e quase caiu de joelhos, em pavor. Não, não queria ir lá. Não para dentro *daquilo*. A estrada dos espíritos... A Estrada. — Anyanwu! — berrou ela.

Então falou com a mente: *Que diabos você está fazendo?*

Sunny sentiu o sorriso dela. *Explorando.*

O silêncio era absoluto enquanto Sunny observava Anyanwu dar um passo para A Estrada. Houve um momento em que se sentiu sendo arrebatada para longe, embora ela tenha permanecido bem ali.

Passou por seu corpo, cheio de movimento desconhecido, como um vento solar. Então ouviu Anyanwu rindo. *Venha, a água está ótima.*

Sunny quase morreu de susto quando Orlu tocou seu braço.

— Você está bem?

— Você... você está?

— Não. — Ele olhou para o *papa* no braço. — Acho que chegamos ao fim do mundo.

Sunny queria discordar. O caminho nsibidi levava para A Estrada e além.

— A Anyanwu está esperando bem ali — revelou ela, apontando. — Do lado. — Soltou um suspiro. — O que poderia bem ser o outro lado.

— Uau — sussurrou ele.

— É...

Por um momento, os dois ficaram ali, observando juntos. Aquilo lembrava Sunny do nsibidi... se o nsibidi se transformasse em vários mascarados com alturas variando de 60 centímetros a 10 andares e larguras alternando de 12 centímetros a 30 metros. Se símbolos fossem tanto insubstanciais quanto brigões. Se fossem feitos de ráfia, tecido de todas as cores, galhos, solo, óleo, água, fogo e pedra. Muitos corriam, rolavam, dançavam, se arrastavam, flutuavam, giravam. Nuvens rodopiantes gigantes chegavam a 30 metros de altura. Uma mulher velha e encurvada ficava mudando de forma enquanto caminhava no meio da estrada. Um espírito amarelo com sete cabeças e oito braços empunhava sete espadas. Uma alma da mata era resguardada por uma nuvem de libélulas. Havia neblinas inconstantes, metade ali e metade em outro lugar. Produtos da imaginação, fragmentos da irrealidade.

Sunny havia deslizado pela vastidão só por deslizar, e tinha visto todo tipo de coisa tão estranha que a mente ainda estava assimilando tudo, mas aquilo... aquilo era algo que a fazia querer balbuciar para si mesma. Fazia a garota querer desistir de se manter firme e questionar a própria existência. Apoiou as mãos nos joelhos e se inclinou à frente, de repente, se sentindo enjoada. Respirou fundo.

— Caramba — murmurou ela. — Cada passo, mais e mais. Por quê?

— Melhor crescer do que encolher — comentou Chichi, dando tapinhas nas costas da amiga.

— Como você está tão de boa com tudo?

— Não estou. — Chichi riu. — Só estou... aberta. Absorvo tudo. Foi isso que a minha mãe me ensinou a fazer desde pequena. É o que todas as crianças-leopardo aprendem, Sunny. Mas você... você *segue* a maré. Por isso te acho tão irada. — Ela fez uma pausa antes de prosseguir: — Você é uma guerreira de Nimm e uma agente livre. Você já foi duplicada, atravessou mundos a partir da vastidão, percorreu uma longa jornada até a Estrada dos Espíritos, caminho que, de tão poderosa, poucos dos melhores estudiosos viram! E só *agora* estou vendo você enjoada. *Você* é forte, Sunny!

A garota sorriu, e então uma onda de náusea a atingiu; ela sentiu uma ânsia de vômito. Esperou um momento com os olhos fechados. Respirou fundo e sentiu o corpo se recompor. *Estou aqui*, pensou. *Em corpo e mente. E em espírito. Consigo fazer isso.* Esperou, pensando em como as coisas costumavam ser antes... antes de tudo aquilo. Antes de fazer o laço de confiança com Chichi e Orlu. Antes de o mundo dela se partir como a casca de um ovo e um ainda maior sair dançando de dentro dele. Quando fora apenas a "garota albina" brigando com Jibaku, no pátio da escola. Riu para si mesma, ao se lembrar do próprio punho acertando a cara de Jibaku. Ele era *muito* babaca.

Ela soltou a mão de Chichi e endireitou a postura, o enjoo estava passando. Antes que pudesse se conter, olhou em direção À Estrada.

— Aah — murmurou.

Mas em vez de sentir náusea, ela riu. Anyanwu estava na beira daquele caos organizado; e o que parecia ser uma casa de folhas destruída por um tornado, rolava pela estrada, derrubando outras coisas pelo caminho. *A poeira aqui nunca vai abaixar*, disse Anyanwu.

Muitos transitavam pela via de mão dupla. Veículos, espíritos, feras, fantasmas, divindades, criaturas, monstros, ancestrais e, talvez, até alguns alienígenas. Eram tantos corpos que parecia um rio veloz, com todos em movimento e a caminho de algum lugar.

O som deles era como o oceano, como o vento e como o fogo queimando. Como abelhas nas colmeias, como uma rodovia em uma noite quente e límpida. Sozinhos, mas ainda assim, em uma constância de zumbidos, uivos, guinchos e sussurros que corriam e fluíam em um ritmo que só os envolvidos conseguiriam entender.

Quando Orlu puxou sua manga, foi como acordar de um longo sonho. Sunny estivera encarando uma coisa gigantesca com a aparência de besouro que passava cercada pelo que pareciam ser trinta zangões. A criatura parou, guinchou e então se afastou de uma forma que a fez pensar numa nave espacial em *Guerra nas Estrelas*, ativando o modo velocidade da luz.

— Isso está me deixando tonto — confessou Orlu.

— É. Isso é... — Sunny olhou para A Estrada e de volta para Orlu. Sim, preferia muito mais olhar para o rosto dele. — O total oposto da lógica.

— Não, *isso* é outro nível — opinou Sasha, passando o braço pelos ombros de Sunny.

— Aposto que poucas pessoas-leopardo já viram isso — disse Chichi, sorrindo.

— Temos que... ir lá? — questionou Sunny.

Mesmo naquele momento, ela via o nsibidi seguindo pelo acostamento d'A Estrada.

— *Você* que tem que *nos* dizer — respondeu Chichi, rindo.

A garota se virou para A Estrada e a alegria absoluta que Sunny viu no rosto da amiga a fez se sentir um pouco melhor. Ela própria não estava se divertindo, mas ao menos alguém estava.

— Orlu, como está o seu *papa*? — perguntou Sasha.

— Já não está mais tremendo tanto — respondeu ele, olhando para a criaturinha e a acariciando com delicadeza. — Acho que vai ficar por aqui.

O *papa* olhou para Orlu com a maior confiança que Sunny já tinha visto um inseto conceder a um ser humano.

— Coisinha corajosa — elogiou Sasha, então se virou para Sunny: — A gente vai ter que passar por ela, né? Será que vai nos matar?

— Não por ela — corrigiu Sunny. — Mas ao lado dela. — Anyanwu estava diante d'A Estrada, observando os espíritos passando. O que parecia uma sombra com cinco olhos castanhos passou por ela; cada um dos olhos encarava Anyanwu com um interesse faminto. — Nós... nós deveríamos dar as mãos.

— Preciso das mãos livres — respondeu Orlu.

Mas pegou a mão de Sunny mesmo assim.

Sunny olhou para o *papa* e a criaturinha a encarou de volta, os olhinhos redondos cheios de preocupação, mas de confiança também.

— Não se preocupe — disse Sunny para o *papa*. — Só continue aguentando firme.

Chichi pegou a outra mão de Orlu.

— Essa é a fronteira de mais um mundo — comentou a amiga. — Quando começarmos a cruzar A Estrada, estaremos saindo oficialmente de Ginen. Acho que o juju é o menor dos nossos problemas aqui.

Sasha pegou a mão de Chichi.

Eles tinham começado a ir na direção d'A Estrada, quando Orlu apertou a mão de Sunny e pediu:

— Esperem!

Ela ficou feliz em esperar. Havia uma esfera líquida transparente que parecia ser feita de milhares de bolhas verdes do tamanho de um punho. Bolas ainda mais verdes pairavam dentro delas, como bolas de praia. A esfera tinha diminuído até parar bem na frente deles.

— O que acham que é? — perguntou Sunny, analisando a coisa.

Uma criatura erinácea marrom do tamanho de uma bola de tênis pulou na esfera gigante e a coisa toda começou a girar como um pião.

Chichi deu de ombros.

— Acho que precisamos entrar nela — sugeriu Orlu.

Sunny estava tendo dificuldade para se concentrar no que ele dizia, com aquela coisa ali.

Anyanwu ficou na beira da estrada, a alguns metros de distância de tudo, rindo.

— Não podemos morrer aqui — afirmou Chichi.

— Não estou a fim de testar essa teoria, porém — rebateu Sasha.

— Teve um juju que aprendi quando estava com Grashcoatah na floresta — revelou Orlu. — O Taiwo nos ensinou... para quando estávamos observando lobos noturnos.

Sunny olhou na direção da estrada e, de imediato, sentiu-se mal. *Anyanwu, qual o seu problema?*, questionou Sunny com irritação.

Sua cara espiritual fez a si mesma brilhar com mais intensidade e a coisa girou mais rápido. *Só estou curiosa*, respondeu Anyanwu. *O medo não vai levar você muito longe aqui, Sunny*.

Sunny sentiu Orlu apertar sua mão e se virou para ele, de novo.
— Que foi?
— Prenda a respiração — orientou Orlu. Voltou-se para Chichi e Sasha. — Prendam a respiração.

A garota quis perguntar "Por quê?", mas em vez disso, por instinto, apenas obedeceu. Então o calor se espalhou ao seu redor.
— Fiquem juntos — disse Orlu. — Só vai funcionar se ficarmos juntos.

Sunny encarava as próprias mãos enquanto elas mudavam. Teria gritado se não estivesse prendendo a respiração. Sua pele ficou brilhante e oleosa antes de derreter em um verde abundante. O que pareciam ser folhas de grama afiadas brotaram de sua pele.
— O que é isso? — quando olhou para Orlu, tudo o que viu foi um monte de folhas exuberantes de um verde intenso e os dois olhos do amigo. — Uau! O que...
— Você nos transformou em lobos *ewedu* — Sunny ouviu Chichi explicar.

Parecia que a voz dela vinha das profundezas de uma imensidão de grama. Dos pés à cabeça, os quatro amigos eram lobos enormes feitos de vegetação.
— *Só* se ficarmos juntos — repetiu ele.

Eram quatro, mas eram um, e enquanto seguiam para a estrada, muito próximos, Sunny sentiu vontade de rir. Se a mãe a visse naquele exato momento... não, não a mãe, o pai. Ele sequer entenderia o que estava vendo. Não entenderia nada.

Estavam quase lá. O caminho nsibidi estava nítido.
— Quanto tempo vai durar? — perguntou Sunny.

— Honestamente, não faço ideia — respondeu Orlu.

A garota ouviu Sasha rindo e Chichi exclamando algo em *efik*. A pata gramínea de Sunny pisou n'A Estrada. O tremor agitou todas as suas folhas como uma corrente elétrica, e ela grunhiu. De repente, o que poderiam ter sido mil imagens passaram por sua mente; tão rápido que não conseguia ver o que eram. Vibrantes, aguçadas e carregadas que sabia que jamais esqueceria, mesmo se nunca se lembrasse delas. A menina cambaleou, segurando a mão gramínea de Orlu, então recuperou o equilíbrio, focando no nsibidi. *Estamos aqui*, pensou ela, *por uma razão. Siga a razão. Siga a razão. Siga a razão.*

Porque tudo ao redor dela NÃO era razão. Os espíritos se movimentaram, guincharam, arranharam e alguns pularam por cima dela. De repente, Orlu a estava arrastando para a margem d'A Estrada.

— *Aff* — murmurou ela, trombando no lobo *ewedu* que era Orlu.

— Você está bem?

— Estou — respondeu ela. — Devo ter escorregado.

Ele queria um gostinho, revelou Anyanwu. A cara espiritual ficou de lado.

Você poderia ter me dito que aquilo aconteceria, reclamou Sunny.

Você está bem, retrucou Anyanwu, enquanto seguia adiante n'A Estrada em direção ao caminho nsibidi. E daquela maneira, sob o olhar de espíritos, ancestrais e deuses, os quatro amigos avançaram.

A superfície d'A Estrada parecia concreto novo. Preto, denso e robusto. Como se fosse durar para sempre. Sunny conhecia a textura detalhadamente, porque olhar para ela foi a única forma que conseguiu para distraí-la e seguir em frente. Se erguesse a cabeça e visse os horrores que transitavam pela Estrada ao seu lado, perderia a coragem. Então, sim, A Estrada parecia uma estrada, mas sabia que não era o caso. Não havia algo como A Estrada. Nada.

Sunny olhou para o lado e se deparou com os olhos de uma fera enorme, com íris que lembravam esmeraldas e dentes que pareciam facas. Abaixou a cabeça de novo e se concentrou no local em que seus pés deviam estar. Não sabia por quanto tempo tinham estado caminhando, espremidos uns nos outros como um minúsculo campo de grama. E durante todo o tempo, nenhum deles havia dito uma palavra. O tempo sequer existia ali? O nsibidi se estendia diante deles e Anyanwu caminhava bem lá na frente, seguindo o caminho.

Enquanto caminhavam, entretanto, o tráfego na estrada diminuiu. Quem saberia o porquê? Ainda estavam indo na direção certa, o que era bom. Mas um tráfego menor evidenciava aqueles que *estavam* na estrada. De certa forma, tornava tudo pior, porque o que quer que Sunny visse sempre a via de volta.

Então do nada, *pop!* Sua pele gelou, como se tivesse sido banhada de álcool e então recebido uma rajada de vento moderado. A garota tremeu enquanto as folhas da grama recuavam para dentro de sua carne e Sunny sentiu o corpo mudar. Ela estava agachada na margem d'A Estrada, completamente humana, vestida, e ainda carregando a mochila.

— Bom, isso durou mais do que eu pensava — confessou Sasha, espanando poeira do corpo.

— Ao menos, estamos seguros — disse Chichi, esticando as costas e sacudindo as mãos. — Vocês também sentem como se suas mãos estivessem voltando ao normal depois de terem ficado dormentes?

— Aham — confirmou Sasha.

— Por quanto tempo o juju durou? — perguntou Orlu. — Parece que andamos por quilômetros!

Ele olhava para o *papa* no braço. Ainda estava ali e parecia calmo.

— Umas três horas? — arriscou Sasha.

— Talvez uma — corrigiu Chichi. — Não foi tanto tempo assim.

— Ah, esqueçam que perguntei — reclamou Orlu, olhando para a estrada enquanto uma criatura pequena, que parecia um mascarado, pulava, mergulhava e tombava ali perto. — Fez com que chegássemos aqui inteiros, não fez?

Chichi revirou os olhos.

— Não falei que não foi uma boa ideia.

Orlu suspirou e perguntou:

— Sunny, o caminho nsibidi ainda está ali?

— Sim. Continua seguindo A Estrada a perder de vista.

Os quatro voltaram a andar.

— Queria poder "dirigir" ou fazer o que quer que seja que eles fazem — resmungou Sasha. — Sunny, talvez você conseguisse deslizar.

— Pensei nisso — confessou ela. — Mas não acho que este lugar seja a vastidão, exatamente.

— Bom, é verdade. Não estaríamos aqui se fosse. Você não está nos suspendendo — afirmou Chichi. — Nós continuamos indo cada vez mais fundo. A vastidão; depois Ginen, um *mundo* completamente diferente, um que é mais do que a Terra um dia será; e agora... este lugar. Um mundo que é uma estrada para uma autoestrada que leva a seres poderosos. Uma veia espiritual. Pelo que sabemos, pode ser assim que as pessoas viajem para outros planetas e universos.

— Pegue a estrada e siga toda a vida até Júpiter — comentou Sasha.

Então ele e Chichi ficaram em silêncio enquanto se encaravam de uma forma que Sunny reconheceu. Stephen Hawking teria ficado maravilhado com a energia intelectual daqueles dois.

— Está muito silencioso — observou Sunny.

— Olhem para o céu — sugeriu Orlu.

Sunny não tinha pensado no céu nenhuma vez desde que tinham pisado n'A Estrada. Honestamente, o que era "o céu" ali? Não estavam em um planeta propriamente dito, e aquilo significava que não havia uma atmosfera nem... a garota sacudiu a cabeça. Bastava começar a refletir sobre tudo aquilo para sua mente começar a doer pela falta de lógica. Porém, ela tinha certeza de que "o céu" não estivera se agitando com raios e vibrando com trovões. Chovia ali?

— Tem algo vindo — murmurou.

Você não faz ideia, respondeu Anyanwu. Ela estava no meio d'A Estrada, agora deserta. *Era só uma questão de tempo. O tempo sendo precisamente quando o juju de lobo* ewedu *do Orlu parou de funcionar, para ser mais exata.*

Sunny se contraiu, prestes a pisar n'A Estrada. Mas conseguiria sobreviver àquilo, assim como Anyanwu?

— Orlu, não me siga — avisou. — E não deixe o Sasha nem a Chichi me seguirem também.

— O que você vai...

— Anyanwu. Ela está ali. Tenho que detê-la.

Então Sunny deslizou. A mudança foi pequena, mas o movimento foi mais fácil do que nunca. Ela conseguia viajar mais rápido n'A Estrada, que ficava bem ao lado da vastidão, como uma camada mais profunda de pele. Chegou perto de Anyanwu em um instante. E, parada no meio d'A Estrada, era como olhar dentro de uma fenda espacial. Brilhante, ondulante e cintilante por quilômetros e quilômetros e ainda mais quilômetros, quando olhava de um lado para o outro. Ela arfou. Enquanto observava tudo, a visão foi *tão* avassaladora que sentiu que poderia ser sugada para dentro dela. Não havia uma alma sequer obstruindo a vista. Sentiu Anyanwu segurar o seu braço.

Feche os olhos, a cara espiritual ordenou.

De imediato, Sunny obedeceu. A sensação parou, mas a visão d'A Estrada não desapareceu. Ela conseguia ver por trás dos olhos também. Porque a visão ali era algo diferente. Sentiu-se melhor e pior ao mesmo tempo. A sensação da visão de túnel tinha diminuído no momento; e pelo céu, parecia que já havia anoitecido completamente em oposição ao anoitecer de outro mundo. Mas o que A Estrada estava fazendo? Parecia que o concreto estava começando a esquentar e ceder. Era cheiro de alcatrão que estava sentindo?

Agora abra os olhos e olhe para seus amigos, orientou Anyanwu.

Novamente, Sunny obedeceu. Eles pareciam estar perto o suficiente para que conseguisse tocá-los, mas, em sua mente, sabia que poderiam muito bem estar a um mundo de distância. Era preciso *estar* n'A Estrada para vivenciá-la. Ainda assim, vê-los era reconfortante.

Foque na sua perspectiva ou vai se perder.

Sunny estava prestes a perguntar a Anyanwu sobre o que diabos ela queria dizer com aquilo, quando algo passou por cima de seu pé: um enorme lagarto laranja e verde-escuro. A garota se encolheu, pulando para o lado. Sempre via aquela exata espécie de lagarto escalando muros e correndo entre prédios por todos os lugares onde morava. O que fazia ali? Outro correu perto de Anyanwu. Um terceiro parou a alguns metros de distância e a encarou. Fez flexões, e então, saiu correndo.

O que está acontecendo?, perguntou ela a Anyanwu.

Só fique atrás de mim. Não corra. Ignore os lagartos. Sempre traz lagartos.

O que traz? Houve uma vibração debaixo de seus pés. Ela se ajoelhou e colocou as mãos no concreto; estava morno. Não, não morno... *quente*. Fervendo. E tremia. Outro lagarto verde e laranja apareceu e a encarou. A garota fungou e torceu o nariz. O fedor de alcatrão quente estava mais forte. Naquele momento, podia sentir o cheiro de escapamento de carro também. E... algo queimando. Não o cheiro de casas em chamas do hálito de Udide, só... algo queimando. Ar queimando? Ela olhou adiante e, na mesma hora, arrependeu-se.

Ao que parecia ser um quilômetro de distância, A Estrada ondulava como um caramelo preto derretendo. Uma ondulação se ergueu e rolou devagar na direção delas e, quando chegou, era apenas um tremor. Então uma seção d'A Estrada, mais próxima, se ergueu e se dobrou em si mesma com um som alto de *SLAP!*; pedaços dela se quebraram e se desintegraram, quentes, caindo para o lado. Depois, dobrou-se e se desintegrou de novo. E de novo.

— Sunny! — a garota ouviu Chichi gritar.

— Fiquem aí! — gritou Sunny de volta.

— Saia d'A Estrada! — berrou Sasha.

Orlu segurou Sasha quando ele tentou ir até ela.

— Sim! Fiquem *aí*! — comandou Sunny. — Não pisem n'A Estrada!

Naquele momento, A Estrada toda em que estavam e as partes que se estendiam atrás delas estavam cheias de lagartos laranjas e verdes, aguardando. *Slap!* Mais concreto se dobrou e tombou, expelindo odores fortes. Alguns dos lagartos começaram a fugir, assustados com o tremor do concreto batendo. Mas eles logo pararam, a atenção estava sendo capturada de novo. A enorme coisa estava rolando e fervendo a uns 200 metros dali, e naquele momento, um monte de concreto quente se erguia a centenas de metros do chão. Sunny tossiu quando uma rajada de fumaça os atingiu. Foi tão forte que fez seus olhos arderem. Ela ouviu Orlu, Chichi e Sasha tossindo também.

— Anyanwu, o que é aquilo?

Algo que já encontrei antes. É a Coletora de Ossos.

— Quem é essa?!

A Estrada estava desabando e quebrando, fazendo o barulho mais desagradável que Sunny já tinha ouvido. Ela tapou os ouvidos e então xingou, porque o fedor era igualmente horrível. Azedo e vil. Mais pedaços d'A Estrada caíram e se desintegraram e se empilharam em pedras quentes e pretas. O monte preto de asfalto derretido se erguia e se expandia, e logo estava a apenas alguns metros de distância; o concreto e a areia ao lado foram completamente engolidos pela pilha. Houve um sibilar e uma onda de calor quando algumas das pedras de alcatrão caíram para trás, como se fizessem o movimento inverso — algumas derretendo por completo.

Então o monte de pedra preta derretida brilhante começou a se reestruturar e, por fim, as pernas de Sunny ficaram fracas demais para mantê-la de pé. A garota murchou até ir ao chão enquanto observava, as mãos tocavam o concreto quente debaixo dela e de Anyanwu. Uma forma enorme logo surgiu. Primeiro, um corpo robusto apoiado em duas pernas agachadas, depois uma cauda comprida e larga e braços curtos. A cabeça, do tamanho de dois carros, era como uma caixa com olhos vazios e um grande "o" como boca.

Houve um barulho de sussurros enquanto videiras verdes espreitavam dos arbustos e começavam a ocupar as bordas de areia que restaram; e A Estrada, subindo, enfim, pelo corpo da criatura. Eram videiras grossas, viscosas e ressecadas que pareciam frágeis. Elas se agarraram à criatura gigantesca e ameaçadora e se envolveram ao redor dela como veias. Passaram rolando por Sasha, Chichi e Orlu, golpeando os lagartos para fora do caminho e formando uma piscina ao redor de Sunny e Anyanwu.

Uma grande besta feita d'A Estrada. Mas era muito mais do que aquilo. Sunny conseguia senti-la e, por aquela razão, depois de uma análise inicial da coisa que a deixou enjoada e tonta, a garota focou o olhar no lagarto que a encarava. Mas ainda ouvia a besta falar com uma voz que ouviria em seus pesadelos, por anos a fio.

A voz da criatura era um rosnado profundo e retumbante que fez a obturação no dente posterior de Sunny vibrar.

— Você me deve uma luta.

— Não lhe devo nada — respondeu Anyanwu enquanto deixava de emanar o brilho oscilante que Sunny geralmente via; cintilou com tanta intensidade que a menina precisou desviar o olhar. — Não desvie o olhar, Sunny. Ao menos uma vez, me veja como sou.

Ouvir, de fato, a voz imponente de Anyanwu, em vez do meio telepático, foi estarrecedor para ela. Com certeza já tinha escutado antes, mas muito raramente.

Sunny espiou a tempo de ver a luz intensa comprimida e nivelada À Estrada. Quando diminuiu, Anyanwu tinha assumido a forma de um tipo de inseto. Ela se lançou na Coletora de Ossos como uma estrela cadente e subiu pelo monte que era um dos cascos da fera e, então — *zip* —, desapareceu entre duas pedras grandes debaixo de um dos braços curtos da criatura. A área assumiu um brilho vermelho e a fera rugiu, dando um tapa na lateral do corpo.

— Sunny! — gritou Chichi. — Anda!

A garota balançou a cabeça.

— Não posso... ela é minha...

O solo tremeu quando a Coletora de Ossos começou a se contorcer e tremer. Sunny viu Anyanwu ir até a lateral da cabeça da criatura, uma luz minúscula, mas amarela brilhante. Ouviu-a proclamar: "Quem é você? Quem sou *eu*!!"

Sasha, Orlu e Chichi correram para A Estrada.

— Uau! — murmurou Chichi, olhando atrás deles enquanto se agarrava a Sunny. — É por isso que não podia se mexer?

— Não — respondeu. — É porque nunca vou abandonar a... mim mesma.

A fera se contorceu. Ela ergueu o rabo e golpeou a lateral da cabeça com força, fazendo um jato de pedras quentes de alcatrão explodirem. *PAFF!* Sasha e Orlu sacaram as facas juju antes que Sunny pudesse terminar as palavras.

— Nos deem cobertura! — gritaram os dois: Orlu, em igbo, e Sasha, em inglês, enquanto talhavam o ar e apontavam as facas para cima.

A barreira acima deles se consolidou a tempo de protegê-los das pedras quentes. Elas quicaram e caíram ao redor deles.

Sunny estava focada demais no que acontecia com a sua cara espiritual para se importar.

— Meu Deus, estou prestes a me tornar um zumbi — murmurou ela, com lágrimas escorrendo dos olhos. — Anyanwu, o que diabos está *fazendo*?

— Temos que sair d'A Estrada — alertou Orlu. — Estou me sentindo... mal.

— É — concordou Sasha baixinho. Inclinou-se à frente, com as mãos na barriga. — Nem consigo mais olhar para cima.

— É vertigem — afirmou Chichi, arfando.

— Mas... a Anyanwu — insistiu Sunny, afastando-se da amiga. — Vocês não conseguem ver, mas ela está *lutando* com a coisa!

Anyanwu se lançou na cabeça da Coletora de Ossos. Ela voltou à própria forma, de pé, como o anjo iluminado no topo de uma árvore de natal... se um Godzilla feito de brita e alcatrão quentes fosse a árvore. Foi então que... que algo em Sunny mudou, algo que nunca voltaria a ser como era antes. A cabeça da Coletora de Ossos se aplainou e se espalhou debaixo de Anyanwu, como uma panela gigante. Então CLASP!, fechou-se ao redor dela como uma apanha-moscas.

Sunny viu sua cara espiritual ser esmagada. Então SENTIU. Era duplicada, o que significava que poderia ir longe sem Anyanwu e Anyanwu poderia ir longe sem ela. Até mesmo na vastidão para encontrar velhos amigos. Mas elas ainda eram uma. Não que aquilo fizesse qualquer sentido. O que tinha alguma lógica era o fato de que tudo ao seu redor estava desaparecendo. Ela estava caindo. Estava se dissipando. Foi como quando tinha sido iniciada e fora levada ao chão. Mas agora estava sendo puxada para dentro d'A Estrada. Através de uma cratera de concreto. Chichi pegou o braço dela e, por um momento, olhou para o rosto chocado da garota, de dentro do buraco que a engolia.

— *Sunny!*

A mão dela escorregava da mão de Chichi. Sunny caía. Tentou gritar, mas a força a sugava para baixo muito depressa. Puxava suas pernas, arrastando-a. Brita quente e alcatrão a queimavam e esmagavam, bloqueavam sua visão, e um fedor aquecido e azedo invadiu seu nariz, boca e ouvidos.

Escuridão.

* * *

Quando acordou, ela se lembrou, o que tornou fisicamente difícil a ação de levantar a cabeça.

— *Unnhh* — gemeu ela, virando a cabeça em cima do concreto.

Sentiu cascalho e pedras caindo do rosto e dos braços. Quando abriu os olhos, os amigos estavam bem longe de novo. Metros. O que significava que atrás dela estava... ela se interrompeu. A cabeça martelou mais. Estava tão pesada... mais pedras caíram do seu corpo quando ela se sentou devagar; eram quentes na pele e por cima das roupas.

— Anyanwu — sussurrou ela.

Estou aqui, surgiu a voz atrás dela.

— Como? Por quê? — perguntou Sunny.

Porque se vamos existir, existir de verdade, você precisa se fortalecer.

Sunny ainda conseguia enxergar.

As pessoas na estrada no vilarejo. Carregavam cestos e trouxas de tecidos sobre a cabeça. Pareciam cansados e assustados. Estavam caindo enquanto a estrada crescia. A estrada os engolia enquanto alguns se viravam e corriam, a maioria conseguindo alcançar a mata. Ao menos, vinte deles afundavam na estrada. A estrada.

— Meu marido está lá! — gritou uma mulher que estava na mata. — MEU MARIDO!

Então Sunny viu uma luz familiar. Havia aviões sobrevoando, como aquele em que Zed estivera e caíra. Mas não podiam ajudar aquelas pessoas que estavam lá em cima.

Muito pesado.

M a i s e s c u r i d ã o.

O pai dela está chorando. Os ombros estão encolhidos. Ele está parado fora do hospital, debaixo da chuva. Quando exala, o hálito cria uma névoa ao seu redor. Está frio. Ele não se importa. Nada poderia tê-lo preparado para aquilo. Tudo estivera bem. Todos aqueles meses. Como aquilo podia ter acontecido? Pela primeira vez, ele se pergunta se deveriam voltar para casa. Talvez a mãe dele estivesse certa, talvez os invernos gelados realmente sejam um veneno. Quando seu irmão lhe fala ao ouvido, fala em igbo e o pai de Sunny ouve. Se o irmão houvesse falado com ele em inglês, não teria escutado.

— Entre — pede o irmão.

— Por quê?

— Sua esposa precisa de você, e seus dois filhos. Chukwu e Ugonna precisam de você.

— E o meu filho que acabou de morrer? — pergunta ele, olhando o irmão nos olhos, a água pingando da boca e dos cílios. — E ele, hein? Eu ia chamá-lo de Anyanwu. É o nome que meu pai escolheu para ele, depois de um sonho.

— Ele vai voltar para você — respondeu o irmão. — Quando estiver pronto.

Com aquilo, o pai chora ainda mais e a chuva parece cair cada vez mais forte. O tio envolve os ombros do pai dela e os dois entram devagar, de volta para onde está aquecido.

Sunny encarava Anyanwu. O conhecimento se precipitou outra vez enquanto ela tomava consciência de si mesma e dos arredores. *As luzes*, pensou, finalmente compreendendo. Abriu os olhos. Além dela, havia o perímetro impossível de um monstro, olhando, de cima, para as duas. A cabeça da Coletora de Ossos tinha se reestruturado. Ela não podia morrer. Sunny agora sabia disso. A Coletora de Ossos era uma das almas d'A Estrada, um ancestral que renascera quando as estradas foram pavimentadas, e Anyanwu soubera daquilo por muito, muito, muito tempo.

— Você conseguiu a luta que queria — disse Anyanwu à criatura. — Consumiu a nós duas. Deixe-nos passar.

— Isso não é coletar.

— Você nunca vai nos coletar.

— E quanto aos outros dois, a princesa e aquele da terra de estradas? Eles não são quebrados como você, e eu já comi os ancestrais do outro.

— Não. Deixe-nos passar.

— Por quê?

— Estamos aqui em nome da Udide — revelou Anyanwu. — Há algo na sua Estrada que pertence a ela.

A Coletora de Ossos virou a cabeça para ver ao redor de Anyanwu e, de repente, Sunny estava cara a cara com um ancestral. Por um momento, observou os olhos cavernosos pretos e vazios. *Já quebrei cola com Chukwu*, pensou ela. O pensamento lhe deu força. Mirou os olhos da Coletora de Ossos e viu uma infinidade de ancestrais. Desviou. Depressa. A Coletora de Ossos a encarou com atenção. Pedras quentes caíam ao seu redor, mas de alguma forma, não em cima dela... exceto uma que ricocheteou em sua calça, deixando uma marca de queimadura.

— Talvez eu tenha quebrado esta aqui de vez — disse a criatura. — *Ogbanje*. Uma vai e vem.

Sunny fechou os olhos. Então tudo o que agora se lembrava voltou a sua mente, e a garota tornou a abrir os olhos. Olhou na direção do céu cinza-azulado que girava, e se sentiu melhor.

— Não estou quebrada — rebateu ela, baixinho.

— Você ainda vê o nsibidi.

Sunny olhou para trás de si. O caminho nsibidi ainda levava adiante n'A Estrada. Ela se virou para a criatura, mantendo a cabeça baixa, e se forçou a responder:

— Vejo.

A criatura olhou para Anyanwu.

— Vou deixar vocês passarem.

Sunny não olhou para o dobrar, derreter, nivelar. Conseguia ouvir, sentir o cheiro. Ouviu os amigos virem correndo. Eles a seguraram, puxando-a para fora d'A Estrada, cambaleando enquanto o faziam. Mas Sunny tinha que voltar ao normal, primeiro. Assim como o *chittim* gigante que ganhara depois que eles saíram do Vilarejo de Nimm, precisava carregá-lo.

Chichi estava falando com ela, algo sobre finalmente ter ouvido a voz de Anyanwu e que sua cara espiritual parecia uma super-heroína ou uma deusa. Orlu checava e até mesmo desfazia algum tipo de juju que dizia estar ao redor dela. Sasha a abanava com uma folha imensa que conseguira em algum lugar.

Sunny simplesmente olhou para o céu. *Sou uma* ogbanje, *uma vai e vem.* Foi o que a Coletora de Ossos dissera. A garota tremeu, permitindo que assimilasse a informação dentro dela como uma pedra grande que é jogada no oceano e se assenta no leito.

Um *ogbanje* era um espírito que ia e vinha, sempre atraído de volta ao mundo espiritual pelos amigos espirituais. Tinha nascido para os pais dela um ano antes, como um menino, e então havia morrido. Na época, o pai quisera chamá-la de Anyanwu, o nome que o avô havia dado a ela em um sonho. Quando renasceu, ela era uma pessoa-leopardo com a habilidade de deslizar. Isso não tinha surgido por causa do seu albinismo, mas porque ela era uma *ogbanje*. Seus amigos espirituais... eram os vaga-lumes que estivera vendo na vastidão.

Os amigos espirituais sabiam que Sunny sempre estaria por perto, então, diferente daqueles da maioria dos *ogbanje*, nunca a tinham pressionado para morrer e retornar. Sabiam que ela estaria de volta à vastidão de novo e de novo. Anos antes, quando tivera malária, uma luz cálida tinha tomado conta dela... havia sido um desses amigos. Sunny sabia e entendia tudo aquilo agora, inclusive sobre a origem do ressentimento do pai. Ele de fato *tivera* um filho e ele morrera ao nascer. Então, ela havia chegado. Aquilo não melhorava a situação, mas ao menos sabia que a origem foi um trauma que era mais do que o legado do patriarcado. Ela apertou a cabeça e massageou as têmporas, pensando em como tinha se sentido quando atravessaram para Ginen, caindo no céu.

Ainda não conseguia lidar com aquilo, então fez o que sempre fazia quando se sentia nervosa no campo de futebol: respirou fundo e parou de pensar. Silenciou por completo e permitiu que o corpo assumisse o controle.

— Pare — pediu a Sasha, com gentileza, colocando a mão sobre a dele para evitar que continuasse a abanando. — Estou bem.

Estavam em uma área de grama seca ao lado d'A Estrada. Ela manteve o olhar focado no céu, que naquele momento estava limpo e com o azul-anil do entardecer. Ao se levantar, carregando tudo que estava consigo, sabendo tudo o que aprendeu, inspirou e expirou lentamente.

Não deixou a mente divagar. Imaginou chutar uma bola de futebol, em vez disso. Acertou-a com a cabeça e a pegou com o pé. Sorriu. Sentiu-se melhor. Focada.

Seu olhar se voltou para Anyanwu, que estava a um metro de distância, perto da margem d'A Estrada. Observando-a. Naquele momento, Sunny quase conseguia ver um rosto nela. Não era jovem ou velho. Nem mesmo humano. Era o rosto de Anyanwu quando era apenas sua cara espiritual. Mas ela nunca mais seria apenas sua cara espiritual de novo.

Eu poderia ter morrido, disse Sunny a ela. *De vez.*

Agora sabe como tenho me sentido esse tempo todo, respondeu Anyanwu, com frieza. *Tem sido como se eu estivesse morta*.

A cabeça de Sunny doía, mas Anyanwu estava certa: a criatura não a matou. Apenas a arrastou para baixo com o peso. Ela encarou Anyanwu por um bom tempo. Era uma coisa muito estranha ter raiva a ponto de quase odiar o que era você, o que não era, o que era. Havia *tanta* coisa que Anyanwu tinha escondido dela. Não mais, porém. Ela se contraiu quando Orlu tocou seu ombro.

— Queria conseguir vê-la — revelou ele.

— Não importa — respondeu Sunny.

— Conseguimos ver por um tempo, quando ela estava lutando com a Coletora de Ossos — acrescentou Chichi. — Ela é linda.

— Ela é cruel — afirmou Sunny, ainda encarando Anyanwu. Chichi a surpreendeu por rir.

— Você é o que é.

Sunny fez um som de censura com a boca, olhando para além de Anyanwu. O nsibidi ainda conduzia o caminho.

— Você está bem? — perguntou Sasha.

— Não — murmurou Sunny. — Mas vamos sair daqui antes que aquela coisa volte.

A criatura vai voltar se quiser, quando quiser. Esta é a estrada dela.

— Cale a boca, Anyanwu — bradou Sunny, com irritação.

Ambas tomaram a frente — Sunny, com os amigos, e Anyanwu alguns passos à esquerda. Andavam pela lateral d'A Estrada sem disfarces. O tráfego não os incomodaria depois do encontro com a Coletora de Ossos. Ela sabia daquilo tão bem quanto a outra. Naquele momento, sabia *tudo* o que Anyanwu sabia. O conhecimento de mais de um milênio na Terra. A mente de Sunny agora carregava aquele conhecimento, aquelas lembranças e os períodos infinitos na vastidão. Era uma dualidade pesada.

— Mas que droga é essa — murmurou.

Orlu se aproximou dela enquanto caminhavam pelo meio da estrada dos espíritos, como era conhecida A Estrada.

— O que... aconteceu?

— Me dê uma hora — pediu ela.

Orlu assentiu e disse:

— Meu avô, durante o Biafra, viu o que a Coletora de Ossos podia fazer. Em uma estrada.

—Anyanwu estava lá — revelou Sunny. — A criatura... comeu pessoas. Quando estavam fugindo do norte. Na estrada. Coleta elas na estrada. Eu vi. Acho que ainda faz isso.

Ele concordou com a cabeça.

— Estradas nigerianas. Minha tia Uju sempre disse que elas são as mais assombradas da Terra.

— Ela não faz ideia — respondeu Sunny, dando uma risada seca.

A tia Uju era uma ovelha que tinha dado uma olhada nela, percebido o albinismo e começado a gritar para Jesus Cristo sobre o fogo do inferno. A garota olhou ao redor deles, para a feroz Estrada que estava à frente e atrás; o surgimento de uma fera gigante ali era iminente. Tinha pensado que as feras do rio e do lago eram ruins, mas eles eram *nada* em comparação ao monstro da estrada, conhecido como Coletora de Ossos. Sunny olhou para os amigos andando não muito longe dela, à margem, e suspirou. Ela estava bem.

* Símbolo nsibidi que significa "A Coletora de Ossos"

21
Santuários e segredos

Orlu, Sasha e Chichi caminharam na beira d'A Estrada sem conseguir aguentar a vertigem que sentiam, ao andar muito afastados dela. Era diferente para Sunny. Depois de um tempo, caminhar ali se tornou mais suportável e a garota começou a se desafiar. Queria ver o que Anyanwu conseguia fazer com facilidade. O que a impediria de conseguir também? Afinal, ela era uma *ogbanje*, certo? Alguém que nascia para morrer, alguém que poderia ir e vir. Assim, enquanto seguiam o caminho nsibidi, ela se familiarizou com A Estrada.

Ela e Anyanwu precisavam transitar devagar por causa de Chichi, Sasha e Orlu, mas aquilo não a impediu de deslizar para bem adiante e voltar. Primeiro, lutou com o medo de "cair" para dentro d'A Estrada, vindo a entender que aquela parte de deslizar ali era cair; ceder o controle; se deixar levar, mas sabendo que não poderia *ser* levada. Então precisou entender como se manter no ritmo dos amigos, a não perdê-los quando deslizasse pelo percurso. Eram dois, cada um em uma direção. Mas não era aquele o truque, e sim se ater à essência deles, que era como um cheiro, mas não exatamente. Havia deslizado para muito longe uma vez. Enquanto tinha ficado ali, em pânico, olhando ao redor para A Estrada vazia, com a floresta espiritual à esquerda e à direita, Anyanwu surgira ao lado dela e dissera: "Está tentando se perder?"

Sunny apenas a encarara. Nunca estivera tão aliviada. A Estrada solitária não era silenciosa. Ela podia ouvir a brisa que constantemente soprava e se entrelaçava nas copas das árvores. Mas aquilo não mudava o fato de que havia uma quietude silenciosa ali que se assemelhava a pairar sozinha no espaço. Como sabia qual era a sensação de pairar no espaço? Porque havia feito exatamente aquilo por alguns momentos, quando eles atravessaram para Ginen. Sunny tremeu, irritada com o alívio que sentira quando Anyanwu a encontrara, porque mesmo que não tenha sido por muito tempo, *tinha* estado total e absolutamente perdida.

— Não — respondeu ela. — Eu... eu acho que só fui muito longe e muito rápido.

— Sim — confirmou Anyanwu. — Você consegue ir ainda mais rápido. — Ela fez uma pausa. — Mas não faça isso.

— Estamos perdidas?

— Você, sim.

— Você não?

— Não.

— Então, eu não estou.

Anyanwu ficou calada. Sunny deu um sorrisinho.

— Então como?

— É um cheiro. Mas você sente no peito — explicou ela. — Eles são seus melhores amigos.

Anyanwu tocou o peito de Sunny, e ela se sentiu imediatamente mais confiante, mais forte. Então, escolheu voltar pelo caminho que tinha ido.

— Ah, entendi.

Como podia ter duvidado que poderia encontrá-los? Ela deslizou direto até Sasha, Orlu e Chichi. Os três nem tinham percebido que ela havia sumido. Sasha estivera cantando o rap "Rewind" de Nas, enquanto andava de costas, Chichi gargalhava e Orlu dava, ao *papa*, uma folha nova para comer e se acalmar. Sunny andou com eles por um tempo e voltou a "brincar" n'A Estrada, como Sasha havia chamado.

A lição final que Sunny aprendeu foi que conseguia transitar com os espíritos e *gostar* daquilo. Deslizou com eles como golfinhos nadam juntos no oceano: na mesma direção, um levado pelo embalo do outro. Tinha deslizado pela Estrada com um espírito que parecia um tornado feito de palha. Havia rolado e rodopiado em volta dela, enquanto voava. Então deslizou com uma mulher fantasmagórica feita de fumaça, uma nuvem de gafanhotos e uma neblina oleosa que a deixou brilhante e com cheiro de rosas.

Quando chegaram à ruptura, na floresta, Chichi gritou de alívio:

— Finalmente! — pensei que ficaríamos andando para sempre.

Sunny olhou para o céu. Não estava mais da cor estranha de pervinca, mas sim um roxo intenso, conferindo ao local uma energia da meia-luz ou do anoitecer. Era noite ali? Aquilo não fazia sentido.

— Acho que *estivemos* andando por uma eternidade — respondeu Sasha.

— Em qual direção o caminho vai, Sunny? — perguntou Orlu. — Tem certeza de que sai d'A Estrada?

Sunny confirmou. O nsibidi levava exatamente para o que parecia ser uma parede de mato seco que era quase da sua altura.

Ela tremeu. Depois de Gra Gra, o mato seco deixaria ela nervosa para sempre.

— Pode vir aqui, Orlu? — pediu, quando chegaram à terra seca e se aproximaram do mato.

Orlu se apressou até ela; Sasha e Chichi o seguiam, com as facas em punho.

— Sente algo? — perguntou Sunny.

— Não — respondeu Orlu, com as mãos para cima.

— Se algo nos atacar, não vai encostar em nós — garantiu Sasha.

— E vai se arrepender de ter tentado — complementou Chichi.

Sunny relaxou um pouco. Havia juju a protegendo, e Orlu estava a postos para desfazer qualquer juju que os atacasse. Então, se sentiu corajosa o bastante para se aproximar da parede de mato seco. Estreitou os olhos para ela e esticou a mão para separar as folhas. Elas desabaram quando a garota as tocou, os galhos ressecados estalavam e se partiam. Sunny prosseguiu. Não conseguia ver o outro lado por completo, mas viu que o caminho nsibidi passava por um muro e seguia adiante para um caminho escuro na direção da floresta densa. E não apenas levava até lá, parecia engrossar e brilhar com mais intensidade. Precisavam entrar lá.

— Por que é sempre uma floresta? — resmungou Sunny.

Ela deu um passo para trás e ergueu a cabeça. Sabia que poderia escalá-la. Olhou por cima do ombro e encontrou o olhar de Chichi.

— Ah, qual é — reclamou a amiga. — Não vou fazer isso. Passar por ali provavelmente também não é uma boa ideia. Deve estar cheio de espinhos ou toxinas ou algo do tipo.

— Mas o nsibidi passa *exatamente* por ali — retrucou Sunny.

— Vai desabar se tentarmos escalá-la — insistiu Chichi. — E provavelmente vai nos envenenar, possuir ou consumir, no processo. Não, escalar um mato seco neste lugar é uma má ideia.

— Mas estamos perto — revelou Sunny.

Sentiu Anyanwu perceber ao mesmo tempo que ela. Afastou-se do mato e, então, afastou-se um pouco mais.

— O que foi? — perguntou Orlu, erguendo as mãos e olhando ao redor.

— Só espere. Calma — respondeu Sunny.

Não queria falar sobre isso. Ela precisava fazer. Explicar o que fazia não era importante. Agora, estava a quase dois metros de distância do mato seco, a alguns passos do concreto preto d'A Estrada. Sentindo a energia, ela fechou os olhos. Passou tanto tempo distante de Anyanwu, que quando as duas se uniram, foi como o nascer do sol. Abriu os olhos e observou o caminho nsibidi a sua frente, seguindo direto até a parede de mato seco. Todos os símbolos estavam maiores, mais vivos e bem iluminados do que nunca. Alguns deles se fincaram na terra e brotaram o que pareciam ser folhas amarelas, outros explodiram com suavidade e reapareceram.

Seu olhar focou no símbolo nsibidi que significava "jornada". Era o mais próximo a ela, enrolando-se mais e mais ao redor de si mesmo. Sunny se aproximou dele. Geralmente o nsibidi se movia com ela, sempre permanecendo a alguns metros de distância. Entretanto, daquela vez, não se distanciou quando se aproximou. A garota se abaixou, pegou a ponta da "jornada" e a desenrolou com suavidade. Foi como puxar uma videira toda enrolada.

A parede de mato seco tremeu de forma ameaçadora; sentiu Anyanwu pular para fora dela e ficar ao seu lado.

— Todos vocês, afastem-se! — gritou Sunny. — Afastem-se!

Ela precisou de toda força para se manter firme.

— Não importa o que aconteça — alertou Anyanwu. — Não recue nem mesmo um passo sequer. Nada de medo.

O mato tremia tanto que muitas folhas caíam. Sunny ouviu alguém bater palmas, e bem diante dela, onde o nsibidi desaparecia debaixo da parede, surgiu uma faísca. Chamas se alastraram depressa e, logo, as labaredas se espalhavam pela parede de vegetação seca.

Sunny olhou para Orlu, que simplesmente ficou ali com Sasha e Chichi, perto d'A Estrada, mas sem pisar nela. As mãos pendiam nas laterais do corpo.

— Você fez isso? — perguntou Chichi.

— Só esperem — pediu Sunny, virando-se de volta para o que era, àquela altura, uma parede crepitante de chamas laranjas resplandecentes.

O calor emanando dela era intenso, mesmo de onde estava, e a fumaça tinha um cheiro forte que irritou sua garganta.

— Segure a tosse — ordenou Anyanwu. — Isso seria um insulto.

— Eu sei — murmurou Sunny.

— Por que estamos só parados aqui, esperando? — indagou Sasha. — Dá pra ver que tem alguma coisa tentando passar por ali.

— Sasha, não! — ela ouviu Chichi gritar.

— Se vocês estão muito assustados para fazer, então eu faço! — anunciou Sasha.

Sunny se virou bem a tempo de ver Sasha passar correndo por ela, empunhando a faca juju. O rapaz fez um movimento de corte e manteve a outra mão abaixo dela, pegando o saquinho de juju.

Quando Sunny abriu a boca, foi a voz de Anyanwu que falou:

— Sasha, *não* faça isso!

— Sei o que estou fazendo — gritou ele de volta.

Sasha lançou o juju, e Sunny o viu fazer algo no ar. Era de um azul-claro enquanto disparava em direção ao fogo; se incendiou como fogos de artifício estourando. *FUM!* Então parou no ar e...

disparou de volta para o garoto. Ele arregalou os olhos quando o juju redirecionado se lançou em suas mãos e *BUM!* A explosão provocou uma onda de choque que derrubou os quatro. Os dentes de Sunny rangiam. A fumaça das chamas flutuou sobre eles e a menina não conseguiu ver Sasha, mas podia ouvi-lo gritar:

— *Minhas mãos! Minhas mãos!*

Chichi foi a primeira a se levantar, fazendo um juju para afastar a fumaça. Orlu se levantou logo em seguida, as mãos se movimentavam tão rápidas quanto um raio, enquanto desfazia outros jujus que deviam ter sido lançados. Sunny ficou atrás deles, encarando Sasha se contorcer nos braços da amiga, o fogo queimando perto demais.

— Fica quieto! — ordenou Chichi. — Mostre as mãos! Deixe-me ver!

Orlu segurou os ombros de Sasha enquanto Chichi pegava os pulsos dele. As palmas das mãos estavam pretas por causa da fuligem, a fumaça ainda emanava delas. Com cuidado, Chichi tocou uma com o dedo indicador.

Sasha sibilou de dor.

— O que está fazendo?

— O que *você* estava fazendo? — retrucou ela, com irritação. — Está *tentando* se matar?

— Eu... precisava... provocar a coisa — respondeu Sasha entre dentes.

— A faca juju dele — murmurou Orlu, apontando.

Sunny ficou boquiaberta. Não seria àquela poça brilhante e fumegante na terra que ele se referia, seria?

— Esqueça isso — retrucou Chichi. — Essas queimaduras estão feias.

Lutando com a dor, Sasha balançou a cabeça.

— Parece pior do que é. Vou ficar bem. Só encontrem um jeito de passar e pegar a maldita coisa.

Eles o afastaram do fogo bem a tempo. Um momento depois, a temperatura subiu e tudo queimou com mais intensidade.

Chichi usou alguns dos lenços de Sunny e água da garrafa para limpar a fuligem das mãos de Sasha. Ele estava certo, as queimaduras não eram terríveis, embora a pele de ambas as mãos estivesse bem vermelha e sensíveis ao toque. A parede ardeu por mais algum tempo e então se acalmou, diminuindo pouco a pouco. Depois de alguns minutos, Sunny se levantou e foi até lá, estreitando os olhos e tentando ver o que havia adiante, já que muitas das folhas sucumbiram ao fogo. Onde antes tinha visto uma floresta escura, naquele momento, viu um edifício... uma casa, um santuário ou um *obi*. Não estava próximo, mas não era longe, a selva densa abria caminho. O nsibidi passava pela fumaça, e as chamas, agora fracas, iam direto para a estrutura, a uns 400 metros de distância.

Mas primeiro... o fogo tinha destruído quase todo o mato seco. Sunny e Anyanwu ficaram paradas, olhando a fumaça e absorvendo o momento. Sunny sabia o nome da criatura, podia senti-lo na ponta da língua. Mas quando tentou alcançá-lo nas lembranças de Anyanwu, pensar nele, conseguir dizê-lo em voz alta, teve aquela sensação horrível de tropeçar nos próprios pés e cair no céu.

— Pare com isso — ordenou Anyanwu.

— Quero saber o nome dela.

— Danafojura — revelou a outra. E aquele som foi um alívio para os ouvidos de Sunny. Não precisava mais arriscar cair no céu. — Agora pare de tentar se lembrar. Faz muito, muito tempo, mesmo para mim. Mantenha-se firme. Foque. Ela vai perceber se você não estiver.

Saber de algo por meio das lembranças de Anyanwu — que eram mais antigas do que ela sequer viveria enquanto ser humano — era uma coisa, mas ver e entender, era outra completamente diferente.

— *Não* se mexa — avisou Anyanwu.

Fumaça se erguia do mato queimado e a brisa a soprava em direção à estrutura adiante. Bem na frente dela, no caminho nsibidi, algo enorme e preto emergia dos restos chamuscados do mato. O volume preto era do tamanho de um carro, levantando cinzas e derrubando gravetos carbonizados. Então, se levantou devagar. Alta e magra como um espectro, era a sombra de uma árvore. Podia ter 1,5m. Depois 2m, 3m, 4,5m... até que parou de crescer.

— Hã — murmurou Orlu. — Um mascarado.

— Viu por que quase morreu jogando o juju de água nele? — bradou Chichi.

— Eu estava tentando impedir o fogo de... — defendeu-se Sasha.

— *Argh*, tolice — interrompeu Chichi, irritada.

— Enfim. Os malditos mascarados são imprevisíveis.

Sunny não ousou se virar para os amigos. Não ousou se *mexer*. A criatura era magra e alta, parada em cima de uma pilha de cinzas, feita de um tecido rígido tipo serapilheira, e que era preto como fuligem, com braços muito, muito compridos e nenhum rosto.

— Abra os olhos. Veja.

A voz da criatura lembrou a Sunny de galhos se partindo, e ela não sabia que idioma falava, apenas que entendia.

A coisa se afastou das cinzas mais depressa do que Sunny teria imaginado ser possível. Antes que pudesse perceber, estava diante dela e de Anyanwu. Não. Não Anyanwu. Ela. Apenas ela.

Ela logo abaixou a cabeça, assustada demais para olhar para cima. Assim ela viu que o tecido era grosso — talvez couro —, a borda era toda incrustada de búzios. Cheirava à fumaça que ainda emanava dele. A coisa não se mexeu. Ficou em silêncio. Anyanwu também. Os amigos dela, a alguns passos de distância, não pronunciaram uma palavra. Por um breve momento, Sunny se perguntou se o tempo havia parado, mas sabia que não. Eles, na verdade, nem estavam no tempo. Aquele lugar era mais profundo do que a vastidão. Era um lugar ao longo da estrada dos espíritos.

Sunny levantou a cabeça devagar. Havia duas faixas paralelas de ráfia entrelaçadas no tecido e rosqueadas com uma linha de grandes búzios marrons. Entre as faixas, sementes imensas estavam presas ao tecido como gigantescos grãos de café. Ela ergueu a cabeça um pouco mais. O mascarado não tinha mãos, embora as mangas fossem compostas por algo que o conferia braços. Essa coisa poderia arrancar a cabeça dela, se quisesse. Sunny levantou ainda mais o olhar, seguindo as faixas de búzios e ráfia. Uma rajada de fumaça vinda da coisa quase a fez olhar para baixo de novo, mas continuou levantando a cabeça mais e mais.

Não havia rosto. Apenas mais búzios, ráfia e sementes.

— Sunny Nwazue — cumprimentou a coisa.

— Danafojura — respondeu Sunny.

— Uma Mulher-Maravilha, guarda-costas, guerreira. — A coisa soltou uma risada gutural. — Foi juju que te trouxe até aqui. Você é uma tola.

— Não sou uma tola. Tenho um propósito — disparou a garota. Agora, sim, virou-se para os amigos. Orlu, Chichi e Sasha estavam exatamente onde tinham estado, em completo silêncio. — *Nós* temos um propósito. Viemos para...

— Sei o que procuram. Está na Casa do Poder. Podem entrar e encontrá-lo, mas não sairão de lá como humanos.

Sunny sentiu o coração disparar. A coisa não disse que eles não sairiam de lá vivos. Disse que não sairiam de lá humanos. Que diabos aquilo *significava*?

— Deixe-nos passar — exigiu Anyanwu. — Não é problema seu. Não está aqui por nenhuma outra razão além de nos mostrar, então nos deixe passar.

Sunny arregalou os olhos com a audácia de Anyanwu. Simplesmente, não se falava com um mascarado daquele jeito. Aquele ali tinha surgido do fogo.

A coisa se virou para Anyanwu e, depois, de volta para Sunny, dizendo:

— É um lugar no qual despejam lixo cultural, guardam os maiores dons e depositam coisas para ficarem perdidas para sempre. Tem certeza de que querem entrar em um lugar negativo? Vale a pena encontrar quem vão encontrar para conseguir o que buscam?

— Viemos de muito longe! — Sunny ouviu Chichi gritar. — Deixe-nos passar, mascarado!

Sunny ouviu a coisa direcionar o olhar aos seus amigos.

Pareceu se passar uma eternidade antes que Danafojura respondesse:

— Só você e a princesa irão.

A criatura não se mexeu nem falou depois daquilo.

— Vamos, então? — sussurrou Chichi.

Sunny se virou e deu de ombros.

Orlu concordou com a cabeça.

— Vão.

— É... hã... vão... acho — concordou Sasha.

Mascarados não precisavam obedecer às leis da física ou do mundo dos vivos. Chichi se aproximou dela. Olharam uma para a outra e depois para Orlu e Sasha. Nada. O que havia para ser dito?

Entrar naquele lugar como uma dupla, em vez de um quarteto, era um mau agouro; todos sabiam. Eles eram um clã *Oha*, a força deles era em quatro.

— Mas você não pode discutir com um mascarado — murmurou Chichi enquanto ia na direção da parede queimada.

Sunny olhou para trás mais uma vez. O mascarado ainda estava lá, assim como Orlu e Sasha. Não havia a menor chance de conseguirem passar sem a criatura perceber.

— Temos certeza de que...

— Cale a boca, Sunny — interrompeu Chichi. — Vamos pegar logo essa maldita coisa, de uma vez por todas.

22
Floresta Maligna

— Onde está a Anyanwu? — perguntou Chichi.
— Bem do seu lado — respondeu Sunny.
Estavam a alguns passos do mato chamuscado. A garota segurou a mão de Chichi com mais força e parou.
— O que foi? — perguntou, ansiosa.
— Tenho que... tenho que... — Seus olhos se encheram de lágrimas. Sunny deu as costas a Chichi e deu um espirro alto. — Hã. Meu Deus. — Espirrou de novo, de novo e de novo. Soltou a mão de Chichi e passou a mochila para a frente do corpo. Tinha muitos lenços. Assoou o nariz. — Não é só pó de juju, é a fumaça também — revelou, enxugando os olhos. — É a fumaça. Como não está tossindo nem espirrando?
Chichi abriu um grande sorriso.
— Meus pulmões estão acostumados, acho.
— Você quer dizer que já estão acabados, por isso não se afetam — corrigiu Sunny. — Sempre vou detestar cigarro.
— Os Bangas não têm nicotina nem outros compostos químicos — explicou Chichi. — São...

Sunny assoou o nariz bem alto, e Chichi revirou os olhos. Elas prosseguiram.

Passar pelo que restou da parede não foi difícil, ainda que um pouco quente. Algumas partes chamuscavam, mas era quase como se o nsibidi tivesse aberto um caminho seguro para que passassem. Praticamente, pisaram em carvão e cinzas que se espalhavam a cada passo.

— Aposto que, se passássemos uma esponja no rosto, ia sair sujeira cinza — comentou Sunny.

— As mulheres *himba*, da Namíbia, tomam banho de fumaça todo dia para se limpar — informou Chichi. — Se algum dia visse como a pele delas é limpa, não ficaria preocupada com um pouquinho de fumaça no seu rosto agora.

Depois de passarem por ali, ficaram olhando para o que Danafojura chamou de Casa do Poder.

— Está lá — afirmou Chichi.

— Como sabe?

Chichi olhou para Sunny e sorriu.

— Qual é, você sabe que está lá.

Ela sabia.

— É... acho que só quero sentir que vamos sair de lá com a coisa. Além disso, a forma como sua mãe o descreveu me dá arrepios.

— Tínhamos O *livro das sombras de Udide*, lembra? Ao menos por um tempo. A coisa desapareceu misteriosamente desde então. Qualquer coisa que pertence à Udide é de arrepiar.

Elas se aproximaram. O caminho para a estrutura lembrou Sunny da cabana de Kehinde, o mentor de Sasha, de onde a selva se mantinha afastada — um perímetro de vários metros, como se a própria selva tivesse medo do lugar. O solo no qual pisavam era terra seca, e a brisa soprou mais forte conforme se aproximavam, fazendo com que a poeira e a fumaça remanescentes girassem ao redor das garotas.

Era uma casa comum feita dos ossos de uma fera colossal. Algumas partes quebradiças e porosas da parede externa até mesmo se pareciam com uma velha medula óssea exposta. Estava inclinada para a esquerda, como um daqueles brinquedos bizarros em parques de diversões. A porta estava coberta por um tecido azul desbotado que parecia ter mil anos e flutuava para dentro e para fora. Abaixo, o chão de pedra branca brilhava com uma fraca luz laranja-amarelada vinda do interior.

— Está pronta? — perguntou Chichi, apertando a mão da amiga.

— Queria que o Orlu estivesse aqui — admitiu Sunny.

— Detesto admitir, mas o juju é o menor dos nossos problemas agora — confessou, lançando um olhar triste a Sunny.

As amigas se encararam.

Sunny pensou no dia em que se conheceram. Como Chichi soubera exatamente o que ela era, desde o primeiro momento em que a viu. E como, do momento em que conheceu Chichi em diante, apesar do comportamento impulsivo da amiga, sentia-se confortável indo com ela em direção ao desconhecido. Sunny confiava completamente em Chichi.

— Não solte a minha mão — pediu Sunny.

Ela empurrou o tecido para o lado e as duas entraram na Casa do Poder.

Foi como dar um passo para o lado de fora. Expansivo. Como Sunny poderia saber que o lado de dentro não se pareceria com o lado de fora? Apesar de todos os seus dias como uma pessoa-leopardo, ela descobriu que aquele costumava ser o caso. Primeiro, o covil de

Udide; depois, o interior do baobá no Vilarejo de Nimm; e agora, a Casa do Poder. O corredor era estreito, inclinando-se à esquerda e virando também à esquerda não muito adiante. No local depois da curva, havia o que parecia ser uma fogueira de trinta andares. Era aquilo que iluminava o local, pelo menos dali onde estavam.

Quando Sunny ergueu a cabeça, conseguiu ver tão lá em cima, que não sabia dizer se era algum tipo de segundo céu, um escuro. As paredes eram todas feitas da pedra branca... ou osso, e cobertas por desenhos de ondinhas, círculos e pontos extremamente detalhados. As paredes tinham uma aparência reptiliana.

— Linhas ou pontos não se cruzam — observou Chichi, olhando os desenhos de perto. — Quem quer que tenha pintado tudo isso era um tipo de artista que aprendeu a fazer bom uso de sua obsessão por detalhes. — Ela se afastou e analisou. — Achei estranhamente satisfatório.

— Os desenhos me lembram o nsibidi — respondeu Sunny enquanto avançavam.

— Ainda consegue ver o caminho?

Sunny negou com a cabeça.

— Não, desde que entramos.

Havia mariposas pairando ao redor de uma fogueira incomum, quando as duas se aproximaram. Algumas eram bem grandes, mas a maioria era pequena. Uma das grandes, uma mariposa amarela com caudas longas em cada asa traseira, parecia quase uma fada. Ela se lançou em direção às chamas, e então se afastou no último segundo, parecendo flertar com a morte.

— Xô! — bradou Chichi, dando um tapa em uma mariposa laranja-acastanhada com vinhas verdes nas asas. Sunny achou graça quando o animal voltou logo em seguida, pousou na cabeça da amiga e depois voou para longe, quando Chichi a espantou. A mariposa se lançou em cima dela mais uma vez, acertando-a com a asa na bochecha; o barulho foi tão alto que Sunny conseguiu ouvi-lo antes que ela saísse voando. — Me ataque de novo e você vai virar papinha! — ameaçou Chichi.

Sunny pegou a mão da garota e a levou adiante, para longe da luz.

— Anda. Não temos tempo para começar guerras com mariposas e borboletas.

O corredor levava a uma ampla sala branca de teto alto, inteiramente feita de pedras. Sunny ficou feliz de não estar mais sob o estranho céu-que-não-era-céu, e o ar ali parecia mais fresco.

Elas tinham chegado ao centro da sala, os olhos focavam nas sete portas da extremidade mais distante. De repente, a música começou. Primeiro, foi a batida agitada de tambores falantes; depois, a melodia assombrosa de uma flauta ressoou. A melodia de outro mascarado. Sunny soltou um gemido apavorado, e as duas amigas sacaram suas facas juju. Sunny olhava freneticamente para as sete portas, todas talhadas na pedra e, ao que parecia, altas o suficiente para que ela conseguisse passar.

— Você tem alguma ideia do que seja isso? — perguntou à amiga.

— Eu mal entendo onde *estamos* — respondeu Chichi, com um gritinho.

Um mascarado dentro daquele lugar — aquele *obi* místico muito, muito profundo que abrigava sabe-se lá Deus o quê —, não era nada bom. Aquilo estaria além de qualquer coisa que pudessem fazer.

— Anyanwu — chamou Sunny. — Que tal uma ajudinha?

A voz de Anyanwu surgiu bem no ouvido dela:

— Atrás de você.

Sunny se virou e, quando viu, arfou e deixou a faca juju cair. Chichi se virou e gritou.

Era alto. Largo. Desleixado e robusto. Revestido de pele podre de animais e enormes tufos de ráfia preta pendurados com uma grande coroa de centenas de borlas pretas grossas com búzios marrons. Três enormes penas brancas sobressaíam do topo, enquanto a fumaça escorria pela coisa toda como lava. Balançou-se no ritmo da música, pairando a alguns centímetros do chão, na medida em que saltitava com suavidade na direção delas.

Sunny perdeu toda a força nas pernas. De repente, sentiu muito frio e esfregou as mãos, enquanto o corpo pendia para o chão de pedra. Ela caiu de joelhos. Seus olhos se encheram de lágrimas e o fedor acre do mascarado invadia seu nariz. Sunny chamou Anyanwu, mas não houve resposta. Então ouviu Chichi chorando ao seu lado. Ela fechou os olhos, tapou os ouvidos e esperou pela morte. Não havia como lutar com aquela coisa. Os búzios estalavam enquanto a criatura se aproximava.

Em sua mente, ela ouviu Anyanwu dizer o nome da coisa, o que não a ajudou em nada. *Ajofia*. A Floresta Maligna. Sunny se preparou, a queimação nas próprias veias aumentava. Algo quente pingou de seu nariz e ela sabia que era sangue. Houve uma ardência em seu joelho e a dor forte chamou sua atenção. Ela abriu os olhos. Sua faca juju! A garota ergueu a cabeça e, naquele momento, ficou cara a cara com Ajofia. Havia uma bolsa na frente da coisa, bordada com búzios. Ela piscou. Então fez o que sempre fazia ao jogar futebol: parou de pensar e agiu.

Ela olhou para a coisa e, por um momento, *tudo* parou. Estava no espaço sideral de novo. Não havia som ali. Nem ar. Nem peso. Ajofia era vasto. Distendia-se diante dela. Os olhos vermelhos abrasadores. A boca grossa e contraída de um espírito que dava florestas a planetas inteiros. Narinas largas infladas, prontas para sugá-la para o seu interior. E, naquele momento, Sunny viu o vazio. Como uma semente que germina ao sentir a luz do sol, ela *entendeu*. S*oube*. *Enfrentou* Ajofia.

Fazer aquilo incendiaria sua essência até desaparecer? Extinguiria sua respiração? Ainda assim, não desviou o olhar. Aquele era o momento. Estava ali. Finalmente. E fora aquilo que escolhera fazer. Não desviou o olhar. Com medo, mas corajosa. Porque Sunny *era*. Apesar de tudo. Sem tudo. Além de tudo.

Sentiu uma parte morta de si sucumbir. E então...

A garota pegou a bolsa da coisa, que se soltou com facilidade, como se estivesse presa por nada. Sunny correu o mais rápido que conseguiu, mal compreendendo o som de Chichi berrando o seu nome. Deslizou na primeira sala em que focou: a do meio. A coisa iria atrás dela ou atacaria Chichi? De qualquer forma, estava pronta. Tinha acabado de olhar na cara mais verdadeira de um mascarado. Estremeceu e flexionou os músculos de guerreira. Vira o rosto de Ajofia, o vácuo ao redor dele, e não havia desviado o olhar. Ali estava ela, inteira. Deu uma risadinha. Ainda assim, mesmo enquanto sorria para si mesma com o novo poder que tinha desbloqueado, conseguia senti-lo se esvaindo.

— Que diabos acabei de *fazer*? — murmurou. Tocou o sangue que secava em seu lábio superior. — *Argh*, que nojo. — Riu para si mesma. Limpou-se com um lenço que pegou no bolso. Sentindo-se um pouco melhor, olhou ao redor. A mente queria vacilar, mas não podia deixar aquilo acontecer. — Foco, foco, foco. Você está aqui por uma razão.

A sala estava vazia, com exceção de um tambor imenso encostado na parede mais distante.

— Aquele não é o gazel — disse em voz alta. A voz estava trêmula. *Ela* estava trêmula. — Sala errada. Óbvio que é. — Sunny olhou ao redor, atenta a qualquer ruído. De Chichi. De Ajofia. E se a coisa também se movesse como ela conseguia? — minha faca juju ainda está lá fora!

Mas não era aquilo que a deixava mais desconfortável. Esqueça a faca, *Ajofia* ainda estava lá fora! Olhou para a bolsa que tinha pegado. O que um mascarado teria dentro de uma bolsa?

Era do tamanho de uma bola de futebol, retangular e bordada com os búzios marrons mais brilhantes que já vira. Hesitou e a abriu. Sentiu o cheiro antes de ver. Robustas, verdes e com espinhos, as ervas pareciam frescas. Ela enfiou a mão ali e pegou algumas folhas, logo sentiu as pontas dos dedos ficarem dormentes. Colocou-as de volta na bolsa. Mas agora, também não sentia a sua língua.

— Toda criança é tola. — A voz de Ajofia foi tão baixa e áspera que mal poderia ser chamada de voz.

Fez os ouvidos de Sunny formigarem.

Quando levantou a cabeça, viu a criatura na porta.

— Chichi? — chamou Sunny.

Sem resposta, ela secou as lágrimas. Se tivesse entrado naquele local em sua forma humana, teria precisado se agachar. O mascarado não podia entrar ali... pelo menos não fisicamente. Mas Sunny tinha certeza de que havia outras maneiras. Algo atingiu um chocalho e a flauta emanou uma nota acentuada que a sobressaltou.

— Por que veio a esta Casa do Poder? — perguntou a coisa.

— Sou uma guerreira de Nimm — declarou ela, tentando endireitar a postura. Sentiu parte da força que tinha descoberto passar por seu corpo. A língua dormente dificultava, mas estava determinada a não deixar que aquilo a fizesse embaralhar as palavras. — Estou aqui para pegar o pergaminho de Udide e devolvê-lo a ela... para consertar um erro cometido pelo povo de Nimm.

Depois de vários momentos, o mascarado respondeu:

— Tirar algo de mim é provar que você é uma mestra no que faz. Tirar algo é fácil. Ter a coragem de fazê-lo, não.

Sunny franziu a testa.

— Não sou... não sou uma mestra. Só estou aqui pelo...

— Não é uma escolha, uma vez que é adquirido. São suas agora.

Sunny olhou para a bolsa que carregava. Ergueu a cabeça.

— Deixe-me passar — pediu.

— Não.

Valia tentar.

— E a minha amiga?

— Ela está ali fora. Por que você está na sala do Tambor da Morte?

Sunny olhou para o tambor do outro lado da sala.

— Eu...

— A pele distendida de homens que morreram em batalha, o corpo feito dos ossos de mulheres que morreram jovens demais, uma batida no tambor é tudo de que precisa para vencer qualquer guerra. Uma coisa maligna cuja época passou, já que homens não saem em guerras como faziam antigamente e não precisam mais de um Tambor da Morte. Nem fogo, pedra, vento, água ou o abismo podem destruí-lo. Então foi jogado na minha floresta maligna, onde o resguardo. E esta é a sala para a qual uma nova mestra corre.

Sunny olhou para o objeto de novo.

— Não de propósito.

— Você comeu as ervas?

Sunny torceu o nariz. Não conseguiu evitar. Pensar nas ervas dentro da bolsa revirou seu estômago de tal forma, que nem mesmo o seu maior medo, naquele momento, não conseguia superar.

— Não. Nunca.

Para sua surpresa e alívio, a coisa se afastou da entrada. Assim que estava longe o bastante, a garota deslizou para fora.

— Sunny! — berrou a garota, quando ela reapareceu perto da entrada pela qual passaram.

Chichi estava do outro lado do cômodo, perto de uma das outras sete portas. As duas correram uma até a outra e se abraçaram.

— Desculpe — disparou Sunny, com o queixo apoiado na cabeça da amiga. O cabelo crespo curto de Chichi estava tanto áspero quanto macio. — Não queria deixar você! Eu estava tentando fazer com que a criatura fosse atrás de mim... ou algo assim!

Chichi estava rindo e a apertou com mais força.

— Eu sei! — ela soltou Sunny, sorrindo. — Você é tão *destemida*!

Olharam para Ajofia, que estava um pouco perto demais. Em silêncio. Observando-as... embora Sunny não soubesse exatamente como. A coisa não tinha nem rosto nem olhos!

— Sou — concordou Sunny. Ela ainda segurava a bolsa de ervas de Ajofia. — Vamos morrer?

A resposta de Chichi não a fez se sentir melhor, mas ela pelo menos sorriu quando disse:

— Quem sabe! — disse, segurando o braço da amiga. — Sunny! — então apenas olhou bem nos olhos dela, ainda sorrindo. — Sunny! *Kai!* Essa garota, *oooooo*! — Deu um passo para trás e rodopiou. — Ai, meu Deus, tenho tanta sorte de ser sua amiga! Você é incrível! Guerreira de Nimm! Mulher-Maravilha! A maior parte das pessoas jamais verá algo assim na vida, mas acabei de ver acontecendo bem do meu lado. Vou me gabar disso para sempre. E, ainda por cima, uma agente livre?! Inédito, *ooooooo*.

Sunny não sabia o que dizer. Na verdade, nem sabia do que a amiga estava falando.

— Acontecendo? O que foi que aconteceu?

— Não sabe o que fez?

— Digo, sei. — Sunny olhou de volta para Ajofia. — A coisa vai... — Ela abaixou a voz. — ... nos *matar*?

— Eu já teria matado a essa altura, se quisesse — respondeu o mascarado.

As garotas encararam a criatura.

Chichi pegou Sunny pelos ombros.

— Olhe para mim — pediu Chichi. — Você acabou de virar uma símil de mascarados.

Sunny olhou dentro dos enormes olhos castanho-escuros de Chichi, enquanto a frase ecoava em sua mente. Era familiar. Mas não por causa das lembranças de Anyanwu. Ela havia lido a respeito em um dos livros que Anatov os fizera ler e até tinha falado sobre eles. Símeis de mascarados eram raros. O próprio Anatov dissera jamais ter conhecido um. Parou por um momento, lembrando de parte da aula. Lembrou-se porque havia achado muito estranho que, para obter algo positivo, era preciso tomá-lo de uma coisa negativa.

— "Apenas quando a maior bruxa tiver dominado a bruxaria é que poderá ir até a floresta maligna e extrair suas raízes." — recitou ela. — Então... aquilo era literal? Sempre pensei...

— Que símeis de mascarados fossem uma metáfora? Óbvio que é literal. E você-acabou-de-fazer-isso! — Chichi apontou para a bolsa. — O que acha que é? Agora você tem o respeito deles!

Você provavelmente pode usar isso para passar pelo *Oku Akama*, se algum dia tentar.

Sunny franziu a testa e balançou a cabeça. Apenas oito pessoas ainda vivas na Terra haviam passado pelo último nível do mundo das pessoas-leopardo.

— Nada disso — respondeu ela.

Mas então pensou em como havia enfrentado Ajofia e... ah, qual fora a *sensação*. Ela tinha se sentido... como imaginava que Anyanwu se sentia. Fez uma pausa, uma pergunta invadia sua mente: e se não fosse sua cara espiritual que devesse *descer* ao nível de Sunny, mas sim ela se *elevar* ao nível de Anyanwu? Aquilo explicaria tudo o que acontecera desde que se tornara uma pessoa-leopardo — aprendendo depressa a deslizar; sabia parar o tempo como uma agente livre nova em folha; enfrentou Udide, tornando-se uma guerreira de Nimm; desmascarou Ekwensu; e agora, mais isso. E se...

Sunny esfregou as têmporas, em compreensão.

— Sim. Foco, foco, *foco*, Sunny. — A garota deu um tapa na própria testa e olhou para Ajofia de novo, sussurrando então para Chichi: — Floresta Maligna. Há uma razão para ele ser chamado assim.

A amiga balançou a cabeça.

— Ajofia. Floresta Maligna. O mascarado que chega para dançar durante os tempos sombrios, carrega segredos e guarda o mais obscuro deles até chegar a hora. — Chichi tornou a balançar a cabeça. — Muito disso é verdadeiro, mas não é a verdade. É bobagem colonialista. Florestas malignas nunca foram malignas... apenas intocadas. Esses lugares são tão pesados com o espírito da floresta que as pessoas os temem. Ovelhas sempre têm medo do que não compreendem. A maioria das pessoas-leopardo também.

Você está aqui agora. Veja você mesma. Um nome pode carregar mais do que uma história. — Ela fez uma pausa e acrescentou: — Mas você precisa ser uma grande bruxa para enfrentar esse mascarado. Ajofia não é "maligno", mas acolheu a energia do seu nome. Precisamos ter cuidado.

— O mascarado vai nos deixar levar o gazel?

— Antes? Não. Agora? Talvez.

— Está em uma das salas?

Chichi assentiu.

— Este lugar é como um museu de artefatos perigosos. — Ela apontou para a porta mais próxima a elas. — Olhei lá dentro. Sei o que a coisa ali dentro é — revelou, bem séria. — Não toquei nela... — Parou, lembrando-se de algo. — Ah! Sunny, você já comeu as ervas?

— Hã... as que estão dentro da bolsa?

— Isso!

— Não.

— Coma um pouco!

— Por quê?

Chichi abaixou a voz.

— É o que se deve fazer. Por educação.

A amiga olhou para o mascarado que aguardava.

— Tenho certeza de que o mascarado consegue ouvir você — informou Sunny.

— Coma um pouco.

— Quando toquei nelas, meus...

— Só coma!

Sunny abriu a bolsa e olhou para as ervas. Pegou uma das folhas, balbuciando.

— Comendo salada de um mascarado... o que o meu pai diria?

Os dedos dela já estavam dormentes.

— Coma!

Torça para que isso tenha sido lavado, comentou Anyanwu. Estava bem ao lado de Sunny, naquele momento. Sunny lançou um olhar fulminante a ela e Anyanwu retribuiu do mesmo jeito. Anyanwu poderia deter todas as lembranças de Sunny com muito mais facilidade do que Sunny conseguiria deter até uma fração das dela. Anyanwu sabia o que a menina tinha acabado de vivenciar com Ajofia. Apesar de estar contente de Anyanwu estar com ela de novo, Sunny sentiu o ímpeto de dar um tapa nela. Seria *capaz* de dar um tapa nela? Anyanwu a tinha abandonado em um momento muito crucial... *de novo*.

Em vez disso, colocou a folha na boca. Ouviu alguém exalar. Viu um tremor percorrer cada pedaço de ráfia preta em Ajofia. Alguém soou um *ogene*, um imenso sino de metal. A melodia espirituosa ecoou pelo lugar. Seu nariz foi tomado pelo cheiro de folhas e, por um momento, perguntou-se se conseguiria falar com a boca e a garganta tão dormentes.

Começou a tossir, era uma tosse seca, estava aterrorizada. Mas quando nada aconteceu depois de alguns instantes, e a dormência se dissipou, Sunny relaxou.

— *Iseeeeee* — murmurou Chichi, erguendo a mão com os dedos espalhados e a palma de frente para Ajofia.

A expressão igbo que significava "Que assim seja". Como se tivesse estado esperando por aquele reconhecimento, Ajofia tremeu de novo e, então, levantou-se e começou a dançar no ritmo do *ogene*. Enquanto a criatura dançava, a fumaça começou a escapar de cima, derramando-se como a lava de um vulcão. Dançou ao redor de Sunny e Chichi, e a amiga logo decidiu brincar com a sorte e começou a dançar com Ajofia.

A outra não moveu nem um fio de cabelo.

— Chichi! — exclamou ela. — O que está fazendo?

Chichi ergueu as mãos e balançou os quadris enquanto dançava com o mascarado que rodopiava devagar.

— Vivendo! — respondeu a amiga, rindo. — Quem pode dizer que dançou com um espírito? Uma Floresta Maligna, ainda por cima? EU! *Gbese!*

A fumaça não fez Sunny tossir nem espirrar. Não fez seus olhos arderem. Preencheu a sala toda. Uma brisa soprou e logo a fumaça girava em volta deles. A melodia do *ogene* parou de repente e toda a fumaça foi sugada para fora do cômodo. Quando o ar ficou limpo, havia apenas as duas ali.

Ajofia tinha sumido.

— Os mascarados sempre sabem ir embora com estilo — comentou a amiga, sem fôlego.

Sunny apenas a encarou.

— Que foi? — perguntou Chichi, com um sorrisinho.

Primeiro, foram à porta da sala que abrigava um livro estranho. Sunny ficara intrigada com o fato de que Chichi foi cuidadosa com ele. Além do mais, a atitude de viver-intensamente-e-aproveitar-tudo-como-se-não-houvesse-amanhã era contagiosa. O livro estava em uma mesa de pedra no centro da sala.

— *Não* toque nele — alertou, quando Sunny chegou mais perto para analisar o livro.

A capa era tão preta que parecia tridimensional. As laterais das páginas também eram pretas.

— *As Páginas Pretas* — revelou Chichi. — Minha mãe e eu sempre pensamos que tinha sido roubado em 2013, quando os insurgentes islâmicos atearam fogo a uma biblioteca em Tombuctu cheia de registros históricos. Fico aliviada de vê-lo aqui. Talvez um dos bibliotecários-leopardo tenha conseguido salvá-lo. Essa coisa pode *acabar* com o mundo.

— Então as próprias páginas são... pretas?

Chichi assentiu.

— E as pessoas com a habilidade de lê-lo são muito, muito raras. É como você conseguindo ler em nsibidi, mas ainda mais raro.

— Olhar para ele faz os meus olhos doerem.

— Porque está olhando para um livro que também é um buraco negro — informou Chichi, puxando Sunny para longe. — E, provavelmente, deveríamos parar de olhar para ele.

A próxima sala em que entraram tinha vários itens, incluindo uma pilha de garrafas de vidro minúsculas, com etiquetas que diziam FÓRMULA 86, um tablet empoeirado, mas com uma aparência estranhamente futurística, além de um par de sandálias e um monte de pedras pretas. Havia muitas coisas potencialmente letais naquela sala, mas nenhuma se parecia com o pergaminho de Udide.

Entraram na quinta sala e, de imediato, Sunny soube que o objeto estava lá. Era escura, iluminada apenas por uma única vela num canto. Tinha um cheiro úmido como terra. O ar estava frio. E havia uma aranha-lobo preta do tamanho de uma bola de tênis parada na entrada. Sunny conteve um tremor. Odiava aranhas e, apesar de o pensamento ser irracional, tinha torcido em segredo para que, quando enfim encontrassem o gazel, ela não precisasse lidar com... nenhuma aranha de verdade. Chichi sacou a faca juju e Sunny logo segurou seu pulso.

— Não — alertou a amiga.

— Eu sei — respondeu Chichi. — Não vou..., mas não faz mal estar pronta.

Quando se aproximaram, a aranha não se mexeu.

— Sou Sunny e essa é Chichi. Somos... mulheres de Nimm, e viemos buscar o artefato da Udide para devolvê-lo a ela.

Quando a aranha falou, sua voz foi acompanhada de trovões e da batida de tambores ao longe.

— O que há de errado com você?

Sunny ficou arrasada. Até uma aranha no museu da Autoestrada dos Espíritos na beira d'A Estrada conseguia ver que havia algo de errado com ela. Abriu a boca para falar e nada saiu. Então sentiu Anyanwu se lançar para dentro dela e endireitou a postura, mais forte.

— Não tem *nada* de errado comigo.

A aranha recuou e Sunny ficou bastante satisfeita.

— Saia da frente ou vou lhe esmagar — avisou a garota.

Anyanwu deixou o corpo de Sunny e ficou ao seu lado como um sol ardente, e disse:

— Então, *eu* vou acabar com você na vastidão.

A aranha correu para o lado, e Sunny e Chichi entraram na sala. Depois de darem alguns passos, ouviu a amiga dar um gritinho.

— Ai! Ela me mordeu!

Chichi perseguiu a aranha pela sala, tentando pisar nela, mas o bicho era rápido demais.

Subiu pela parede, esquivando-se do ataque até estar bem alto, onde não se conseguia alcançá-la.

— Tive que garantir — explicou a aranha. — Senti o gosto no seu sangue. Você fala a verdade. Você é de Nimm e tem o veneno da Udide. Não vou envenenar nenhuma de vocês como eu ia fazer.

— Quê?! — exclamou Sunny.

Chichi lançou um juju na aranha e o bichinho se esquivou com facilidade; o lugar que o juju acertou ficou chamuscado com chamas.

— Você não pode me matar — disse a aranha.

Chichi lançou outro juju nela, com o animal desviando outra vez.

— Certo, Chichi. Já chega — interveio Sunny.

— Se isso inchar — murmurou Chichi, agachando-se para esfregar o calcanhar dolorido —, vou encontrar uma forma de acabar com você.

— Está doendo? — perguntou Sunny.

— Não muito, ainda bem.

Devagar, Sunny olhou ao redor.

— Está aqui — murmurou. — Mas onde? Chichi, onde mulheres de Nimm esconderiam algo do tipo?

Chichi ainda esfregava o calcanhar.

— Bom — murmurou ela, apoiando o queixo no joelho. — Elas o trouxeram até aqui para mantê-lo em segurança, quando não precisavam mais dele, mas não queriam devolvê-lo. É um livro de memórias contado em forma de jujus e receitas, escrito como um gazel, um tipo de poesia que surgiu na cultura árabe muito tempo atrás. A coisa é absurdamente útil, pra dizer o mínimo. Uma fita de Möbius é como uma...

— Uma espécie de loop infinito — completou Sunny. — Se rolarmos uma bolinha de gude numa fita de Möbius, ela nunca estará na mesma superfície... algo assim.

— E é feito do mesmo material de inseto que a sua faca juju.

— Ah! — exclamou Sunny, de repente. — Talvez... — Ela sacou a faca. — É um tiro no escuro, mas... faria sentido.

Ela ergueu a faca juju e o objeto cintilou na luz fraca. O material verde era mais rígido do que qualquer faca que já vira, além de perfeitamente transparente, como um cubo de gelo. Mas era, na verdade, um pedaço de um esqueleto de besouro, como explicara o homem no mercado. Ela se aproximou da parede e a golpeou com a faca juju. Viu de imediato e sorriu. Bateu de novo. Na escuridão da sala, o gazel se iluminou e a luz verde se dissipou devagar.

As duas correram até ele.

— Como? — perguntou Chichi.

— Porque nada é uma coincidência! É feito da asa do mesmo inseto — explicou Sunny. — Lembra daquela barraca em Ginen, onde estavam vendendo vários itens desse material? O cara disse que, se for do mesmo inseto e estiver perto um do outro, vai reagir à vibração.

As duas ficaram de frente para o objeto e Sunny bateu com a faca juju de novo. Iluminou-se com um verde ainda mais brilhante, jogando na sala toda.

— Uau — sussurrou Sunny, olhando para a faca juju. — Eu nunca soube!

O gazel tinha uns 60 centímetros de altura e 30 de largura, gracioso em seu formato de fita de Möbius... como um vidro recém-torcido. Cada superfície estava gravada com o nsibidi mais elaborado que Sunny já vira. Hipnotizada, ajoelhou-se perto do objeto, enquanto a luz brilhante pouco a pouco se esvaía. As gravuras eram brancas, o nsibidi tão vivo que parecia caminhar pelo vidro, cada símbolo individual estava girando, balançando, vibrando, esticando-se, fazendo o que quer que fosse fazer.

— Está vendo? — perguntou Sunny.

Chichi negou com a cabeça.

— Vejo alguma coisa, mas sempre que tento focar, fica borrado. Não sei muito bem para o que estou olhando além de uma enorme fita de Möbius feita de um robusto vidro verde.

— Não — respondeu Sunny vagamente. Anyanwu estava ajoelhada ao seu lado e o brilho da cara espiritual iluminou o nsibidi, de modo que Sunny conseguisse enxergar mesmo depois de a luz verde se apagar. — É muito... mais.

— Você consegue ler?

— Eu... — Sunny encarou o objeto, tentando compreendê-lo. Mas independentemente de quanto se mexiam e andavam, não conseguia se concentrar tempo o bastante. Estremeceu. — Não. — Balançou a cabeça, estremecendo de novo. — Sem chance.

A presença de Udide era forte demais. Ouvia-se batidas de tambor e um som que era emitido no roçar dos pelos ásperos das muitas pernas dela, além de sentir o calor do seu bafo fumacento de casas em chamas. Quem conseguiria ler aquilo sob o peso dos oito olhos de Udide? Com a aranha vigiando de perto.

Sunny sentiu Anyanwu se juntar a ela, quando esticou a mão para pegar o gazel. Quando o tocou, uma imagem de Udide surgiu tão forte em sua mente, que teve certeza de que a aranha gigante tinha se materializado bem ali naquela sala. Sunny ficou imóvel, olhando ao redor. Aguardando. Depois de alguns momentos, relaxou. O gazel era quente, como algo vivo e pesado, como algo que não queria ser movido. Sunny fez força e mais força e, no meio da ação, algo cedeu e ela conseguiu erguer o objeto. Não com facilidade, mas também sem usar toda a força.

— *Uf* — grunhiu.

Ela conseguiu. Poderia fazer aquilo. Fez uma pausa, percebendo... existindo por um instante. Tudo que acontecera na última meia hora vinha à tona. *Sou incrível*, pensou. E sorriu. Tudo nela sorriu. Orgulhosa. Convicta. Forte. Nítida. Em sua mente, estava de pé com sua cara espiritual brilhando. Anyanwu. Sunny.

Do alto, algo caiu de cima dela, indo aos seus pés. Tanto Sunny quanto Chichi congelaram. A última coisa de que Sunny precisava era que o lugar desabasse com elas ali dentro. Não havia a menor possibilidade de conseguir correr com aquela coisa. Será que sequer conseguiria deslizar com aquilo? Não era o momento de descobrir. Chichi se agachou e pegou o que havia caído. Tinha o tamanho de uma unha do polegar.

— Um *chittim*! — exclamou Chichi. O primeiro que caía desde que tinham saído da Terra. Não pela primeira nem pela última vez, Sunny se perguntou de onde vinham os *chittim* e quem os jogava. Chichi o ergueu na altura dos olhos. — Feito de cristal.

— Beleza? Mas é tão pequeno — retrucou Sunny.

— Sabe quem aceita estes aqui?

Sunny não queria ouvir a resposta.

— Mascarados.

Chichi o colocou no bolso da amiga e elas saíram da Casa do Poder o mais rápido que podiam, com Sunny carregando o gazel como um bebê.

23
Sinais

— Sunny! — gritou Orlu.

Sasha pulou para ficar de pé e agitou as mãos, que estavam enfaixadas naquele momento, com enormes folhas.

Chichi saiu correndo, rindo e gritando:

— Conseguimos!

Sunny sorriu, mas continuou andando no próprio ritmo. Ela era forte, mas a coisa era pesada. Segurou as alças, encostando-o nos braços. Sentia o nsibidi se movendo nos locais em que tocava a pele e esperava que não pudesse ser absorvido pelo seu corpo. Anyanwu andava perto dela. *Não pode ficar se preocupando com tudo*, afirmou Anyanwu.

Chichi parou no mato queimado, Orlu e Sasha estavam do outro lado.

— Danafojura mandou que não atravessássemos — explicou Orlu. — Melhor não arriscar.

— Eu iria, se tivesse a minha faca juju.

— Não iria não — retrucou Orlu, irritado.

Sasha gargalhou, acanhado, olhando as mãos enfaixadas.

— Ele tem razão.

— Bom, podemos atravessar agora — respondeu Chichi, passando por cima das cinzas e do carvão.

Fez uma pausa, e então continuou, mas logo estava dentro de um abraço apertado e com a boca colada na de Sasha.

— Está pesado? — questionou Orlu a Sunny, ignorando os dois.

— Está, mas... — Ela deu de ombros.

Orlu assentiu.

— Guerreira de Nimm.

Ele ergueu o braço sem o *papa* e flexionou um músculo.

Sunny atravessou a marcação chamuscada e ficou aliviada quando nada aconteceu. Ainda assim, logo que pisou na areia, as pernas dela perderam a força e a garota foi ao chão. Anyanwu se lançou para dentro dela. Os três amigos correram até a garota. Abraçaram-na e, por vários momentos, ficaram daquele jeito. Em silêncio, um segurando o outro. Ela fechou os olhos, sentindo-se forte, mas muito cansada. Foi apenas naquele momento que percebeu o quanto queria que aquilo acabasse. Que tudo ficasse bem.

Apoiou a cabeça no ombro de Orlu, sua boca tocava o pescoço dele. De repente, uma ideia lhe ocorreu.

— Acho que sei como podemos voltar depressa — revelou Sunny.

Ela deu o gazel para Sasha segurar. Não queria colocá-lo no chão, Orlu não conseguia segurá-lo com o braço quebrado e o amigo tinha insistido, apesar das mãos queimadas.

— As folhas anestesiam a maior parte da dor, de qualquer forma — comentou ele. — Agradeço ao Orlu por encontrá-las.

Orlu fez uma reverência.

— Florestas são melhores do que farmácias.

— Fato — concordou Sasha, cumprimentando Orlu com um soquinho.

Quando ela entregou o gazel a Sasha, ele ofegou com o peso.

— Depressa — murmurou ele.

Ela foi até as cinzas e o carvão e colocou um pouco dentro do saco de amendoins vazio na mochila. Então correu para A Estrada, que ainda estava bem vazia. Não era um lugar ao qual muitos gostavam de ir, e com razão. A vertigem estranha a assolou quando pisou no local, mas com Anyanwu dentro dela e, depois de tudo o que tinha acontecido, tirou de letra. E usou as cinzas para desenhar. Não visualizou a casa, exatamente. Desenhou Della, a vespa artista, o pente adorável e a árvore ao lado do local em que o tinha enterrado.

Os outros ficaram observando da beira d'A Estrada. A mistura de cinzas e carvão escorregou com facilidade da mão de Sunny, caindo e se assentando n'A Estrada como uma substância muito mais pesada do que de fato era. Viu Della e seu pente de maneira nítida na mente e o que desenhou pareceu surpreendentemente preciso. Desenhar de forma tão concentrada acalmou seus nervos. Quando parou, afastou-se e analisou o resultado por um tempo. Algo passou correndo pela Estrada e Sunny ignorou. Quando sorriu, Anyanwu sorriu.

— Pronto — murmurou.

Saiu d'A Estrada e pegou o gazel de Sasha.

— Ah! Pegue! *Por favor*, pegue — pediu, grunhindo. Ele se inclinou e esticou os braços, depois girou o tórax para um lado e para o outro. — Meu *Deus*, é como carregar um haltere de 20 quilos! Nem vou mais na frente, você com certeza é mais forte do que eu, Sunny.

— É — confirmou Sunny, aninhando o gazel. — Eu sei.

— Acho que consigo carregar — ofereceu Orlu.

Sasha fez um som de reprovação com a boca.

— Hum, por acaso você tem a desculpa perfeita para não precisar carregar.

— Aham — respondeu Orlu, segurando o braço com o *papa* grudado.

A criaturinha se aconchegou e mudou de posição, mas parecia bastante confortável onde estava, mantendo o braço de Orlu no lugar.

— Venha aqui — disse Chichi a Sasha. — Não consegui dar uma olhada. Deixe-me ver.

Sasha mordeu o lábio e foi até ela.

Chichi espiou debaixo das folhas enroladas nas mãos de Sasha. Torceu o nariz.

— Parece péssimo — comentou ela.

Mas pela forma como falou, Sunny soube que não deveria estar tão ruim assim.

— Do jeitinho que você gosta, meu bem — provocou Sasha.

Chichi deu uma risadinha.

— Sabia que queimaduras doem à beça enquanto cicatrizam?

— Sei — respondeu ele, dando de ombros. — Mas estou mais preocupado em conseguir uma faca nova.

— Quê? O Homem das Tralhas ainda está lá — disse Orlu. — Meu pai conseguiu a dele com o cara também. Abuja não é tão longe.

— É meio bobo, mas... — Sunny colocou a mão no rosto, constrangida. — Meio que pensei que tínhamos uma faca juju a vida toda. Tipo, você tinha uma só e fim.

— Porque as facas não podem ser perdidas nem... derretidas por mascarados? — completou Sasha. — Não é como se uma pessoa-leopardo fosse ter um monte delas, mas geralmente se tem mais de uma durante a vida. — Ele olhou para Orlu. — Consegui a minha faca juju na Nação Alcatrão. Fica na Carolina do Sul.

— Nos Estados Unidos? — questionou Orlu.

— Isso. Vou pegar uma nova lá. Tem um cara *gullah* lá chamado Blue que vive em um pântano. Ele terá uma nova faca para mim. Você vem comigo, Chichi?

— Não. Vejo você quando voltar.

— Justo — respondeu Sasha.

— Ei! Estou vendo! — exclamou Sunny.

Ela fez uma dancinha feliz em um círculo, mesmo segurando o gazel.

O *kabu kabu* que parou diante deles parecia uma SUV futurística de Ginen. Era de um preto oleoso e sofisticado, e as portas se abriam para cima como asas. A motorista era uma mulher negra com cabelo grisalho na altura dos ombros. Ela sorriu para o grupo, ergueu as mãos e fez um sinal.

Chichi passou por Sunny, dizendo:

— Deixa comigo.

— Ei, também conheço a língua de sinais — murmurou Sasha. — A Língua de Sinais de Adamarobe, em específico; é ganense.

Sunny e Orlu se afastaram enquanto Sasha e Chichi conversavam com a motorista. Sunny se virou para Orlu, ajeitou o gazel nos braços e estendeu o dedo mindinho. Ele sorriu e, de imediato, entrelaçou o seu próprio ao dela. O *papa* no braço do garoto tremeu, observando, com curiosidade, os dedos deles unidos.

— Quando voltarmos, quero levar você em um encontro de comemoração. Aonde quer ir? Por minha conta.

Sunny deu um grande sorriso. Antes daquele dia, ela teria mantido aquele desejo para si mesma. Mas esse era um novo dia.

— Que tal algum lugar no mercado sombrio? Ouvi falar de um lugar que só serve flores comestíveis supernutritivas. Sopa de pimenta com flores! Consegue imaginar?

Orlu riu com vontade.

— É por isso que eu te amo.

Os dois fizeram uma pausa depois daquilo.

Então Sunny se inclinou de maneira desajeitada por cima do gazel e deu um beijo demorado nele.

— Eu também te amo, Orlu. — Ela encostou a testa na dele.

Eles se viraram para Sasha, Chichi e a motorista, quando os três explodiram em uma gargalhada.

— Tudo bem, ela vai nos levar — informou Chichi. — Mas você tem que segurar bem o gazel. Ele não pode tocar em nada.

Sunny deu de ombros.

— Beleza. Pode deixar.

Eles entraram no banco de trás do veículo. Sunny apoiou o gazel no colo. Não era confortável, mas ficaria bem. Olhou pela janela em direção à parede de mato queimado e não ficou surpresa ao ver que o mato seco voltara a ser o que era quando eles chegaram. Começaram a se movimentar e, exatamente quando tudo ao redor deles se tornou um borrão, Sunny viu Danafojura dançando em um círculo diante do mato ressecado. Observou o gazel em seu colo, analisou-o com atenção. Sentiu o olhar poderoso de Udide de novo. Mas em vez de deixar aquilo desencorajá-la, por um tempinho suportou o ardor do olhar dela e analisou com mais intensidade.

A viagem pela Estrada foi silenciosa. Não havia música. Ninguém conversava. Apenas olhavam pela janela. Sunny se sentiu segura e, depois de um tempo, com a mente cheia, começou, de fato, a observar os arredores.

Viu milhares de espíritos de muitos nomes, talvez uns sem nome. Alguns a olharam de volta, outros estavam focados demais. Algo com uma ventosa como boca se grudou na janela dela, antes de cambalear para o atoleiro de espíritos apressados. Era como passar dentro de um tornado de outro mundo. Pelo que pareceu ser uma hora, ninguém se mexeu nem disse nada.

Quando enfim saíram d'A Estrada e viraram em um caminho ladeado por uma floresta de palmeiras altas, Sunny percebeu que o colo estava dolorido devido ao peso do gazel. Ela esticou os ombros. Então a motorista fez um sinal para Sasha e Chichi e eles se viraram para Orlu e Sunny.

— Temos que pagar — informou Sasha, enfiando a mão no bolso. — Estamos quase lá.

— Não vamos esperar até nós...

— Não — interrompeu Sasha. — Três *chittim* de ouro cada, aqueles do tamanho da mão.

— Orlu, pode pegar na minha mochila? — pediu Sunny.

Eles juntaram os *chittim* e entregaram à motorista. A mulher sorriu bastante, evidentemente satisfeita com o pagamento. Então uma divisória preta começou a subir, separando-os da motorista e, de repente, a parte interna do veículo pareceu muito pequena.

— Espera — disse Sunny. — Por que... — Então houve um lampejo verde que iluminou tudo. Ela fechou os olhos. — Ah! O que foi isso? — quando abriu os olhos, tudo parecia iluminado, cristalino, nítido; e quando falou, foi com a voz grave e rouca de Anyanwu. — Suspenda!

Sem hesitar, Sunny o fez.

Ela se virou para Orlu e se deparou com a cara espiritual dele, o nsibidi em suas bochechas dançavam. Chichi e Sasha também usavam suas caras espirituais. Sunny viu os raios solares de Anyanwu com a visão periférica. Estavam na vastidão. A divisória era para a privacidade da motorista e deles.

Um lampejo na parte externa chamou sua atenção. Os três vaga-lumes estavam pairando do lado de fora da janela. Ela tocou o vidro e os vaga-lumes se aglomeraram ali onde estava seu dedo. A garota sorriu. Agora entendia.

— Lembra-se de onde deixou, certo? — perguntou Sasha.

— Lembro — respondeu Sunny, observando os vaga-lumes, que naquele momento, seguiam o *kabu kabu*.

O exterior era banhado com o brilho do anoitecer e o campo de grama espiritual pelo qual passavam oscilou com a brisa que soprava. Eles desaceleraram, mas ainda continuaram em movimento, por um tempinho. Então Sunny viu. A árvore. Virou-se para Orlu, que olhava lá para fora por cima do ombro dela. Ela o beijou e a atenção dele se voltou para a garota. Era tão estranho, a cara espiritual amadeirada dele parecia... seu rosto humano. Eles olharam abertamente para a cara um do outro, por um momento; Sunny deu uma risadinha e o beijou de novo. Ela se afastou quando ouviu Sasha e Chichi rindo.

— Caramba, vocês dois — implicou Sasha. — Com caras espirituais e tudo.

— Que sexy — murmurou Chichi.

Quando o *kabu kabu* parou, eles saíram e, antes que pudessem se despedir, o veículo disparou pelo campo e desapareceu.

— Sabe, ela quase se recusou a nos levar — revelou Chichi. — Ela não gosta de dirigir na vastidão... além disso, tinha ouvido falar do que aconteceu com a motorista do trem futum.

— Cara, vamos precisar explicar aquela situação para todo motorista que encontrarmos — disse Sasha. — Mas ela quase não ia levar você por causa do gazel.

Sunny franziu a testa.

— Como ela sabia o que era?

— Ela não sabia. Mas sabia de onde estávamos *vindo*. Dá para culpá-la?

Não dava. Sunny se virou para a árvore e encontrou o local, de imediato.

— Sasha. Pode me dar um segundo? Preciso... fazer algo importante.

Ele assentiu, engolindo a pergunta que ela sabia que queria fazer. Sunny entregou o gazel a ele e se afastou.

Ouviu Chichi dizer:

— O que ela...

— *Shh* — interrompeu Sasha. — Deixe-a.

De frente para o campo de grama espiritual, Sunny levantou a mão. Eles surgiram, de imediato: os três vaga-lumes, pousavam na palma de sua mão.

— Sei quem são — sussurrou a garota.

— Conhecemos você há mais tempo — respondeu um deles.

A voz era infantil e alegre.

Sunny sentiu Anyanwu querendo dizer algo, mas ela disse para não o fazer.

— Não vou voltar aqui tão cedo — revelou Sunny.

— Tudo bem — retrucou um dos outros. A voz parecia a de um homem adulto. — Vemos você com frequência o bastante.

Estavam certos. Sunny ia para a vastidão muito mais do que uma *ogbanje* comum.

— Quais são os seus nomes?

— Não se lembra? — perguntou o terceiro.

Esse tinha a voz de um monstro enorme, era grave e estrondosa.

— Não.

— Não tem problema — respondeu a voz monstruosa. — Você vai passar por esta jornada e então veremos você. — Eles voaram em volta da cabeça dela, de uma forma que a lembrou de Della, a vespa artista, então estavam rolando com a brisa pelo campo.

— Veremos voooooocêêêêê.

Quando Sunny voltou para perto dos amigos humanos, não perguntaram nada sobre a conversa, e ela ficou grata. Agachou-se e começou a cavar. Sentiu o *zyzzyx* e, assim que o segurou, soltou. Era como se o mundo tivesse arrancado a casca dele. A brisa quente parou e se tornou uma umidade densa e sufocante.

Sunny ficou de pé e colocou o pente no cabelo. Estavam de volta na entrada da casa de Orlu. Os outros três respiraram fundo, de maneira involuntária, e começaram a tossir. Sunny correu até Sasha e pegou o gazel, quando os braços do rapaz perderam a força. Uns *chittim* dourados minúsculos caíram ao redor deles, o brilho cintilava como uma galáxia de estrelas sobre Ginen. Sunny observou tudo, compreendendo o prêmio deles. *Ting, ting, ting, ting!* O tilintar deles foi adorável. Aqueles *chittim* não valiam muito, mas que belo espetáculo deram! Que jeito incrível de voltar para casa.

— Ai! — gritou ela, quando um dos *chittim* bateu bem no seu cotovelo.

Ela sibilou quando uma mistura de dormência, dor e pressão passou pelo seu antebraço. Lutou para não derrubar o gazel.

— Todo mundo bem? — perguntou Sunny, enquanto os três amigos paravam de ofegar, aos poucos.

A garota sacudiu o corpo e checou o cotovelo. O hematoma já estava bem vermelho. Sugar Cream havia dito que sempre havia consequências em suspender por um longo período, mas Sunny nunca teria imaginado que a consequência seria tão... *mesquinha*.

— Parecia que tinha alguém pisando no meu peito — revelou Orlu.

— Ou sugando o ar dos meus pulmões — complementou Sasha.

— Como se eu estivesse à beira da morte — comentou Chichi.

— Nunca — rebateu Sunny. — Eu nunca deixaria algo acontecer com vocês.

E ela falava sério.

— Nós sabemos, Sunny — respondeu Chichi.

— Em que dia acham que estamos? — perguntou Sasha.

Sunny se sentou, colocando o gazel no colo, e pegou o celular, com o coração acelerado. Tinham saído dias antes e sabe-se lá quanto tempo havia passado enquanto estiveram na vastidão e além. O pai dela teria um ataque. Pressionou a lateral do celular e esperou que o aparelho ligasse. Esticou o cotovelo dolorido; a dor havia diminuído, mas a dormência continuava.

— Parece que os meus pais estão em casa — informou Orlu. Ele olhou para o braço, com o *papa* ainda preso ali, com firmeza. — Não estou com a menor vontade de explicar tudo.

— Nem eu — acrescentou Sasha.

— Sunny. Que dia é hoje? — perguntou Chichi.

Ela olhou para o celular. Então olhou para a amiga, assustada.

— O mesmo dia em que partimos.

— Quê? — Sasha berrou tão alto que a voz até falhou.

— É exatamente a mesma hora em que saímos. O tempo não passou.

E, por um momento, foi como se estivessem mesmo presos no tempo.

— A vastidão? — perguntou Orlu.

Sunny balançou a cabeça.

— Já deslizei antes e o tempo tinha passado quando voltei.

— Foi A Estrada — opinou Sasha. — Você chamou aquele *kabu kabu* e pediu para nos trazer exatamente onde colocou o pente; talvez o "quando" também seja considerado.

— Ou talvez meu celular esteja com defeito — sugeriu ela. Olhou de novo, com um aperto no coração. Não tinha checado o ano. Abriu o aplicativo do calendário. Suspirou, aliviada. Ainda assim, o celular poderia estar dando problema depois de tudo que tinha passado. — Vamos para casa. Assim, vamos descobrir de verdade. Além disso...

Ela suspirou. Todos tinham que acertar as coisas em casa, de várias formas.

— E quanto a devolver o gazel? — perguntou Orlu.

— Chichi e eu vamos devolver.

— Vamos lá pra casa — pediu Chichi a Sunny.

— Beleza — concordou Sasha. — Nos vemos amanhã à noite?

Sunny colocou o gazel na entrada, com cuidado, e ficou de pé. Sacou a faca juju e se virou para os amigos. Ergueu o objeto.

— Conseguimos — murmurou ela, sentindo Anyanwu brilhar em seu interior.

Orlu sacou a própria faca, e depois Chichi. Sasha pareceu envergonhado; a faca juju dele tinha derretido na beira d'A Estrada. Chichi passou o braço pela cintura dele e o puxou para perto.

— Aqui — murmurou ela, pegando a mão do rapaz e a encostando na própria faca. — Só dessa vez.

— Isso é estranho — comentou Sasha, mas segurou a faca de Chichi com ela.

Quando tocaram as pontas das facas, não foi como da última vez, quando Sunny viu e sentiu através dos seus amigos; agora, sentiu a força e o amor que existiam entre eles se espalhando pelo braço dormente, em direção ao peito e às têmporas. Um pensamento tão forte e convicto lhe ocorreu que ela soube que seria verdade... cada um deles faria coisas grandiosas. Mas assim como teve certeza, de repente, ficou incerta sobre o que era o pensamento.

Sunny abraçou Sasha com força e ele beijou sua bochecha. Virou-se para Orlu e ele pegou sua mão.

— Vamos pegar todos esses *chittim* — anunciou.

— Eu sei — respondeu ela, com um sorriso.

— Tenha cuidado. Só entregue a ela e acabe com isso.

— É esse o plano.

— Planos são apenas planos — rebateu ele. Apertou sua mão. — Tenha cuidado.

A mãe de Chichi não estava em casa, então Sunny deixou o gazel com a amiga na cabana. A caminhada para casa foi agradável, uma vez que havia poucos carros na estrada e pouca gente na rua. Ainda estava mergulhada em pensamentos, quando abriu o portão. Não apenas ambos os carros dos pais estavam na entrada, como também o jipe do seu irmão mais velho.

Ela usou a própria chave para abrir a porta da frente, sentindo que o coração estava prestes a saltar do peito. *Se ele me der outro tapa*, pensou ela, *não vou embora. Tenho que enfrentar isso.* Mas pensar naquilo fez suas mãos começarem a tremer. Ouviu os pais na sala e Chukwu... e o seu irmão do meio, Ugonna? Franziu a testa. Todos na sala? Ouviu a TV ligada. Deu uma espiada. Todos assistiam à televisão, com os olhos arregalados.

— ... anunciou um *lockdown* de um mês para limitar a proliferação do coronavírus, proibindo todos os voos internacionais e fechando as fronteiras terrestres.

— Oi — disse Sunny.

Sua mãe se virou e abriu um grande sorriso. Ela queria chorar de alívio. Era toda a resposta de que precisava.

— Ah, Sunny, estou tão feliz que chegou! Já está sabendo?

Um novo vírus estava se espalhando pelo mundo e o governo nigeriano tinha acabado de decretar um *lockdown* no país. Sunny tinha ouvido alguns rumores, mas estivera completamente focada em pegar o gazel. Udide poderia fazer coisas mil vezes piores do que qualquer vírus, mas Sunny não achava que um ataque tão focado na humanidade fosse do feitio da Aranha. Ela sabia que haveria reuniões em Leopardo Bate a respeito daquilo. As pessoas-leopardo poderiam muito bem transportar o vírus, viajando por outros métodos. E, com certeza, algumas delas tentariam encontrar uma cura.

Sunny se juntou à família na sala e ficou ali com eles por incontáveis horas. O irmão havia corrido para casa quando a universidade tinha fechado. Todos estavam indo para casa. Quando Sunny foi em direção ao próprio quarto, não conseguia parar de pensar em como sua jornada como pessoa-leopardo tinha começado com uma imagem do fim do mundo e lá estava mais uma ameaça daquele fim.

Estava prestes a entrar no quarto quando ouviu:

— Sunny.

O pai dela estava no corredor.

— Sim, pai.

Ele se aproximou dela, devagar. Quando o homem não disse nada, a garota murmurou:

— Pai, me d...

Ele a puxou para si e a abraçou. Sunny já era mais alta do que o pai, mas ainda se sentia pequena, como sua garotinha. O homem a abraçou forte e a garota o abraçou de volta. Ela entendia tanta coisa agora! Talvez ele também.

— Sinto muito, Sunny. Muito mesmo.

— Pai — murmurou ela, abraçando-o mais apertado.

Quando ele a soltou, enfim, tocou a bochecha da filha. Ela olhou dentro dos olhos do pai. Esperou que ele não notasse o pontinho vermelho ainda visível em seu olho, por causa do tapa. Estava desaparecendo pouco a pouco e, provavelmente, teria sumido dali a alguns dias.

— Nunca vou entender — confessou ele. — Mas vejo você... tudo o que é.

Ele fez uma pausa, então se virou e voltou para a sala.

Sunny ficou ali por um tempo.

— Eu te amo, pai — sussurrou.

Ela entrou no quarto e, assim que fechou a porta, Della rodeou sua cabeça com alegria e júbilo, pousando no pente da garota, evidentemente satisfeita por Sunny ainda usá-lo.

— Oi, Della — cumprimentou, rindo.

A grande vespa azul voou para o rosto dela, acertando sua bochecha. Depois, voou pelo quarto e desapareceu no ninho do teto. Sunny jogou a mochila no chão, trancou a porta, caiu na cama e não acordou até ser tarde da noite.

Olhou pela janela para a palmeira morta, então foi tomar um banho quente e demorado, deixando que a água aquecesse o cotovelo — tinha passado de dormente para doloroso, o que Sunny presumiu ser algo bom. Colocou uma calça jeans limpa, enfiando a faca juju no bolso. Vestiu uma camiseta branca e tênis. E, sem pensar duas vezes, deslizou pelo buraco da fechadura. Do lado de fora, a noite estava fresca. Os mosquitos estavam sossegados. A caminhada até a cabana de Chichi foi rápida. A amiga a esperava quando chegou, sentada do lado de fora, fumando um Banga. Ela apagou quando Sunny pegou o gazel ao seu lado.

Chichi não perguntou aonde Sunny ia quando começaram a caminhar. Quando chegaram à palmeira morta, Udide estava lá para encontrá-las. O vento soprou pelas folhas ressecadas da árvore morta, interrompendo a calmaria da noite. Uma folha grande se partiu e caiu no chão ao lado de Udide. Sunny e Chichi chegaram até ela, os galhos mortos estalavam debaixo dos seus pés. Não era um lugar pelo qual as pessoas transitavam com facilidade; era cheio de lagartos, cobras e aranhas. Especialmente, naquela noite.

Sunny ficou feliz por ter escolhido tênis em vez de sandálias. Chichi não podia dizer o mesmo. Pararam em frente à criatura gigante — que não era uma aranha de verdade — e Sunny ficou grata quando Chichi colocou um braço em volta dos seus ombros. Ela precisava das duas mãos para segurar o gazel, do contrário, teria segurado a de Chichi.

— *Oga* Udide *Okwanka*, a Grande Aranha Artista — proclamou Chichi, erguendo o queixo. — Trouxemos sua obra para você.

— Minhas memórias — murmurou Udide.

Chichi concordou com a cabeça.

— As mulheres de Nimm as leram e usaram alguns dos meus segredos sem pedir a minha autorização. E então? Vai me trazer aquelas mulheres também?

Sunny ficou desolada. *Quando isso vai acabar?*

— Não. Não vou — respondeu Chichi, com firmeza.

Sunny viu as pernas dianteiras de Udide irem à frente e começarem a tecer. Sunny teve apenas um momento para decidir fazer.

— Você vai contrariá-la — ouviu Anyanwu alertando logo antes de fazê-lo mesmo assim.

Anyanwu ficou surpresa demais para impedir Sunny. Sua cara espiritual tinha estado com ela pela maior parte da viagem, saindo da Casa do Poder, mas não no início. Anyanwu tinha ido para onde quer que ela gostasse de ir.

E assim, Sunny tinha sido deixada totalmente sozinha com o gazel no colo. Observou-o no conforto do carro. Além de ter *lido* parte dele. Porque soubera, então, que não escapariam das garras de Udide, simplesmente devolvendo a ela o que lhe fora roubado.

Da fração que conseguira ler, Sunny havia entendido o seguinte: o gazel de Udide era um livro de memórias, fomentado por receitas inspiradas por uma arma criada de um testemunho a um livro de mandamentos místicos centrados no amor. A jornada, o poder, a cura, o preço, o peso, o *juju* dele. Havia provavelmente algumas mil receitas naquele gazel que poderiam destruir ou até obliterar o universo. O olhar de Sunny havia percorrido o gazel, focando nas poucas palavras que conseguia interpretar, lutando com a dor de cabeça que lê-las causava... e havia descoberto o que precisava, usando-o naquele momento.

Bateu a mão no solo, logo quando Udide lançou o que parecia ser uma rede de teias nela e em Chichi. Ouviu a amiga gritar e sentiu o golpe de água por todo lado. Apertando-a. Deixando-a sem ar. Naquele momento, tudo ao redor de Sunny era azul escuro. Logo depois, sentiu o roçar áspero do que parecia ser uma das pernas de Udide. Se ainda tivesse fôlego, teria gritado. Havia uma parede de água a centímetros do seu rosto. Olhou para baixo. Estava a centímetros do seu corpo. Ela estava dentro de uma bolha.

O *que você fez?*, ouviu Anyanwu perguntar. Sua cara espiritual dizia que aquilo era assustador, porque ela vira muitas vidas a mais que Sunny. E Anyanwu parecia completamente apavorada.

— Não vá embora — implorou Sunny.

— Não vou — respondeu.

Nas profundezas da água diante dela, a garota viu uma figura ameaçadora do tamanho de Udide e, à sua esquerda, viu o que era, com certeza, Udide. O nsibidi havia funcionado na primeira tentativa. Ela o tinha visto no gazel e o gravara na memória, durante o percurso. Desde que chegara à casa, tinha falado os símbolos e o método em voz alta para si mesma, repetidas vezes, tomando cuidado para não ativá-lo sem querer. Havia dito a si mesma que era apenas por precaução, mas assim como sabia que Udide iria atrás dela e de Chichi, no fundo, sabia que precisaria daquele juju.

— O amor rege todas as coisas — murmurou Sunny, quando, enfim, conseguiu respirar.

— *Ah* — respondeu Anyanwu. — O *amor verdadeiro*.

Em meio à escuridão das águas, a forma era tão imensa quanto Udide e igualmente intimidadora. Sunny não conseguia falar o seu nome nem se quisesse. O próprio *nome* era juju. Entretanto, conhecia a criatura. Orlu havia falado dele quando viajaram até Lagos, para procurar Udide. Então fora mencionado de novo, quando Chichi contou a história de como sua mãe roubara o gazel: Udide estivera visitando-o e a sua ausência no covil fora a única razão de a mãe da amiga e as primas terem conseguido roubá-lo. Aquele era o Grão-Caranguejo, o amor da vida de Udide. Eles se encontravam apenas uma vez a cada milênio... até aquele momento.

Sunny havia usado uma das instruções de juju de Udide, para materializá-la onde ela mais desejava estar. O nome do juju era "Acima de Tudo", e fora a coisa mais fácil de ler no gazel, porque era muito simples. Mas Sunny não tinha esperado ser levada junto... ou que Udide salvasse sua vida quando elas reapareceram debaixo d'água.

A figura monstruosa brilhava um vermelho fraco enquanto se movia pesadamente na direção de Udide. Sunny aproveitou o momento para olhar ao redor. Não conseguiu se mover. Estava literalmente encapsulada em uma bolha apertada. Olhou para cima e viu apenas escuridão. Quão fundo *estava* no oceano? A bolha a protegia não só de se afogar, a protegia da pressão da água acima, também. Ela ainda tinha a faca juju e o pó, mas se mover ali era impossível. Com cuidado, esticou a mão e tocou a barreira. O dedo a atravessou. A água estava morna.

— Sunny — pronunciou uma voz.

A bolha, ao redor, vibrou com o som.

— Se você ama a Udide — disse a garota —, então a convença sobre fazer a coisa certa!

É esse o seu plano?, perguntou Anyanwu, em sua mente.

— Sunny. — A voz ficou mais alta enquanto o caranguejo gigante se aproximava suavemente dela. — Você traz a Udide para mim, quando a vi tão recentemente; corre um grande risco vindo até o fundo do oceano... não tem medo da morte?

A bolha vibrou com mais intensidade e Sunny ficou ainda mais tonta. Se caísse enquanto ainda estivesse dentro da bolha, o ar ao redor dela a seguiria ou cairia na água e em sua terrível pressão? Como conseguiria sair dali?

— Eu não sabia que aconteceria isso... eu não sabia!

— Você me agradou — revelou o caranguejo.

— Fico feliz.

— Por quê?

Sunny se sentiu mais tonta do que nunca e cambaleou em pé. Sentiu Anyanwu dentro de si, ajudando-a a se equilibrar e a se manter focada.

— Udide prometeu algo para a minha amiga e eu.

— Promessas são feitas para serem quebradas — afirmou Udide. E então a bolha de Sunny vibrou quando a aranha riu.

A bolha ficou ainda mais apertada ao redor de Sunny, dificultando que ela se mantivesse de pé, em um espaço tão minúsculo. A garota enfiou a mão no bolso para pegar a faca juju. Mas o que poderia fazer?!

— Udide, você vai deixá-la morrer, então? Ela devolveu o seu livro, presumo.

— Devolveu.

— Então você tem o que precisa.

— Esse não é o ponto.

Udide bateu a perna e a bolha se apertou ainda mais ao redor de Sunny. Agora, a água estava a, mais ou menos, 30 centímetros do seu rosto. Um tropeço e ela morreria.

— Meu amor — declarou o caranguejo.

A bolha ficou menor; tocava o nariz de Sunny. A água estava morna como a de uma banheira. Como aquele poderia ser o fundo do oceano? Sunny soltou um suspiro apavorado e aquilo fez a água espirrar em seu rosto.

— Por favor! — gritou.

Viu Anyanwu diante dela. Sunny se sentiu tanto fraca quanto forte. Sua cara espiritual se movimentava pela água com facilidade e, naquele momento, Sunny viu tanto Udide quanto o Grão-Caranguejo com nitidez, mesmo em meio à escuridão. A criatura do fundo do mar tinha duas imensas pernas dianteiras incrustadas de cracas, que pareciam conseguir destruir qualquer coisa diante de si, fossem elas pedras, chumbo ou diamantes. Então percebeu por que o Grão-Caranguejo brilhava — no restante do seu corpo todo, havia enormes anêmonas-do-mar bioluminescentes que oscilavam na água como um pompom mole.

— Udide, vocês não se veem com frequência. A Sunny trouxe você para o seu amor, pela segunda vez, em *anos*. Ela lhe concedeu um presente que vocês dois são orgulhosos demais para concederem a si mesmos — afirmou Anyanwu. Ela começou a brilhar em um amarelo intenso da cor do sol e Sunny sorriu. Se aquela fosse a última coisa que visse, por ela estava tudo bem. Anyanwu berrou: — *Esqueça* o que as mulheres de Nimm fizeram há tantos anos. *Honre a sua palavra, hoje!*

A bolha se rompeu e Sunny foi pressionada com tanta força que tudo ficou difuso. Ela fechou a boca para impedir que a água entrasse, mas parecia que seus lábios estavam sendo separados à força. A água invadiu sua boca, desceu pela garganta. Ela foi puxada para baixo, e então...

Udide se aproximou. Sunny levantou a cabeça, sentindo o corpo todo dolorido. Ao se sentar, sentiu água do mar se remexendo em sua barriga. O gazel estava em seu colo; ela o deixa cair. Sentiu uma câimbra na lateral do corpo. Olhou ao redor, sentindo o gosto salgado. Estava de novo no mato, com a palmeira morta. Chichi estava grudada no tronco, presa ali por teias de aranha.

— Sunny! — gritou a amiga. — Você está bem? Udide! Por favor!

Sunny se levantou devagar. O choro implorava para ser libertado, mas ela se conteve. Mal conseguia se equilibrar em pé. Mesmo inclinada para a frente, manteve o queixo erguido.

— Medo — disse Udide, alongando a palavra. — Consigo sentir o medo dela.

Ela estava próxima o bastante para que o cheiro esfumaçado de seu hálito de fato evocasse imagens na mente de Sunny de todas as enormes casas no subúrbio pegando fogo. Tudo em chamas: estofado, plástico, madeira, isolamento, reboco, cimento, roupas...

— E daí? — bradou Sunny, com raiva, e pegou o gazel. — Por que ela não deveria estar com medo? Eram seus familiares e tentaram matá-la. Então você... você é a Grande Udide e brinca com promessas! Brinca com a vida! — Com cuidado, aproximou-se de Udide. A água na barriga a deixou enjoada. — Fizemos o que pediu. Trouxemos o que pediu. Por favor! Apenas *pegue*-o!

O gazel começou a brilhar em suas mãos e a sensação do roçar do nsibidi na pele ficou mais forte.

— Coloque-o no chão — ordenou Udide, calma e indiferente. Sunny obedeceu e a coisa começou a se contorcer como uma cobra enrolada. Manteve o formato de loop infinito enquanto girava, suave como a água, em direção a Udide. Enrolou-se em uma das pernas da aranha e se prendeu ali como uma atadura. O brilho se dissipou, voltando ao branco-cristalino habitual. — Diga às outras para *nunca* mais falarem o meu nome... a menos que estejam prontas para a minha resposta.

— E você está satisfeita? — Sunny se obrigou a perguntar.

Aquilo precisava ter acabado de vez.

— Estou satisfeita, Sunny Anyanwu Nwazue.

Sunny cortou as teias que prendiam Chichi, com a faca juju. Enquanto Chichi se afastava, olhou para Udide e pediu:

— Por favor, Udide *Okwanka*, trará a rainha de Nimm de volta?

— Aquilo foi uma... mentirinha. Um simples incentivo — revelou Udide, com os pelos vibrando em malícia.

— Você está de sacanagem com a minha cara? — Sunny ouviu Chichi murmurar.

A garota lhe deu uma cotovelada para que calasse a boca.

— Certo — respondeu Sunny. Respirou fundo, fechando os olhos. Abriu-os devagar. — Certo. — A imagem da rainha de

Nimm sendo esmagada no baobá nunca tinha deixado a mente de Sunny. Ficou feliz por não ser real. — Isso é bom.

Ao arrotar, deu um tapinha no peito; tinha gosto de água do mar.

Udide moveu as mandíbulas imponentes enquanto a encarava.

— Vou ficar de olho — avisou Udide. Ela se virou para Chichi. — A sua guerreira de Nimm pensa rápido. Você tem sorte. — Fez uma pausa. — Cumprimente a sua mãe por mim.

A aranha começou a dar as costas para elas quando Sunny, de repente, disse:

— E-espere! Tenho um pedido... bem, uma pergunta... alguma coisa.

— Sunny — murmurou Chichi. — Vamos só dar o fora daqui.

Mas ela balançou a cabeça.

— Você é a Grande Tecelã de Mundos. Tem um vírus circulando. Ainda não está muito ruim, mas estão dizendo que vai ficar. Pode fazê-lo desaparecer? — Sunny fez uma pausa, e então revelou o que estivera ponderando. — É por isso que precisava recuperar o gazel tão rápido?

A garota prendeu a respiração.

Udide olhou para Sunny por um bom tempo.

— *Isso* não é da minha conta. A humanidade vai superar isso ou não. Ainda assim, é bom que agora eu tenha todas as minhas ferramentas.

A criatura se afastou delas.

— Acha que o vírus vai ser tão ruim quanto dizem? — questionou Sunny, massageando a barriga, enquanto via Udide partir.

Arrotou de novo e se sentiu melhor.

— É. A minha mãe disse que algumas pessoas-leopardo mais velhas já morreram por causa do vírus na China, e agora na Itália e na Argélia. Está chegando.

Udide se arrastou até a palmeira morta e usou uma das pernas dianteiras para desenhar símbolos no tronco, algo que parecia com: ≤≥∻∻∻∻∻∻∻∻∻∻∻∻∻∻

Quando parou, a árvore morta começou a cair. Sunny e Chichi saíram correndo. Sua queda no conjunto de árvores fez um *croc* silencioso. Estavam perto da casa de Sunny quando se viraram para trás. Depois que a poeira se assentou, Udide tinha desaparecido.

De manhã cedinho, Sunny se vestiu e pegou a bola de futebol. Saiu pelos fundos da casa e, sem olhar para onde a palmeira tinha caído, foi para a estrada. Estava sinistramente vazia, porém, dessa vez não era por causa dos protestos, mas porque o país tinha entrado em *lockdown* para ajudar a conter a proliferação do vírus letal. Tinha até ouvido falar que a polícia estava fazendo patrulhas, certificando-se de que as pessoas estivessem... cooperando. Assim que pôde, seguiu para a estrada lateral, e então, o caminho atrás da escola. Poderia ter deslizado, mas queria sentir o ar fresco. Depois de tudo o que acontecera, estar do lado de fora, no calor, sob o sol e o silêncio, era reconfortante.

Quando pisou no campo de futebol, relaxou. Andou até o centro, as sandálias estalavam na grama seca. Ao caminhar, permitiu-se deslizar, e o gramado se misturou às gramas ondulantes de um verde intenso da vastidão. Anyanwu estava banhada pela luz, com sua cara espiritual de madeira tribal em formato de sol. Sentaram-se uma diante da outra, e Sunny rolou a bola de futebol para Anyanwu, que pegou e rolou de volta.

— Me desculpe — disse Sunny, depois de terem rolado a bola para lá e para cá várias vezes. Anyanwu não respondeu, mas deu um passe para Sunny. Esperava que Sunny conduzisse a conversa, e assim ocorreu. — Pensei muito a respeito. Por isso, peço desculpas. Eu não tinha como saber, mas não importa. Não consigo imaginar como tem sido para você.

Anyanwu rolou a bola com mais força que o normal, e Sunny pegou. Colocou a bola no colo.

— Todos nós temos tratado você como... como uma espécie de mãe, uma mãe que é incrível em outro nível, e dá à luz uma criança... e então todos esperam que ela abdique da genialidade para descer de nível e nutrir a filha, que se diminua para que a filha possa entender. Mas isso não é certo. Mães incríveis deveriam continuar sendo incríveis... e você nem é minha mãe, você sou *eu*. — A garota colocou a mão no peito. — E eu sou você. — Ela fez uma pausa, olhando para Anyanwu, com firmeza. — Eu também teria me irritado e partido várias vezes. Mas você também continuou voltando. Obrigada por isso.

Anyanwu respondeu em voz alta e a garota sorriu com aquele reconhecimento.

— Porque eu sou você, Sunny. E você está certa. Vocês todos... Sugar Cream, Sasha, Chichi, Orlu, Anatov, até Bola, oráculo da Mami Wata... vocês todos me viram como alguém que devia descer ao seu nível. Mas são VOCÊS que devem SUBIR ao MEU nível.

Ela concordou com a cabeça.

— Sou uma agente livre, mas em um ano, tive que encarar Ekwensu. Então de novo em Osisi. A Udide já me chama pelo primeiro nome. Sou uma guerreira de Nimm. A própria Mami Wata me deu um presente. Já quebrei noz-de-cola com Chukwu. Passei a conhecer bem a vastidão, parei o tempo...

— E encarou um mascarado, vendo a alma dele — completou Anyanwu — sem desviar o olhar. Também roubou a sua bolsa.

As duas se encararam. Sunny sentia. Em sua mente, desde que deixara a Casa do Poder, tinha começado a se referir ao sentimento como "uma ascensão". Havia feito todas aquelas coisas incríveis — às vezes por acidente, em meio ao pânico ou ao desespero, ou enquanto estava sendo valente —, mas fizera. Entretanto, tudo aquilo estava em sintonia agora. Sólido. Nítido. Forte.

— Você se elevou ao meu nível — disse Anyanwu. — Ajofia lhe ajudou a sentir, a compreender.

Ela brilhou com tanta intensidade que Sunny não conseguiu ver nada além da luz. Fechou os olhos, desfrutando da luminosidade. Ficariam mais confortáveis dali em diante.

— Sei que nos chamam de agente livre e duplicada — afirmou Sunny. Ajeitou os óculos. — Mas vamos decidir como somos chamadas agora.

Anyanwu sorriu.

24
A Estrada

— Foi uma jornada e tanto — murmurou Sugar Cream, dando um gole no café com leite. Fez uma careta para a bebida, acrescentou mais uma colher de açúcar e mexeu. — Você teve sorte de a Udide não reescrevê-la como algo horrível, quando disse não a ela. É conhecida por fazer isso.

Sunny comprimiu os lábios. Na hora, não tinha considerado aquela possibilidade.

— A Estrada é um lugar muito feroz — continuou Sugar Cream. — E Ginen... esta é uma discussão para outra hora. Você continua me surpreendendo, Sunny. Estou orgulhosa. Está aprendendo tanto. — A mulher se levantou e Sunny fez o mesmo. — Está pronta para fazer o teste do *Mbawkwa*, o segundo nível na sociedade dos leopardos?

Sunny concordou com a cabeça. Ela não tinha colocado brincos e usava uma calça jeans velha, tênis velhos e a camiseta de Joan Jett da Chichi para dar sorte.

— Muitos passam, mas muitos não.
— Eu sei.

— Fracassar pode ser doloroso.
— Eu sei.
— Não tenho certeza se está pronta.
— Entendo.
— Todo mundo encontra alguém e talvez você não goste de quem vai encontrar.
— Está bem.

Sugar Cream assentiu, pegando a bengala de madeira.
— Então vamos, minha aluna.

Fazia poucos dias que tinham devolvido o gazel a Udide, e várias coisas já tinham acontecido. Sasha havia viajado com Orlu usando o trem futum, para comprar uma faca juju nova, uma vez que, graças ao lockdown, ele não poderia viajar aos Estados Unidos. Os dois tiveram que usar máscaras durante todo o caminho, e Sasha odiou aquilo. Ela havia decidido ficar em casa e passar mais tempo com a família. Chichi também escolheu ficar mais com a mãe na biblioteca. O lockdown pelo país todo e a preocupação com o novo vírus letal estavam levando pessoas a cancelarem reuniões e manterem distância umas das outras. As coisas estavam ficando *esquisitas*. Foi assim que Sunny soube que era o melhor momento.

— Aonde vamos? — perguntou, quando saíram da Biblioteca de Obi.

Sugar Cream andava depressa, mas curvada para o lado e um pouco mais à frente dela. O passo combinava com a caminhada de Sunny sobre as pernas compridas.

— Ao Bosque Sagrado de Leopardo Bate — respondeu a mentora.

O Bosque Sagrado se estendia ao lado do rio, ao sul da ponte de árvore que leva a Leopardo Bate. Sunny nunca tinha ido lá por dois motivos: o primeiro era que estar perto da fera do rio era algo que evitava ao máximo; e a segunda era que pessoas com menos de 40 anos não tinham permissão de ir até lá... exceto em caso de testes, aparentemente. Andaram ao longo do caminho do rio, com Sugar Cream no lado mais próximo a ele.

O rio se agitava com vigor ao lado delas, com as águas revoltas brancas, por causa da espuma e das bolhas. Se a fera do rio estivesse lá, Sunny com certeza não conseguiria vê-la antes que atacasse. As árvores e a mata que ali cresciam eram rebeldes e altas. Até os mosquitos eram mais agressivos. Ela sacou a faca para fazer o juju repelente, mas Sugar Cream segurou seu braço.

— Aqui, não. No Bosque Sagrado, se quiserem seu sangue, o conseguirão.

Como se estivessem esperando autorização, Sunny sentiu um mosquito picar o seu braço. Elas se viraram e entraram em um caminho estreito.

— Muitos abandonaram os belos caminhos do vilarejo — revelou Sugar Cream. — Antes eram agraciados com palmeiras, campos de mandioca e abacaxizeiros com a pontinha rosa. A maioria esquece. As pessoas-leopardo não. Nós lembramos. Aqueles de nós que passavam de níveis têm as lembranças mais fortes de todas. Preservamos, trabalhamos, criamos; damos à luz ao que mantém o futuro vivo.

O caminho terminou em uma casa minúscula no meio da floresta. Um santuário. Era feito de pedra roseada com um telhado de sapê pontudo. As paredes estavam pintadas com espirais e ondinhas brancas.

— Por que está aqui, Sunny? — perguntou Sugar Cream, virando-se para encará-la.

— Para passar para o próximo nível na sociedade dos leopardos, *Mbawkwa*.

Sugar acenou para Sunny se aproximar. Segurava uma pequena jarra dentro da qual enfiou o dedo. Quando o tirou dali, estava vermelho.

— Corante de sândalo — explicou ela, enquanto o usava para marcar a testa de Sunny. Tinha um cheiro de terra e madeira que não era desagradável. — Minha melhor aluna.

Sugar Cream deu um passo para trás, observando-a. Tocou a bochecha de Sunny, e, pela primeira vez, ela se sentiu insegura.

Pare com isso, comandou Anyanwu. Mas ela não conseguia evitar.

— Primeiro você vai lutar — informou Sugar Cream. — Saque sua faca, Sunny.

Sunny obedeceu, olhando ao redor.

— Lutar com quem?

Ela sentiu Anyanwu sair de dentro dela, mas não foi para longe. *Ah, Sunny*, disse Anyanwu. *Este lugar é pleno.* Sunny assentiu e ficou aliviada quando sua cara espiritual se uniu a ela outra vez. Sugar Cream se afastava dela naquele momento. Então uma sombra se moveu a sua frente. Sunny empunhou a faca juju bem na hora que algo a atacou. Relaxou quando viu que era um *tungwa* e o perfurou. Ele explodiu com um *PAFF!* Tufos de cabelo preto atingiram o seu rosto e o que soou como mil dentes brancos, tilintaram sobre as pedras ao seu redor. Ela cambaleou na direção da entrada do santuário.

— Você não está pronta — afirmou uma voz feminina.

Sunny fez um floreio rápido e segurou o saquinho de juju frio que pegou. Estava prestes a arremessá-lo na sombra à sua frente, mas, em vez disso, esperou. A sombra se moveria para o lado. Sua intuição lhe disse aquilo. Lá estava ela, no campo de futebol de novo. Lançou-o para a direita bem quando a sombra foi para o mesmo lugar.

FUM! FLASH!

— Goooooool! — berrou Sunny, sem saber o porquê.

— Não. — As palavras foram ditas em um sussurro afiado.

Então *TUM!* Ela viu um pouco antes de ser golpeada na cabeça. Parecia uma bola de futebol, mas a atingiu como um saco de lixo cheio de água quente. Cada pedacinho do seu corpo ferveu. E houve os tambores que ouvira com Sasha, Chichi e Orlu. Eram a batida baixa e enérgica dos tambores falantes. Havia o *TUM!* ocasional que sacudia tudo, incluindo o seu próprio cérebro. Cambaleou para trás e caiu no chão, na porta do santuário, sem saber se estava molhada ou em chamas.

TUM! Algo a puxou para baixo, prendendo seu pescoço no chão. A garota relutou e, de repente, os tornozelos, quadris, pulsos, cotovelos e peito estavam imobilizados. Alguém gargalhava. Outra pessoa chorava.

Alguém disse:

— Vamos lá, então.

Tudo em meio à batida dos tambores falantes.

TUM! A força a puxava com tanta brutalidade naquele momento, que chegava a doer. O chão era duro e inflexível. Sunny gritou, mas não pararam de puxá-la. Estava afundando, devagar.

TUM! O chão se partiu. Afundou mais. Para dentro da terra revolta de cheiro doce. Sua boca se encheu de terra. Não conseguia gritar! Os tambores falantes pareciam bater do lado dos seus ouvidos, seguindo-a em sua jornada. A terra se forçava garganta abaixo, puxava suas pálpebras, arranhava os seus globos oculares, retalhava as roupas e pressionava a pele.

TUM! Ela irrompeu por algo e a queda ficou mais rápida, mais fácil. A terra ficou mais leve. Sunny prendeu a respiração. Então atravessou e caiu com força. A batida do tambor parou. Tudo parou. Ela ficou deitada ali, bem encolhida, sentindo as próprias roupas. O jeans estava em pedaços, ao redor das pernas; a camisa da Joan Jett, rasgada; e os tênis, desapareceram. Pelo menos ainda tinha a faca juju. Encostou-a no peito.

Quando nada apareceu para lutar com ela, matá-la ou devorá-la, Sunny esticou o corpo. Ouviu apenas o vento. Devagar, abriu os olhos e se deparou com um breu absoluto. Estava do lado de dentro. Soube disso porque a saída da caverna não estava muito distante, apenas a alguns metros. Apertou os braços, doloridos e com alguns pontos machucados. O cotovelo que o *chittim* tinha atingido estava dormente de novo. As pernas estavam cheias de hematomas. O rosto estava muito sensível. Ficou de pé. Estava bem. Flexionou o bíceps.

— Como é mesmo aquele provérbio? — perguntou a si mesma. Lembrou-se e, enquanto espanava poeira da roupa, pronunciou em igbo: — *Oku a gunyere nwata n'aka anaghi ahu ya.* — Isso teria deixado seu avô orgulhoso. Sunny prosseguiu: — O fogo dado intencionalmente a uma criança não machuca a ele... a ela, a mim. Você me enviou para cá, então aqui estou.

A garota saiu da caverna para a noite fria do deserto. O céu estava iluminado por estrelas, até mesmo era visível o sutil espectro da Via Láctea. Tudo era preto ali: à direita, à esquerda e até a perder de vista. Mas bem a sua frente, estava a luz intensa de uma fogueira. Quando viu cinco figuras reunidas ao redor do fogo, arfou. Duas tinham fumaça escorrendo das cabeças, outra tinha quatro rostos, e todas tinham mais de três metros de altura. Enfiou a mão suada no bolso e pegou o minúsculo *chittim* de cristal que tinha caído para ela, dentro da Casa do Poder.

Apertou-o e, confiante, foi em direção ao fogo.

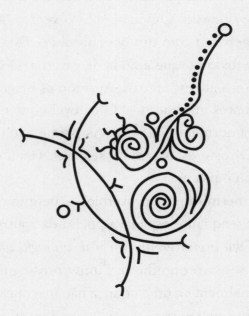

* Símbolo nsibidi que significa "final"

* Símbolo nsibidi que significa "jornada"

AGRADECIMENTOS

Foi uma alegria enorme voltar para este mundo com estes personagens, com todos os espíritos e criaturas, essa parte mística da Nigéria. Quando comecei a escrever *Mulher Akata*, a história fluiu como um rio que sabe que também é uma estrada.

Gostaria de agradecer à minha filha, Anyaugo, pelo título deste livro. Agradeço a Taofik Yusuf, pelo insight a respeito do significado mais profundo do mascarado Danafojura. Agradeço a Yvonne Chiọma Mbanefo, especialista em igbo, pela ajuda com a língua. Gostaria de agradecer a minha editora, Jenny Bak, pelas excelentes ideias. Obrigada ao artista mágico conhecido como Greg Ruth, por mais uma representação épica de Sunny. Greg e eu conversamos muito antes da ilustração de capa de cada livro, então os resultados que vocês veem realmente transmitem a essência da personagem. Agradeço muito ao meu gato Periwinkle Chukwu, por ficar por perto enquanto eu escrevia esta obra, bem como por garantir que eu sentisse com frequência que havia algo bizarro no cômodo conosco (gatos realmente podem ver coisas que seres humanos não conseguem).

Por fim, gostaria de agradecer ao vírus terrível, nada de bom, muito ruim, conhecido como Covid-19. Sem o *wahala* que causou, sem o mundo entrando em lockdown, eu não teria terminado esta obra tão depressa. Trabalhar em *Mulher Akata* me ajudou durante aqueles meses assustadores de 2020; pude viajar com Sunny, Chichi, Sasha e Orlu para mundos dentro de mundos, quando o mundo não conseguia ir a lugar algum.

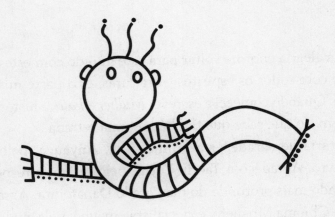

* Símbolo nsibidi que significa "Covid"

Este livro foi composto na tipografia Berling LT Std,
em corpo 11,5/17, e impresso em
papel off-white no Sistema Cameron da
Divisão Gráfica da Distribuidora Record.